# TUDO O QUE SOU

A marca FSC® é a garantia de que a madeira utilizada na fabricação do papel deste livro provém de florestas que foram gerenciadas de maneira ambientalmente correta, socialmente justa e economicamente viável, além de outras fontes de origem controlada.

ANNA FUNDER

# Tudo o que sou

*Romance*

*Tradução*
Luiz A. Araújo
Sara Grünhagen

Companhia Das Letras

*Grafia atualizada segundo o Acordo Ortográfico da Língua Portuguesa de 1990, que entrou em vigor no Brasil em 2009.*

*Título original*
All that I am

*Capa*
julia.co.uk

*Fotos de capa*
WIN-Initiative/ Getty Images (à direita); Darryl Estrine (à esquerda); © H. Armstrong Roberts/ Corbis (DC)/ Latinstock (abaixo) e © Hulton-Deutsch Collection/ Corbis (DC)/ Latinstock (acima)

*Preparação*
Ciça Caropreso

*Revisão*
Thaís Totino Richter
Márcia Moura

Dados Internacionais de Catalogação na Publicação (CIP)
(Câmara Brasileira do Livro, SP, Brasil)

Funder, Anna
Tudo o que sou / Anna Funder ; tradução Luiz A. Araújo, Sara Grünhagen — 1ª ed. — São Paulo : Companhia das Letras, 2013.

Título original: All that I am.
ISBN 978-85-359-2358-2

1. Ficção inglesa I. Título.

13-10819 CDD-823

Índice para catálogo sistemático:
1. Ficção : Literatura inglesa 823

[2014]

EDITORA SCHWARCZ S.A.
Rua Bandeira Paulista, 702, cj. 32
04532-002 — São Paulo — SP
Telefone: (11) 3707-3500
Fax: (11) 3707-3501
www.companhiadasletras.com.br
www.blogdacompanhia.com.br

*Em memória de Ruth Blatt*
*(nascida Koplowitz)*

*Querido Ernst, jaz sem sombra enfim entre*
*Os outros cavalos de guerra que existiram até fazerem*
*Algo que serviu de exemplo para o jovem.*

W. H. Auden, "Em memória de Ernst Toller",
maio de 1939

*Fora da minha janela o mundo foi para a guerra*
*Você é aquele que eu estava esperando?*

Nick Cave, "(Você é) Aquele que
eu estava esperando?"

*As nações mais civilizadas estão tão próximas da barbárie quanto o ferro mais polido está próximo da ferrugem. As nações, como os metais, só brilham na superfície.*

Antoine de Rivarol

Quando Hitler chegou ao poder, eu estava no banho. Nosso apartamento ficava na Schiffbauerdamm, perto do rio, bem no centro de Berlim. Pelas janelas, víamos a cúpula do prédio do Parlamento. Na sala, o rádio tocava em alto volume, para que Hans o ouvisse da cozinha, mas a única coisa que me chegava eram ondas de alegres aplausos, como num jogo de futebol. Era uma tarde de segunda-feira.

Hans estava fazendo suco de limão e calda de açúcar com a dedicada atenção de um químico, procurando evitar que a calda passasse do ponto e caramelizasse. Naquela manhã, ele havia comprado um pilão de coquetel especial, latino-americano, na loja de departamentos KaDeWe. A balconista tinha os lábios pintados de modo a formar um arco encarnado. Eu ri de nós, constrangida por comprar semelhante bugiganga, uma haste de madeira com cabeça redonda que provavelmente custava o que a garota ganhava por dia.

"Que loucura", eu disse, "ter um utensílio só para fazer *mojito*!"

Hans passou o braço pelos meus ombros e beijou minha testa. "Não é loucura." Piscou para a moça, que estava embrulhando cuidadosamente a coisa em papel dourado, escutando com atenção. "Isso se chama ci-vi-li-za-ção."

Momentaneamente, eu o vi pelos olhos dela: um homem magnífico, cabelo penteado para trás, olhos azul da Prússia e o nariz mais reto do mundo. Um homem que provavelmente lutara nas trincheiras por seu país e que agora merecia todos os pequenos luxos que a vida podia oferecer. A vendedora respirava pela boca. Um homem desses podia tornar a vida da gente linda em todos os detalhes, até mesmo num pilão de limão latino-americano.

Fomos para a cama naquela tarde e estávamos nos levantando à noite quando a transmissão começou. Entre as ovações, eu ouvia Hans esmagar a casca de limão no mesmo ritmo do batimento de seu sangue. O meu flutuava, fraco, pelo prazer consumado.

Ele apareceu à porta do banheiro, uma mecha de cabelo na testa, as mãos molhadas junto ao corpo. "Hindenburg acabou cedendo. Eles formaram uma coalizão e o nomearam. Hitler é chanceler!" Voltou às pressas para o corredor a fim de ouvir mais.

Parecia tão improvável. Peguei o roupão e fui para a sala, deixando um rastro de água. A voz do locutor vibrava de entusiasmo. "Soubemos que o novo chanceler vai aparecer ainda esta tarde, que está no prédio enquanto falamos! A multidão espera. Começou a nevar um pouco, mas ninguém aqui faz menção de ir embora..." Dava para ouvir a vibração da cantoria nas ruas próximas do nosso prédio e os dizeres dela pelo rádio atrás de mim. "Nós — queremos — o chanceler! Nós — queremos — o chanceler!" O locutor prosseguiu: "... estão abrindo a porta da varanda — não — é apenas um funcionário — mas sim! Ele está colocando um microfone junto ao parapeito... escutem só a multidão..."

Eu me aproximei das janelas. Todo o lado sul do apartamento era uma parede curva de caixilhos duplos de frente para o rio. Abri uma delas. O ar entrou precipitadamente — frio e carregado de rumores. Olhei para a cúpula do Reichstag. O burburinho vinha da Chancelaria atrás dela.

"Ruth!", disse Hans no centro da sala. "Está *nevando*."

"Eu quero ouvir direto dali."

Ele se colocou atrás de mim e pousou as mãos úmidas e ácidas na minha barriga. Um grupo avançado de flocos de neve rodopiou à nossa frente, revelando remoinhos ocultos no ar. Os holofotes acariciavam o ventre das nuvens. Passos lá embaixo. Quatro homens passaram correndo pela nossa rua, segurando tochas erguidas e chamas inclinadas. Senti cheiro de querosene.

"Nós — queremos — o chanceler!" Ao longe, a massa cantava para ser salva. Atrás de nós, no aparador, a reação ecoou no rádio, metálica, mansa e com três segundos de atraso.

Em seguida, uma grande ovação. Era a voz do líder deles, aos berros. "A missão que nos aguarda. É a mais difícil de todas. Para os estadistas alemães de que o homem se recorda. Todas as classes e todos os indivíduos devem nos ajudar. A formar. O novo Reich. A Alemanha não pode, não vai, afundar no caos do comunismo."

"Não", disse eu, a face colada ao ombro de Hans. "Vamos afundar numa saudável mentalidade nacional-populista e de maneira organizada."

"Nós não vamos afundar, Ruthie", sussurrou ele ao meu ouvido. "Hitler não conseguirá fazer nada. Os nacionalistas e o gabinete vão mantê-lo na rédea curta. Só o querem como testa de ferro."

Rapazes se aglomeravam nas ruas lá embaixo, muitos deles uniformizados: as tropas do partido usavam pardo; as da guarda pessoal de Hitler, a SS, preto. Os outros eram entusiastas leigos à paisana, exibiam a braçadeira preta. Dois garotos a tinham feito em casa, com a suástica invertida. Levavam bandeiras, cantando "*Deutschland, Deutschland über alles*". Ouvi um grito: "A república é uma merda", e distingui, pela entonação, a antiga provocação dos pátios de escola — "Rasgue a saia da judia em duas/ a saia está rasgada/ a judia está cagada". Vapores de querosene infestavam o ar. Do outro lado da rua, acabavam de montar uma banca em que os jovens podiam trocar as tochas quase apagadas por outras recém-acesas.

Hans voltou para a cozinha, mas eu não consegui arredar dali. Meia hora depois, vi as braçadeiras feitas em casa, amarrotadas, de volta às ruas.

"Eles os estão fazendo andar em círculos", gritei. "Para dar a impressão de que são mais numerosos."

"Venha para dentro", gritou Hans, por cima do ombro, da cozinha.

"Você acredita?"

"Francamente, Ruthie." Ele se encostou no batente da porta, sorrindo. "Uma espectadora só serve para estimulá-los."

"Um minuto." Fui até o closet no hall, que eu havia transformado em câmara escura. Ainda havia ali algumas vassouras e outras coisas compridas — esquis, um estandarte da universidade — num canto. Peguei a bandeira vermelha do movimento esquerdista e voltei.

"Você enlouqueceu?" Quando a desenrolei, Hans tapou o rosto com as mãos, fingindo-se horrorizado.

Pendurei-a na janela. Ela não era muito grande.

# PARTE I

# Ruth

"Lamento, sra. Becker, mas as notícias não são muito animadoras."

Estou numa elegante clínica particular em Bondi Junction, com vista para o porto. O professor Melnikoff tem cabelo grisalho e óculos de leitura, gravata de seda azul-celeste, e está com as mãos compridas entrelaçadas na escrivaninha. Brinca de um jeito meio cômico com os polegares. Fico me perguntando se esse homem foi treinado para lidar com a pessoa situada abaixo do pedaço do corpo que lhe interessa, no caso, meu cérebro. Provavelmente não. Com toda essa tranquilidade, Melnikoff parece gostar de ter um enorme abismo entre si e os outros.

E esquadrinhou minha mente por dentro; está se preparando para me contar a forma, o tamanho e as sorrateiras traições dela. Na semana passada, enfiaram-me no aparelho de ressonância magnética, na horizontal e com aquela *verdammte* camisola que não fecha atrás: concebida para nos lembrar de como é frágil a dignidade humana, para assegurar obediência às instruções e como garantia contra evasões de última hora. Ruidosos tique-taques enquanto os raios penetravam meu crânio. Não tirei a peruca.

"Na verdade, é *doutora* Becker", digo. Fora da escola, nunca fiz questão do título. Mas a idade me ensinou que a humildade não me cai bem. Há dez anos decidi que não gostava de ser tratada como velha, por isso reassumi o uso cabal e feroz do honorífico. Afinal, não vim aqui em busca de consolo. Quero o resultado.

Melnikoff sorri, levanta-se e prende as imagens do meu cérebro, fotofatias minhas em preto e branco, no negatoscópio. Reparo num Miró — não uma reprodução — na parede. Faz muito tempo que socializaram o sistema de saúde aqui, e ele continua podendo se dar a esse luxo? Então não havia nada a temer, havia?

"Muito bem, dra. Becker, estas regiões azuladas indicam o início de uma formação de placas."

"Desculpe, eu sou doutora em letras", digo. "Inglês."

"Até que a senhora não está mal. Para a sua idade."

Faço a cara mais impassível de que sou capaz. Um neurologista, pelo menos, deveria saber que a idade não torna ninguém grato por essas pequenas clemências. Sinto-me suficientemente sã — suficientemente jovem — para viver uma perda como uma perda. Por outro lado, nada nem ninguém conseguiu me matar até agora.

Melnikoff retribui meu olhar com benevolência, os dedos juntos. Trata-me com uma paciência branda. Será que gosta de mim? A ideia me causa um pequeno choque.

"É o começo do déficit cognitivo — afasia, perda da memória recente, talvez distúrbio de certos aspectos da consciência espacial, a julgar pela localização das placas." Ele aponta para densas regiões da parte superior do meu cérebro. "Possivelmente alguma consequência na sua visão, mas espero que não neste estágio."

Há um calendário circular em sua mesa, objeto de uma época em que os dias despencavam uns sobre os outros sem parar. Atrás dele, o porto se move e fulgura, o enorme pulmão verde desta cidade.

"Na verdade, professor, eu ando tendo mais lembranças, não menos."

Ele tira os óculos. Tem olhos miúdos e chorosos, as íris parecem não se ajustar ao branco. É mais velho do que eu pensava. "É mesmo?"

"Coisas que aconteceram. Claras como o dia."

Um cheiro de querosene, inconfundível. Embora não possa ser real.

Melnikoff segura o queixo com o polegar e o indicador, me examinando.

"Há uma explicação clínica", diz. "Algumas pesquisas sugerem que lembranças antigas mais vívidas emergem, enquanto a memória recente se deteriora. Por vezes, pessoas sob risco de perder a visão vivem epifenômenos intensos. São hipóteses, nada mais."

"Quer dizer que o senhor não pode me ajudar?"

Ele sorri seu sorriso brando. "A senhora precisa de ajuda?"

Vou embora com uma consulta marcada para daqui a seis meses, fevereiro de 2002. Eles não as marcam muito próximas, para não desanimar os idosos, mas também não as espaçam demais.

Depois vou de ônibus à hidroterapia. É um ônibus cujo piso se abaixa até o chão, para pessoas incapacitadas como eu. Vou dos prédios rosados de Bondi Junction à cidade, ao longo do espigão com vista para o mar. Lá fora, uma rosela se banqueteia numa árvore de fogo, um par de tênis balança pendurado num fio elétrico. Atrás deles, a terra se dobra em morros que vão descendo até beijar aquele porto preguiçoso e vivo.

*Sob risco de perder a visão.* Antigamente minha vista era

ótima. Embora isso não tivesse nenhuma relação com o que eu via. Pelo que sei, é perfeitamente possível observar uma coisa acontecer sem enxergá-la.

A sessão de hidroterapia é na luxuosa piscina nova no centro da cidade. Como a maioria das coisas, a hidroterapia só funciona se acreditamos nela.

A água é morna, a temperatura meticulosamente calculada para não incomodar os diabéticos e os que usam marca-passo. Tenho um adesivo que coloco no peito todo dia. Ele envia uma corrente elétrica ao meu coração, para estimulá-lo quando fraqueja. Por experiências anteriores de um sereno desafio à morte, sei que ele continua funcionando debaixo d'água.

Hoje somos sete na piscina, quatro mulheres e três homens. Dois deles foram trazidos para a água em cadeiras de rodas, pela rampa, como num lançamento de navio. Seus cuidadores ficam flutuando em volta deles, as rodas daquelas coisas desajeitadamente inúteis na água. Estou no fundo, atrás de uma mulher com uma touca de banho antiga da qual brotam assombrosas flores de borracha. Obedientes, erguemos as mãos. Observo a carne bamba de nossos braços. Tenho a impressão de que o corpo envelhecido toma a dianteira na decomposição, desfazendo-se silenciosamente em seu invólucro.

"Braços acima da cabeça... inspirem... agora para baixo... expirem... empurrando até que eles fiquem retos atrás de vocês... INSPIREM!"

Parece que precisamos nos lembrar de respirar.

A jovem instrutora à beira da piscina tem uma meia-lua de um eriçado cabelo branco ao redor da cabeça e um microfone que desce em frente à sua boca. Olhamos para ela como para uma pessoa salva. Embora agradável e respeitosa, é evidentemente uma emissária da boa-nova — um tanto tardia para nós — de que o bem-estar físico conduz à vida eterna.

Tento acreditar na hidroterapia, embora o Senhor saiba que não consegui acreditar em Deus. Quando eu era menina, durante a Primeira Guerra Mundial, meu irmão Oskar escondia um romance — *O idiota* ou *Os Buddenbrooks* — debaixo do livro de orações, na sinagoga, para que o Pai não percebesse. Enfim eu declarei, com a embaraçosa certeza dos treze anos de idade, "O amor forçado ofende a Deus", e me recusei a ir. Olhando para trás, mesmo então, eu estava discutindo nos termos Dele; como ofender a quem não existe?

E agora, milênios depois, se não tomar cuidado, dou comigo pensando: por que Deus me salvou e não a toda aquela gente? Os crentes? No fundo, minha força e sorte só têm sentido se eu pertencer ao Povo Escolhido. Indigna, mas mesmo assim Escolhida; eu sou a prova duradoura da irracionalidade Dele. Pensando bem, nem Deus nem eu merecemos existir.

"Agora vamos nos concentrar nas pernas, podem usar os braços como quiserem, para se equilibrar", diz a moça. Jody? Mandy? Meu aparelho de ouvido ficou no vestiário. Eu me pergunto se ele está captando tudo isto aqui e transmitindo para as mães que estão arrancando o calção molhado dos filhos, para o mofo, os pelos pubianos e os misteriosos bolos de papel higiênico não usado no chão.

"Vamos erguer a esquerda e fazer movimentos circulares a partir do joelho."

Uma sirene solta balidos intermitentes. Vão começar as ondas na piscina grande. As crianças correm-andam na água, mãos erguidas, ansiosas para ficar na frente, onde as ondas são mais altas. As adolescentes verificam discretamente se o sutiã do biquíni vai ficar no lugar; as mães agarram os bebês e também entram para se divertir. Um garotinho com óculos de mergulho vermelhos salta para dentro e fica com água até o queixo. Atrás dele, uma moça esguia, o cabelo caindo em seu rosto com um suave balanço, avança calmamente, as omoplatas se movendo sob a pele como um prenúncio de asas. Meu coração salta: Dora!

Não é ela, claro — minha prima seria mais velha até mesmo do que eu —, mas não importa. Quase todos os dias minha mente dá um jeito de trazê-la de volta. O que diria disso o professor Melnikoff?, eu me pergunto.

A onda chega e o garoto de óculos resvala por cima dela, voltando a boca para o teto em busca de ar, mas é inteiramente tragado. Depois disso desaparece. Então, num ponto distante da piscina, emerge, ofegante e maravilhado.

"Dra. Becker!" A voz da moça lá em cima. "Hora de sair."

Os outros já estão perto da escadinha, esperando os homens das cadeiras de rodas para serem colocados na rampa. Olho para ela e vejo que está sorrindo. Talvez o microfone lhe dê uma linha direta com Deus.

"A próxima sessão é daqui a dez minutos", diz. "Então nada de pressa."

Alguém anda dividindo o tempo em partes desiguais. Por que não escolher uma mensageira de cabelo branco, cheia de receios e bondosa?

Bev deixou uma torta de carne de carneiro no congelador, bem coberta com filme plástico. Há um borrifo de pimenta-do--reino na cobertura do purê de batatas e também um quê de compulsório em seu isolamento perfeitamente calculado de porção individual. Então, descongelo um pedaço de *cheesecake* para o jantar — uma das vantagens de morar sozinha —, depois ponho meu coquetel de vitaminas e minerais Berocca num copo longo para compensar. Preciso ter uma conversa com Bev quando ela chegar amanhã.

Na cama, as cigarras lá fora me fazem companhia — ainda é cedo. Seu coro persuade a noite a chegar, como se precisasse do estímulo delas para se aproximar deste lugar tão claro. *Que noi-ite!*, elas parecem cantar, *que noi-ite!* E depois ficamos em silêncio juntas.

# Toller

Duas batidas rápidas na porta — Clara e eu mantemos as formalidades porque as formalidades são necessárias entre um homem e uma mulher que trabalham sozinhos num quarto de hotel, como entre o médico e a paciente em procedimentos mais privados. Nossas formalidades transformam este lugar de sonhos amarrotados — a cortina verde, a bandeja do café da manhã não recolhida, a cama que arrumei às pressas — num local de trabalho.

"Bom dia." Um sorriso largo nos lábios pintados de vermelho, lábios que de repente parecem íntimos. É o sorriso de uma jovem cuja chama o exílio racial não apagou; que provavelmente foi amada esta manhã.

"Bom dia, Clara."

Hoje ela está com uma blusa de cetim cor de damasco, de mangas folgadas e com três botões nos punhos — uma cópia barata de um luxo que não dura mais que uma estação e que talvez seja a essência da democracia. "Fina", como dizem aqui nos Estados Unidos, embora em inglês eu não saiba distinguir uma poesia de um trocadilho. Traz consigo o ar matinal, recém--cunhado para o dia de hoje, 16 de maio de 1939.

Clara examina o quarto, avaliando o estrago da noite. Sabe que eu não durmo. Pousa o olhar em mim, na poltrona. Estou brincando com um cordão com borla. Seus fios dourados e verdes refletem a luz.

"Eu cuido disso", diz, avançando. Pega o cordão e prende a cortina.

Mas o cordão não é da cortina. É do penhoar da minha mulher, Christiane. Quando ela me deixou há seis semanas, eu o guardei de lembrança. Ou então foi um ato de sabotagem.

"Nenhuma correspondência?"

Clara a pega na caixa de cartas todo dia ao entrar.

"Não", responde, o rosto voltado para a janela. Respira fundo, vira-se e vai decididamente para a mesa. Depois vasculha a bolsa, ainda de pé, à procura do bloco de taquigrafia. "Vamos terminar a carta à sra. Roosevelt?", pergunta.

"Agora não. Talvez mais tarde."

Hoje tenho outros planos. Estendo o braço e pego minha autobiografia na mesa. Meu editor americano quer publicá-la em inglês. Acha que, com o sucesso das minhas peças na Inglaterra e com o meu circuito americano de palestras, devo vender bem. Está tentando me ajudar, que Deus o abençoe, desde que dei todo o meu dinheiro às crianças famintas da Espanha.

Já não preciso de dinheiro, mas preciso corrigir o relato. Tão certo como eu estou aqui, Hitler terá a sua guerra em breve. (Não que haja quem ligue para isso neste país — seu prelúdio, a invasão da Tchecoslováquia semanas atrás, foi relegado à página treze do *New York Times*.) Mas o que as pessoas não percebem é que a guerra dele tem sido travada contra nós há anos. Já houve baixas. Alguém precisa registrar seus nomes.

Clara está olhando para o Central Park pela janela, esperando que eu ponha as ideias em ordem. Continua de costas para mim e eu pergunto: "Você já leu *Eu era alemão*?".

"Não. Não li." Ela dá meia-volta, prendendo atrás da orelha uma mecha solta do cabelo preto.

"Ótimo. Ótimo, ótimo."

Clara ri — fez doutorado em Frankfurt e tem uma cabeça ótima, pode se dar ao luxo de uma generosa autocrítica. "Não é *nada* ótimo!"

"É, sim."

Inclina o rosto para mim, as sardas espalhadas nele de forma tão aleatória e perfeita quanto numa constelação.

"Porque eu vou fazer umas alterações."

Ela aguarda.

"Está incompleto."

"Era de esperar."

"Não. Atualizações, não. Alguém que eu omiti."

Minhas memórias são sutil e vergonhosamente autoengrandecedoras. Eu me coloco no centro de tudo; nunca admiti dúvidas ou medo. (Mas tive a astúcia de falar em crueldades isoladas na infância e em imprudência adulta para criar a ilusão — particularmente em mim — de uma sinceridade cabal.) Excluí minha amada, e agora ela não está em lugar nenhum. Quero ver se a franqueza me é possível nesta última fase do jogo.

Quando abro o livro no colo, as páginas se levantam como um leque, fixadas num ponto central. Os nazistas confiscaram meus diários — é provável que os tenham queimado em suas piras. Só me resta trabalhar de memória.

A jovem se senta à mesa ao meu lado. Faz cinco semanas que Clara Bergdorf trabalha para mim. É uma alma rara, em companhia da qual os minutos inteiros de silêncios são calmos. O tempo não é vazio nem cheio de uma pressão expectante.

Expande-se. Abre espaço para que as coisas voltem e preencham meu coração vazio.

Acendo um charuto e o deixo fumegando no cinzeiro. "Vamos começar pela introdução. Acrescentar esta dedicatória no fim." Pigarreio. "Eu me recordo de uma mulher a cujo ato de coragem devo a salvação deste manuscrito." Respiro fundo e olho para o céu lá fora, hoje com uma cor suave, indecisa.

"Em janeiro de 1933, quando deram ao ditador de Braunau poder contra o povo alemão, Dora Fabian, cuja vida acabou..."

Então me interrompo. Clara pensa que estou paralisado pela tristeza, mas não é isso. Apenas não sei como descrever esse fim. No parque, o vento brinca com as árvores, movendo desordenadamente as folhas e os ramos — como se a música tivesse cessado, mas eles, pela mera vida que têm, não pudessem ficar imóveis. Clara arrisca olhar para mim. Fica aliviada ao ver que não estou chorando. (Sou treinado nesse departamento.)

"Desculpe-me." Volto-me para ela. "Onde eu parei?"

"'Dora Fabian, cuja vida acabou'."

"Obrigado." Torno a olhar para fora e encontro as palavras. "Tristemente", digo, coisa que é a mais pura verdade. "Cuja vida acabou tristemente no exílio, foi ao meu apartamento e levou duas malas de manuscritos a um lugar seguro."

Clara não levanta os olhos. Corre a mão uniformemente pela página, só se detendo momentos depois que eu paro de falar.

"A polícia descobriu o que ela tinha feito e a jogou na prisão. Dora disse que os papéis tinham sido destruídos. Posta em liberdade, ela fugiu da Alemanha e, pouco antes de morrer, tirou os papéis de lá com a ajuda de um nazista desiludido. Ponto final."

Clara pousa seu lápis.

Só isso? Fecho os olhos.

O traço editorial de Dora está em todo o meu livro: o enfoque perspicaz, o senso de humor. No fim da vida, são os nossos amores o que mais relembramos, pois foram eles que nos plasmaram. Crescemos e nos tornamos o que somos em torno deles, como em torno de uma estaca.

E quando a estaca desaparece?

"Tudo bem então?", pergunta Clara docemente minutos depois. Pensa que eu cochilei, que aproveitei sua meiga presença para pegar no sono. Roça as bordas do bloco à sua frente.

"Sim, sim." Eu endireito devidamente o corpo na cadeira.

Vou contar tudo. Vou trazer Dora de volta e fazê-la viver neste quarto.

# Ruth

A campainha está tocando.

Eu a ignoro. Não preciso abrir os olhos para saber que é de manhã.

*Tirrim tirrim tirrim tirrim tirrim tirrim tirrim...*

*Verdammte* campainha. Maldita campainha, como dizem aqui. A coisa envelheceu comigo e agora emperra. Passo a perna ruim junto com a outra por cima da beira da cama e enfio os pés, retorcidos como raiz de eucalipto, nos chinelos — um lasseado, o outro com solado de plástico. Deixo a peruca na penteadeira.

*Tirrim tirrim...*

Abro a porta. A van acelera — consigo ver apenas, em letras roxas na lateral, a inscrição "O Mundo na Hora Certa". São sete da manhã! Um tanto adiantado, na minha opinião.

Uma encomenda FedEx no capacho. Agacho-me para pegá-la, a perna dura repuxada — sou uma girafa careca com um penhoar nada confiável e tenho pena dos eventuais passantes que me virem, horrenda e ignominiosa. Isso me deixa perversamente excitada, até eu imaginar que podem ser crianças, as quais, em geral, não desejo apavorar.

Vou para a sala da frente, meu cômodo predileto. Cheira a lustra-móveis — Bev deve ter se encarregado disso ontem, quando saí. Ela usa o lustra-móveis — e também seu Vicks VapoRub e seus braceletes de cobre — como parte de um arsenal contra a decomposição, sufocando o mundo com uma camada de polivinilas para torná-lo reluzente e preservá-lo para todo o sempre como a comida de plástico da vitrine dos restaurantes japoneses. Borrifa as estantes com portas de vidro, os braços de madeira das cadeiras e até mesmo — presenciei isto — as folhas da planta de plástico. Um dia, estarei sentada por mais tempo que o normal e ela também vai me borrifar, preservando-me eternamente como uma peça de museu: "Refugiada Europeia da Metade do Século xx". Não que eu precise de preservação. *Unkraut vergeht nicht*, dizia minha mãe: erva daninha não morre.

No outro lado do pacote está escrito "Universidade Columbia Nova York, Departamento de Línguas Germânicas". Aqui em Sydney, os acontecimentos do mundo chegam muito depois e em forma de ficção, suavizados e apagados como cacos de vidro na areia. E agora?

Cara dra. Becker,

Referimo-nos a correspondência anterior sobre o assunto. Como a senhora sabe, o Mayflower Hotel será demolido no fim de 2001. Para tanto, o prédio está sendo evacuado.

*Um Gottes willen!* Como eu ia saber? Enfurnada aqui em Bondi? E que "correspondência anterior" é essa? Mas, convenhamos, pode ter me escapado da memória.

Os documentos anexos, pertencentes ao sr. Ernst Toller, foram encontrados num cofre no porão. O material consiste numa primeira edição da autobiografia do sr. Toller, *Eu era alemão*, acompanhada de folhas datilografadas com correções. Sobre elas, encontrou-se um bilhete manuscrito com as palavras "Para Ruth Wesemann". A Autoridade de Restituições alemã confirmou que, anteriormente, a senhora era conhecida por Ruth Wesemann.

Se for da sua vontade, a Biblioteca Butler da nossa universidade ficará honrada em preservar esse material para as gerações futuras. Já conservamos a primeira edição das peças de Toller, assim como sua correspondência do tempo que passou nos Estados Unidos. Tomamos a liberdade de fazer uma cópia de segurança.

Se eu ou outro membro da faculdade pudermos lhe ser útil, seremos gratos pela oportunidade.

Atenciosamente,
Mary E. Cunniliffe
Diretora de Coleções Especiais da Brooke Russel Astor.

Toller!

O livro está quebradiço como uma pele velha ou uma pilha de folhas. A lombada encontra-se avariada, soltou-se da capa de pano por causa das folhas de papel enfiadas entre as páginas. Uma coisa dele para mim: só pode ser sobre ela.

Tento colocá-lo na mesa de centro, mas minhas mãos estão trêmulas e alguns papéis caem no vidro, depois escorregam para o chão. Uma pontada dentro de mim — levo a mão ao peito para checar o emplastro na altura do coração.

Na presença dele e dela, sou devolvida ao âmago do meu eu. Todas as minhas sarcásticas defesas, minha concha cáustica adquirida a duras penas, não são nada. Antigamente eu era tão aberta para o mundo que isso dói. A sala se embaça.

Quando volto a pegá-lo, o livro se abre na primeira anotação datilografada:

Eu me recordo de uma mulher a cujo ato de coragem devo a salvação deste manuscrito. Em janeiro de 1933, quando deram ao ditador de Braunau poder contra o povo alemão, Dora Fabian, cuja vida acabou tristemente no exílio, foi ao meu apartamento e levou duas malas de manuscritos a um lugar seguro. A polícia descobriu o que ela tinha feito e a jogou na prisão. Dora disse que os papéis tinham sido destruídos. Posta em liberdade, ela fugiu da Alemanha e, pouco antes de morrer, tirou os papéis de lá com a ajuda de um nazista desiludido.

Ernst Toller
Nova York, maio de 1939

Toller sempre foi um mestre da concisão.

Cubro os joelhos com uma manta. Queria me arrastar de volta para o fundo da noite, talvez para sonhar com ela. Mas os sonhos, nós os controlamos menos do que qualquer outra coisa na vida, ou seja, não temos nenhum controle sobre eles.

# Toller

Estou tão acomodado aqui que talvez nunca mais saia deste quarto. O Mayflower, no Central Park West, é um hotel bastante bom — não o melhor, longe disso. Mas, para ser sincero, bem acima do que posso me permitir. A sinceridade, porém, é muito difícil. Se eu olhar detidamente para a verdade, corro o risco de ficar transtornado de remorso e de perder a esperança no mundo.

Por outro lado, pode ser que eu já esteja de fato transtornado. Na semana passada, no metrô, um homem que ia distraído, segurando-se na alça de couro presa à barra horizontal do vagão, ficou me encarando durante um bom tempo. Sem pensar, eu lhe endereceі o que Dora chamava de meu "famoso sorriso pessoal". O coitado virou a cara como se tivesse flagrado um tique nervoso.

Fugi da Europa para o país da liberdade, mas não contava muito com a invisibilidade. Em Berlim ou Paris, em Londres ou Moscou, ou em Dubrovnik, eu não conseguia dar dois passos sem tropeçar nos caçadores de autógrafo. Certa vez, num momento de ternura, Dora me disse que era bom para mim saber que valorizavam meu trabalho. Mas fazia tempo que eu era famoso; eu era íntimo do Toller fantasma que a imprensa inventara. Embora precisasse de aplauso como de oxigênio, nunca acreditei que o amor e as aclamações fossem direcionados a mim, ao meu verdadeiro eu, o qual, devido aos meus períodos negros, tratava de manter bem escondido.

Clara foi buscar café. Estamos num hiato; o hotel sabe que não posso pagar a conta, mas não vai me mandar embora. Por gratidão, não cometemos o abuso de solicitar o serviço de quarto.

Adoro o Central Park. Neste momento, um homem está lá embaixo trepado numa tribuna improvisada, gesticulando para os transeuntes, tentando atraí-los e prendê-los como papéis ao vento. Conheço essa sensação: os olhos a gritar que o mundo pertence a você, e você não pode revelar isso caso alguém apenas pare a fim de escutar. É exatamente essa perspectiva de algo recém-imaginado, de uma nova possibilidade de crença, que os Estados Unidos oferecem a todos os forasteiros.

O livro está no meu colo. Que *chutzpah* é escrever a história da minha vida aos quarenta anos! Ou um mau agouro. Talvez, por tê-la escrito, eu agora sinta que a vida acabou. Dora me faria parar com isso. Há pessoas que fazem com que nos comportemos melhor só de pensar nelas.

Faz seis anos que começamos a trabalhar neste livro. Em Berlim, no meu escritoriozinho acanhado da Wilmersdorfer Straße. A escrivaninha de Dora ficava atrás da porta, praticamente escondida se alguém a abrisse. Sentava-se ali na sombra, os pés descalços apoiados em dois dicionários empilhados no chão. Minha escrivaninha era maior, junto à janela. Dora anotava as minhas palavras, ralhando comigo e me corrigindo quando eu perdia o rumo. Achava que eu omitia as emoções mais amargas e mais básicas, em prol, como ela dizia, "desse monte de façanhas heroicas". Eu não queria escrever sobre o que se passava dentro de mim.

Nossa briga mais feia foi quando eu estava escrevendo sobre o meu — como dizer? —, sobre o meu colapso na ocasião em que me dispensaram da frente de batalha. Quando queria me interromper, Dora punha o bloco de taquigrafia no colo. Quando queria dizer algo sério, voltava-se para a escrivaninha, pousava cuidadosamente o bloco e o lápis, e olhava para mim de mãos vazias. Aquela foi uma época de mãos vazias.

Ela juntou as palmas das mãos entre as coxas. "Eu acho...", disse, e parou. Correu as mãos pelo cabelo escuro e curto que voltava a lhe cair no rosto. E recomeçou. "Você acabou de escrever com tanto vigor sobre os horrores das trincheiras. E sobre tentar salvar seus homens." Sua voz leve e grave ficou mais grave. "A gente precisa saber quanto de coragem isso lhe custou."

Meu coração bateu mais devagar. "Pode ler de novo?"

Ela pegou o bloco na escrivaninha e leu: "'Fiquei muito doente. Com o coração e o estômago afetados, fui internado num hospital de Estrasburgo. Num mosteiro tranquilo, monges bons e silenciosos cuidaram de mim. Depois de muitas semanas, fui dispensado do Exército — incapaz de continuar prestando serviço.' Só isso". Estendeu sua mão de unhas roídas. "Acabou."

Cruzei os braços. "Passei treze meses na frente ocidental", disse. "E seis semanas inteiras no sanatório. Foi um período negro. Não tenho nada a dizer sobre isso."

Dora esfregou as mãos no rosto. "Então vamos deixar de lado por enquanto." Virou-se para a escrivaninha.

Eu daria tudo para vê-la agora, mesmo que fosse só para brigar comigo, para se virar e me voltar suas costas magras.

"Pronto." A voz de Clara rompe o ar. Ela coloca dois copos de papel na mesa à minha frente, sorrindo como para assinalar um recomeço melhor do que qualquer coisa que esteja acontecendo neste quarto. "Adivinha o que isso tem de especial?"

Demoro um pouco a registrar a pergunta. "A mágica de pôr líquido no papel?" Adoro esse tipo de descoberta desde que cheguei, a engenhosidade absoluta, não convencional e prática dos Estados Unidos.

"Não." Ela sacode a cabeça. "Esses copos são *intermináveis*." Usa a palavra inglesa. "Copos infinitos, *infinite*! Podemos voltar lá e eles tornam a enchê-los, sempre."

Acho que me mostro pouco convencido ou não adequadamente fascinado.

"Ou talvez não." Clara encolhe os ombros e ri um pouco, senta-se. "Preciso descobrir como funciona."

Folheia o bloco de taquigrafia, mais feliz agora que teve contato com o mundo exterior, que descobriu o copo interminável. Ela não é minha secretária, e sim de Sydney Kaufman, do escritório nova-iorquino da MGM. Sid ficou com pena de mim quando meus *scripts* não deram em nada (faltam "*happy ends*", disse Hollywood) e resolveu me emprestá-la.

Clara acha a parte em que parou.

Estou petrificado. Sei fazer caricaturas. Tipos numa peça — a Viúva, o Veterano, o Industrial —, mas não uma pessoa tão gigantesca para mim. E se o meu talento só servir para a redução?

"Para entendê-la", digo, "é preciso entender o que ela estava tentando fazer. Dora era... um verbo."

Clara sorri.

"Tudo isso veio da guerra. O nosso partido pacifista, os independentes. E, lamento dizer, de Hitler e dessa guerra que ele está travando."

Consulto o livro no colo em busca da passagem sobre meu colapso. Agora é extraordinário para mim, o engano das palavras, o fato de que, mesmo dizendo tudo, podemos não revelar absolutamente nada. Vou começar fazendo como Dora dizia.

"Pronta?"

"Estou." Clara pega o lápis.

"O.k. O título é 'Sanatório'." E então continuo em ritmo de ditado.

É praticamente um menino que se levanta para cantar. Penugem loira nas bochechas e alguns pelos mais densos, rebeldes, no queixo. Vê-lo nesse estado de transformação — nem menino nem homem — parece um ato de intimidade que não devia ser permitido. Fora daqui, ele teria começado a fazer a barba. Com um movimento dos ombros, enfia os pulsos na batina, como se fossem muito frágeis para serem vistos. Mas não consegue impedir que as mãos gesticulem com as notas que saem dele para encher a sala e pairar dentro de nós.

Havia um garoto dessa idade em Bois-le-Prêtre, sentado na trincheira com lágrimas e ranho escorrendo por seu rosto. A farda não lhe servia e ele não bateu continência para mim.

"O que foi, soldado?"

"O meu amigo", ele choramingou. Havia um rapaz estendido na grama às suas costas, também de dezesseis ou dezessete anos. Os olhos ainda abertos. A parte posterior do crânio e a orelha esquerda arrebentados. As moscas já estavam chegando para o banquete.

"O que você está fazendo sozinho aqui?", perguntei ao garoto. Eu sabia da crueldade da minha pergunta: até o bombardeio, vinte minutos antes, ele não estava sozinho. Agora tentava não abandonar o amigo. Tentava não ser abandonado.

"Eu... eu..."

"Volte para o acampamento."

O garoto se levantou e começou a ir pela estrada de terra entre duas fileiras de álamos finos.

"Soldado!"

“Senhor?” Ele deu meia-volta.

“Você se esqueceu de tirar as botas dele.”

Ele me endereçou um olhar de ódio tão puro que tive certeza de que ele podia continuar combatendo.

Quanta brutalidade tínhamos acolhido em nós.

No sanatório, nos sentamos a uma mesa comprida, os monges de hábito marrom à cabeceira, os soldados na outra ponta. Nós, os pacientes, vestíamos restos de farda — os sobretudos são muito cobiçados — ou uma miscelânea de roupas civis, caso os parentes tivessem conseguido enviar alguma. O único barulho é o das sandálias de couro dos noviços na pedra, quando trazem a comida. Tudo é sereno, à parte o Cristo pendurado na extremidade da sala, nu e moribundo. Pelo que sei, ele e eu somos os únicos judeus aqui. Uma fileira de janelas altas deixa entrar a luz que estria o cômodo, iluminando o ar e suas diminutas partículas voadoras.

Faz sete semanas e meia que não falo. No hospital militar de Verdun, puseram eletrodos na minha língua para despertá-la, como se o defeito fosse mecânico. Quando gritei, eles determinaram que meu corpo nada tinha de errado e me mandaram para cá, onde o tempo, empurrado por sinos vagarosos, se alonga para curar.

O silêncio foi um alívio.

Lipp acena com a cabeça ao se sentar ao meu lado, enfia um guardanapo no colarinho e o estende largamente no peito. É um médico com roupas chiques, mas também socialista — faz questão de morar numa cela de pedra como todo mundo aqui. É tagarela, dedicado nos cuidados que tem conosco. Não se choca com nada. Durante o dia, eu o vejo deslocar-se entre os homens como se estivesse fazendo as rondas de um hospital normal, falando baixo, cofiando o cavanhaque. Dirige-se a mim sem esperar resposta, como se ser mudo fosse uma reação inteiramente adequada neste mundo.

No verão de 1914, todos queriam a guerra, inclusive eu. Diziam que já tinha havido ataques franceses, que os russos estavam se concentrando nas nossas fronteiras. O Kaiser nos convocou a todos para defender a pátria, independentemente de política ou religião. Disse: "Eu não conheço partidos, só alemães...". E depois acrescentou: "Meus queridos judeus...". Meus queridos judeus! Ficamos impressionados com esse convite pessoal para a guerra. A guerra parecia santa, heroica, tal como nos ensinavam na escola — algo que dava sentido à vida e nos tornava puros.

O que tínhamos feito para precisar de tal purificação?

O dr. Lipp inclina a cabeça, fecha os olhos, em seguida faz o sinal da cruz e dirige a atenção a sua tigela, na qual cevada e pedaços de cenoura flutuam num caldo claro. Excepcionalmente para um socialista, ele também é um católico fervoroso. Está convencido de que todas as coisas fazem parte de um plano, ainda que os mortais não o conheçam.

Alguns veteranos têm ferimentos horrendos, reparados da melhor maneira possível nos hospitais de sangue antes que os homens viessem para cá tratar de outros danos, invisíveis. Quatro perderam as pernas ou parte delas. Cada um tem o direito de receber duas pernas protéticas do Ministério da Guerra em Berlim, mas elas não chegaram. O rapaz em frente a nós perdeu os braços, um na altura do ombro, o outro, a partir do cotovelo. Suas próteses chegaram. São feitas de metal e ficam presas ao peito, no lado em que não há braço nenhum, e ao que resta do outro braço por tiras de couro com fivelas de metal, tal como uma mochila escolar. Ele deve precisar de ajuda para pô-las de manhã. Quando se senta, reparo que está com a braguilha desabotoada — por descuido ou por necessidade? Num mundo sem braços, é difícil manter a dignidade. Será que ele consegue manusear o pinto com o gancho?

Seu vizinho pega a colher e, sem consultá-lo, começa a lhe dar de comer. Antes, nas ruas de Munique ou Berlim, quando eu passava por homens que tinham voltado, os sem-perna rodando sobre pranchas, as mãos enroladas num pano para empurrar o chão, ou sentados nos cotos em cobertores cinzentos do Exército, vendendo fósforos, ou as centenas e centenas de pernetas de muletas, eu os considerava hábeis. Permitia-me fantasiar que, por causa da habilidade com a prancha, a muleta ou a bengala, o aleijado tinha se adaptado à situação. Aqui nós caímos das muletas ou das cadeiras, sujando-nos e chorando de raiva. Isso também é uma fase de transição que deve ficar escondida. E é aqui que a escondemos.

Hoje o caldo está bom: galinha. Os monges criam as suas e não são obrigados a mandá-las para o esforço de guerra, só os ossos depois, como todo mundo, para a ração do gado. Theo, à minha esquerda, era aprendiz de garçom no restaurante Aschinger, em Berlim. Uma granada lhe arrancou o nariz e o maxilar superior; ele anda com um pano escuro no meio do rosto. Por baixo, há um buraco avermelhado pelo qual a respiração entra e sai. O pano não tem função prática; Theo o usa para poupar os outros de vê-lo. Tem olhos azul-claros, também difíceis de olhar.

Ele começa a se alimentar, levando a colher até o fundo da garganta e engolindo como pode. O barulho é nojento. Nunca beijará uma garota. Nunca trabalhará. Não pode falar. Lá fora os mortos são honrados como heróis, mas aqui os mutilados se envergonham.

Lipp olha para ele e balança a cabeça, aprovando. “Muito bem”, diz, “assim mesmo.”

O próximo prato é conserva de arenque com batata. Theo amassa o peixe oleoso nos pedaços de batata e faz o melhor que pode.

No fim do almoço, tocam outro sino. Deixamos as colheres na mesa, vestígios de calda de damasco, uma lustrosa filigrana nas tigelas. Retoma-se a conversa na saída. Os homens acendem cigarros. Eu vou atrás de Lipp, que está falando a Theo de um maxilar protético de metal, "engenhosamente parafusado no osso restante". Levaram embora as fichas de Theo.

Quando Lipp se dirige a outro interno, Theo dá comigo. Ergue as sobrancelhas e o paninho solta um bufido. É corajoso, mas tem o olhar de muitos de nós aqui: esta não pode ser a minha vida; deve ter havido um engano.

Acho que ele gosta do nosso silêncio mútuo. Sabe tão bem quanto eu que os médicos do governo não vão lhe dar maxilar mecânico nenhum — ou, se derem, sabe lá quando isso poderá acontecer. Virão avaliar se ele, Theo Poepke, pode voltar à vida civil ou se ainda vai passar muito tempo num dos hospitais militares secretos. Não é uma questão de saúde. É de moral: as autoridades não querem que o ferido horroroso sabote o apoio à guerra, assuste as mulheres no bonde.

Assim que Theo se instala na minha cela para ler, o dr. Lipp entra correndo, brandindo um jornal.

"A maré está mudando!", grita. E, em seguida, mais alto: "O fim está próximo!".

Theo olha para mim, amistoso. Somos mudos, não surdos.

Bolhas brancas de saliva se acumularam nas comissuras da boca de Lipp e o forro rosado do bolso de sua calça pende, flácido, para fora.

"Os social-democratas racharam! Um grupo deles vai votar pelo fim da guerra! Corte de verba! Vão fundar um novo partido pacifista, o..." Estreita o olho esquerdo para prender melhor o monóculo. "'Partido Social-Democrata Independente'. É isso, rapazes..." Bate ruidosamente no jornal com o dorso da mão.

"Mostre", digo.

"... e dessa vez não vão trancafiá-los!", Lipp conclui. Então para, um sorriso úmido dilatando seus lábios. "Ele fala", diz.

Theo olha para mim, erguendo o canto dos olhos. Talvez seja um sorriso.

Comecei a falar, e eles não tardaram a me dar alta. Primeiro fiquei sem rumo. Era 1917, embora o fim da guerra estivesse mais próximo que o início, ainda faltava muito. Fui para Munique e me matriculei na universidade; tive um caso com uma garota cujo amante estava na linha de frente. Quando o mataram, ela perdeu o interesse por mim.

Meus amigos continuaram morrendo durante todo aquele ano e o seguinte. Eu tinha sido salvo, mas não me sentia digno disso. Então ingressei no novo partido — o Independente —, e fizemos campanha pela paz. Minha força começou a voltar. As autoridades nos chamavam de traidores, sabotadores do esforço de guerra. Dissolviam nossos comícios e nos prendiam. Mas estávamos tão dispostos quanto eles a morrer por nosso país, alguns de nós já tinham morrido. Só queríamos salvá-lo primeiro.

No mosteiro, pensei que os átomos se haviam realinhado para me formar outra vez, voltaram para o lugar por força das notas musicais e de uma graça invisível. Mas agora vejo que a coisa sólida estava fora de mim; eu tinha atado minhas esperanças à história.

Veio a Revolução Russa, e nós ficamos esperando a nossa.

Clara movimenta os ombros, o pescoço de um lado para o outro. É como se nós dois tivéssemos voltado ao mosteiro com os feridos e os monges.

"Tudo bem com você?", pergunta.

"Fazia muito tempo que eu não pensava nessa gente." Minha voz sai rouca.

Há uma ruga entre suas sobrancelhas, seus olhos perscrutam. É um rosto devastado pela perplexidade, transbordante de simpatia. Clara pisca e a manda embora. "E se eu for buscar uns sanduíches para nós?"

"Obrigado."

Ela leva as mãos às costas e arqueia como um gato, depois empurra a cadeira. Vai até a porta pegar o casaco, mas se vira e me olha antes de chegar lá.

"Pensei que depois do almoço poderíamos trabalhar um pouco no parque." Abre os braços, apontando para o mundo abandonado. "Quer dizer, espairecer. Ver o que resta das flores de cerej..."

Eu sacudo a cabeça. Vou ficar neste quarto. Sempre trabalhei melhor em cativeiro.

Clara veste o casaco.

"Por que você não almoça no parque?"

Ela hesita, depois fica aliviada. "O.k...." Pendura a bolsa no ombro.

"Aliás, tire folga à tarde. Já trabalhamos bastante por hoje."

Ela me olha com incredulidade. É inconcebível para ela que alguém fique voluntariamente dia e noite num quarto quando, lá fora, esta grande cidade brilha e chama como um parque de diversões, uma caixa de surpresas para seres humanos. Também desconfia que eu não vá comer.

"Primeiro eu trago o sanduíche."

"Não precisa."

"O de sempre?" Clara tem um modo de me ignorar que é meigo, não brusco. É uma domadora de circo com um leão velho e cansado. Não precisa de cadeira ou chicote, basta o tom de voz.

"Obrigado."

"Alcaparra?"

"Por favor." Eu sorrio. "E obrigado, Clara."

# Ruth

Tiro o leite da geladeira e o cheiro. Está bom. Pego a chaleira fervente e tenho o cuidado de despejar a água na xícara, *não* na lata de International Roast. Na semana passada, num minúsculo instante de vaporosa distração, acabei inundando uma lata de café. Enfio um pacote de biscoitos Scotch Finger debaixo do braço e levo a xícara para a sala da frente. A maioria dos velhos, estou convencida, vive de biscoitos Scotch Finger.

Quando volto a me sentar em frente a Toller, espalho migalhas por toda parte — é o big bang dos biscoitos! Há mais migalhas do que havia biscoito, e as coisas ficarão inexplicáveis para sempre. Bev vem fazer a limpeza mais tarde. Claro que se zanga quando o lugar não está limpo. Há muito tempo decidi levar na brincadeira seus resmungos e bufos, seus venenosos reproches voadores, como algo que nos ligava. Ela menospreza meu descuido (mas parei de fumar cigarrilha!) enquanto finjo gratidão por sua ajuda. Com esse ritual, reconhecemos silenciosamente que a virtude dela é superior à minha, ao passo que eu, por mero acaso e de modo algum por merecimento, sou superior em questão de dinheiro.

Então Toller esteve num sanatório. Acho difícil imaginar esse agitador mudo. Dora nunca mencionou isso — talvez não soubesse muito a esse respeito, embora tenha me contado outras coisas sobre a guerra dele, coisas que ele não falava em público. Toller alistou-se como voluntário, disse ela, porque queria "provar com a própria vida" seu amor pela Alemanha. Sua coragem física assustava os que conviviam com ele. Certa vez em que um soldado caiu ferido numa terra de ninguém, Toller saiu para buscá-lo, mas uma borrasca de fogo de artilharia o obrigou a voltar à trincheira. O garoto passou três dias e noites chamando-os pelo nome, primeiro aos berros e desesperado, depois em voz baixa e com mais tristeza. Quando ele morreu, o entusiasmo de Toller pela guerra solidificou-se numa temeridade suicida na proteção de seus homens. Dora disse que ele se sentia responsável pelo desastre em que estavam metidos, como se, de certo modo, a culpa fosse toda dele.

Queridíssimo Toller. Por que será que as pessoas famosas são muito mais baixas na vida real? A primeira vez que Dora o levou ao meu estúdio em Berlim — ficava na praça Nollendorf, de modo que deve ter sido em 1926 ou 1927 —, abri a porta, olhei para baixo e só vi dois gramofones enormes e um par de pernas abaixo de cada um. A voz de Dora veio de trás de um deles.

"Ele comprou seis destes, acredita? Para os amigos. Um é seu."

"Mas nem nos conhecemos!" Fiquei sem jeito assim que as palavras saíram da minha boca, como se as tivesse dito perante a realeza. Porém eu estava chocada com a extravagância.

"Não seja tão literal, Ruthie", a voz de Dora disse. "Vai nos deixar entrar?"

Colocaram os gramofones sobre a mesa. Toller se voltou para mim, sorridente. Por um instante, me vi na presença de uma obra de ficção, de alguém saído das páginas da Revolução de Munique, de um cartaz de PROCURA-SE, de anúncios publicitários de teatro. E então ele simplesmente estava lá, apertando minha mão: um jovenzinho de camisa de seda amarrotada, o cabelo revolto e agrisalhado caindo na testa. Olhou-me nos olhos.

Toller não era de conversa fiada, não sabia como tratar os *Bekannten* — conhecidos. Cravava os olhos escuros em nós um tanto demoradamente. Sua única atitude com todo mundo era a intimidade. Por isso as mulheres o adoravam. Ele desprezava todos os gracejos torturantes, as negociações incertas do flerte, e falava como se as conhecesse, como se já tivesse estado dentro delas. Quem não se entregaria totalmente a um homem capaz de se sacrificar a qualquer hora para salvar o mundo?

Toller ainda estava sorrindo, segurando minha mão. "Eu conseguiria olhá-la nos olhos", disse, soltando minha mão e apontando frouxamente para suas pernas arqueadas, "se estas coisas fossem retas."

Eu ri.

"Dora me falou de você."

"É mesmo?" Aquilo me pareceu estranho. Dora estava à minha mesa de luz examinando alguns negativos. Mas, por seu silêncio, eu sabia que ela estava escutando. Assim como tudo que ele me dizia era para provocá-la.

Dora se virou, reprimindo um sorriso. "Que exagero", protestou, pondo os olhos nele. "Eu não disse quase nada."

"Ela contou que eu estava precisando de um gramofone?" Olhei de um para outro. Eles riram. "É muito amável, mas eu não posso..."

"Por favor", pediu o grande homem, mostrando-me a palma das duas mãos, "eu não resisti. Queria muito que você ficasse com ele." Começou a tossir, levando o punho cerrado à boca.

Percebi que fazer um escândalo seria dar a entender que não era normal comprar seis gramofones por capricho, ou pelo menos um deles para alguém que você nunca tinha visto.

"Bom", eu disse. "Obrigada."

Ele se mostrou aliviado. A tosse parou. "Desculpe." Levou o punho ao peito. "Um antigo problema pulmonar."

Dora soltou uma risadinha. "Era a *malaise du jour* da sua geração, não era? O problema no pulmão." Ela falava sem rodeios, mas também sem sombra de maldade. As pessoas raramente se ofendiam, porém vi Toller se espantar. Minha prima trabalhava para ele havia apenas duas semanas.

"E qual era o da sua?"

"Ah, bem..." Ela pensou depressa. "O da minha era... um complexo qualquer. Complexo de pai, complexo de mãe, complexo de insegurança, complexo de autoridade..."

"Tenho todos esses também", disse Toller, sorrindo. "Só que não me fazem tossir. E não sou nem dez anos mais velho que você."

Dora balançou a cabeça como que para dizer *touché* e voltou à mesa de luz. Entre eles havia uma tensão que eu quase conseguia enxergar, como um cordão atravessado na sala, tenso, frouxo e tenso outra vez. Percebi que eram amantes.

Mostrei uma cadeira a Toller. "Vamos começar?"

Dora havia pedido que eu o fotografasse para um pôster publicitário de *Wotan desacorrentado*, sua nova peça. Ela me contara que era muito mordaz — uma comédia sobre um barbeiro megalomaníaco chamado Wotan que deseja, mediante uma hábil combinação de demagogia com carnificina, salvar a Alemanha do pós-guerra dos comunistas e dos judeus. (Pensando nisso agora... Que terrível para Toller, realmente, conseguir enxergar com tanta nitidez o que estava por vir.)

Eu toquei de leve em seu ombro para endireitá-lo. O ciclorama atrás dele era branco como sua camisa; ficaria bonito fazer aquela cabeça grande e escura sair da luminosidade.

"Apenas seja você", eu disse, voltando para minha câmera.

"É fácil para você dizer isso." Ele olhou para a câmera no tripé. "Você fica escondida atrás dessa coisa."

Parei de desenrolar o filme. Ele ficou sorrindo para mim de tal modo que me senti súbita e totalmente vista.

Voltei ao meu trabalho.

"'Aja com naturalidade'", prosseguiu ele, "é a pior coisa que se pode dizer a um ator. Eles simplesmente esquecem como fazer isso. Começam a se pavonear lentamente." Ajeitou-se na cadeira. Quando voltei a olhar, ele estava posando, o punho no queixo e a testa enrugada, como o *Pensador* de Rodin.

"Pare de representar você mesmo", gritou Dora do outro lado da sala.

"Eu falei que é dificílimo", ele me disse em voz baixa, e em seguida começou a brincar, fazendo uma pose atrás da outra, de pensador para pugilista, depois para gorila coçando os flancos, como um ator se aquecendo ou alguém em busca de seu personagem. Não estava dando certo.

"Dee, pode me dar uma mão aqui?", pedi.

Ela se aproximou. Eu lhe dei um fotômetro para que o segurasse atrás de mim. Aquilo não era necessário; eu apenas precisava de Dora na linha visual dele, para sossegá-lo.

A fotografia se tornou famosa. Foi usada nos cartazes de todas as suas produções dali em diante, e às vezes também nos jornais. É um close-up dominado pelos olhos. São grandes e bondosos e, de certo modo, nus. A boca carnuda e curva está fechada. A testa, um pouco enrugada; combina com a covinha no queixo. Ele parece ter acabado de pedir a você, pessoa muito querida, que participe de uma de suas causas — alimentar russos famintos, ou revogar as leis de censura, ou libertar presos políticos. É o garoto-propaganda do mundo novo do pós-guerra e, embora saiba o preço que você deverá pagar, ele quer *você*. Está envolto por um halo de luz frágil como vidro, feito uma bolha.

* * *

O sol jorrando pela minha janela da frente parece ter aberto uma brecha na minha cabeça: ah, as vantagens térmicas da calvície de padrão feminino! Nem sempre fui tão rala aqui em cima. Mas devo dizer que, em geral, foi uma bênção não ter sido uma mulher bonita. Como quase ninguém olhava para mim, eu mesma estava livre para olhar.

O livro de Toller está na mesa. Algumas de suas correções continuam enfiadas entre as páginas, no lugar em que ele as queria. Eu me inclino e pego as que se espalharam.

Lá fora, um caminhão basculante buzina no vizinho, dando ré às cegas para estacionar. As nuvens sobre a rua e o jardim recuam, afastando-se de mim, de camisola em casa, em direção ao mar. Na primavera de Sydney, elas se apresentam todas as manhãs, enrolando-se e se afastando de nós como a tampa de uma lata de sardinha. O canto dos pássaros é intenso. Escolho acreditar que é a alegria de um novo dia, mas sei que estão verificando quem sobreviveu à noite.

Deste ângulo na cadeira, aquelas nuvens vão se enganchar na pluméria do jardim, seus galhos nus como um coral gigantesco a sondarem o ar. Se a árvore não as detiver, as nuvens seguirão adiante até sufocar os dois fios elétricos que prendem a casa ao poste na rua. *Água e eletricidade não se misturam*. Vozes voltam para mim, ou às vezes apenas injunções.

A mente é um instrumento interessante. Enrola-se e se desenrola de modo próprio. Ou o instrumento é o cérebro, sendo a mente algo de todo diferente, um efeito dele, um *Scheinbild*? O professor Melnikoff diz que os pacientes com Alzheimer retrocedem nas lembranças, até que as primeiras coisas que aprenderam sejam as últimas que eles esquecem: "por favor" e "obrigado", as civilidades residuais do humano plugadas no hipocampo. Desaprendemos a ir ao banheiro, mas educadamente. *Obrigada por me limpar.*

Mas, *Gott sei dank*, o que eu tenho não é Alzheimer. Apenas de vez em quando, como ao pegar no sono, surge uma lembrança obscura, como um slide no projetor. Meus amigos e as outras pessoas escapam dela e entram no quarto, respiram, se inquietam e abrem a boca.

Algumas lembranças talvez nem sejam minhas. Ouvi as histórias tantas vezes que acabei assimilando-as, lustrando-as e asfixiando-as como faz a ostra com o grão de areia, e agora, minhas ou não, elas são o meu eu mais reluzente.

Também foi em 1917 que eu tive o primeiro contato com o Partido Social-Democrata Independente. Quando Toller estava no sanatório, eu tinha onze anos e também me encontrava em tratamento. Mas o que ficou gravada em minha mente foi a recuperação e nem tanto a doença. Eu morava na casa de Dora, e foi ali que minha vida começou: como observadora, como plateia. E como prima.

Naquele ano, a escarlatina se espalhou na minha aldeia na remota Silésia. Quatro crianças morreram. Todos os bons médicos estavam no front com meu pai. Papai era voluntário, como tantos judeus. Não o tinham deixado estudar direito — isso só foi permitido aos judeus na época de Hugo, seu irmão caçula —, mas a guerra os recebeu de boca escancarada. Com a minha cabecinha de menina, imaginei que, com tantos médicos por lá, nada de ruim podia lhe acontecer.

Como eu tinha passado três dias suando, minha mãe mandou Marta ao *Sanitätsrat*, o funcionário de primeiros socorros da aldeia. Era um açougueiro aposentado de mãos enormes e hálito azedo. O ofício lhe dera certa prática com juntas; ele calcou os polegares diretamente no meu ombro, tornozelo, joelho, quadril — até eu gritar.

"Aqui!", declarou, apontando para um pequeno inchaço na pele sobre o osso ilíaco. "A febre se alojou aqui!"

O homem abriu um estojo como de instrumento musical e dele tirou um cilindro de vidro comprido. Encaixou uma agulha na ponta enquanto eles me seguravam — Marta e mamãe os meus ombros, Cook, nossa cozinheira, os meus pés. O *Sanitätsrat* pôs a mão na minha coxa. A boca de Cook sumiu, virou um risco.

Quando ele terminou, eu vi toda a seringa jaspeada de vermelho e verde-amarelo.

"Precisamos esticar a perna dela", pontificou o *Sanitätsrat*. Saiu e voltou do açougue com uma armação. Ela ainda estava com ganchos de carne pendurados num triângulo de metal. Ele ligou meu pé enfaixado a um sistema de polia e preso acima da armação. A ideia era estirar minha perna infectada para que ela não ficasse mais curta que a outra. Passei dois meses de cama e, desde então, tenho um andar arrastado que nunca me incomodou.

Meu pai voltou pouco tempo depois. Estava com um braço paralisado, ferimento de que se orgulhava como se fossem as cicatrizes de um duelo de uma confraria universitária. Precisou aprender a fazer tudo com a mão esquerda. Certa vez, no almoço, mamãe pensou que eu estivesse zombando da sua falta de jeito e me repreendeu energicamente.

"O que aconteceu com você? O gato comeu seus bons modos? Metade da sua sopa caiu de volta no prato!"

Minha boca só abria até a metade. O pus também tinha se alojado na minha mandíbula e a travava.

"Chega de resmungar, tagarela", disse mamãe. "Você mesma deve ter estragado o mecanismo de tanto usá-lo."

A ironia da família: chamavam a quietinha de tagarela. Mamãe tinha certas regiões de ternura e banalidade — o cuidado de animais doentes, letras tolas de opereta, presentes caros para as empregadas, sofisticados enfeites de chapéu (lembro-me de um passarinho de brinquedo e — será possível? — de um navio de três mastros em miniatura, mas completo) —, no entanto tinha um coração espartano. Meu irmão e eu não merecíamos nossa sorte e saúde, mas éramos pessoalmente responsáveis por nossas desgraças. (Essa, eu descobri, é uma barganha difícil na vida.)

Em Beuthen, um médico local se ofereceu para operar minhas bochechas, cortar o tendão e soltar o maxilar.

"Mas ela vai ficar com uma cicatriz pelo resto da vida!", gritou meu pai. Na carruagem a caminho de casa, manifestou sua preocupação em voz alta. "Ela não pode, além de tudo, ficar com uma cicatriz." Com "além de tudo" ele queria dizer além de coxear.

Em Berlim, tio Hugo, o pai de Dora, encontrou um cirurgião com uma ideia. Cortar-me atrás das orelhas para que as cicatrizes ficassem escondidas.

Depois da operação, meus pais me deixaram seis semanas com tio Hugo e tia Else, para que o professor pudesse visitar sua obra. Era a primeira vez que eu ficava longe de casa sozinha.

Estava com a cabeça raspada e enfaixada com gaze por cima do cocuruto e apertada sob o queixo. O professor deixou aberturas na altura dos olhos, das narinas, da boca e das orelhas. As pessoas me ignoravam como se eu fosse surda ou não passasse de um bicho de estimação: entregavam-se a intimidades e brigas na minha frente.

As crianças são as únicas pessoas que conseguem enxergar a vida dos adultos por dentro, autorizadas a observar cada coisinha, como se a mente ainda em formação fosse incapaz de julgar o que elas veem ou como se aquilo não se alojasse num lugar qualquer delas de forma permanente.

Vi Paula, a empregada da mancha vermelha no rosto, beijar uma colher de pau para treinar, demoradamente e com os olhos cúpidos fechados. Quando Dora estava na escola, eu mexia nas misteriosas ligas e presilhas que ela usava quando sangrava, que ficavam penduradas no espaldar da cadeira. Observei Cook juntar ovos durante cinco dias para fazer um bolo no décimo nono aniversário de seu filho, muito embora Michael tivesse morrido um ano antes no Somme.

O apartamento na Chamissoplatz era espaçoso, e os três — Hugo, Else e Dora — pareciam levar uma vida adulta independente, ligados por vínculos de afeto racional e respeito mútuo, não pela regra do sangue. Minha impressão era de que eles nunca dormiam. Eu podia perambular pelos corredores a qualquer hora do dia ou da noite e ninguém me repreendia nem me mandava de volta para a cama; eles esperavam que a razão e a natureza acabassem me levando para lá.

Quando eu me encontrava com Else em seu escritório, ela se voltava para mim, o cabelo escapando do coque, leve e vivo, e me mostrava uma de suas equações químicas. Explicava a beleza das letras, dos parênteses e números, dos elementos a obedecerem a leis. Eu observava Hugo andando em seu quarto, preparando um discurso para o tribunal no dia seguinte — ou era para o Parlamento naquela época? —, então ele parava em meio a uma frase e ia corrigi-la no atril. Quando me via à porta, exclamava: "*Exatamente* quem eu queria ver!" e me convidava a entrar para encher seu cachimbo ou brincar com Kit, o setter vermelho, escuro e fofo, que passava o dia dormindo lá. Hugo não tinha uma voz especial para crianças. Quando falava comigo, fazia com que me sentisse dentro do meu melhor eu.

Hugo e Dora saíam cedo, de modo que de manhã eu procurava Else. Ficava no quarto dela enquanto Paula a ajudava a se vestir, um botão forrado por vez ao longo da coluna. Recordo que um dia ela virou a cabeça para mim, pesada como uma flor numa haste. Paula seguiu trabalhando.

"Não é nada prático, está vendo?" Sua voz era grave, inesperada, como a de Dora. "Seria melhor se ficassem na frente."

Eu fiz que sim. Quando Paula saiu, ela aproximou o rosto do meu. "Estes botões", enrugou a testa para o mundo tolo, "são um símbolo para que os outros saibam que eu tenho empregada."

Tornei a fazer que sim.

"Venha, tagarela, você precisa do seu ovo."

Depois do café da manhã, Else ia para o laboratório da universidade e eu ficava zanzando sem ter o que fazer. Às vezes fotografava.

Dora ganhara uma câmera caixote Schulprämie por ter terminado o ano em primeiro lugar. Ficava numa prateleira alta do seu quarto. Ela não se interessava pela câmera, mas eu ficava fascinada: uma caixa com olho. Encostava-a no peito e olhava para o vidrinho. Tudo aparecia lá dentro em arredondada miniatura: a cama de armação de aço e a colcha branca, uma pilha de livros instável no chão ali perto. Eu sentia a instantânea camada protetora entre mim e o mundo; mesmo olhando para baixo, via o que estava à minha frente. Gostava acima de tudo do modo como ela me dava uma razão para olhar. Dora deixou-me usá-la enquanto eu estivesse lá.

Primeiro tirei fotografia de coisas inanimadas. Retângulos de luz que a tarde projetava no tapete. O timbale de panelas de cobre penduradas na cozinha e suas gêmeas de sombra no branco da parede. Eu no espelho, a cabeça de múmia inclinada sobre a caixa, as pestanas escuras como franjas na bandagem. O obturador era uma alavanca na lateral da caixa. Fazia um barulho metálico longo e suave, o barulho da captura e do furto. Eu possuía esses momentos quando não possuía absolutamente nada.

Depois fiquei mais ousada, pedia ao meu objeto que ficasse imóvel. Registrei as mãos enfarinhadas de Cook na tigela de cerâmica e, uma vez, o rosto de Dora tão de perto que cheguei a pegar as trêmulas luzes de mogno de sua íris. Uma pomba no peitoril da minha janela virou uma mancha cinzenta de velocidade na revelação.

Quando Dora voltava para o almoço, comíamos juntas, só as duas à mesa. Todo dia eu tomava caldo e arroz-doce com um canudinho. Depois de algumas semanas, não podia mais olhar para aquilo.

"Vamos, Ruthie, só um pouco", pedia Dora. "Não é por muito tempo."

Eu olhava para o prato dela. Costeleta empanada com batata frita e couve.

"Aliás, para que escancarar tanto a boca?", ela refletia, mastigando. "Ela deve ser um resquício. Como um apêndice. Desenvolvida antes das facas", e Dora brandiu sua faca, "quando as pessoas precisavam morder pedaços enormes de antílope. Ou do que fosse."

Dora não se interessava por comida. Preferia ficar falando até que o jantar esfriasse, depois largava, com toda a razão, aquela coisa gelada e incomível no prato.

"Eu não aguento mais engolir esta papa", eu disse.

Ela me encarou. Eu estava de olho na sua comida. Ela pegou o prato, foi para a cozinha e voltou com uma tigela de caldo para si.

"Está sorrindo, tagarela?"

Assenti com a cabeça. Ela pareceu indecisa. Então, de repente, com ar travesso: "Vou mostrar uma coisa". Voltou a se levantar, apoiou o cotovelo na mesa e cerrou o punho. Pensei que fosse me mostrar um novo tipo de queda de braço.

"Olhe."

Abriu muito a boca e a aproximou da mão. Sem tirar os olhos de mim, envolveu o dedo mínimo com os lábios e, a seguir, foi enfiando os outros um a um. Parou no polegar. Inspirou pelo nariz. Era duro de ver, mas ela continuou me olhando o tempo todo. Uma torção, um grunhido feio, e o polegar entrou.

Fiquei horrorizada, fascinada. Lá estava a minha prima, uma mulher, ou quase uma mulher, os olhos pretos cheios de dor, com o punho, o punho inteiro, metido na boca.

"Ugh!" Agachou-se e o tirou como uma bola molhada. Seus lábios ficaram com estrias brancas nos lugares em que se esticaram.

"Viu?" Ela riu, esfregando a boca. "Para que uma queixada desse tamanho? Quem, em sã consciência, pensa em fazer isso?"

Eu tinha onze anos e jamais quis tanto fazer algo na vida.

Uma tarde, ela não voltou para casa. Era abril. Eu me sentei à janela, olhando para a rua. As árvores seguravam com firmeza seu verde secreto, duvidando da primavera. A porta dupla do cômodo contíguo estava aberta. Por ela chegava um murmúrio de vozes de homem, batidas de cachimbo no sapato. Eu não estava escutando. Hugo conversava com seu amigo Erwin Thomas, do Ministério da Justiça. Fiquei olhando a rua: bondes manobrando nos trilhos e os diferentes modelos de chapéu.

Quando Dora enfim chegou, eu a vi pela fresta entre as folhas da porta, rosada de frio. Não fui ter com eles, voltei para o divã nas sombras da sala. Como todas as crianças, eu sabia que conversa de adulto era melhor sem a minha presença. Dora segurava panfletos na mão esquerda que estalavam e se agitavam.

"Tio Erwin!" Ela apertou a mão dele. "Papai."

Hugo a segurou um momento pelos ombros. "Como foi?" Voltou-se para Erwin. "Dora estava na fábrica dos Krupp. Distribuindo panfletos para as mulheres."

Dora ingressara na Juventude Socialista com catorze anos e agora estava no novíssimo partido pacifista, o Social-Democrata Independente. Ela e Hugo tinham passado todas as tardes daquela semana redigindo o panfleto, e eu fiquei por perto, escutando-os debater cada palavra e ideia contidas ali. A especialidade de Hugo, aperfeiçoada na defesa de sindicalistas, era o processo penal. "É legal", disse sobre o rascunho. "Mas receio que isso não sirva de garantia."

Detectei seriedade em sua voz. "O que está querendo dizer?", perguntei.

"Nos dias de hoje, ser legal não é garantia contra a prisão." A guerra continuava, explicou Hugo, portanto protestar contra ela podia ser considerado sedição, por mais cuidadosa que fosse a redação do panfleto. Protestar contra ela à porta de uma fábrica de munição seria, no mínimo, provocar as autoridades. Mesmo assim, tanto Hugo quanto Dora achavam necessário fazê-lo.

Mas lá estava ela, outra vez em casa, sã e salva, postada no tapete vermelho, olhando ora para o pai, ora para tio Erwin.

"Posso ver?", perguntou este, pegando um panfleto. Usava um anel com emblema no dedo mínimo.

Segurou o papel com os braços estendidos e leu em voz alta: "'Uma vez chegada a hora de pôr fim a esta guerra criminosa... contamos com o seu apoio como operários unidos na solidariedade internacional... pela causa da paz...'". Ergueu os olhos, perplexo. "Vocês os estão insuflando à greve?" Virou-se para encarar Hugo. "A Krupp é uma indústria essencial do parágrafo 172. Esse protesto é ilegal!"

Erwin não era um tio de verdade, e sim um amigo da família. Seu pai, Max, laureado com o Nobel de química, tinha sido professor de Else na universidade. O bigode arenoso do tio Erwin tinha duas perigosas e magníficas pontas enceradas. Eu sempre me perguntava como ele dormia com aquilo. Pensando nisso agora, creio que era um homem que achava importante ser como todo mundo. Esquiava em St. Moritz e veraneava com a família numa casa de campo na Prússia; lia os livros que todos liam justamente porque todos os liam. Para tio Erwin, havia um plano de vida no qual as coisas tinham sido estabelecidas por outras pessoas. As satisfações e os prazeres da existência consistiam menos em vivê-los que em ticá-los na lista. Às vezes punha um casaco preto com gola de astracã que me fascinava: um homem vestido com a barriga de pelos levemente encaracolados de um cordeiro.

Naquele dia, estava com um colete justo de flanela cinzenta, a pesada corrente do relógio desaparecendo no bolso direito. Seu rosto estava vermelho.

Hugo não disse nada e se sentou. Como bom ouvinte, sabia transformar o silêncio em uma força poderosa. Erwin voltou-se para Dora.

"No sentido prático, digamos, 'materialista', minha querida" — ele bateu na parte plana do bigode —, "você está pedindo a essas mulheres que votem para perder o emprego." Tornou a olhar para a folha mimeografada. "'Vocês estão no coração da máquina industrial...'", leu, "'vocês têm o poder de inverter a alavanca da destruição...'"

"O sindicato vai sustentá-las enquanto estiverem desempregadas", atalhou Dora. "Estamos tratando da questão mais ampla."

"Se você está fazendo isso, querida", ele a encarou, "precisa saber que o voto pela paz está longe de ser o voto pela indústria."

Dora passou o peso do corpo de um pé para outro. "Eu acredito", disse, "que você acabou de admitir que a nossa economia depende da produção de máquinas de guerra."

Ela tinha dezessete anos. Eu nunca tinha visto uma pessoa tão jovem falar com um adulto daquele jeito. Não era por estar debatendo com ele; era pela segurança de fazer isso com toda a calma.

Notei uma protuberância surgir no rosto de Erwin, bem na altura da articulação do maxilar. Ele se virou para Hugo. "Você leu isto?" Estendeu o panfleto como se fosse uma coisa contaminada.

"Li. É legal. O que, naturalmente", e ele sorriu para a filha, "não diminui em nada a coragem de distribuí-lo."

"A lei é uma folha de parreira sobre o poder", gracejou Dora em voz baixa.

Hugo desenganchou os óculos de cada orelha e começou a limpá-los. "Meu amigo", disse, "eu entendo por que você aderiu em 1914. Mas agora precisa ter a coragem de mudar de opinião. Está na hora de exigir o fim desta guerra terrível."

Os ombros do tio Erwin estavam erguidos e tensos. "Nossos homens estão lá." Apontou para a janela como se os soldados estivessem ali fora. "Estão em Passchendaele e Verdun e na frente oriental. Estão morrendo, e vocês querem que eles morram por nada!"

Hugo examinou os óculos contra a luz. "Não", disse calmamente. "Eu faria com que isto acabasse."

Tio Erwin entrava e saía do meu campo visual pela fresta entre as folhas da porta. Dora se aproximou para tirar o panfleto de sua mão, mas ele o arrebatou. Ela me olhou de relance, porém não fez nenhum sinal.

Quando voltou a falar, tio Erwin se dirigiu a Hugo. A voz saiu pesarosa. "Você não acredita em nada?"

"Acredito", disse Hugo sem se alterar, "que nós estamos dilapidando o nome da Alemanha juntamente com seu sangue. O fato de o país ter entrado na guerra não transforma em traidores os que a ela se opunham no começo nem os que a ela se opõem agora."

"Eu... dou... todo o apoio ao meu país."

"Mas acontece", retrucou Hugo, "que o meu país está errado."

A mão com o anel engoliu o panfleto. E eu o vi retesar e afrouxar a mandíbula.

Quando tio Erwin foi embora, comecei a chorar. Não sei por quê — talvez em reação à raiva adulta. Dora e Hugo ouviram-me soluçar e vieram me acudir. Fizeram piada das bandagens de lenços em meu rosto, mas eu sempre tive vergonha de chorar.

No dia da minha volta para casa na Silésia, Dora tirou da prateleira a câmera com que fora premiada.

"Leve-a com você."

Eu não conseguia acreditar na naturalidade da sua generosidade, em como ela se mostrava desprendida com uma coisa tão valiosa para mim.

Hoje já estou beirando os cem anos, ou seja, Cristo esteve na terra há só vinte vezes o meu breve tempo de vida. Não é muito. Além de trazer o passado para muito mais perto, envelhecer faz com que a gente se inteire do fim das outras pessoas. Hugo morreu de um ataque do coração menos de dois anos depois. Caiu numa pontezinha junto a um tanque de lírios, no Tiergarten, quando passeava com Kit. Duas ciclistas o encontraram, Kit aflito, indo de um lado para o outro. Hugo tinha cinquenta e seis anos, e a revolução que ele e Dora desejavam estava no auge. A dor é a extensão do amor, e creio que Dora, com dezoito anos, transferiu para a política o que sentia por ele.

# Toller

Esta cama de hotel de lençóis brancos e grossos e colcha verde e dourada parece muito inocente, mas é um lugar de tormento. Quando consigo dormir, os crimes da minha infância reaparecem para me assombrar. Às três da manhã, uma sirene na rua 61 Oeste é capaz de desentranhar minha vida pregressa, revelando que ela não passou de uma fieira de incidentes imperdoáveis. Meu pai me dá um boneco macio marrom. Chamo-o de Tobias. Mas ele não me obedece. E todos temos de obedecer! Eu o meto num balde para lhe dar uma lição; mergulho-o na água, repetidamente, até que se reduza a um punhado de pelo ensopado. Meu coração se encolhe até virar uma bola preta.

No leito de morte, meu pai, devastado pelo câncer, acena para que eu me incline mais. Sua voz é terrível; ele não consegue inspirar o suficiente. A única coisa que lhe resta é a raiva. Aproximo o ouvido de sua boca. "É... tudo... culpa... sua", balbucia. A propósito de nada e de tudo. Em seguida vêm os reproches, batendo suas negras asas no ar acima do meu peito, tentando arrancar-me os olhos. Às três da manhã, nada é mais certo do que eu merecer isso, merecer tudo isso, merecer coisa pior até.

Durante o dia, quando Clara está aqui, as criaturas da minha vergonha resvalam seu corpo imundo por baixo da porta do banheiro, ou pelo menos é o que penso. Posso ver a história do boneco tal como ela é: a violência da obediência reencenada por um menino exatamente como lhe foi impingida. Nós, revolucionários, queríamos aniquilar esse autoritarismo brutal, essa subserviência terrível, na cultura alemã. Eu queria aniquilá-la em mim.

A agressão de meu pai no leito de morte (e em toda a sua vida) criou em mim uma estranha patologia da responsabilidade. Salvo os privilégios de classe, foi assim que vim a sentir que cabia a mim consertar as coisas. Porque, do contrário, *seria* tudo culpa minha.

E nós tentamos com a nossa revolução. Mas ao folhear o livro no meu colo, vejo o modo estranho, impessoal, como descrevi os fatos. Sempre estou no centro deles, ainda que eu não faça acontecer nada. Como um homem pedalando furiosamente uma bicicleta sem corrente.

"Nenhuma correspondência." Clara se detém no pequeno hall ladrilhado deste quarto e fecha a porta. Está com um vestido bege com cinto. Verifico rapidamente — também estou vestido.

O que ela quer dizer é que não há notícias. Nós dois aguardamos notícias dia após dia. Escrevi três vezes a minha irmã Hertha na Alemanha, sem resposta. Sinto nas entranhas que a levaram, assim como a meu cunhado e a meu sobrinho Harry, de dezessete anos. Os pais de Clara conseguiram arranjar dinheiro para embarcar o irmão caçula dela, Paul — mas não a si próprios —, no *St. Louis*, um navio lotado de judeus em fuga da Europa para Cuba. E, tomara, depois para cá. O *St. Louis* deve chegar a Havana na semana que vem.

Clara traz as outras cartas para a mesa e eu olho para o seu rosto claro, franco. Não tenho a menor dúvida que um pedaço dela morre de preocupação com os pais. Mas, como a maioria das pessoas, ela consegue aguentar.

No entanto, quando Clara se senta e eu a vejo mais de perto, noto que está mordendo o lábio inferior. Pequenas sombras cinza-azuladas surgiram sob seus olhos, e ela parece mais magra, os pômulos mais salientes. Tenho uma súbita ideia de como vai ser com quarenta anos, na metade da vida: americana plena de primeira geração, com filhos de dentes perfeitos e um passado em que consta, certa vez, muito tempo antes, ter escutado um velho revolucionário exausto, de um outro mundo, às voltas com o relato de sua vida.

Queria poder fazer alguma coisa para ajudar seus pais, mas não posso. Aqui, a única coisa que posso fazer é tentar explicar.

"É impossível entender Hitler", digo, "a menos que a gente entenda seu ódio. E este começa por nós." Acendo meu primeiro charuto do dia, inalo seu negro calor. "O que ele está fazendo vai obliterar a lembrança da Alemanha progressista durante um século. E, tenho certeza, de mim com ela."

Clara se ruboriza. "Ontem à noite, comecei a ler seu livro. Não entendo por que não o li antes."

"Nunca fez parte de nenhum currículo."

Ela não tem culpa de não saber nada da revolução. Ainda que tenha irrompido só há vinte anos, ela jamais fez parte das aulas de história. Nossa revolução não passou de um breve flerte do pós-guerra com a esquerda utópica, e foi afogada em sangue e depois, com violência espiritual equivalente, apagada da memória nacional.

Mas para os jovens vinte anos são uma vida inteira. A guerra dentro da qual ela nasceu é quase inimaginável, assim como a tão poderosa sensação que tínhamos de que as coisas podiam acontecer de um modo diferente. Por esse motivo, a retrospecção sempre favorece os jovens.

"Não é preciso anotar isto", digo. Ela se encosta na cadeira, as mãos unidas no colo, e escuta.

"No fim da guerra, que nós evidentemente perdemos, os generais ordenaram que a frota naval do Mar do Norte empreendesse um derradeiro e desesperado ataque contra os ingleses. Os marinheiros viram nisso uma missão suicida e se recusaram a obedecer. Aquilo que começou como um motim converteu-se em uma revolução — inacreditável no nosso país de obedientes contumazes. Estouraram em toda a Alemanha conselhos de trabalhadores e de soldados — em Hannover e Hamburgo, na Renânia e em Munique, assumindo a administração do governo local, a repatriação dos feridos no front. Embora a maioria dos líderes fosse do nosso Partido Independente — jornalistas e pacifistas —, não instigamos o levante, simplesmente acompanhamos os trabalhadores e soldados que o instigaram. Os russos tinham feito sua revolução comunista dezoito meses antes. A nossa foi absolutamente autóctone.

"Em dado momento, Lênin nos telegrafou de Moscou", conto a Clara, "mas na opinião dele os alemães eram incapazes de fazer uma revolução." Ela inclina a cabeça interrogativamente. "Porque não nos atrevíamos a atacar um trem sem antes entrarmos na fila para comprar passagem."

Clara ri, uma fileira perfeita de dentes pequenos.

"Mas, na verdade, muito mais que a temível disciplina alemã, foi o nosso pacifismo que nos levou à ruína."

A revolução! Foram dias de êxtase em Munique. Eu me sentia mais que recuperado do meu colapso. Enfiava chumaços de jornal dobrado dentro do sapato para ficar dois centímetros mais alto e me dirigir às mulheres nas fábricas de munição. Distribuía meus poemas e lia trechos da peça sobre a guerra em que estava trabalhando. Descobri que era capaz de chorar com as minhas próprias palavras, lágrimas que eu via refletidas seiscentas vezes nos olhos das mulheres ali embaixo. "Eles falam em luta por ideais", eu gritava trepado numa cadeira na cantina das fábricas, nas cervejarias ou na carroceria de um caminhão, "mas nos mandam para morrer pelo petróleo, pelo ouro, pela terra."

A nossa revolução ia mudar para sempre a Alemanha autocrática, belicista: estender o sufrágio a todos, acabar com o controle militar e aristocrático do governo, socializar a indústria, tornar a educação gratuita e acessível a todos. Seria um mundo novo e justo, e não haveria mais guerra.

O Kaiser fugiu para a Holanda, deixando a responsabilidade para nós, os soldados, operários e escritores. Queríamos a paz, mas de repente tínhamos o poder. Não sabíamos como mantê-lo. "Os poetas são os legisladores não reconhecidos do mundo!", eu gritava, como se a poesia, e não um exército permanente, pudesse impor as mudanças que queríamos. Nosso líder, o venerado jornalista Kurt Eisner, recusou-se por princípio censurar a imprensa ou distribuir armas ao povo. Quando nossos representantes foram até a princesa em Potsdam, ela se lembrou do triste destino da família real russa e temeu por sua vida. Nossos homens, ao contrário, bateram continência e perguntaram se estava faltando alguma coisa a ela ou a seus filhos! Nenhum de nós tinha o instinto assassino, fosse ele qual fosse, necessário à política. Não por nunca havermos matado, mas justamente por havermos.

Então um jovem aristocrata abateu Eisner na rua. Acabei sendo empurrado para o leme da revolução. Eu disse leme? Eu a conduzi mais como um destroço conduz a onda. Tinha vinte e cinco anos. Meus adversários caçoavam: "Quem ele pensa que é, o rei da Baviera?". Mas o povo sabia que eu, tal como Eisner antes, estava disposto a dar a vida por eles. Naqueles dias estranhos, isso parecia ser qualificação suficiente.

Em Munique, reuni o Conselho Revolucionário no antigo quarto da rainha, botas de operários ressoando pelos tacos de madeira. Era uma revolução popular: qualquer utópico e maluco entrava atropeladamente para me apresentar sua solução pessoal para a libertação da raça humana, tendo identificado a raiz de todos os males na comida cozida, na falta de higiene com a roupa de baixo, no controle de natalidade ou no uso de jornal na latrina em vez de folhas de árvores.

Apesar de tudo, eu mantinha a calma. Continuava firme, entronado na cadeira estofada de seda azul de Sua Majestade, emitindo proclamação após proclamação. Como se, num sonho de escritor, o mero fato de declarar algo verdadeiro lhe conferisse tal qualidade: "Socialização da Imprensa!", "Confisco de Moradias!", "Contra a Adulteração do Leite!".

Em Berlim, os social-democratas tomaram o poder quando o Kaiser fugiu. Eles odiavam nossa revolução — chamavam-na de anárquica, antidemocrática, e naturalmente não queriam ceder o controle à Baviera.

Começaram a recrutar homens que tinham voltado da guerra pelo outro lado: veteranos descontentes e incapazes de regressar à vida civil, e os Freikorps, os pré-nazistas que se recusavam a aceitar que a guerra estava perdida. Berlim concentrou dezenas de milhares deles na nossa fronteira. Eram os Brancos. Queriam nos bloquear e nos vencer pela fome.

Eu precisava de um homem de confiança que cuidasse da encarniçada diplomacia com Berlim. Um dia, aliviado por dar com uma cara conhecida, nomeei o dr. Lipp ministro de Relações Exteriores. Mas, em vez de negociar com o inimigo, ele apelou para um poder superior: telegrafava para o papa a cada movimento nosso. "O monarca perniciosamente preguiçoso", ele confidenciou a Sua Santidade, "que obviamente passa o dia brincando com seus patinhos na banheira e, o que é pior, fugiu com a chave do meu retrete."

Descobriu-se que Lipp tinha sido um interno de sanatório, e não um médico. Meu representante, Felix Fechenbach, o encontrou saracoteando na seção de datilografia com um cesto no braço, dando cravos vermelhos às datilógrafas. Ao receber a carta de renúncia que eu mesmo redigi para ele assinar, tirou um pente do bolso, passou-o na barba e declarou: "Isso eu também faço pela revolução".

O mal-estar cresceu dentro de mim de um modo que eu não podia contar a ninguém. Estaria tão perto da loucura que nem conseguia enxergá-la? Não importava. Eu era o líder e precisava continuar liderando.

Estava desesperado por uma solução pacífica. Não suportava ver o nascimento de um Estado pacifista e socialista em meio a um banho de sangue. Chegaram boatos de um ataque quando eu estava num hotel perto da fronteira. Eu precisava detê-lo a qualquer preço. Requisitei o cavalo de um garoto. Seu irmão mais novo fez questão de cavalgar comigo. Quando nos aproximamos de Dachau, meu companheiro levou um tiro que o arrancou da montaria e o matou. Continuei avançando para o lugar de onde vinham as balas, um cavalo sem cavaleiro a meu lado.

Em Dachau, consegui negociar um cessar-fogo com as forças berlinenses. Mas, na mesma tarde, um sabotador começou a atirar a partir do nosso lado. Isso serviu de pretexto aos Brancos. Cem mil arremeteram contra nós em Munique. Nossa tropa desorientada, semiarmada, desalinhada e faminta mal chegava a um quinto desse número. Foi em maio de 1919, e o sangue correu nas ruas. A maioria dos nossos líderes foi massacrada. Eu também teria sido, mas amigos me persuadiram a me esconder na casa deles.

E assim fiquei famoso: o Toller Vermelho entra em combate contra os Brancos! Mas nunca fui comunista, eu era independente e só combati para exigir a paz. Como todos os motivos da minha fama, este não condiz totalmente com a verdade. Desde o instante em que enfiei aqueles chumaços de jornal no sapato, nunca consegui fazer com que o Toller público conversasse lealmente com o Toller privado.

O cartaz de PROCURA-SE com a minha fotografia estava nos postes de iluminação de todas as ruas, nas vigas de amarração dos navios e nas estações ferroviárias de toda a Baviera, colado por cima das minhas proclamações. Meus partidários o desfiguravam. Colaborei desfigurando a mim mesmo, deixando a barba crescer e tingindo o cabelo com água oxigenada para em nada corresponder ao retrato. Quando me vi refletido numa vitrine, dei com um ensandecido João Batista e desviei os olhos.

Um artista me ofereceu refúgio. Passei três semanas num armário atrás de uma parede falsa em sua casa em Schwabing, enquanto as forças de Berlim continuavam assassinando nossos líderes. Na minha cabeça, tudo que tinha acontecido, que continuava acontecendo lá fora, assobiava e zunia. Um pobre detetive teve o azar de se parecer comigo. Quando tocou a campainha de um apartamento à minha procura, o proprietário o matou incontinente com um tiro. Os jornais noticiaram minha morte, meu motorista reconheceu o cadáver no necrotério. Minha mãe leu a notícia em Samotschin e passou três dias sentada numa cadeira baixa, cercada de espelhos cobertos, pranteando.

No fim, eles chegaram à casa do artista, bateram nas paredes e me encontraram. Mas aquelas três semanas me salvaram a vida. Eu fui julgado; Albert Einstein, Thomas Mann e Theodor Lessing testemunharam a favor dos motivos honrados da revolução e a favor da minha retidão, se não da minha sagacidade política. Fui condenado a cinco anos.

Clara continua calada na outra cadeira confortável.

"O que não sabíamos na época", prossigo, "é que, na noite em que tudo começou, na noite em que os trabalhadores e soldados elegeram Eisner nosso líder na enorme cervejaria Mathäserbräu, na noite em que ele proclamou a República da Baviera, se tivéssemos prestado atenção às caras dos que estavam sentados nos bancos, teríamos visto num canto um ex-cabo com papada que não bebia, mas apenas observava." Conto a ela que esse homem estava indignado com a derrota da Alemanha e negava a responsabilidade do Kaiser pela guerra e por sua perda. Para ele, se a Alemanha estava de joelhos, a culpa era dos judeus progressistas, dos pacifistas e dos intelectuais — nós, que tínhamos ficado arrumando toda a mixórdia, quando o governo responsável por ela fugiu.

"Em 1923, quando eu estava preso, esse homem, Hitler, tentou se apoderar da Baviera à força. Deram-lhe uma pena leve e com privilégios. Aliás, isso você precisa anotar."

Ela prepara o lápis. Eu tusso um pouco para limpar a garganta.

"Há um sistema de porta giratória na Alemanha; as prisões do século XX acabam unindo um regime (ou uma revolução) àquele que o sucedeu e o esmagou. Esquerdistas e direitistas conhecem intimamente as mesmas celas, uns limpam o sangue dos outros. Podíamos deixar gerações de mensagens rabiscadas nas paredes caiadas, argumento e contra-argumento, que talvez daqui a mil anos aparecesse uma resposta para que a lêssemos."

Observo os lábios de Clara formarem silenciosamente as palavras que acabei de dizer enquanto as anota com seus estranhos caracteres enrolados.

"Agora", digo, "Hitler está reavivando a guerra. Quer a vitória que sentiu que nós lhe arrebatamos. Fez uma lista e a está trabalhando."

Ela leva a mão à boca e logo a retira. Tem pulsos finos, de certo modo familiares. "Então", diz, "você está na linha de frente. Outra vez."

Eu olho pela janela. No parque, vejo um carrinho de cachorro-quente com bexigas amarradas e cata-ventos coloridos para as crianças. "Duvido."

O céu ainda está luminoso, mas chegou a hora de Clara ir embora. Ela e o marido, Joseph, moram com o primo dele em um apartamentozinho do Lower East Side. Joseph era o segundo violinista da orquestra de Colônia, mas ainda não arranjou emprego e passa o dia esperando ela voltar para casa.

Então compreendo. Levanto-me tão depressa que a cadeira tomba no carpete. "Preciso ir para casa!"

Clara me olha assustada.

"Quer dizer, para a Inglaterra — não para casa, é claro. Você pode reservar uma passagem para mim? Amanhã?"

Ela aguarda, esperando que eu seja mais sensato, que me recupere.

"Não para *viajar* amanhã! Para, digamos, sexta-feira que vem. Sim, isso nos dará uma semana. Se você só fizer a reserva, podemos pagar daqui a uns dias. Eu dou um jeito de arranjar o dinheiro."

"Está bem", diz Clara lentamente. Ela não imaginava que fosse ser assim. Mas agora estou eletrizado de determinação. Seus olhos verdes me acompanham pelo quarto.

"Então venha hoje à noite. Despedir-se." Fala com voz calculada, a voz de uma pessoa ciente de que seu esforço, embora bem-vindo, será em vão. "Eles ficariam contentes em vê-lo...", ela fecha a bolsa e olha para mim, "... antes da viagem."

Desde que Christiane me deixou, Clara tenta fazer com que eu "saia de dentro de mim". Não coopero muito. (Se bem que, se eu acreditasse nessa possibilidade, faria tudo que ela mandasse.) Ultimamente, seu esforço consiste em me impelir a encontrar meus amigos refugiados — George Grosz, Klaus e Erika Mann, Kurt Rosenfeld — nas reuniões de quinta-feira no restaurante Epstein's, no centro da cidade.

"Boa ideia", digo, esfregando as mãos e sorrindo.

# Ruth

Hoje o dia resolveu ser espalhafatoso e bonito. As sombras na rua são intensas; tudo projeta sua forma por toda parte. Operários de camiseta azul e botas Blundstone entram e saem desordenadamente da casa vizinha.

Em 1952, quando comprei esta casa, Bondi Junction era um lugar barato, de modorrentos bangalôs californianos, carros estacionados em entradas laterais e pessoas jogando críquete na rua. Agora os imóveis à minha volta vão sendo demolidos em quarteirões de milhões de dólares; até onde a vista alcança, erigem-se novos bunkers envidraçados para se observar o mar do alto de varandas metalizadas, miniaturizando-me dentro de minha casa como uma relíquia de outros tempos. Abutres imobiliários cobertos de joias circulam em BMWs, deixam cartões e cartas na minha caixa de correio. Esperam casar meu obituário com sua busca de certidão de propriedade, tirar do porta-malas as já preparadas placas de Espólio da Defunta e fincá-las triunfantemente no meu gramado. Também podem gritar: compre o seu pedacinho de *Lebensraum*! "Platz an der Sonne" serviria de trilha sonora.

Mas não vão conseguir. A beleza desta cidade é muito elementar, muito fecunda e crua, para ser domesticada pelo vil metal. Embora os financistas, banqueiros e milionários da internet abracem a beira-mar, seus palácios de topiaria e altos condomínios jamais conquistarão esta paisagem. A buganvília e a glicínia, o fícus e a monstera ameaçam tudo isso, assim como a comida e os estaleiros, e, irreprimidos, devorarão o terreno. E lá, bem no meio, o porto cintilante e intumescente — a terra aqui está viva. A beleza é uma força e nunca sairá perdendo.

Sempre fui seduzida pela beleza. Seduzida e consolada, e depois traída. Depois novamente consolada e seduzida.

O gato esta à porta! Quem o deixou sair? Arranha, arranha.

*Mein Gott*, estou com dor no *Arsch* de tanto ficar sentada. Eu não tenho gato. É uma chave na fechadura. Alguém está entrando.

Bev me observa. Parece infeliz. E a responsável certamente sou eu. Se bem que, examinando seu rosto, vejo outras possibilidades: o cabelo pintado de um rosa-alaranjado inexistente na natureza e seu olho ruim, hoje um pouco agitado. Ou, possivelmente, a filha ladra, Sheena, uma ex-enfermeira viciada em heroína cuja tristeza é a única coisa terrível — e o passar dos anos me ensinou isto — de que Bev não gosta de falar.

"Ora essa", ela arqueja. "Então estamos sentadas aí como uma pedra, hein?"

A sra. Allworth, em Bloomsbury, me chamava de madame. "Se a senhora quiser, madame", dizia, "posso limpar as janelas. Só por dentro, tá?" Quando ela dizia "Se madame preferir", eu sabia que estava de mau humor. Eu não gostava de "madame", mas o "nós" australiano é pior — faz com que eu me sinta em um coro grego, todos os meus pedaços respirando e fungando juntos como um monstro antigo, estático, com dor na bunda.

"Eu estava no Village com os velhos" — Bev não espera resposta — "fazendo massagem. Pobres gagás."

Eastlakes Village é uma casa de repouso, e Bev deve ser quase tão velha quanto seus habitantes. Acho que os auxilia para criar uma distinção mais clara entre ela e eles. Também frequenta a Cruz Vermelha, em parte porque quer ser tão bondosa quanto possível e, em parte, por causa das propriedades talismânicas do ato de auxiliar. "Sempre tem alguém mais infeliz que a gente", ela gosta de dizer, e deseja que continue sendo assim. Bev me traz histórias dos dois lugares e de outros, geralmente histórias de câncer e morte. Suas expressões de simpatia incluem detalhes macabros: a próstata "do tamanho de um melão-cantalupo", o buraco na garganta em que se "enfia a eletrolaringe — *tão prático*". Prefere a morte de quem ela conhece ou conheceu, ou pelo menos de quem conheceu uma pessoa que ela conheceu. Quanto mais próxima a morte estiver dela, tanto mais é um sinal de indulto cósmico: não se lembraram dela. "Graças a Deus", diz com um pequeno estremecimento e se sente abençoada.

Não se lembrarem de nós é a mesma coisa que abençoar? Eu não me sinto abençoada.

"Esse povo aí do vizinho", diz Bev, "não dá pra acreditar. Aquilo continua."

São portugueses? Polinésios? Não me lembro, mas ainda estou lúcida o bastante para saber que deveria me lembrar, que essa nossa conversa talvez já dure semanas, em capítulos, e que Bev se afastaria de mim, interiormente, se eu perguntasse. Percebo de súbito que não quero que ela se afaste de mim, que eu, Ruth Becker/ Wesemann/ Becker, com meus milhares de fotografias perdidas e minha pretensa valentia, tenho agora uma necessidade de companhia que suplanta tanto os princípios quanto a repugnância.

"*Essa* gente", continua Bev, "põe o lixo na rua em plena terça-feira. Todo mundo sabe que o lixeiro só passa na quinta. É *nojento*. Eu já disse pra ela!"

Agora seu olho ruim está incontrolável. Ser capaz de enfeixar uma raiva justificada quando dá na telha é, penso eu, uma habilidade psicológica mais catártica que a meditação ou que respirar num saco de papel. E também muito divertida para quem vê.

Bev fareja o ar e estufa o peito como uma pomba. "Ela sabe que eu estou vendo tudo. Da minha janela." Pega uma almofada do sofá. "Sabe o que essa mulher fez?"

Não digo nada; nada me é solicitado.

"Mandou um dos *filhos* sair com a lata de lixo." Bev dá um soco na almofada. "*Nojenta*. Agora não se atreve a fazer isso ela mesma." Torna a jogar a almofada no sofá e espia o pacote de biscoitos pela metade na mesa. Noto de repente as migalhas espalhadas no meu suéter — provavelmente também sou nojenta. Passo a língua nos dentes à procura de um resto de Scotch Finger amassado. Mas ela prossegue: "*Tantos* filhos. Acho que são *cinco*. *Nojento*. Que nem coelhos."

Então são católicos. Portugueses, será? Mesmo assim, prefiro não arriscar. Na semana passada, quase brigamos por causa da convicção de Bev de que os aborígenes são mentirosos natos.

Tenho a impressão de que Bev também é muito solitária, e esse talvez seja o motivo pelo qual telefona para a prefeitura a fim de se queixar do lixo do vizinho. Como ainda não informatizaram o serviço, é atendida por um pobre-diabo cujas conversas são gravadas por precaução para se defender da cólera e de outras reações humanas. Para Bev, vale tanto quanto um amigo.

"A senhora vai ficar aqui?"

Faço que sim com a cabeça.

"Então vou começar pelo fundo."

Segue com passos pesados pelo corredor até a lavanderia. Sua movimentação agitada e ruidosa lá fora me dá uma estranha confiança. Estou suficientemente ancorada no presente para poder regressar.

* * *

Se eu precisasse, ainda seria capaz de dar a volta completa, de olhos fechados, pela vila em que fui criada. Podia descer escorregando pelos quatro lances do corrimão, podia deslizar pelo assoalho, os pés só de meias, abrindo as portas duplas de cômodo a cômodo. Lembro-me de cada peça esmaltada do século XVIII — paisagens das estações do ano — nas estufas magnificamente azulejadas do piso ao teto. A nossa casa era a mais opulenta de Königsdorf, uma cidadezinha de mineração de carvão na Alta Silésia, onde meu pai era dono de uma serraria. Foi uma cidade alemã até meus doze anos, quando a guerra acabou e a região passou para a Polônia. A nova fronteira ficava a quatro quilômetros da vila, e continuei tomando o bonde todos os dias para ir à escola, que agora ficava em outro país. Continuamos sendo totalmente alemães.

Como Dora era filha única, nossas famílias nos estimulavam a nos vermos mais como irmãs que primas. Depois da minha operação, eu ia a Berlim em quase todas as pausas escolares, de modo que nós duas crescemos com uma intimidade de férias e com algumas brechas intercaladas no período letivo. Mesmo na infância eu tinha uma noção da vantagem desse arranjo: o tempo que passávamos separadas nos permitia escapar ao atrito de irmãs. Desconfiava que em tempo integral eu me tornaria irritante para ela.

Mesmo assim, eu seguia todos os seus passos. Com dezesseis anos, filiei-me ao Independente de Königsdorf. Com dezoito, quando concluí o colégio, fiquei louca para ir aonde havia ação. Na primavera de 1923, fui visitar Dora na Universidade de Munique.

Dora havia terminado o doutorado em economia das colônias alemãs e ia passar mais um ano na universidade, dando aula. Tinha me escrito sobre a campanha pela libertação de Toller que ela dirigia de seu quarto no campus. Ainda que Dora não o conhecesse pessoalmente — ele estava preso desde 1919 —, Toller era o membro mais famoso do nosso partido. De sua cela, mandara quatro peças para o mundo — obras mordazes sobre o custo humano da guerra e a necessidade de uma revolução pacífica, de liberdade e justiça. Uma delas tinha ficado mais de cem dias em cartaz. Ernst Toller era o menino-prodígio do teatro alemão e a consciência da República. Enquanto esteve trancafiado, consideramos a nova Alemanha de Weimar tão ruim quanto a belicista do Kaiser.

Dora não pôde ir me buscar na estação de Munique, mas deu-me o endereço de um café. Quando estava atravessando o Englischer Garten, vi um casal de irmãos empinando um papagaio feito de escamas verdes. Mais de perto, percebi que eram notas de dinheiro. Em suas cartas, Dora descrevia mulheres correndo das fábricas às padarias com o salário em carrinhos de mão, esperando comprar o pão antes que o preço subisse. Eu sabia que a hiperinflação era causada pelas simples emissões de dinheiro por parte do governo para pagar a dívida de guerra, mesmo assim foi um choque ver as notas sem valor à minha frente, mergulhando e saltando no ar.

Dora ainda não tinha chegado ao café. Pedi uma xícara por cinco mil marcos. Quando ela abriu a porta, eu a vi primeiro esquadrinhar o salão. De cabelo curto, estava com uma blusa azul-claro sem gola e calça comprida. Ao puxar a cadeira, pediu desculpas por não ter ido à estação. Não explicou por quê.

"Foi difícil convencer seus pais a deixarem você vir?" Dora sorriu, tirando uma bolsinha de fumo e começando a enrolar um cigarro.

Eu assenti com a cabeça. "Eles pensam que eu vim aqui para perder a virgindade, embora não tenham coragem de dizê-lo."

Ela riu. "Ora, você *está* aqui pela causa. E *é* materialista como todos nós." Tirou um fiapo de fumo do lábio inferior, seu sorriso largo como um prato. "Nós diríamos que é tolice avaliar uma coisa pelo seu não uso."

Rimos tanto que Dora começou a tossir e as pessoas ficaram olhando.

Quando a conta chegou, era de catorze mil marcos — o café de Dora tinha custado nove mil. A garçonete encolheu os ombros. "Se quiserem pagar o mesmo preço", disse como se explicasse um fenômeno natural a duas crianças, "vocês precisam pedir ao mesmo tempo."

Dora me levou a seu quarto. Eu podia ficar lá com ela. Acima da cama, havia um cartaz de PROCURA-SE de Toller igual ao do meu quarto lá em casa. Ela havia colado a parte superior numa vara com um barbante amarrado nas extremidades. Disse que era proibido fazer novos buracos nas paredes, de modo que havia tirado um crucifixo que lá estava para aproveitar o prego. Imaginei que tivesse guardado o Cristo numa gaveta.

Li a descrição da polícia: "Toller é de constituição miúda, entre 1,65 e 1,68 metro de altura; tem rosto magro, pálido, escanhoado; olhos grandes, castanhos, olhar penetrante, fecha os olhos quando está pensando; tem cabelo ondulado escuro, quase preto; fala *Hochdeutsch*". Fiquei olhando para a fotografia no cartaz. Um jovem enérgico cujo olhar atravessava a câmera e ia além dela. Não tinha cara de um perigoso revolucionário. Parecia uma pessoa remando contra a maré.

Dora me abraçou pelas costas e me apertou. Encostou o rosto em meu ombro. "Estamos quase chegando", disse. "Thomas Mann e Albert Einstein escreveram para os jornais apoiando a campanha." Soltou-me e, virando-se para a escrivaninha, colocou uma folha de papel na máquina de escrever. "Que bom que você está aqui."

Comecei a desfazer a mala. Minhas coisas estavam espalhadas na cama quando ele apareceu à porta. Um homem alto de olhos azuis e lábios carnudos. Usava uma camisa branca desabotoada e amarrada à cintura, como estava na moda, feito um pirata urbano. Trazia na mão um jornal enrolado.

"Estou i-interrompendo?", perguntou, e sorriu. A voz era sonora, preguiçosa, pausada.

"De jeito nenhum", respondeu Dora. "Esta é a minha prima, Ruth." Fez um gesto frouxo. "Ruthie, esse é Hans."

Ele apontou para a cama com o queixo. "Bonita roupa de baixo", disse. "'Koenig's, para quem gosta do melhor.'"

Dora revirou os olhos e riu. "Isso não é normal, Ruthie, um homem que sabe a marca de uma lingerie a quinze passos de distância."

Hans deu uma risadinha. "Pode ser útil saber", disse, olhando diretamente para mim.

Não me senti ofendida nem constrangida. Queria entrar naquele reino adulto, o novo mundo que eles estavam fazendo, no qual a intimidade podia ser pública e o desejo claramente expresso. Senti um frio na barriga.

Abri espaço e me sentei na cama. Hans sentou-se no chão e, inclinando-se, abriu o jornal. Queria mostrar a Dora um artigo sobre outro independente. Ouvi suas palavras, mas não as assimilei.

"Agora Bertie realmente resolveu levar a coisa até o governo", disse Hans.

Um homem chamado Berthold Jacob acusara publicamente o governo do assassinato de um pacifista. Vi por cima do ombro de Hans a fotografia do pacifista morto, uma negrura escorrendo de sua cabeça e se espalhando pelos paralelepípedos, e, ao lado, uma de Berthold Jacob, um sujeito de rosto magro, óculos redondos e cavanhaque. Os dedos de Hans, longos e macios, mantinham o jornal esticado.

"Já que o ministro Von Seeckt não faz senão falar nisso no Parlamento, mas não processa Bertie, está provado que Bertie tem razão."

"É claro que tem", disse Dora, virando-se e inclinando-se na cadeira, o queixo na mão. "Estão tentando apagar as últimas brasas da revolução."

"Bertie vai se mudar para Munique, sabe? No mês que vem. Quer participar das nossas reuniões."

"É mesmo?" Os olhos de Dora brilharam. Ela tirou da boca o lápis que estava mordendo. "Que bom."

Os dois se referiam a Bertie como uma pessoa famosa ou um importante segredo que tinham em comum. Eu nunca tinha ouvido falar nele. Notei uma rivalidade na admiração que sentiam por aquele homem, uma escalada nos detalhes que cada qual sabia sobre ele, evidentemente a fim de me impressionar, mas na verdade uma disputa entre os dois.

Hans disse: "Alugou um apartamento em Schwabing". Dora contrapôs: "Trabalha vinte horas por dia, dizem, no verão e no inverno". Hans, cuja amizade com Bertie remontava à guerra, tinha fontes mais profundas e contra-atacou: "Ele foi gaseado em Mons, sabe?". Os dois ficaram absorvidos, discutindo e rindo. Parei de escutar. Observei o peito de Hans movendo-se sob a camisa, o brilho suave de sua pele. Desviei a vista para seus pés, mas meus olhos voltaram por suas pernas, compridas e abertas, e me perguntei de que ele era feito.

Quando Hans se despediu, eu me levantei para apertar sua mão, mas ele me puxou para junto de si. "Bem-vinda, camarada Becker", disse, sorrindo e me beijando.

A porta se fechou às suas costas. Eu levei a mão à bochecha. "*Quem* é esse?"

"Hans Wesemann." Dora já estava começando a datilografar alguma coisa.

"Dos jornais? O Hans Wes...?"

"Hum-hum."

Tornei a cair na cama. Eu conhecia Hans por seus "Despachos do front", publicados semanal ou quinzenalmente no jornal que eu lia lá em casa. Sabia que estava no comando de um pelotão perto das linhas do inimigo quando parou "ostensivamente" (ele mesmo reconheceu) para acender um cigarro, e um fragmento de obus Tommy atravessou seu pescoço, perfurando a traqueia. Hans tossiu e cuspiu até expeli-lo e, em seguida, o guardou como lembrança. Eu sabia que, quando a fumaça do cachimbo entrava em seus olhos na hora em que estava fazendo pontaria, enfiava-o, aceso, no bolso para economizar fósforos. E sabia que tinha ajudado a carregar seu colega Friders, morto seis minutos antes de o armistício entrar em vigor, de volta à Alemanha dentro de uma banheira de zinco. Vi a combinação de atos de heroísmo e de anti-heroísmo em Hans, uma disposição para agir, mas uma relutância em assumir a glória que seduzia além da conta. Sei que é possível se apaixonar por uma pessoa por estar apaixonada pelo que ela escreve, porque isso já me aconteceu.

"Mas ele é tão jovem", eu disse.

"Foi para a guerra com dezenove." Dora não levantou os olhos. "Muitos veteranos são jovens. Toller também é."

Foi assim que com dezoito anos embarquei ao mesmo tempo em Hans e no partido. Se a síndrome de Estocolmo descreve o preso que se apaixona pelo carcereiro, devia existir um nome para uma causa que cimenta duas pessoas, que mascara suas diferenças como secundárias ao objetivo que se tem em vista. Todos nós estávamos mergulhados numa atmosfera afrodisíaca de autossacrifício. Tantos da nossa geração haviam dado a vida pela Alemanha que agora, ainda que não o soubéssemos plenamente, o preço do nosso compromisso de impedir que isso voltasse a acontecer era a nossa vida.

* * *

Passei dois meses em Munique. Quando todos os membros do Independente se reuniam, usávamos um salão da universidade. Éramos provavelmente uns cinquenta. Porém, com mais frequência, um pequeno grupo, uma espécie de liderança extraoficial, se reunia no quarto de Dora. Eu me sentia no centro do mundo. Esboçávamos panfletos, discutindo sua redação. Trabalhávamos no mimeógrafo para imprimi-los e preparávamos baldes de cola grumosa. Saíamos à noite para colá-los por toda a cidade, tratando de pôr muitos nas imediações das seções eleitorais dos membros locais. Falávamos a estudantes em suas reuniões em salas enfumaçadas e a multidões em pátios. Metade da nossa energia provinha da causa; a outra metade, dos companheiros.

Com o passar das semanas, fui contagiada pelo entusiasmo dos outros com a chegada de Berthold Jacob. Soube que Bertie servira tanto na frente oriental quanto na ocidental, sempre com louvor, mas que, depois de ele ter sido gaseado, sua vida se concentrou num foco pacifista único que, segundo Hans, "beira, muito lucidamente, a mania". Bertie foi homenageado por progressistas de todo o país quando revelou documentos que comprovavam a responsabilidade da Alemanha pelo início da guerra. Coisa que desmascarou a mentira do governo, que alegava se tratar de uma guerra defensiva.

Depois que ingressei no Independente, acabei me acostumando a falar em combater certas medidas do governo e propor outras no lugar, mas foi uma percepção inteiramente nova para mim saber que o governo mentia para o povo mesmo em assuntos mais graves, como mandar homens para a guerra. Lembro-me do choque que isso me causou, do sentimento de solidão radical: se não podíamos confiar nas autoridades, em quem confiar então? A resposta era: em nós.

Hans me contou que agora Bertie estava investido da missão de impedir a nova guerra que o governo planejava. Voltara sua energia para revelar a montagem secreta, ilegal, do Exército Negro e a fabricação e armazenamento de armas para abastecê-lo. Seu método era engenhoso. Bertie colhia informações já de conhecimento público — em boletins militares, em publicações oficiais do governo, na imprensa conservadora —, informações que a maioria das pessoas não sabia interpretar. Monitorava as colunas publicadas nos jornais das aldeias, em busca de algum aumento repentino da população — mais casamentos, nascimentos — e, quando as visitava, encontrava rapazes no campo de futebol sendo treinados duas vezes por semana em "ginástica", com bastões que faziam as vezes de armas. Sozinho em sua água-furtada, Bertie havia calculado, só pelo número enorme de homens na folha de pagamento oficial, que os militares alemães tinham condições de assumir o comando de um milhão de soldados. E, como dizia Hans, eles não estavam "treinando à toa". A missão de Bertie não lhe deixou tempo para o estudo formal, mas, nos nossos círculos, seus artigos lhe valiam o respeito de um fanático ou de um sábio.

Na manhã em que ele chegou, parou na soleira da porta do quarto de Dora e pôs a mão no peito. "Berthold Jacob", disse, como se nenhum de nós soubesse, como se não fizesse semanas que estávamos à sua espera.

Hans se levantou de um salto. "Bertie!"

Vi Hans apertar a mão do amigo, segurar-lhe o braço. Bertie não correspondia à minha ideia de um pacifista radical famoso e destemido. Tinha ombros caídos e o pescoço dobrado para a frente. Punha em nós uns olhinhos pequenos, castanhos, por trás de óculos redondos, sem aro. O cavanhaque só cobria parte das queimaduras de gás, manchas rosadas, feias, que desciam por baixo do colarinho. (Como o gás era cruel! Sempre atacava as partes mais frágeis: lábios, virilha, orelhas.) O cabelo crescia em tufos em todas as direções e ele usava muita roupa, como uma pessoa insensível ao calor e ao frio ou que vestisse tudo quanto possuía. Tinha voz alta, amistosa, incerta.

"Você deve ser Ruth", disse, piscando e me oferecendo a mão. "Hans me contou tudo sobre você." Eu apertei sua mão pequenina e balancei a cabeça. Não sei por que pensei numa doninha.

E foi aí, suponho, que nós cinco nos ligamos — uma constelação de cinco pontas unidas por forças que não podíamos enxergar — Dora, Toller, Hans, Bertie e eu.

"Sentem-se todos", disse Dora, enérgica como de costume. Para ela, os assuntos pessoais podiam esperar.

Talvez por ser a oradora mais brilhante do grupo, ou talvez simplesmente porque estávamos em seu quarto, Dora assumiu o papel de líder. Não creio que Hans o quisesse para si, e tampouco combinava com ele. Ofereceu a Bertie a poltrona, empurrou para o lado a cadeira da escrivaninha de Dora e nela se sentou. Eu estava na cama. Dora ficou de pé, as mãos no espaldar de uma cadeira de madeira vergada, passando o peso de um quadril para o outro.

Começou enumerando as atividades da nossa campanha pela libertação de Toller: cartas, reuniões públicas, cartazes, discursos. Antes que ela terminasse, Hans já sacudia descontroladamente o joelho. Como muitos homens que haviam regressado da guerra, ele tinha no sangue a necessidade de ação; se passasse muito tempo imóvel, podiam vir-lhe à mente coisas que não lhe convinham. Mas não era isso. Olhei para ele e senti algo também. Estando no mesmo quarto que Bertie, nosso esforço de repente parecia amador, diletante. Quando chegou sua vez, Hans sutilmente deixou de falar como participante da nossa campanha para se transformar em seu crítico. Queixou-se de nossas incursões noturnas para colar panfletos, que "só davam à polícia o trabalho de arrancá-los".

"Alguma sugestão então, maestro?", perguntou Dora com frieza. Naturalmente, as sugestões deviam ter sido feitas antes que estivéssemos em companhia tão ilustre.

Hans forçou a cadeira para trás, encostando-a na parede sob dois pés, e começou a passar o lápis sobre a articulação dos dedos. Olhou para Bertie. "Por que não pegar as opiniões do próprio Toller sobre a situação dele e colocá-las no papel?", propôs. "Deixar o homem falar por si."

Dora sacudiu bruscamente a cabeça para o lado, um gesto prático para jogar o cabelo para trás que se desdobrou num sinal de impaciência. "Duvido que as autoridades prisionais o deixem fazer campanha por sua própria libertação", contrapôs.

"Ele recebe visita, não recebe?" Num movimento rápido, Hans endireitou a cadeira e pegou o lápis no chão. "Uma entrevista teria o efeito que queremos."

Olhei de Hans para Dora e espalmei as mãos, fugindo à polêmica. "Toller não poderia escrever diretamente para o jornal?"

Bertie pigarreou. A discussão cessou. "Duvido", disse lentamente, "que dê certo." Empurrou os óculos no nariz com o indicador. "Os censores da prisão não o deixariam dizer nada importante, e, mesmo que dissesse, os jornais não publicariam uma palavra." Fez uma pausa. "Talvez a ideia de Hans não seja tão ruim assim."

Não creio que tenha havido alguma coisa entre Dora e Hans; nunca perguntei. Aquele era outro tipo de disputa. Dora acusava Hans de egoísmo, de se colocar no centro de tudo — a começar por seus relatos de guerra. Eu argumentava que ele simplesmente usava suas experiências para mostrar a idiotice da batalha e a honra dos homens diante dela. "Mesmo assim", dizia Dora, "se você examinar bem, Ruthie, tudo gira em torno dele." Isso, suponho, não me incomodava.

"Por que não tentar?", prosseguiu Hans com sua calma habitual. "Mal não há de fazer."

Olhei para Bertie, que estava calado, depois novamente para Dora.

Ela pôs o cigarro no cinzeiro, se virou e apanhou uma pilha de panfletos na escrivaninha. "Acho que não", disse enfim. "Guardaremos um balde e uma pilha disto aqui...", girou abruptamente, batendo os panfletos na mão, "... para quando você voltar."

Hans nunca mais voltou para valer, eu diria agora. Pelo menos não como membro do nosso grupo. No dia seguinte, arranjou uma moto emprestada para viajar pela área rural até onde Toller estava preso. Persuadiu o diretor a deixá-lo entrar e, escoltado por dois guardas, passou por seis portas, que os carcereiros destrancavam laboriosa e estupidamente diante dele, para em seguida voltarem a trancar às suas costas, até chegarem ao famoso presidiário. Toller estava sentado numa cadeira de vime debaixo de um cobertor de crina, a cela caiada repleta de livros. Algumas andorinhas haviam feito ninho entre as grades da janela alta. Nosso herói ainda não chegara aos trinta, mas já tinha cabelo grisalho.

De volta ao seu quarto, Hans trabalhou com afinco no texto. Falou à nação sobre sua grande esperança, cuja alma, declarou, "eleva-se acima do cativeiro e da solidão". Em seu período de solitário confinamento, escreveu, "Toller concentrou sua poesia nos seus únicos companheiros livres, as andorinhas". E concluiu: "Saí de lá como um homem livre, mas o coração palpitante da Alemanha continua encarcerado".

A entrevista foi uma sensação. Sob enorme pressão pública, as autoridades cederam e anteciparam a libertação de Toller. A estrela de Hans também despontou: dois importantes jornais nacionais o convidaram a escrever para eles.

Mas a vitória foi em vão. Toller recusou a liberdade. E o fez em carta aos jornais: "Enquanto os companheiros presos comigo continuarem aqui", escreveu, "a liberdade não tem sentido". E foi mais longe, ao querer se dissociar da campanha por sua libertação "se ela for só para mim".

Só nós três participamos da reunião seguinte; Bertie estava numa de suas viagens de levantamento de fatos. Dora não conseguiu felicitar Hans.

"Foi bom para você", murmurou.

"Não seja injusta, Dee." Ela me ignorou.

"Como eu podia saber que iam lhe oferecer a liberdade?" Hans encolheu os ombros.

"O objetivo *era* esse, não era?" Olhamos para ela, chocados com a hostilidade em sua voz.

"Ora..." Hans abriu as mãos. "Eu... nós não sabíamos que ele iria recusá-la."

Nenhum de nós tinha previsto a solidariedade de Toller aos demais presos. Dora olhou involuntariamente para o cartaz de PROCURA-SE, mas logo desviou a vista. Falou em voz baixa: "Voltemos ao trabalho então".

Passada uma semana, Hitler e seus nacional-socialistas tentaram tomar Munique com um *putsch*. Hitler acabou indo para a mesma fortaleza que Toller, mas claro que por muito menos tempo. As autoridades sempre foram mais lenientes com os golpes da direita.

Não muito tempo depois, fui para Berlim com Hans. Ele arranjou um quarto numa república, eu fiquei com tia Else. Tive receio de que Dora achasse uma traição eu estar com Hans. Disse a mim mesma que não podia ser, isso carecia de lógica. Mas o coração tem uma lógica própria, feroz e irrefutável.

Antes da minha partida, ela segurou meus braços, um sorriso irônico nos lábios. "A única coisa que eu acho que você não desenvolveu aqui em Munique", disse, afastando uma mecha da minha testa, "foi uma desconfiança adequada da adulação."

"Deve ser porque nunca a pratiquei", respondi. Depois disso, passei um bom tempo sem vê-la.

Voltamos a nos encontrar na primavera do ano seguinte, quando Dora se mudou para Berlim com o objetivo de trabalhar no gabinete da parlamentar Mathilde Wurm. Eu tinha começado a estudar francês e história na Universidade Unter den Linden, e Dora alugou um apartamento não muito longe dali, perto do Reichstag.

Ela também estava namorando na época — com Walter Fabian, o editor de um jornal sindical de Dresden. Dora havia me escrito sobre ele, descrevendo-o como carismático e engraçado, e "em qualquer lugar sempre o homem mais bem relacionado". Ela escrevia para o jornal dele, o qual Walter dirigia, ela disse, "como um rei astuto dirige um país". Mantinha um dossiê com informações comprometedoras sobre funcionários do governo, o que significava que sempre podia publicar artigos a que outros não se atreveriam. Tive esperança de que, estando apaixonada, Dora me perdoasse pela decepção que lhe causei ao partir com Hans.

Quando entrei no apartamento dela, Walter estava no sofá, as mangas da camisa arregaçadas, separando papéis. Tinha uma cara redonda, bem barbeada, uma bela testa abobadada sob o couro cabeludo um tanto recuado e penetrantes olhos azul-celeste. Levantou-se de um salto, adotando a serena intimidade de Dora comigo, como se eu fosse uma irmã caçula. "Oi, Ruthie", disse, dando-me um abraço apertado.

A certa altura, não me lembro bem quando, os dois foram discretamente para o cartório de registro de Dresden, com uma datilógrafa do jornal no papel de testemunha. Não creio que nenhum dos dois ligasse muito para o casamento — tinha algo a ver com os requisitos de residência em Dresden, uma vez que Dora também queria manter o apartamento de Berlim. Eles se amavam e diziam que o casamento não ia mudar nada. E não mudou. Walter era um infiel contumaz (creio que chegou a ter quatro esposas no fim). Dora não ligava para isso, dizia que o casamento secava depois de um ano de descuido, "como uma planta no vaso".

A primeira vez que encontrei Walter no apartamento dela foi pouco depois da libertação de Toller. Ele cumprira a pena até o fim. Na ocasião em que quebrei sem querer um copo na cozinha, fui até o armário pegar uma vassoura. Algo bateu na porta quando a abri. Lá dentro estava pendurado o cartaz de PROCURA-SE. Já não estava exposto, mas tampouco tinha ido para o lixo.

# Toller

"Joseph contou que ontem perguntaram de você no Epstein's."

Hoje Clara chega atrasada, por ter passado antes na agência de navegação. Está vestindo uma blusa rosada aberta no pescoço. Pergunto-me se, para um escritor, a secretária é o mesmo que a modelo é para um artista: uma musa, uma presença inspiradora que nos faz sentir nosso sangue, um pedacinho da beleza do mundo ao qual desejamos ascender. Sua coxa pressiona a mesa.

"Eu..." Olho-a de esguelha. "Preciso ler um pouco."

Clara sabe que não é verdade, que eu não leio nada.

"E também fazer as malas", arrisco a alternativa. Na cama, há duas malas abertas, semiprontas.

"Que bom", ela diz e sorri. Quer acreditar nessa versão. Agora que tenho uma data de partida, somos objetivos um com o outro. O bloco de taquigrafia já está a postos.

"Andei pensando", diz, aquela ruguinha entre as sobrancelhas outra vez. "Por que, quando você fala da guerra ou da revolução, usa o tempo presente?" Sua voz é doce, mas é evidente que preparou a pergunta e vai até o fim. "Elas ainda são atuais na sua mente?"

"Não."

Como lhe explicar que o que escrevo geralmente passa a ser a única coisa de que me lembro? Lancei um emaranhado de tinta na página para capturar a verdade, mas só fiz uma peneira e ela se escoou pelo fundo. Preciso do tempo presente como magia, quero a voz de Dora em meu ouvido e seu perfume no rosto. Preciso dela para seguir vivendo, fora das limitações dos meus garranchos.

"É porque", digo, "não quero passar os próximos dias... Simplesmente não suporto dizer o tempo todo 'ela *foi*, ela *era*'." Sinto o rosto arder assim que pronuncio essas palavras.

"Entendo." Clara balança a cabeça como se tudo fosse perfeitamente compreensível. Mastiga o interior da bochecha. "Mesmo assim. Se pusermos essas partes novas no livro, o pretérito será menos confuso."

"Sim", dou comigo dizendo. "Você deve ter razão. É que..."

Minha vida sempre foi matéria-prima de outra coisa qualquer. Nunca foi tão real como quando a refiz em forma de peça, de livro. Por esse motivo, temo jamais ter dado ao mundo o que lhe era devido. Meu psiquiatra dizia que a culpa em relação ao mundo é a face obscura da minha doença. Mas isso não impede que o meu pensamento doentio seja verdadeiro: tirei proveito da minha vida e de todos nela. E a maior ironia, a mãe de todas as ironias, essa eu entendi perfeitamente. Embora eu tenha posto o mundo e os que eu amava em minha obra, esta jamais se afastou das circunstâncias de seu nascimento — a guerra, a revolução, o meu encarceramento, para se elevar ao eterno. O público gostava das peças porque elas mostravam o caos daquela época, mas hoje quase não são mais encenadas. Tenho sobrevivido como crítico, no vácuo entre a minha ambição e o meu talento. Não quero que a minha escrita transforme Dora numa versão pobre dela.

"... é que eu não quero que a minha escrita transforme Dora numa versão pobre dela."

Clara está sentada com as mãos unidas sob o queixo. Sua voz é suave. "Ainda não há versão nenhuma dela. Nada."

Concordo com a cabeça. Ela pega o bloco e começa a anotar.

Na manhã em que fui posto em liberdade, os guardas me escoltaram até a fronteira bávara. Peguei o trem para Leipzig, onde naquela noite estreava minha peça *Massas e homem*. Perambulei pelas ruas como um fantasma desperto de um sono de cinco anos. As mulheres usavam roupas mais soltas e o cabelo mais curto. Crianças mais bem nutridas entregavam-se ao entusiasmo do ioiô, e nas calçadas tinham aparecido telefones em cabines.

Na prisão, sofri como sofrem os homens, mas consegui escrever como nunca até então. Em cinco anos, escrevi quatro peças e um livro de poemas. Como era proibido escrever, eu fazia isso quando apagavam a luz, com uma vela acesa debaixo do cobertor e no papel higiênico trazido por amigos que me visitavam. E minha vida continuou se desdobrando em contradições. Minha peça *Hinkemann* é sobre um homem que volta da guerra emasculado, mas levou as mulheres a quererem me curar, me amar, me levar para casa. Fiquei famoso e fui homenageado em toda a Alemanha, ao mesmo tempo que me sentia o mais solitário dos homens vivos.

Em Berlim, *Massas e homem* foi cancelada na noite de estreia, quando o confronto entre antissemitas nacionalistas e socialistas ameaçou transformar o teatro numa carnificina. Aliás, numa carnificina misturada com uma pocilga: os nacionalistas chegaram armados de legumes podres e sobras de ossos. A revolução tinha acabado, mas, aparentemente, eu consegui ressuscitar sua violência e levá-la para o teatro. A mulher da minha peça acredita que se pode fazer revolução sem violência; sua tragédia é que isso é impossível, de modo que todos nós — pacifistas e nacionalistas — temos sangue nas mãos. Enquanto isso, os banqueiros estimulam o esforço de guerra instalando bordéis atrás das frentes de combate. Ainda que verdadeira, mas inconfessável, a peça enlouqueceu os de direita. Em Leipzig, o grupo teatral do sindicato ousou apresentar a peça porque seus integrantes tinham condições de protegê-lo dos desordeiros.

Entrei furtivamente no teatro quando a luz já estava se apagando e achei meu lugar. Então me apavorei: e se me reconhecessem? E se a minha presença piorasse a violência com que eu já contava? E se a produção fosse péssima? Afundei na cadeira. Depois, devagar fui relaxando, à medida que a plateia suspirava, aplaudia — reconhecendo-se no figurino dos soldados, dos prisioneiros, todos maltrapilhos. Arrisquei olhar para a carreira de rostos atrás de mim, todos voltados para a luz. Senti a mesma emoção de quando havia falado para as massas em Munique em cima de um caminhão. Era o poder, para ser franco, de um ditador. De achar, agarrar e torcer alguma coisa dentro deles.

Quando os banqueiros começaram a dançar ao som do tilintar das moedas em torno da mesa da bolsa de valores, apupos começaram nos lugares do fundo. "Traidor! Sabotador!"

As pessoas se viraram para lá. Os desordeiros estavam de pé nas últimas cinco fileiras, brandindo porretes e jogando coisas no palco. Algo respingou no corredor à minha direita. Então a multidão começou a avançar em direção ao palco, mas os seguranças do sindicato a interceptaram com cassetetes, obrigando-a a sair. Enquanto isso, os atores continuaram representando bravamente.

Lá pela metade do segundo ato, ouviu-se um rumor na plateia. Meu vizinho me cochichou: "Estão dizendo que Toller foi solto... que está aqui!".

"Aqui?" Afundei o queixo no peito. O murmúrio se transformou numa cantoria. "Tol-ler! Tol-ler! Apareça, Tol-ler!" Foi tudo tão estranho, tão rápido. Um spot girou no palco e varreu a plateia. E me encontrou. Fui erguido, transportado por um mar de braços; pensei que me iam esquartejar. Não conseguia enxergar nada além do círculo de luz. Então vi que eles estavam sorrindo e que aquilo era uma loucura, parecia um casamento. Passaram-me de mão em mão até me colocarem no palco. Agora o público batia os pés no chão ritmadamente. Os atores abriram espaço para mim como se eu fosse uma bomba, um milagre, como se precisasse de mais espaço que eles. Uma mulher na primeira fila gemeu e se pôs a puxar a própria roupa.

Levantei as mãos.

A sala silenciou.

"Desculpem a interrupção", disse. A plateia explodiu numa gargalhada. "Estou muito comovido", prossegui, e de repente me comovi de verdade. "Esta peça foi escrita no isolamento, numa espécie de morte. São vocês", apontei para o elenco, depois para o público, "que lhe dão vida. Obrigado."

Afastei-me para as cortinas laterais, esperando que os atores retomassem de onde tinham parado. Mas então as batidas e o alarido recomeçaram. "Tol-ler! Tol-ler!" Voltei. Coisas estavam sendo jogadas no palco, mas desta vez não eram vegetais — havia lenços e luvas e pequenos buquês e sabe Deus mais o quê. Ergui as mãos novamente. "Só o que posso dizer é que o espírito da justiça está bem vivo aqui esta noite, em Leipzig, na Alemanha. Agradeço a vocês."

Nos bastidores, fiquei no escuro, sozinho. A cantoria continuou, mas eu sentia as pernas bambas. Não podia voltar. Pus um cigarro na boca e tentei acendê-lo, porém minhas mãos tremiam. A caixa de fósforos estava grudada, eu não conseguia abri-la, e quando a abri não controlava a chama. Tentei protegê-la com as mãos, mas, juntas, elas tremiam ainda mais.

Com o canto dos olhos, vi algo se mexer. Uma moça me observando. Uma mulher.

"Muito bem." Tinha uma voz grave, fleumática. Avançou dois passos, envolveu minhas mãos nas dela, pegou os fósforos e riscou um.

"Eu sou Dora", disse, a chama entre nós iluminando nossos rostos.

"Ernst."

Ela abriu um sorriso iluminado. "Eu sei."

Fazia cinco anos que eu não ficava tão perto de uma mulher. Ela era miúda e delicada. Seus olhos estavam calmos, como se já me conhecesse.

Tocou meu braço de leve. "Não saia daqui." Em seguida foi para o palco, as mãos erguidas diante da luz.

Um contrarregra se aproximou sem ruído. "Quem é essa?" Ele apontou com o queixo.

"Chama-se Dora."

"E é...?"

Eu me virei para ele. "Você não sabe?"

Ele deu de ombros.

Nós dois continuamos olhando. Depois de dominar a multidão, a mulher anunciou: "Hoje fomos honrados com a presença do maior dramaturgo da nossa geração". Eles prorromperam em gritos e bater de pés. A mulher sorriu, espalmou as mãos. "Agora", disse em meio ao vozerio, e eles baixaram a voz, "o que ele deseja é que a peça continue."

Em seguida, ela reapareceu ao meu lado. "Tenho certeza de que você quer assistir", disse. "Venha." Conduziu-me pelo fundo do teatro, por corredores vazios, até a cabine de iluminação. Ao me ver, os técnicos se levantaram, sorrindo e curvando-se, afastaram-se para abrir espaço.

Passado algum tempo, aprendi a ser a pessoa que eles pensavam que eu era. Em toda parte, precisava falar, participar de um comitê, emprestar meu nome a causas, interpretar a época. Jantei nos melhores restaurantes. Comprei roupas finas. Mas sabia que estava dividido em duas partes, o homem público e o ser privado, e que nem sempre elas se ajustavam.

# Ruth

Estar dentro de Toller, olhando para Dora, me dá uma espécie de vertigem. Eu a vejo e, ao mesmo tempo, vejo o efeito que tinha sobre os homens. Dora era sincera, honesta e prática; nunca flertava. Como não jogava nenhum jogo, os homens se sentiam eles mesmos com ela, plenos, como se não houvesse diferença entre a vida interior deles e a exterior.

Lembro-me de quando ela foi a Leipzig assistir à estreia de *Massas e homem*. Contou-me que depois teve oportunidade de conhecer Toller, mas jamais pintaria a cena desse modo. Embora mais tarde compartilhasse tanta coisa comigo, na época acharia isso a traição de uma intimidade que ela esperava ter cabalmente.

Intimidade. Na primeira vez que Hans e eu fizemos amor, fomos a um hotel à beira de um dos lagos de Berlim. Havíamos comprado alianças baratas numa feirinha de objetos usados.

"Vamos descer para o chá?", propôs.

Ficamos na sacada do nosso quarto com vista para o terraço. O vento punha tudo em movimento; o lago se agitava, vivo. Hans ficou atrás de mim, segurando meus quadris. Lá embaixo, entre as mesas, garçons de luvas brancas empurravam carrinhos de aro cromado repletos de bolos, a roupa inflada como vela. Os barmen, eretos como alfinetes, como que empenhados em dominar o cenário, rabiscavam pedidos no papel. Em algum lugar que não podíamos ver, uma orquestra tocava, com o vento arrebatando a maior parte das notas, devolvendo apenas os compassos esquisitos, minúsculos. Olhei para os pratos reluzentes, os garfos abrasados pelo sol, o cromo rodando, girando. Bem abaixo de mim, uma rajada desgrenhou o cabelo escuro de um homem, empurrando-o da nuca para a testa, como que repartindo uma pelagem. A seu lado, uma mão coberta de joias surgiu de baixo de um chapéu branco de aba larga, tirou uma migalha da bochecha de uma criança. Lamentei não ter trazido a câmera.

"Não quero chá", eu disse. Virei-me para Hans, que recuou para o quarto. Fui subitamente enlaçada por uma folia de musselina e vento. Desvencilhei-me, pelejando e rindo, das atenções da cortina corrediça.

Lá estava Hans, alto e de pele macia, pousando em mim seus olhos azuis. As mãos soltas ao lado do corpo. Eu sabia que houvera experiências com rapazes — por que não haveria? Era quase a mesma coisa que experiências consigo, e acreditávamos em todos os tipos de liberdade de escolha. Mas agora tínhamos escolhido um ao outro.

"Lá embaixo parece uma cena de Brueghel", eu disse. "Depois de um casamento de aldeia. Só festa, bate-papo e música."

"Você acha?" Ele tirou o cabelo dos olhos com um movimento da cabeça, aliviado, penso agora, porque ainda não tinha chegado a hora. Sua timidez física era inesperada e me fez amá-lo mais. "Eu não. Brueghel pintava gente comum. Isso aí parece mais o convés superior do tal *Titanic* inglês. Um bando de privilegiados indiferentes ao lugar a que vão."

Tirei o sapato.

"Quer dizer", ele tornou a recuar, "simplesmente não pode continuar assim, uma classe privilegiada cambaleando por aí, tomando café com música, enquanto os garçons praticamente trabalham só para comer. O que me incomoda" — eu comecei a desabotoar a blusa —, "o que *mais* me incomoda é esses garçons terem de organizar sua vida para parecerem limpos, engomados e sadios aqui e não aborrecerem a clientela!" Abriu as mãos, os dedos estendidos. "A verdadeira situação de vida deles, provavelmente, são quartos e percevejos compartilhados, carbúnculos embaixo da camisa e uma refeição quente uma vez por semana! É o tipo da cumplicidade que precisa acabar, essa dos trabalhadores com a miséria em que vivem."

"Mas não neste exato momento", eu disse, segurando suas mãos.

Acordei de madrugada. Refletida na superfície do lago, a lua dançava no teto em que uma enorme videira de gesso se enrolava em si mesma em graciosas e exageradas espirais de folhas e gavinhas, carregada de cachos gordos de uva dispostos a intervalos regulares nada naturais. Hans dormia. Contei os cachos (onze), percorri a videira com os olhos, encontrando o começo e o fim, depois o fim e o começo.

Vesti um penhoar e desci, percorri o terraço vazio com suas mesas nuas, atravessei o passeio, desci a escada de pedra até o lago. A água negra se abriu em ondulações prateadas para me receber. Estava fria, mas tinha a consistência da seda, água prenhe de lua. Envolveu-me o corpo novo até o queixo. Agora eu estava liberta de preciosidade e do risível mistério. Eu era uma medida conhecida por mim, livre para fazer o que bem entendesse.

Quando Hans e eu resolvemos nos casar, passamos um longo fim de semana com meus pais na vila de Königsdorf. No começo mamãe ficou desconfiada. O que aquele belo homem podia ter visto em mim, pensou, a não ser o meu dinheiro? Ela era delicada e loira e eu puxei meu pai: beiçuda e morena. Quando viu Hans, ela não acreditou que ele me amasse.

Observei-a observando-o com seus olhinhos azul-claros, reparando no cuidado com que estava vestido — o suéter azul e ocre, sapato de duas cores. Ela transformou o fim de semana num teste. Quando serviram alcachofras, Hans disse: "Que delícia!", ainda que eu duvide que já tivesse visto uma. Mamãe esperou-o pegar os talheres e então entoou "Al-ca-chofra", tirando ostensivamente uma folha com dois dedos para mostrar como se comia. Quando Hans pegou a pinça e se curvou para apanhar um carvão que tinha caído da lareira, ela disse: "Não", como se estivesse falando com um chinês ou adestrando um cachorro, e tocou o sininho para chamar a criada. Para grande aflição dele, a brasa abriu um buraco no tapete, infestando a sala com o cheiro amargo de lã queimada.

Uma manhã depois do café, mamãe comentou comigo: "Que cílios tem esse rapaz. Parece que os pinta com carvão".

Eu não disse nada para não dar esse prazer a ela. Até certo ponto, a crueldade de um pai com um filho — pois o desprezo dela por ele me agredia — é uma vergonha para o filho. Desejamos que nossa mãe seja boa não só porque magoa quando ela não é, como também porque o desvio da maternidade é anormal, algo que convém esconder. Hans tinha sido criado numa casinha em Nienburg, localidade em que seu pai era o pároco. Aquilo que mamãe condenava como falta de gosto de *nouveau riche*, eu encarava como o grande esforço de um jovem para se livrar de uma origem sombria. Mamãe queria as duas coisas: se eu era indigna dele, ele era indigno da nossa família.

Na nossa família, ninguém fazia nenhum tipo de trabalho manual, nunca. Tampouco praticávamos a religião. Meu pai trabalhava muito na serraria, mas na qualidade de proprietário e senhor; a ociosidade da minha mãe era a prova do sucesso dele. Éramos judeus do Iluminismo da Alemanha, seculares, instruídos e mais prussianos que os prussianos. Eu queria fugir da crueldade reprimida daquilo, das ensurdecedoras quantidades de negação.

Na família de Hans, enquanto a mãe cozinhava e costurava, o pai escrevia sermões sobre o dia do Juízo e o fim do mundo. "De que serve para o homem", trovejava o pastor Wesemann, "construir casa neste mundo...", ao passo que a sra. Wesemann fazia compotas, pepinos em conserva, cobria uma janela quebrada com papel pardo até que pudessem pagar o vidraceiro. A existência de Hans fora plasmada, por um lado, pela necessidade honesta, prática, do trabalho braçal e, por outro, pela extrema inutilidade de tal trabalho perante o apocalipse iminente. Esse véu mortal, gracejava ele, seu pai o rasgava todo domingo e sua mãe o remendava na segunda-feira. Mais tarde, quando Hitler subiu ao poder, o pastor Wesemann achou que a ideia nacional-socialista do advento do Reich de mil anos combinava perfeitamente com suas crenças milenaristas e instalou uma suástica marrom de baquelita no altar como sinal de sua dupla devoção. No mínimo, Hans tinha tanto do que fugir quanto eu.

Ele bem que se esforçou, mas no fim de nossa visita se sentia o próprio *parvenu* que mamãe via nele. "Ela m-me detesta", murmurou no jardim. No domingo, começou a fazer pausas arrastadas no começo de cada frase, como um disco de gramofone riscado. Mamãe aguardava palavra por palavra com uma expressão de compreensiva vitória, como se a demora fosse a confissão de falsidade que ela esperava desde sexta-feira.

Meu pai foi mais gentil. Preferia que eu me casasse com um judeu, mas aquele rapaz — embora pacifista — era um veterano de guerra e tinha bom coração, e papai não achava tanto assim que eu não pudesse ser amada.

Quando tudo terminou, voltamos a Berlim de trem. Sempre senti que até a geografia da parte do mundo da minha família — as crispadas montanhas cheias de carvão e crivadas de túneis — era misteriosamente complicada. Uma vez de volta ao norte da Alemanha, a terra se alisava, tornava-se plana, livre e calma, um mar de verde-claro até o litoral.

No vagão-restaurante, tentei tirar Hans da depressão com um arremedo da minha mãe. "Oh, eu sou uma prussiana infinitamente controlada e racional." Empinei o nariz e estiquei o pescoço. "Motivo pelo qual estou perfeitamente disposta a deixar a brasa abrir um buraco no meu tapete persa pelo mero prazer de lhe mostrar o seu lugar."

Hans estava afundado no assento, virando incessantemente um baralho na mesa. Olhou pela janela. Ele era lindo — aliás, o retrato do homem que eu imaginava que minha mãe quisesse para mim. Com exceção, talvez, daquilo que o esforço revelava um pouco: o nó da gravata exageradamente caprichado, a calça um tanto chamativa. Às vezes, a imitação é mais vistosa que a coisa real. Isso não me incomodava, já que eu o teria amado antes mesmo de pôr os olhos nele. Não sabia se caçoar da minha mãe aliviava sua humilhação ou a aumentava ainda mais. No entanto, quando ele voltou a olhar para mim, estava sorrindo. Hans sempre teve o cuidado de não denegrir meus pais na minha frente.

"*Nous allons épater les bourgeois*", disse, "mas primeiro precisamos comer." Pegou o cardápio. "Alguém quer alcachofra?"

Eu sorri. Tinha encontrado em Hans um aliado que me ajudaria a debochar dos valores do dever e da obediência, assim como dos privilégios em que nasci. Ele os vigiava mais atentamente que eu.

Nossa festa de casamento foi no melhor hotel de Breslau, a cidade grande mais próxima. Todos os nossos amigos compareceram, Dora com Walter, Bertie e os outros. Antes, na escadaria da prefeitura, jogaram confete e pétalas e gritaram o slogan do nosso partido: "Uma tripla Frente Vermelha!". Talvez não tenha sido o hurra mais romântico, mas era a aliança que ansiávamos: os social-democratas, os comunistas e nós.

Hans e eu nos mudamos para o apartamento de Berlim. Meu pai pagou-o em cumprimento ao acordo nupcial, assim como nos deu as cadeiras de aço cromado, os tapetes azul-centáurea e a macia cama de casal.

Na cidade grande, a carreira jornalística de Hans foi de vento em popa. Entretanto, embora nunca tenha me falado, eu sabia que ele a sentia envenenada pelo episódio de Toller. Tinha pedido a um homem que traísse seus companheiros de prisão e aceitasse a liberdade. Nenhum de nós pensou nisto de antemão, mas foi a carreira de Hans que acabou sendo impulsionada. A crítica de Dora o atingiu fundo.

Hans procurou compensar isso em suas colunas. No começo eram divertidas, mas, à medida que os nazistas se aproximavam do poder, foram se tornando mais amargas e provocadoras. E mais corajosas.

Quando o general Ludendorff, que conduzira a guerra — fazendo do país seu armazém de abastecimento —, afirmou em suas memórias que ele tinha "ganhado a guerra", Hans zombou: "Ele a ganhou mesmo; só o povo alemão a perdeu, porque teve o descuido de morrer de fome antes que a vitória chegasse". Também escreveu sobre a atendente de banheiro que foi presa por ter substituído o lote regular de papel higiênico por pilhas de jornais de esquerda para instruir a clientela. Fez amizade com o famoso ator solteirão Edgar Reiz e com ele aceitou o desafio proposto por uma publicação inglesa de descobrir se Berlim era, como afirmava o jornal, a cidade mais "depravada e corrupta" do continente.

"Com fins exclusivamente de pesquisa", escreveu Hans, ele e Edgar esquadrinharam bares de garotas, bares de rapazes, *gin palaces*, cabarés, salões de hotéis de luxo. Ao amanhecer, foram parar no prestigiado Instituto de Sexologia de Magnus Hirschfeld, perto do Tiergarten, onde o grande homem em pessoa, corpulento e feminino por trás da gravata e dos pequeninos óculos redondos, explicou "com seu doce ceceio" que "depravação não existe". "Coisa", observou Hans com prazer, "que os ingleses estão cansados de saber."

Em 1928, foi ouvir Hitler, então líder de um partido de oposição — e escreveu uma de suas páginas mais notórias. Na infância, Hans superou grande parte de sua gagueira observando as pessoas moverem os lábios e pensando em cada frase até o fim antes de iniciá-la. Isso o treinou para reparar em coisas que ninguém notava, o que veio a ser útil para o repórter. Ele contou aos leitores como o microfone do Palácio de Esporte havia enguiçado. Depois de certa vacilação e algumas tentativas, Hitler, encolerizado, jogou o aparelho longe. "E foi aí que nasceu", como escreveu Hans, "a famosa técnica da gritaria do Grande Adolf. 'O abastardamento dos povos começou!', gritou Herr Hitler. 'A negroidização da cultura, dos costumes — não só do sangue — avança a passos largos'." Hans escreveu que a multidão murmurava sua aprovação, sentindo-se unida ao Führer contra aqueles inimigos invisíveis, virais.

Mais tarde, contou que após o comício esteve na recepção a Hitler num apartamento. "Fomos revistados na entrada, em busca de armas", escreveu. No salão, encontrou o Führer batendo na mesma tecla: "Esse parlamentarismo podre! Esse câncer do povo alemão". Um clamor contra Berlim e a "terrível promiscuidade de sua população semieslava".

Parado atrás da multidão, Hans pigarreou educadamente. "O senhor é casado, Herr Hitler?", perguntou. O ar enregelou. Os acólitos olharam feio. Hans se retirou. "À porta, eu ergui o braço e saudei energicamente *'Heil'* e *'Sieg'*", escreveu, "e só então me dei conta de que tinha levantado o braço esquerdo no lugar do direito. Quando estava pondo o casaco no corredor, ouvi Adolf dizer: 'Que sujeitinho desagradável! Aliás, quem é ele?'. Ninguém soube responder, e eu tratei de dar o fora antes que viessem me perguntar."

O partido nazista o processou por calúnia.

Houve certa confusão no *Die Welt am Montag*. O editor de Hans jurou que a matéria tinha sido entregue como um relato factual. Não o avisaram de que se tratava de uma piada.

"Foi bem ridículo", Hans me contou, caçoando. "Não imaginei que fosse preciso explicar tudo tim-tim por tim-tim." A realidade estava ficando tão tola, pensamos, que as pessoas inteligentes já não distinguiam uma reportagem de uma sátira.

Por sorte, o partido nazista perdeu a ação e teve de pagar os custos. Alguns colegas medíocres de Hans resmungaram coisas sobre ética jornalística — até em fraude falaram! Mas, para outros, ele era um herói: tinha enfrentado os nazistas e vencido.

Dali em diante, Hans se sentiu protegido.

Embora geralmente dirigisse sua sátira a Hitler, Goebbels lhe inspirava uma virulência particular, pessoal mesmo. Ele perseguia o ministro da Propaganda como a um urso. Talvez porque os dois fossem oriundos de um pequeno vilarejo, ou por terem subido na vida graças à habilidade de lidar com as palavras. Hans passou a ser a nêmesis pública de Goebbels, sem nunca se referir a ele pelo nome, chamando-o apenas de "aquele homem de aparência nitidamente semítica" que "em circunstâncias normais seria um rigoroso professor da escola de moças de Euskirchen". Goebbels havia escrito um romance intitulado *Michael*, que Hans sempre chamava de *Michael, o ignorado*.

Num artigo infame, inventou uma visita à madrinha de Goebbels em sua cidadezinha de Rheydt, à beira do Reno. Cercado de vasos de flores artificiais, escutou as reminiscências da velha:

> Ah, meu caro senhor... não sei que problema o rapaz tem com os judeus. Gostava tanto de brincar com os filhos dos Katz, cujo pai, um açougueiro, morava ali na outra rua... Mas ele não conseguia ficar de boca fechada. Sempre tinha que dar a última palavra.

Goebbels perdeu a calma. Revidou no jornal do partido nazista, o *Der Angriff*, citando "certo galego, Hans Wesemann", que, quando Adolf Hitler se recusou a lhe dar entrevista, "criou uma com suas patas imundas. Agora esse nobre escrevinhador anda contaminando as províncias com o excremento do seu cérebro doentio".

"Nada mal", disse Hans comendo seu ovo do café da manhã, 'excremento do seu cérebro doentio'." Nós nos entreolhamos por cima do jornal. "Mas, por outro lado", dissemos ao mesmo tempo, "ele é um *romancista*, claro."

Quanto mais famoso Hans ficava, mais ultrajantes eram suas matérias e mais os nazistas o odiavam.

Um caminhão está descarregando tábuas compridas na entrada de carro da casa vizinha, um pano vermelho atado na extremidade delas para alertar os demais veículos no trânsito.

Vejo-me nitidamente à janela do nosso apartamento de Berlim, na noite remota em que Hitler assumiu o poder, com minha bandeira vermelha para fora. Os rapazes, as tochas e as suásticas malfeitas eram assustadores, mas também ridículos. Não tínhamos levado em conta o que significava aqueles boçais haverem feito suas listas; terem pessoas na mira; e que essas pessoas éramos nós.

Enquanto Hans ficava famoso em Berlim, concluí os estudos na universidade. Embora tivesse escrito uma tese de doutorado sobre a poesia lírica de Goethe para me habilitar a dar aula, geralmente passava os dias atrás de uma câmera. Descobri que a fotografia podia revelar nos objetos qualidades que eu não tinha visto ao tirá-la. Era como se a pura importância física do meu objeto, sua massa e beleza no mundo, me vencesse quando diante de mim, permitindo-lhe guardar para si suas propriedades alusivas. Eu fotografava palitos de fósforo em close, cabeçudos e espalhados aparentemente ao acaso. Uma escada vista de baixo para cima, curvando-se sobre si mesma como um leque. Meus pés na cama, a perna mais curta cruzada sobre a outra. Fotografei uma palavra escrita à mão num poste — "FOME!" — com o número de uma caixa postal para doações. Fotografei uma mulher no nosso pátio com um garotinho seminu no colo, os dedos apertando a coxa gorda e farta dele. Captei Hans de olhos fechados, o pescoço inclinado para trás na borda da banheira, as sombras revelando a arquitetura de sua fisionomia.

Na câmara escura, as imagens nadavam a meu encontro, cada vez mais nítidas, através da solução, como para, enfim, se abrirem e decidirem dar uma resposta.

Certa vez fui com Dora a um comício de Hitler, para fotografar aquilo. Na época, Dora trabalhava para Toller, embora continuasse no gabinete da deputada Mathilde Wurm. As duas estavam pesquisando a atração irracional, apaixonada, que Hitler exercia sobre as mulheres. Com cinquenta e poucos anos, Mathilde era corpulenta e sensível, tinha os olhos pretos mansos de um labrador e um leve buço. Viúva e abastada, era uma política eficaz, particularmente nas questões femininas. Como, ao mesmo tempo, era muito branda, muito sensata, qualquer ideia nova que lhe saísse dos lábios — desde introduzir um jantar quente nas escolas até criar cursos profissionalizantes para moças e clínicas contraceptivas gratuitas — parecia algo que já devia ter sido feito. Mathilde não podia ter filhos, contou Dora, e transformou essa tristeza numa energia maternal endereçada ao mundo inteiro. Dora gostava muito de Mathilde como mentora política, mas também, creio eu, como uma espécie de testa de ferro de suas ideias bem mais radicais.

Hitler ia participar de um ato público exclusivamente com mulheres no Lustgarten berlinense. Quando passou por nós, num caminho coberto de flores, as mulheres levantaram as mãos gretadas e gastas como para receber sua bênção. Algumas choravam, extasiadas, estremecendo e acenando. A que estava à nossa frente ergueu seu bebê no ar como numa oferenda; fotografei o garotinho corado retorcendo-se.

Dora, a meu lado, balançou a cabeça, entre compassiva e enojada. "Uma espécie de fascínio milenarista", cochichou. "Como se só ele pudesse salvá-las."

Tínhamos chegado tarde e estávamos bem atrás. Quando Hitler alcançou a tribuna, pude apenas entrevê-lo por entre as cabeças à minha frente, mas Dora era muito baixinha para poder olhar por cima do ombro de alguém. Atrás dela havia um guarda da SS. Ele olhou para ela. Sem dúvida viu o distintivo do Independente em sua lapela, mas ela se limitou a encolher os ombros amistosamente, como dizendo: quem há de ser tão baixinha?

O homem olhou em volta, depois disse: "Venha, camarada, você quer ver o Führer tanto quanto qualquer um". Dobrou os joelhos e estendeu-lhe as mãos.

Dora não titubeou. De costas, aproximou-se do homem da SS. Ele agarrou-a pela cintura e a ergueu como a figura de proa de um navio.

* * *

Eu quero vê-la. Dos milhares de fotografias que tirei na vida antes do exílio, acabei ficando só com dois álbuns. As fotos dentro dele parecem mais valiosas que qualquer outra coisa que sobreveio.

Abro a porta de vidro de uma estante e pego um dos álbuns. As páginas são pretas e há um papel de seda entre elas. Todas as fotografias são em preto e branco e pequenas como os negativos dos quais provieram. Estão com os cantos enfiados nas páginas. Aqui há três de Dora, nenhuma desse comício. Uma é de nós duas, adolescentes, a cabeça saindo pelos buracos de um painel que nos transformou em Rômulo e Remo. Outra é da família no meu casamento; e a terceira, a minha preferida, um retrato que tirei dela. O rosto virado em um ângulo de três quartos, os lábios cerrados e o olhar ligeiramente baixo, afastado da câmera. Os olhos são delicados, interrogativos. O cabelo, cortado curto como de homem na nuca, desce junto às bochechas. Estava sem maquiagem, a não ser nas sobrancelhas. Parece tão contemporânea quanto agora.

Examino essas fotografias como se pudessem me dar algo dela, ou pelo menos uma nova lembrança. O som da sua risada, o relance dos dentes brancos — o incisivo esquerdo encavalado nos outros. Mas, quando fecho os olhos para me concentrar, seu rosto se apaga. Minha mente é esquiva; não se abre quando lhe peço de modo demasiado direto. Preciso ser mais astuta, aproximar-me de esguelha na beirada do sono para fazer com que me entregue algo novo. Afinal, tudo nela me pertence.

# Toller

Clara foi almoçar com o marido no Museu de Arte Moderna. Hoje é seu segundo aniversário de casamento. Como esta cidade é cheia de milagres! Vive de olho nos tesouros do mundo, vai buscá-los e depois os expõe democraticamente. Picasso neste momento. Pedi serviço de quarto, um luxo.

Depois da estreia de *Massas e homem*, Dora me telefonou. Quando voltei a vê-la, ela estava na tribuna, discursando para uma multidão. Fecho os olhos.

Estou no palanque de um comício antiparágrafo 218 no Tiergarten de Berlim. É 1925. Somos a geração que voltou da guerra e está reconstruindo o mundo — mais justo, mais livre —, para que uma guerra nunca mais volte a acontecer. Dora, leve, com seu gorro de pelo escuro, sobe a escada para falar. Enquanto avança, arregaça as mangas nos antebraços. Um belo relógio de ouro solto no pulso fino, e nenhuma outra joia. Quando se aproxima do microfone, seu rosto fica parcialmente encoberto pelo halo metálico. Na ponta dos pés, ela se inclina. Seus olhos escuros olham fixamente por cima dos óculos para as pessoas. Não traz anotações.

Uma onda de insegurança percorre a multidão, que respira fundo e move os pés no pedrisco. Sinto uma pontada de remorso: como pudemos pedir a uma mulher que fizesse isso, e ainda mais a essa garota miúda? O parágrafo 218 criminaliza o aborto, e decidimos protestar contra isso e reivindicar todo tipo de liberdade sexual — para mulheres, homossexuais, presidiários. Participei do comitê que organizou este comício, juntamente com Einstein e outras celebridades, e pedimos a mulheres "já bem estabelecidas na vida" que falassem sobre sua experiência de aborto. "Autodenúncia pela causa" foi o nome que demos à coisa. Considerando as punições penais e o estigma social atrelados ao aborto, era de esperar que ninguém se apresentasse, e ninguém se apresentou. Até o dia em que ela me telefonou. "Dora", disse, "do teatro. De Leipzig." Como se eu pudesse ter esquecido.

"Uma lei..." Suas primeiras palavras para a multidão não saem bem. Ela baixa a cabeça, leva o punho aos lábios. O público está em silêncio, em parte por delicadeza, em parte por ansiedade. Dora recomeça. "Uma lei que todo ano transforma oitocentas mil mulheres em criminosas" — sua voz surpreendentemente calma começa a melhorar — "deixa de ser uma lei." Ela os encara. "Vocês estão olhando para uma fora da lei."

Há um intervalo. Então irrompem os aplausos.

"Nenhum homem", prossegue a jovem, "entende a agonia de uma mulher grávida de um filho que ela não pode sustentar. E o que é pior: obrigar uma mulher a ter um filho é tolher sua atividade na vida econômica e pública." As pessoas se animam, agitam os punhos, gritam. Ela agarra o microfone pela haste e o aproxima da boca. "O seu corpo", continua, "pertence a você."

Então, em meio ao alvoroço, estende um braço, agradecendo à multidão. Eu prendo a respiração. Nesse momento, vejo em Dora algo que conheço em mim — a sensação de ter a vida na palma da mão para fazer o que quiser.

No campo de batalha, muitas vezes quase joguei fora minha vida — ou quase a tiraram de mim. Senti seu pouco valor, e também seu alto valor, como uma moeda pesada, como uma dor. Mas de onde Dora tinha tirado aquilo? Grande parte do amor é curiosidade, a busca no outro de um pedacinho de nós mesmos; saindo da toca do urso deles com nossa velinha de aniversário e um filamento de minério: o mesmo de que sou feito!

*Pa-pada-pa, pum, pum.* O garçom deve estar de bom humor.

"Entre", grito, esperando ver o carrinho. Mas é uma mão, seguida de um rapaz de ar suave com uma mecha de cabelo na testa. Auden!

"*Ora*, veja só", ele diz, sorrindo e entrando de lado. Está de terno e gravata de lã e, como sempre, parece ter dormido de roupa. E eu, felicíssimo.

Nos meus anos de Inglaterra, vi Wystan se agigantar como poeta — é o melhor deste século, andam dizendo — na época em que trabalhava comigo. Traduziu minhas peças e escreveu alguns versos originais e gloriosos para elas. Ficávamos conversando no meu jardim em Hampstead (seu alemão é bom) para ver quanta beleza equivalente conseguíamos extrair de cada língua. A relação fica íntima quando alguém participa do seu trabalho. A pessoa enxerga você melhor do que somos capazes de nos enxergar.

"Revirei Nova York atrás de você, meu velho." Está ofegante como se tivesse vindo correndo atrás da presa. "Minha *esposa*" — ele sorri; casou-se com a refugiada lésbica Erika Mann para que ela obtivesse passaporte inglês, e agora ela também está em Nova York — "disse que eu o encontraria no Epstein's. Como isso não aconteceu", espalma as mãos, "dei início à caçada humana."

"Obrigado." Wystan é a única pessoa, sem contar Dora, a quem falei das minhas consultas ao psiquiatra três vezes por semana em Londres. Em parte porque elas se interpunham em nosso trabalho, em parte porque ele está convicto de que a neurose (até certo ponto) estimula a arte. Vejo, pelo modo como olha para mim e depois para o quarto, que está avaliando se a minha está trabalhando a meu favor ou me devorando vivo.

"Ixe — Christopher — me deixou", diz, tirando o paletó e se sentando na cadeira de Clara. "Foi para a Califórnia."

"Sinto muito."

"Eu me pergunto", ele acende um cigarro, "se existe algum tipo de casamento para nós, veados."

"Para qualquer um", digo. "Christiane também me deixou."

"Minha vez de dizer que sinto muito." Os "s" dele têm uma leve sibilância, como se ele não quisesse se dar ao trabalho de pronunciá-los plenamente. "Deve ser este lugar." Faz um gesto abrangente. "O país desse maldito excesso de liberdade."

Wystan esfrega a testa, manchando-a generosamente com a tinta de jornal do seu polegar. Deixa cair no tapete um rolinho de cinza de cigarro. O que eu mais gosto nele, vejo agora, é sua capacidade de enxotar a emoção para o mundo real com um gesto de mão, enquanto a costura com palavras como ninguém.

"Christopher dizia que eu punha meus melhores sentimentos no trabalho e que para ele só ficavam as sobras. O que talvez seja uma horrível verdade." Os olhos de Wystan são afáveis, com pálpebras pesadas como as de boneca. Ele folheia um dos blocos de taquigrafia de Clara.

"O que você anda fazendo afinal?"

"Tentando pôr meus melhores sentimentos no trabalho."

Ele ri pelo nariz.

"Verdade. Estou tentando escrever sobre Dora."

Wystan levanta os olhos. "A brava Dora", diz. Ele sempre gostou dela, e ela dele. "Você nunca escreveu sobre ela?"

"Não quis usá-la."

Trata-se de uma conversa que já tivemos — sobre a tentação da arte de usar as pessoas como lenha para o fogo.

"Sim. Sem dúvida."

Sinto-me tão aliviado por ter sido compreendido, que as palavras saem confusas: "Mas agora eu não tenho nada. Nem ela" — sinto a garganta seca — "nem sequer um retrato".

O garçom nos interrompe com um carrinho onde há uma sopeira grande, um cesto de pãezinhos brancos e pretos, porções de manteiga e duas tigelas. Devem ter imaginado que pedi para Clara também. Enquanto o rapaz, um loiro muito asseado de uns dezenove anos, se encarrega de pôr a mesa, Wystan enfia um guardanapo enorme no colarinho, coisa que, eu sei muito bem, misteriosamente, não impedirá as manchas de brotarem no peito de sua camisa. O garçom começa a lhe servir a sopa e Wystan sorri, confiante que o mundo — deveras compenetrado disto — sempre lhe dá primazia. Em seguida, tira a carteira do bolso e oferece a ele uma generosa gorjeta.

"Obrigado, senhor", diz o garçom com um leve aceno e dá meia-volta. Os olhos claros de Wystan o acompanham até que desapareça.

"Este país", enruga a testa e parte um pãozinho com os dedos, "vai me fazer bem. Eu sinto. E não é só isso." Aponta para a porta com a cabeça.

Eu ponho os punhos na mesa. "Vou voltar para a Europa."

Wystan larga o pão.

"Sou inútil aqui. Ninguém escuta. A Europa vai naufragar."

Ele balança a cabeça devagar. "Eu sei", diz. "Não posso mais fazer discursos. Simplesmente não acredito que a melhor natureza do homem vencerá. Nossos escrúpulos liberais nos cegam — os fascistas são muito sedutores, e também muito fortes."

"O que você vai fazer aqui?" Não sei por que pergunto; sei o que ele vai fazer. Escrever poemas que serão lidos daqui a duzentos anos, apaixonar-se, se dar bem.

"Escreva", pede, como se isso fosse algo à toa. "Quando voltar à luta. Como sempre fez."

Sei que ele me considera corajoso, apesar do lado negativo que ele conhece. É mais uma profissão de fé de sua bondade que um juízo, mas significa que posso lhe contar seja o que for.

"É uma patologia estranha, não acha", digo, "querer ser diferente do que a gente é?"

Wystan se inclina, põe sua mão na minha. Viu minha necessidade e nunca me humilhará por tê-la mostrado. "É sempre a mesma coisa, não é? Tudo que não somos olha para tudo que somos."

Pega a colher e sorri, como dizendo *Guten Appetit*. Mas percebe que suas palavras me afetaram. "Não olhe para isso muito a sério, meu velho", acrescenta. "Faça o que deve fazer. E não subestime isso." Sacode a cabeça, levando a colher à sopa. "A poesia não faz nada acontecer."

Quando ele vai embora, a felicidade de sua companhia permanece no quarto. Reclino a cabeça no espaldar da cadeira e torno a fechar os olhos.

Estou recostado, a cabeça apoiada no banco de couro do carro. Dora e eu percorremos uma catedral de árvores; em ambos os lados da estrada, os álamos se arqueiam no alto para se tocar. Os salpicos de luz que eles concedem passam, ligeiros, sobre a capota e o para-brisa, e sobre nosso corpo para que sintamos a velocidade. Dora dirige; eu nunca aprendi. Embora de braços nus, ela calça luvas de pelica creme presas nos pulsos, e fala sem parar, olhando para a frente enquanto a faixa pintada na pista se achata sob o automóvel. Está contando os votos a favor de não sei quê — sua política era muito mais prática que a minha —, mas parei de escutar. O vento acaricia seu cabelo.

Ontem à tarde, nos registramos como marido e mulher no Schloss Eckberg, em Dresden. Enquanto ela assinava o registro, levei a mão ao seu cabelo, com a maior naturalidade possível, e tirei de lá umas folhas de grama. Sorrindo suavemente o tempo todo para o recepcionista. Perto de Dresden, nas margens do Elba, os juncos chegam à altura do peito. Dora me arrastou para fora do caminho e se embrenhou neles, rindo e me puxando para o chão até que o mundo se reduzisse a uma nesga de céu com uma moldura verde e embaçada. De manhã, ela havia tomado três xícaras de café e brincado com seu ovo antes de fumar, aquela mulher que era toda apetite.

Nunca me senti tão desejado. Estendo o braço para lhe acariciar o pescoço.

"Com fome?", ela pergunta, interrompendo sua própria torrente de palavras. "Eles mandaram um pouco de comida para nós."

Há um cesto aos meus pés, sob o painel. Dentro dele, encontro uma pera magnífica. Quando Dora morde, o suco escorre.

"Droga", ela diz, rindo. Pego o lenço, começo a limpar seu colo e ela me endereça um olhar, limpando o queixo com o dorso da mão enluvada. Então sua outra mão escorrega no volante, o volante lhe escapa e gira, a pera passa voando perto do meu nariz e o carro guincha, incapaz de acompanhar a curvatura da estrada. Ela pisa várias vezes no pedal, mas não adianta, e nós vamos, mais devagar do que é possível, até o fim, que chega com um grito do metal num álamo.

O vapor chia no capô. Dora se afasta do volante e vê que eu estou bem. Um homem se aproxima correndo, é o policial da cidadezinha. Depois de verificar que estamos intactos, sacode a cabeça, olhando para os dois extremos da estrada deserta neste dia de céu azul, perguntando-se em voz alta como tal coisa pode ter acontecido.

"Senhor", diz Dora, concedendo-lhe uma explicação definitiva, "eu estava comendo uma pera."

Deixei um cigarro aceso no cinzeiro do outro lado do quarto. Vou até lá e o levo aos lábios. Clara voltou, está em silêncio. Não vira a cabeça para me olhar ou fazer alguma pergunta pontual; deixa que a magia persista. Quando exalo, meus olhos acariciam o emaranhado no alto de sua cabeça escura, e é como antigamente.

Ela pega o lápis e o bloco. Estou me desfazendo em pedaços aqui. E depois tentando ver que forma eles assumem quando unidos.

"Pronta?", pergunto.

Clara faz que sim.

Quando veio trabalhar para mim, Dora foi promovida de secretária a conselheira, depois a colaboradora, depois a amante, quando se separou de seu marido, Walter. Os dois tinham tido um casamento amistoso, camarada até, cujas liberdades, por parte dele, envolviam pessoas demais. Dora jurou nunca mais se casar, como se a instituição casamento é que lhe tivesse causado dor, e não a infidelidade — à qual ela também tinha direito.

Ela tinha um senso de determinação tão profundo que, na companhia dela, era impossível eu me sentir perdido. Sua presença reduzia meus demônios a coisas patéticas, a más companhias imprestáveis que iriam embora se eu não fizesse caso delas e tratasse de me concentrar na tarefa à frente: o livro ou a peça, o discurso, a causa ou uma viagem. Dora dizia: "Não se trata de você, lembre-se; trata-se do trabalho". Achava que eu me apegava a minha falta de confiança, aos meus insights à beira do desespero, como se eles fossem os sinais externos de uma profunda integridade artística — já que, afinal de contas, a confiança e a equanimidade não eram características dos gênios. Doeu um pouco, mas agradeci ter sido salvo por ela. Pelo menos a metade do que chamamos esperança, creio eu, é simplesmente a noção de que algo pode ser feito.

Uma vez, na praia em Rügen, estávamos deitados numa areia tão pura que rangia. Dora tinha achado uma pedra branca muito bonita, do tamanho da cabeça de um cachorro. De olhos fechados, ela começou a passar as mãos pela pedra como se fosse uma bola de cristal, imitando perfeitamente a voz inexpressiva de uma vidente. "Seus receios com a saúde, caro senhor, são exageradíssimos..." Eu me deitei gargalhando e olhando para ela através das pestanas.

Geralmente eu sabia quando um episódio estava para chegar. Dava comigo sozinho, lendo e relendo um parágrafo que já não tinha sentido, embora o houvesse escrito na véspera. Cada oração subordinada parecia literalmente pesada para ser deslocada ou alterada. Mas não podia — errada! — continuar onde estava. Enquanto essa página estivesse travada, assim ficava também toda a outra vida. Um telefonema era um esforço enorme; a companhia dos outros, fútil. Quando a imaginação falha, caímos numa misantropia do tamanho do mundo: o universo se reduz a um reflexo de nós mesmos do qual não podemos fugir, acanhado e já conhecido. O cínico só vê cinismo, o depressivo é capaz de manchar a criação num relance.

Quando eu sentia um ataque chegando, procurava Dora. Em companhia de uma pessoa tão franca, tão inteligente e tão prática, a dúvida parecia indigna. Ela tinha seus próprios demônios para combater, como a morfina, que usava desde o aborto, mas sempre parecia mais forte que eu. Se eu deixasse o tempo passar e a inércia me tomar, a vergonha me impedia de procurá-la. Eu mandava dizer que estava fora do país e passava meus dias — por vezes semanas — negros no apartamento, geralmente na cama. Esperando sem esperança que a esperança voltasse no seu maldito momento oportuno.

Certa vez, Dora me pegou assim. Ela havia passado uma semana na Inglaterra, participando de um congresso sindical em Weymouth. Quando regressou, eu não atendi ao telefone nem à porta. Ela entrou.

"Você está doente?", gritou. Ouvi seus sapatos na entrada. Dora veio pelo corredor, entrou no quarto e parou à porta.

"Seu cardigã está do avesso."

"Obrigada." Ela começou a tirá-lo. Era macio e cinzento, com botões de madrepérola. "Tudo bem com você?", perguntou novamente. Pegou uma bola de papel que tinha caído na gaveta de meias.

Fazia alguns dias que eu não me barbeava. A cama — de teca das Ilhas Molucas e com dossel que minha mãe não conseguira vender em sua loja de móveis — se transformara em minha arca. O resto era o caos. Em todas as superfícies horizontais havia xícaras de café e pratos com crostas de comida e cabos de garfo assomando dali. Eu vinha me alimentando de carne de porco e lentilha enlatadas; o ar no quarto estava úmido e pesado por causa disso; o chão, coberto de folhas de papel amassadas. Havia uma pilha de ideias fragmentadas no criado-mudo, coisas rabiscadas que se reduziam a banalidades à luz do dia. Ao meu lado, um cinzeiro grande de vidro verde, abarrotado.

"Divertindo-se, pelo que vejo." Dora sorriu e beijou minha testa. Sentou-se na cama. Ainda que a maneira de ela lidar com meus demônios fosse banalizando-os, nunca fingia que era tarefa simples.

"Estou meio cansado."

"Trabalhando até tarde?"

"Não", respondi. "Ando muito ocupado me cansando. Não dormindo."

Ela riu e jogou a bola de papel no cesto de lixo. "Na mosca."

Acendeu um cigarro e me falou num inglês extraordinário que tinha conhecido Fenner Brockway, amigo de Jawaharlal Nehru. "Um inglês da melhor espécie", disse, "desses que parecem levar tudo com muita calma, para poderem debater civilizadamente — bem diferente os duelos de berros dos nossos congressistas. Mas, por trás disso, há uma verdadeira paixão pela justiça."

"E provavelmente por você também." Desviei os olhos.

"Provavelmente", disse ela, exalando uma golfada de fumaça. A condição para estar com Dora era não haver exclusividade, que ela fosse "livre". Naturalmente, eu também era "livre".

Agora não sei quanta liberdade o coração consegue suportar. O coração também gosta de restrição.

Ela me beijou outra vez. "Se eu me vestir adequadamente, você também se veste? Podemos fazer pelo menos correções."

Clara solta o lápis. Como será para ela ficar aqui enquanto relato meu amor por sua predecessora? De pernas cruzadas, passa o polegar na espiral do bloco de taquigrafia. Quando levanta os olhos, suas pupilas se adaptam a mim, as íris são um caleidoscópio verde e pardo-dourado. Está com a boca entreaberta. É um olhar que diz: eu sei para onde você está indo. E que diz — ou pelo menos eu acredito —: estou com você.

"Às vezes..." Sua voz falha, ela limpa a garganta. "... apenas fazer correções é a melhor resposta." Respira fundo. "Provavelmente hoje precisamos concluir a correspondência. Vamos começar pela carta à sra. Roosevelt?"

Estou escrevendo para agradecer à primeira-dama a promoção de um evento beneficente para as crianças famintas da Espanha e feito questão de que o dinheiro arrecadado fosse entregue, embora a Espanha tenha caído nas mãos dos fascistas. Pode ser que Franco o use para comprar armas, mas pode ser que o use para alimentar o povo.

Três meses atrás, eu estava em alta. Quando cheguei, este quarto se encheu de repórteres, flores, fotógrafos clicando de joelhos. Os telegramas iam e vinham. Algum pós-graduando sério fazia uma longa pergunta sempre que tinha oportunidade; uma pessoa tirou uma fronha da cama para que eu a autografasse. Pedi serviço de quarto para todos, Christiane suspirou ao assinar a conta. Na época, eu podia fazer o que quisesse, podia fazer tudo, e tudo de uma vez. Com a primeira-dama arrecadei um milhão de dólares.

Mas mudei. Mandei todo mundo embora. Agora somos só Clara e eu.

"Sim", digo, "vamos começar por essa."

# Ruth

Lembro daquele cardigã cinzento dela. Quanta coisa esquisita fica presa no filtro da memória, não?

Muito tempo depois, ouvi falar disto, mas nunca vi Toller deprimido. Nas poucas vezes em que fui buscar Dora no apartamento dele, Toller falava tão depressa quanto se podia escutar, as ideias jorrando mais rápido do que ele — ou Dora — podia anotá-las. Zumbia pelo quarto minúsculo como o Superman numa armadilha, acendendo cigarros e os largando, esquecendo-se deles e acendendo outros. Deixava quatro, às vezes cinco, colunas de fumaça subindo e continuava circulando entre os cinzeiros. Uma vez contou a Dora que tinha escrito *Massas e homem* em três dias e noites seguidos, sem dormir. Ele não estava se gabando, disse ela. Estava perplexo.

É verdade que Dora amava Fenner Brockway. Naquela época, acreditávamos em todo tipo de liberdade. Tantos rapazes tinham sido mortos na guerra que sabíamos que a vida era breve e sem valor. Que absurdo não amar quando surgia uma oportunidade. Os hippies dos anos 60 e 70 me pareciam muito domesticados e inúteis, pouco originais. Faziam passeata pela paz, mas estavam longe de saber o que era a guerra; confundiam a liberdade de simplesmente fazer sexo com a nossa liberdade de não dar a mínima para o sexo. Dora achava que sexo era uma coisa para ser oferecida espontaneamente, não uma parte do preço da noiva em uma negociação por uma mulher. Dora vivia o agora.

Mas nunca ficou confusa em relação a Toller. Naquele dia, quando ele saiu do meu estúdio depois de eu ter tirado sua fotografia, ela pôs no gramofone um disco de jazz que tinha trazido e girou a manivela. Fez-me rodopiar até começarmos a rir e ficar tontas. Seus olhos brilhavam. "Esse sujeito tímido, doente do pulmão", disse, "é o homem mais magnífico que eu conheço."

Pendurar a bandeira vermelha na nossa janela em Berlim não teve consequência imediata. Seguiram-se semanas de *mojito*, um período de falsa calma e coquetéis. Só Deus sabe de onde o avião trazia aqueles limões — que decadência!

Assim que foi nomeado, Hitler convocou eleições para dali a cinco semanas. Mas como não interditou nenhum jornal de imediato, Hans ainda escreveu algumas colunas, datilografando-as na sala de jantar e indo entregá-las à noite de bicicleta. Seu último artigo mostrava O Grande Adolf como um político menor em 1942, fracassado, prestes a empreender um ciclo de palestras em suas minguadas bases de apoio de desequilibrados nos Estados Unidos. "Estávamos em sua modesta casa de doze cômodos nas montanhas bávaras", escreveu Hans, "e ficamos algum tempo trocando amenidades. Reparei imediatamente que o Führer já não ostentava seu famoso bigode. Ele percebeu minha surpresa. 'A Alemanha perdeu muito cabelo na década passada', disse, 'portanto achei bom dar um exemplo simbólico'."

Passei aquelas semanas estranhas indo de reunião em reunião em apartamentos de toda a Berlim. Nosso pequeno Partido Social-Democrata Independente havia mudado de nome para Partido Socialista Operário, empenhado que estava em ser uma ponte entre social-democratas e comunistas. Os partidos maiores se odiavam desde que os social-democratas mandaram tropas esmagar a Revolução de Munique de 1919. Agora queríamos desesperadamente que se unissem para que o voto contra os nazistas na eleição iminente não ficasse pulverizado. Discutíamos, redigíamos panfletos, atribuíamos tarefas uns aos outros: distribuí-los, discursar nos sindicatos, recrutar novos militantes. Sentíamos que o nosso trabalho era real e urgente. Tal como o sentiam as tropas de choque, a SA.

Ela começou dissolvendo nossos comícios, prendendo militantes na rua, revistando nossas pastas. Um amigo que estava colando cartaz num poste foi espancado à luz do dia; outro passou dois dias desaparecido, na cadeia. Nosso objetivo de uma frente única contra Hitler nada tinha de insensato, mas o nível de desconfiança entre os partidos era muito profundo; e a compreensão da ameaça que os nazistas representavam para eles — para todos nós —, muito superficial. Não tínhamos nenhuma chance.

Uma noite em fins de fevereiro, Hans e eu fomos, como de costume, ao Romanisches Café e depois à boate TicTacToe na Lehniner Platz. Precisávamos apagar as discussões da nossa cabeça e viver um pouco. Os *mojitos* em casa e o *Sekt* no café abriram um buraco em nós; estávamos repletos de bolhas e fumaça e, naquele momento, sem vontade de comer. Dora iria nos encontrar na TicTacToe.

Na Kurfürstenstraße, as mulheres, umas sozinhas, outras em pequenos grupos, vagavam em deliberada ociosidade, entrando e saindo da luz dos postes, tratando de fazer o cigarro durar.

A escuridão escamoteava o miserável luxo barato delas, concedendo-lhes o valor da honestidade: ali se barganhava o corpo, vendia-se ternura a preço de mercado.

Seguíamos misteriosamente imunes ao frio. O cachecol de Hans estava solto; meus olhos batiam na altura da cicatriz em seu pescoço. A bebida o tornara pródigo em conhecimentos secretos.

"Veja." Apontou com a cabeça para uma mulher à esquerda dele. "Essa aí é um cavalo de corrida — se oferece para ser chicoteada." Ela tinha cabelo vermelho sob um chapéu ajeitado em um ângulo vertiginoso e botas verde-escuras brilhantes. "E o amarelo", mostrou discretamente uma criatura maternal que parecia brotar de uma bota dourada e crescer feito massa de bolo, "quer dizer que ela aceita aleijados."

As mulheres não faziam caso de nós, sacudindo um pouco as pernas no frio. Hans se deleitava em mostrar sua cidade noturna.

"Ali ficam as Garotas do Telefone, que podem ser contratadas discretamente por telefone por intermédio do hotel. Vestem-se como estrelas do cinema, portanto o freguês pode pedir uma Garbo ou uma Dietrich no quarto." Olhei para elas, mas não consegui dizer quem era quem. "E aquelas mais jovens", ele apontou para mais adiante na rua, "são de boas famílias de Charlottenburg e Grunewald. Saem em busca de aventura e de uns trocados." Estas últimas eram altas e magras; uma delas balançava uma raquete de tênis.

Uma mulher de quadril estreito e véu mantinha-se mais à parte, olhando-nos com atenção. Protegia-se com uma sombrinha branca e trazia o vestido preso no abdômen por uma borboleta de lantejoulas. Hans aproximou sua boca de meu ouvido ao mesmo tempo que jogava a ponta do cigarro na sarjeta. "E essa aí, minha amada, é um homem."

"E como você sabe disso tudo?", perguntei com simulada desconfiança.

"Edgar."

Desde que eles ridicularizaram a ideia de depravação do jornal inglês, "Edgar" ou "com Edgar" passara a ser a resposta para muitas perguntas. Às vezes eu brincava que Edgar era como um amigo imaginário da infância, aquele a quem se imputavam todas as travessuras, de modo que, sempre e em qualquer circunstância, Hans era inocente.

Ele se inclinou e me beijou longa e vorazmente na boca. Quando abri os olhos, o rapaz da borboleta continuava nos observando.

"Vamos", eu disse, e fomos para a boate.

A porta da TicTacToe se abria para uma cortina de couro que chegava até o chão para prevenir o frio. Nós a abrimos. O andar da entrada ficava num mezanino; lá embaixo se espraiava um amplo salão todo enfeitado, cavado na terra. Eu me aproximei da balaustrada. Poças de luz coruscavam sobre uma centena de mesas, círculos claros em que mãos, enluvadas ou não, se moviam para alcançar uma bebida, bater a cinza do cigarro ou acariciar um braço. O ar estava carregado de notas de trompete e fumaça, de tilintar de talheres, risos, algo se quebrando no bar superior. Junto ao meu ombro, um vaso de lírios respirava, a língua de fora.

Enquanto Hans foi chamar o *maître*, procurei Dora entre os candelabros e os tubos cromados do sistema a vácuo que interligavam as mesas como uma instalação hidráulica celestial. Bolas espelhadas também pendiam no espaço, captando a luz e lançando-a em cacos de diamante que resvalavam pelas paredes e cortinas dos reservados. Segurei o corrimão para me firmar naquele momento rodopiante.

Súbito, do lugar onde eu estava, daquele mar de cabeças e membros sob as esferas de metal e vidro suspensas abaixo do nível da calçada, todos os seres humanos pareceram iguais — vulneráveis e loquazes com seus movimentos em *staccato* àquela luz fraturada. Eram insetos — nós éramos insetos —, as mulheres de cabecinha tosada, o corpo envolto em vestidos de seda curtos e translúcidos, ornados de contas e abertos nas costas, a exibir curvas e pontos cintilantes sob a pele. Elas arrastavam lenços, estolas ou boás damasco, azul-piscina, ouro, celeste. Uma criatura meneava um enorme leque de plumas de avestruz tingidas de marrom-arroxeado, a esconder e a mostrar, a esconder e a mostrar a pelugem escura da axila quando se abanava. Os homens não tinham asas, eram elegantes e calmos. Salvo os garçons a ziguezaguearem de fraque, bandeja à altura do ombro, levando casulos prateados.

"Mesa 36." Hans me tomou pelo braço e me conduziu escada abaixo, e depois pela multidão. Passamos por um *Davi* de Michelângelo num pedestal, os dedos apoiados na coxa e os olhos modestamente desviados. Seu peito se inflava e desinflava. Olhei em volta para ver as outras estátuas vivas da noite. A Justiça Nua não estava longe, celulite nas coxas, venda nos olhos e balança na mão. Quando chegamos à nossa mesa, demos com uma mulher de peruca barroca e sapatos de cetim, olhar à meia distância. Vestia apenas três laços de fita, um na cintura e um acima de cada joelho. Tinha a pele e o púbis empoados, como alguma coisa sob cinzas.

"Uma *pastorinha*?" Hans arqueou a sobrancelha enquanto puxava uma cadeira para mim.

"Ela está chamando você, meu cordeirinho?", eu disse e sorri.

Ele riu baixinho. Quando saíamos, adotávamos a linguagem irônica e jovial do casal que não leva a sério o amor. Em público até parecia autêntico. Na privacidade, mais lembrava uma *gag* recorrente que podíamos abandonar a qualquer hora e ficar sérios se quiséssemos. (Agora sinto que foi um erro esconder a intimidade por trás de gracejos. Como se já tivéssemos esgotado as coisas reais para dizer, ou como se a intimidade não precisasse de cuidados para sobreviver.)

"Eu não estou perdido." Hans beijou minha mão. "Os outros pediram para não ser importunados, parece. O garçom vai avisar que já chegamos."

"Os outros?"

"Bert também está aqui. Uma visita surpresa — só soube hoje."

"Bertie!" Eu não o via desde que estivera na França um ano antes. "Que bom."

Hans olhou para a pastorinha. "Se ela se mexer, infringe a lei, você sabe."

Bati um cigarro na minha cigarreira. "Sei como ela se sente."

A lei tinha originado aquelas estátuas vivas: a nudez era proibida se houvesse algum movimento, por menor que fosse. Mas as estátuas não me excitavam. Indicavam outra coisa: que lá podíamos nos soltar. Podia ser qualquer um, deixar que lhe fizessem cócegas no coração e arrancassem berros do seu corpo. De manhã, você saía de lá e regressava a um mundo inalterável, mas não devia desculpas a ninguém pelo que se passara à noite.

Hans tinha acabado de acender um charuto quando se levantou de novo. Ergui os olhos e o vi apertando a mão de Rudi Formis. Em seguida, Rudi pegou a minha mão e inclinou a cabeça, o cabelo castanho-claro todo untado de brilhantina de ambos os lados de um caminho vazio como um sulco, os óculos enganchados atrás das orelhas.

Rudolf Formis era uma das poucas pessoas das nossas relações que haviam militado no partido nazista. Abandonou-o quando sentiu que ele aderira ao grande capital e já não representava o homem comum. Era um prodigioso técnico de rádio, miúdo, esmerado e sincero. Falava com um leve cecear, como se sua língua fosse muito grande para a boca. Quando lhe faziam uma pergunta, para responder ele entrava em uma quantidade de detalhes sem fim, embora depois sempre, com graça, encolhesse os ombros timidamente, como dizendo: "Desculpe, mas foi você que perguntou". Enviado à Palestina durante a guerra, desenvolveu grande habilidade para transmissores de ondas curtas, tendo inventado um dos primeiros desse tipo. Eu achava que consertar filigranas de fios tão delicadas para fazer as palavras voarem afiara seu cérebro para minúcias, coisa de que ele agora não conseguia se livrar.

Hans o parabenizou por sua promoção recente a diretor técnico da maior emissora de rádio do Estado.

"Obrigado." Rudi enrubesceu. "Aliás, agora já posso contar uma coisa. Lembra do seu artigo brilhante sobre Hitler no Palácio de Esporte?"

Hans revirou os olhos. "Eu me meti numa encrenca e tanto por causa dele", disse.

"Eu sei. Mas detectou perfeitamente os detalhes." Rudi inclinou a cabeça. "Até a falha dos microfones."

"Sim, mas não foi isso que..."

Rudi curvou-se ainda mais, abrangendo-me com seu olhar. "Fui eu", afirmou, batendo no peito.

"O quê? Como...?" Eu comecei a rir.

Rudi brincava com o lobo de sua orelha, olhos fitos na mesa. "Eu, ahn, tirei o plugue." Nós o encaramos um instante, em seguida ele acrescentou: "Da tomada".

Eu ri, incrédula.

"Fantástico", disse Hans.

"Mas não faça nada com essa informação", Rudi se apressou a acrescentar. "Senão eu perco o emprego."

"Claro que não. Eu não faria isso."

"Ah, Rudi." Eu toquei em seu braço e ele corou.

Nós o vimos desaparecer na multidão e trocamos um sorriso. Ninguém nunca imaginaria aquilo, a julgar por sua aparência sóbria e bem penteada, mas os pais de Rudi tinham sido vaudevilistas. No número principal deles, o pai se sentava no colo da mãe, que usava os próprios braços como se fossem os dele — para pentear o cabelo do marido, levar uma xícara de chá aos lábios. Rudi passara a infância nos terrenos de circo, desmontando utensílios domésticos e tornando a montá-los cuidadosamente, como se o mundo adulto não fosse confiável. Creio que os nazistas lhe pareceram confiáveis. Agora ele os odiava com a paixão de um homem determinado a expiar seu passado.

O garçom trouxe nossos *manhattans* e os colocou entre o telefone e o espeto de prata com o número da mesa. A banda entrou no palco: cinco homens de cartola e terno de esqueleto, a cara pintada de preto e os dentes brancos como ossos. O cantor trazia debaixo do braço um canhão de brinquedo recheado de dinheiro. "Democracia — à — venda!", gritou, e a música começou. Saltando do palco, ele enveredou entre os clientes, uma radiografia jogando punhados de cédulas falsas em nós. "Democracia à venda!" O dinheiro rodopiava e, flutuando, entrava e saía da luz mosqueada. Hans apanhou uma nota no ar e a aproximou da vela. Voltou a acender o charuto e em seguida a depositou, enrolando-se e ardendo, no cinzeiro.

Um surdo espocar no sistema a vácuo de tubulação. O compartimento chiou quando o abri. Dentro havia um estojo de charutos de couro com o emblema da TicTacToe. Franzi a testa com curiosidade.

"Não fui eu", disse Hans.

"Um admirador invisível então."

Abri-o com os polegares. Um frasco de vidro repousava no veludo verde. Tirei a tampa de cortiça à qual estava presa uma colherinha de cheirador. Ofereci a cocaína a Hans.

A luz do telefone piscou. Atendi.

"Uma coisinha para acelerar o pensamento", disse ela.

"Obrigada."

"Estamos no reservado 27."

Hans guardou o frasco no bolso. Pegamos nossa bebida e fomos para lá. Quando abrimos a cortina, Dora e Bert não estavam bebendo. Espalhados pela mesa, vimos mapas de artilharia, uma bússola, vários jornais regionais e cadernos abertos. Havia um pote de patê de porcelana com asa em forma de um porco sorridente, um prato vazio em frente a Bertie e outro com restos de peixe.

"Bertie!", exclamei. "Que alegria. Como foi que você...?"

"Feche", ordenou Dora.

Fechei a cortina. Cigarro entre os lábios e um olho amiudado por causa da fumaça, ela se pôs a enrolar os mapas.

Bert e Hans se abraçaram e em seguida este passou um bom tempo segurando os ombros do outro, como a pairar sobre o amigo baixinho.

"Puxa, você está ótimo", disse Hans.

Bert não tinha nada de ótimo. Estava mais magro, mais velho, mais amarelado. A haste direita dos óculos estava presa com uma gaze já marrom de tanto ser manipulada. Cavanhaque mais grisalho que preto — ele tinha apenas trinta e quatro anos — e no crânio o cabelo ralo se eriçava em todas as direções. Sorriu.

Depois da nossa época de universidade, Bert passou uma temporada na cadeia. Quando oitenta e um rapazes morreram numa "manobra prática" em Veltheim an der Weser, ele desconfiou. Estudou os necrológios nos jornais locais e visitou os cemitérios e as famílias enlutadas, cotejando o morto no túmulo ainda fresco com as listas militares oficiais. Provou que pelo menos onze jovens eram "voluntários" ilegais nos "comandos de trabalho" do Exército Negro. O chanceler, assim como o ministro da Defesa, negou ter conhecimento do fato. Por causa da publicação dessa verdade, Bert foi condenado por tentativa de traição — transgressão da Lei de Segredos de Estado — e cumpriu oito meses de trabalhos forçados no presídio de Gollnow. Posto em liberdade, atravessou a fronteira e, em Estrasburgo, prosseguiu com as investigações, publicando um boletim intitulado *Serviço de Imprensa Independente*. Embora ainda fosse ilegal, Dora o ajudava a distribuí-lo na Alemanha.

A prisão foi terrível, sem dúvida, mas também transformou Bertie, quisesse ele ou não, na encarnação de uma causa. A fama nacional assentou em seus ombros estreitos, mas não o tornou pretensioso nem lhe conferiu ares de estadista. Em vez disso, Bertie pareceu ter desenvolvido uma percepção de si mesmo como um fenômeno à parte, com uma medida única e exclusiva. Manteve os hábitos da obscuridade, apresentando-se a pessoas que sabiam perfeitamente quem ele era, negando um sorriso a transeuntes bem-intencionados.

"Como você voltou para cá?", quis saber Hans.

"Com o interregno legislativo, achei que já não havia instruções claras." Bertie coçou a nuca. "Sobre a quem impedir de atravessar a fronteira."

*Interregno legislativo*. Como todo autodidata, Bert sempre recorria à expressão mais pomposa que conseguia encontrar.

Dora sacudiu a cabeça. "Não é porque vamos ter eleições que a porta está aberta para antigos criminosos políticos", disse rindo e olhando para ele com ternura. "Eu já falei: você simplesmente teve sorte."

Bert cobriu a boca para tossir. Ele tinha uma incompatibilidade congênita com a sorte; ela teria desorganizado sua noção de si mesmo.

Depois apelidaram Berthold Jacob de O Homem Que Tentou Deter a Segunda Guerra Mundial. Mas naquela época, tanto tempo antes, ainda que admirassem sua obstinação, pelas costas as pessoas diziam: *Mesmo assim, ele exagera*. Era como se Bert não *tivesse limites*. Deixara a causa inundar sua vida, e, mesmo no nosso grupo engajado, isso constituía certa impertinência. Apesar de tudo que já tinha feito, ele continuava sendo o *pobre Bertie*: moralista, polêmico e fila-boia, as orelhas de abano saltando feito perguntas e os bolsos recheados de jornais. Hans o admirava e gostava dele, mas, quando a sós comigo, chamava-o de "prova viva de que ter razão não é consolo".

Meu amor por ele era mais simples, assim como o de Dora, penso. Afinal de contas, pertinência não era uma exigência da época.

Os assentos da TicTacToe eram de um couro frio, verde-oliva. Nós quatro afundamos neles e no prazer do nosso valhacouto de veludo à luz de velas. Lá fora, os aplausos cresciam e esmoreciam entre os atos.

"O que vocês estavam fazendo?". Apontei os documentos.

"Bert estava me mostrando algumas cidadezinhas que andam florescendo na periferia de Brandemburgo", explicou Dora, "e suas usinas elétricas novinhas."

"Um rádio em cada lar?", perguntou Hans. Num de seus primeiros discursos, Hitler havia prometido um rádio em cada domicílio.

"Não", disse Dora. "Componentes de avião de guerra. Disfarçados de aparelhos de mudança de via."

Hans reclinou o corpo, o braço me envolvendo ao longo do espaldar. Senti o cheiro da sua colônia de pinho. "Sabe como eles vão se chamar?"

"Os aviões ou os rádios?", disparou Dora.

"Os rádios", respondeu Hans com calma. "Vão ser chamados de *Volksempfänger*, ou VE 301 — por causa da data em que ele chegou ao poder, 30/1." Ofereceu o frasco a Dora e ela o aceitou, levando a colherinha à narina.

"Não que eles estejam escondendo alguma coisa", prosseguiu Hans. "Deviam chamá-lo de Ouvinte de Hitler." Todo mundo riu.

"Em todo caso, não estão escondendo bem", observou Bert, que não era dado a piadas.

"Por falar em rádio", disse eu, "topamos com Rudi agora há pouco."

Dora sorriu. "Soube o que ele fez?"

"Soube. Magnífico, não?"

"Ele que tome cuidado agora", murmurou Bert. Voltou-se para mim. "*Et tu*, Ruthie? Que anda fazendo?"

Eu lhe contei que, na véspera, a sede do partido comunista tinha sido invadida pelos camisas-pardas da SA de Röhm. Roubaram toda a lista de militantes com quatro mil pessoas.

"Está ficando difícil", acrescentei. "Assassinaram o prefeito de uma cidadezinha da Turíngia."

"Ouvi dizer", disse Bert.

"E você?" Pousei a mão no braço dele. Hans pegara o telefone para pedir algo no bar; Dora estava guardando os mapas e cadernos na bolsa.

"Tudo bem. Só um probleminha nas vias urinárias." Apontou com displicência para o próprio colo. "O médico disse que era gota. Eu perguntei: 'Como posso estar com gota comendo uma refeição por dia?'." Bert riu e em seguida recomeçou a tossir. Naquela rápida exposição de intimidade, vi os quatro cantos de sua vida solitária.

Um garçom abriu nossa cortina. Olhei de relance para o palco atrás dele, vazio agora, a não ser por uma banheira no centro. Então os músicos entraram e tornaram a pegar seus instrumentos. Iniciaram um canto fúnebre grego bem uniforme: *ta-la-la-la, TA-la-la-la, TA-la-la-la*. A música da expectativa, da maluquice chegando devagar. Duas mãos molhadas emergiram da banheira, alcançaram uma corda. Um homem de terno e gravata foi içado, o corpo na horizontal, pingando água. Ele enrolou o tornozelo na corda e começou a girar. A seguir, deu um laço na corda e enfiou a cabeça nele. Um arco fino de gotas espirrava do seu corpo sobre a plateia.

Quando me virei, Dora tinha tirado o casaco. Estava só de combinação por baixo — nunca "se vestia" para nada. Sem o menor esforço, era agora uma criatura daquele lugar, damasco e marrom, asas, pele e pontas sob a seda. Pôs os cotovelos na mesa. "Não sei por que nos importamos, palavra", disse. "Essa eleição é uma impostura. Ela não vai nos salvar mesmo que vençamos."

"Por que não?", perguntei.

"Posso?" Bert apontava para o resto de peixe de Dora. Começou a puxar o prato para si, depois parou, pigarreou e tocou em seus óculos. "Hitler precisa dela para dar a impressão de legalidade", explicou. "Quer a maioria de dois terços para poder aprovar sua Lei Habilitante e então esquecer o Parlamento de vez e governar por decreto. Assim pode ter as Forças Armadas e a indústria do seu lado. Me contaram que a I. G. Farben, a Krupp e outras vão lhe dar três milhões de Reichsmark, os quais não dariam depois de um golpe de Estado."

"Democracia à venda", disse Dora.

"Como você sabe disso tudo?", perguntou Hans, provocando Bert. "Por acaso agora tem uma 'fonte?'"

Bert nunca obtinha informação de dentro porque era sumamente indiscreto com todos e com tudo que achava que as pessoas deviam saber. Estava tão acostumado a adivinhar segredos a partir da informação publicamente disponível que a confidencialidade lhe era inconcebível. Eu o achava aberto, corajoso; outros o achavam terrivelmente pouco confiável.

Observei-o recolher os lábios entre os dentes manchados para pensar em uma resposta. Nesses segundos excruciantes, eu me perguntei que virtuoso rabino de sua infância lhe havia ensinado que a verdade era uma defesa; que quem tinha razão não precisava ser benquisto. Como se ser benquisto fosse algo trivial, como o prazer ou a calefação. Ou um aparelho urinário com bom funcionamento. Uma salva de palmas cresceu e decresceu para o homem girante.

Bert disse enfim: "Eu não *preciso* de uma fonte, Johannes".

Hans abriu um sorriso torto de bêbado. Começou a aplaudir vagarosamente. "Muito bem, amigão", zombou. "Muito bem." Eu senti meu amor rodar e oscilar. Falei por cima de seu aplauso sarcástico.

"Mas ele não vai obter a maioria de dois terços. É com isso que contamos."

Hans parou de bater palmas e se serviu de mais *schnapps* do jarrinho. "Dizem os boatos", informou, "que eles são capazes de encenar uma tentativa de assassinato contra O Grande Adolf. E depois usar isso como desculpa para acabar com a oposição."

Ao contrário de Bertie, Hans gostava de boatos, de ter fontes, de colher informações com "o ouvido colado no chão". Não tinha paciência para esmiuçar os anúncios do governo nem para ler a folha de pagamento do serviço público. Embora admirasse secretamente a capacidade de trabalho de Bertie e sua coragem de publicar e por isso acabar na prisão, a admiração era uma coisa difícil para ele: sempre havia o risco de ficar em desvantagem em sua própria mente. Lidava com esse medo escarnecendo da meticulosidade de Bert.

Este, por sua vez, invejava o charme extravagante de Hans, sua capacidade de extrair tanto prazer da vida. Observava-o por cima do chope que Hans pedira para ele.

"De onde você tirou essa história de assassinato?", perguntei a Hans. Ele virou a cabeça para mim, mas não disse nada.

"Não importa", interferiu Dora. "Boato ou não, na essência isso é verdade. Vai ser como em 1914, quando disseram que os franceses nos tinham atacado. O governo precisava de uma emergência da qual nos salvar."

"Ele *é* a emergência", retruquei. Dora riu.

Bert falou devagar: "Pode ser que você tenha razão".

"Obrigada", disse eu.

"Não, eu me refiro a Dora."

"Pode ser?" Ela sorriu. Bert não era lá um exemplo de delicadeza, porém eu nunca me ofendia. Pegou uma caneta e começou a colorir o xadrez do porta-copo da TicTacToe. Dora lhe ofereceu a cocaína, mas ele sacudiu a cabeça.

"Não!" Soltou a caneta e bateu na mesa. "Isso mesmo! Hitler precisa dessa emergência *antes* da eleição. Então pode governar com um decreto de emergência 'em tempos de terrorismo', censurar a imprensa e nos impedir totalmente de fazer campanha. Da forma que estão as pesquisas, é a única maneira de ele obter maioria." Bert levou as duas mãos à cabeça, como a reprová-la por não ter percebido isso antes. "Aí, depois da eleição, ele aprova a Lei Habilitante e faz o que bem entender."

Houve um momento à mesa em que a ideia se assentou e solidificou, óbvia.

Bert olhou para Dora. "Onde está Toller?"

"Na Suíça. Ciclo de palestras."

"Telegrafe e diga para ele ficar por lá."

Dora fez uma careta. "Você também precisa partir", continuou Bert. "Está no topo da lista deles." Voltou-se para Hans e para mim. "Vocês dois idem."

"Acho que devemos ficar e lutar até o fim", eu disse. "Ainda não aconteceu nada."

"Não seja louca." As previsões de Bert eram sempre tão acertadas que, para ele, a dúvida era uma afronta pessoal. "Está claro. Eles estão fazendo *listas*. Ou roubando-as. Eu mesmo vou embora amanhã."

"Concordo", disse Hans, repentinamente solene. "Trancafiados não somos úteis a ninguém."

Fez-se silêncio.

"Então eu vou ter de tirar as coisas dele", anunciou Dora sem se dirigir a ninguém em particular.

Bert acabou de aproximar de si o resto de peixe e pegou o garfo. Ninguém falou enquanto ele comia. A noite chegara ao fim para Dora e Bert: tinham muito que fazer. Despediram-se assim que ele terminou.

Mas Hans e eu ficamos lá. Àquela hora da madrugada, entrou no palco uma mulher de vestido vermelho de borracha, mangas compridas, colado ao corpo como a própria pele. A banda iniciou uma lenta melodia de striptease: ela tirou um lenço da manga. A plateia riu. Depois mais um da outra manga. Curvando-se, achou outro no sapato. Em seguida, apalpou as coxas, hesitante, enfiou a mão na escuridão sob o vestido. Procurou. A mão saiu vazia. O público riu mais um pouco. A mulher bateu no osso púbico: o tambor rufou uma vez. Outra palmada: duas vezes. Mais gargalhadas. Ela abriu as pernas e tornou a enfiar a mão entre elas — *Aha!* Com um gesto, deteve os risos. Inclinou lentamente a cabeça, assombrada.

Projetando o quadril um pouco para a frente, começou a puxar. Saiu um pedaço de seda amarela, como o cordel de uma marionete. O tambor começou a tocar suavemente. Uma mão após outra, a mulher de borracha vermelha foi puxando com delicadeza, cheia de curiosidade. Cada lenço vinha atado a outro, um verde, depois azul, alaranjado, violeta, verde-mar, vermelho. Saíam sem parar — ela era feita de seda por dentro! Totalmente vazia, a não ser de seda, estava se virando pelo avesso para nós. No fim, antes que nos déssemos conta de que tudo havia terminado, sobrou apenas um sininho pendurado, como os que se colocam nos gatos para que eles não peguem passarinhos.

Depois disso, fui para casa, mas Hans encontrou uns amigos do jornal e ficou.

* * *

"A senhora tem outras luvas de borracha? Estas estão furadas." Postada na soleira da porta, Bev ergue as mãos para me mostrar os censuráveis artigos de borracha cor-de-rosa. Ela é quem se encarrega de quase todas as compras e sabe muito bem que eu não faço ideia se há outra luva de lavar louça. Pergunta para que eu reconheça que lhe cedi o controle da casa e para que lhe preste a devida homenagem.

"Procure embaixo da pia", digo, porque, no final das contas, minha incapacidade doméstica é realmente o de menos.

"Hum." Ela gira nos calcanhares.

Da TicTacToe, Dora foi direto para o apartamento de Toller. A caixa de escada era rosa-clara como pele, com flores e plantas silvestres pintadas, funchos e urtigas com delicadas hastes escalando a parede. Ela tinha a chave. Tinha todo o direito. Diria que ia entregar uma encomenda. Esquisito como logo sabemos o que é proibido. É o pedaço de nós que é como eles que nos diz isso?

Mais tarde, lacraram o apartamento dele com tábuas parafusadas no batente, ali onde as fechaduras foram destroçadas e penduraram um aviso do Ministério da Justiça: "Área contaminada. Entrada proibida". O lugar ficou seis anos e meio vazio, até a guerra, e depois os seis anos da guerra. Um troféu ou uma armadilha.

Dora tinha a chave, mas, como Toller partira, ele também havia trancado a fechadura de cima. Era preciso soltar as duas linguetas ao mesmo tempo. Os dentes metálicos tiniram nos aros; tão alto — por que tão alto agora?

Abriu a de baixo e segurou a maçaneta com a mão esquerda enquanto girava a chave acima de sua cabeça, na fechadura superior, arranhando e escorregando, em busca de tração. A minuteria da escada apagou a luz. Dora teve de soltar. Antes que tivesse tempo de alcançar o interruptor na parede, a luz se acendeu sozinha, fazendo-a recuar de um salto. Passos e um barulho agitado, arrastado, na escada. Ela tinha todo o direito.

O homem contornou o balaústre. Herr Benesch, do apartamento de cima, e seu *dachshund* Willi arrastando a barriga em cada degrau, as unhas arranhando a madeira.

"Boa noite", Benesch acenou com a cabeça. Era funcionário público aposentado. "Necessidades fisiológicas da meia-noite", disse, apontando para o cachorro com a mão enluvada.

"Claro."

"Então, Herr Toller voltou?"

"Não", respondeu Dora. "Ainda não."

Toller nunca mais voltou para a Alemanha. Em poucas semanas, eles iam retirar todos os seus livros das livrarias e bibliotecas e queimá-los.

"Só vim entregar uns livros", explicou. Sua bolsa estava no chão.

"Precisa de ajuda?"

"Obrigada. Eu me viro."

O homem passou por ela para subir o outro lanço da escada. Então, por cima do ombro: "Eles estiveram aqui, sabe?".

Dora fez que sim. Voltou-se para a porta de novo.

Quando Benesch sumiu de vista, ela se virou e olhou para o espaço em que ele estivera. Impossível saber se uma pessoa a estava prevenindo por bondade ou encenando uma espécie de autoexculpação. Será que Benesch a avisara antes de chamá-los de volta para se garantir?

Dora não acendeu a luz do apartamento. No corredor, passou pela pequena estante de livros perto da qual eles tiravam os sapatos e foi para o primeiro dos três cômodos que davam para a rua. Seus olhos se adaptaram à escuridão; conseguiu distinguir o divã à esquerda, encostado na parede, coberto com o sári de seda, a pequena escrivaninha quadrada no centro da sala. As janelas eram vidraças cegas, negras. Dora se agachou abaixo do nível da sacada e puxou a cortina, deslocando-se lateralmente feito um macaco. Esperava que estivesse bem escuro, para que lá fora o balanço do tecido não pudesse ser visto.

Sentiu a boca seca. Na cozinha, acendeu a luz. Coçou os antebraços. Os cinzeiros estavam cheios e uma rosa se transformava em papel no gargalo de uma garrafa. Pegou um copo no armário. A torneira engasgou, o cano vibrando na parede.

Voltou ao corredor, onde o pé-direito era alto e as paredes estavam cobertas de livros de cima a baixo. Os livros já publicados jamais seriam completamente destruídos; num lugar qualquer, sobreviveria um exemplar, um vestígio fóssil no mundo daquela determinada alma naquela determinada época. O assoalho rangeu e gemeu à sua passagem. No fundo, ficava o quarto grande de canto, janelas dos dois lados dando para a rua. Tantas vezes o tinha esperado, trabalhando naquela cama enquanto Toller media as noites com passos, que o ranger e gemer do corredor, quando ele vinha até ela, tinha o mesmo efeito do tilintar do cinto dele quando o desafivelava. Dora nada tinha de sentimental com sexo; era prática, hedonista. Um jogo muito bonito, ela o chamava. Toller ficava chocado.

Mas agora a cama vazia desarmava seu coração. Aquele coração com vida própria. Toller fechava os olhos quando eles faziam amor.

Os homens nunca eram os mesmos, ele disse, depois que saíam da prisão. Lá dentro, alguns viravam garotas, usavam laços de fita e desmunhecavam; trocavam sexo por proteção contra estupro, sexo por cigarro. Todos se masturbavam como meninos; alguns faziam de um pãozinho uma vagina. Havia tráfico de caixas de fósforos com sêmen dos presos para as presas; em troca de pelos púbicos. Talismãs da saudade, o corpo necessitado de outro corpo. Os sonhos dos homens por mulheres se reduziam a coisas fáceis e práticas, e quando eles saíam vivos as mulheres não lhes serviam mais. Dora sabia que Toller sentia isso como uma perda, razão pela qual ele agora não podia regressar à sua própria vida.

"Por que você fica de olhos fechados?", ela perguntou certa vez, depois. Era tão magra que, quando se curvava, suas vértebras formavam uma escada de ossos da nuca às nádegas.

"Você sabe por quê."

"Você fecha os olhos para estar na prisão quando fazemos amor?"

Dora sentia-se estimulada em treinar seu intelecto, imparcialmente, em qualquer pessoa. Só que às vezes podia ser em nós.

"Não na prisão, não", ele respondeu em voz baixa.

"Bom", ela se recostou nos travesseiros, o cigarro entre os dedos, "num sonho de prisão então."

Toller se sentou e pôs os pés com cuidado no chão. Foi para o escritório e fechou a porta. Muitas e muitas vezes ela forcejava para obter a verdade e, segundos depois, acabava sozinha num quarto. Correta, mas sozinha.

Ele deve ter levado o estojo de pelica. Estendeu as mãos e encontrou dois outros — um de couro e um de papelão — em cima do guarda-roupa. Levou-os pelo corredor ao escritório no fundo do apartamento.

A salinha acanhada dava para o pátio, a escrivaninha dela enfiada atrás da porta. Ele se sentava de costas para a janela, a cortina de voile sempre fechada por causa da dor de cabeça que às vezes aparecia à tarde. Dora ficava na sombra, os pés só de meias sobre uma pilha de livros ou na travessa da cadeira, enquanto ele ditava ou os dois discutiam correções. Uma mente alimentando a outra até que a concentração cedesse ao peso de sua própria intensidade e eles percorressem o corredor rumo à cama.

Ela olhou para a janela do escritório. O pano branco pendia das argolas da cortina, como sempre. Se viessem atrás dela, podia saltar dali para o pátio.

Trabalhou depressa. A coisa mais importante era a história da vida dele. O primeiro esboço estava quase pronto, o manuscrito em duas caixas de papelão com fecho de mola na estante perto da escrivaninha. Abriu a de cima: "Eu era alemão" no lugar em que ela o havia datilografado.

O fecho de pressão beliscou sua pele ao se fechar, deixando uma pequena mancha vermelha no papel. Ela chupou o dedo. Guardou as caixas numa das malas, depois se voltou para a correspondência, pegando os fichários etiquetados em ordem alfabética e colocando-os no tapete. Abriu-os. Caberia mais papel nas malas se as folhas estivessem soltas.

Do lugar onde estava sentada, avistou os diários na prateleira inferior. Toller tinha escrito muitos. *Olhar pelas grades*, bem como a autobiografia. Dora não os lera, mas sabia que, quando estava perdido, ele escolhia um, abria-o e procurava por si mesmo lá dentro. Alguns tinham encadernação de couro; outros, de papel. O menor era uma coisa minúscula de pelica rachada que nas trincheiras moldara-se a seu corpo. Não caberiam todos nas malas. Seria preciso voltar com outra.

Fotografias! Dora voltou ao quarto com sua mala e pegou a que estava no criado-mudo, a da mãe e da irmã dele sorrindo em frente à casa de Samotschin. Os pedaços de papel que estavam embaixo caíram no chão. Estavam cobertos de escrita nos mais diversos ângulos, garranchos que ele traçara sem se dar ao trabalho de acender a luz. Também os recolheu, depois abriu a cômoda à procura das outras fotos, soltas na gaveta: Toller fardado em 1914; com a atriz Tilla Durieux em Munique antes da revolução; na estreia de *Opa, estamos vivos!* em Berlim. Havia recortes de jornal, resenhas. No fundo da gaveta, bateu o dedo numa coisa dura — uma moeda? Uma medalha? Não, a placa de identificação do cachorrinho dele: "Toby". Também a guardou.

Seu corpo reagiu primeiro. Uma contração no crânio e um passarinho no peito, tentando sair.

O telefone. Apenas o telefone.

Mas todos sabiam que ele não estava. Seria o vizinho Benesch alertando-a? Ou eram eles?

Dora foi até a porta e olhou para a coisa na escrivaninha, tocando sem parar, preta no gancho. Catorze toques. Parou. Esperou até que seu pulso desacelerasse.

Pendurou no ombro a bolsa com as fotografias, fechou as malas e tentou erguê-las. O papel é uma trapaça da física; as palavras, pesadas como ouro. Foi até o telefone.

"Não entre", ela me disse. "Espere no táxi lá fora. E traga todas as suas chaves."

Hans ainda não tinha voltado, portanto me vesti e fui sozinha. Chovia. O táxi ficou esperando em frente ao prédio de Toller, os faróis formando faixas amarelas gêmeas na rua. Dora trouxe as malas para baixo, uma por vez, carregando-as de lado à sua frente.

"Para os terrenos da Bornholmer Straße", disse ao motorista.

Quando chegamos às glebas, ele deixou o motor ligado. Cada uma de nós pegou uma mala e saiu do carro com esforço.

"Jardinagem noturna, camaradas?" Ele sorriu, desligando o motor. "Eu ajudo." Parecia gentil com seu boné. Parecia um de nós.

Mas Dora disse: "A gente se vira. Obrigada".

"Pelo menos deixem-me esperá-las."

Nós o mandamos embora. Um alarme interno tinha tocado. Não confiávamos em ninguém.

Esperamos que suas lanternas traseiras desaparecessem e em seguida enveredamos pelo caminho entre os lotes junto à estrada de ferro. Avançamos sem uma tocha, as malas batendo em nossas pernas, a lama sugando nossos sapatos. Mal distinguíamos as pequenas cercas que separavam os terrenos. Outrora ali fora um lugar de lazer — pessoas fazendo churrasco no verão, operários sentados em móveis de jardim, a camisa aberta, crianças banguelas brincando nos balanços. Mas, desde a quebra da bolsa de valores, se plantava comida ali.

Hans e eu nunca tínhamos usado nosso lote, nem por prazer nem por necessidade: ele constava da escritura do apartamento. Passamos pelo portão rumo ao barracão. Dora acendia um fósforo após outro enquanto eu lidava com o cadeado enferrujado.

"É por pouco tempo", disse. "Até eu conseguir tirá-los do país."

A fechadura girou e se abriu. "Fique com esta." Entreguei-lhe a chave. "Não vou precisar." Inclinando a cabeça, olhei para ela, o cabelo colado à face, os cílios molhados. "Quando você vai embora?"

"Eu não vou a lugar nenhum, Ruthie. Tenho o que fazer aqui."

"Mas Bert disse..."

"Vou ficar na clandestinidade. Não se preocupe. Eu arranjo quem tire isto daqui."

"Quem?"

"Ainda não sei."

"Onde você vai ficar, então?"

Ela abriu a porta para mim com um braço, apontou para dentro com a cerimônia de um lacaio. "*Voilà*."

"Você está brincando." O barracão estava escuro e cheirava a concreto molhado.

"Não é grande coisa, é?" Ela sorriu.

"Não."

Lá dentro, Hans e eu havíamos guardado as coisas que não queríamos no apartamento — caixas de jornal, um sofá Biedermeyer horroroso que ganhamos de casamento. Escondemos as duas malas atrás do sofá e as cobrimos com alguns grosseiros cobertores cinzentos de mudança. Depois preparamos uma cama para ela com mais alguns. Deixei-a com dois pacotes de fósforos.

Eles não iriam atrás de mim; eu podia voltar para casa. O metrô já tinha parado de circular. Fui a pé, com o rosto virado para a chuva, como se um pequeno sofrimento pudesse mitigar o de outra pessoa — a antiga e louca barganha com o universo.

Ao virar a esquina do nosso apartamento, senti cheiro de fumaça. Hans ainda não tinha chegado. Da janela da sala, não se via fogo, por isso fui para a cama. O que quer que fosse aquilo, ficaria para a manhã seguinte.

# Toller

Fico deambulando pelo quarto enquanto nos ocupamos da correspondência: à parte a sra. Roosevelt, preciso responder a Grosz, a Spender e à Receita Federal. Pouco a pouco, a noite cai no parque, transformando tudo apenas em silhueta. Ouço o clique no momento em que Clara acende o abajur junto a sua cadeira, iluminando a mesinha da máquina de escrever. Quando me sento e a encaro, vejo que está com um olho injetado e uma escoriação feia na testa.

"O que aconteceu?", grito. Santo Deus, será que é preciso um ferimento físico para que eu preste atenção em alguém?

"Não é nada", ela diz, embora eu veja que ela também está com o cabelo chamuscado na frente. "Íamos aquecer o jantar e o fogão Primus explodiu."

"Você foi ao médico?"

"Não, não. Não é nada grave."

Claro que eles não têm dinheiro para um médico. "Desculpe, eu...?" Sinto o estômago virar. "Eu me esqueci de pagá-la? Essas coisas, às vezes eu simplesmente não penso..."

"*Não* — pare!" Ela levanta a mão, rindo. Eu sempre me assombrei com o estoicismo das mulheres. "Quem está me pagando é a MGM, lembra?"

Eu concordo com a cabeça, mas continuo sentindo-o na boca do estômago. Uma sombra farfalha na periferia da minha visão. Se eu virar a cabeça rapidamente para enfrentá-la, ela foge da minha vista como um cisco no olho. Clara se volta e começa a datilografar.

Uma vez me esqueci de dar dinheiro para que minha esposa se sustentasse, uma menina num país estrangeiro.

Quando penso em Christiane, sinto a escuridão chegar; invade-me as narinas uma pestilência que não é humana, mas tampouco é enxofre. De carne queimada, como nas trincheiras. Olho para o banheiro e, dessa vez, entrevejo as últimas penas sujas esgueirando-se por baixo da porta, deixando um rastro de imundície. Elas mal cabem lá atrás.

Há seis semanas, Christiane me trocou por um médico da rua 61 Leste, um refugiado também. Não posso culpá-la.

Christiane Grautoff tinha quinze anos quando a vi pela primeira vez, a estrela mirim do teatro alemão. Passei dois anos cortejando-a virtualmente sem tocá-la, deixando a coisa entre nós permanecer impoluta e irreal, como um futuro perfeito. Ela era uma pessoa esguia, enérgica, com uma cabeleira loira e olhos verdes amendoados, insensata e autoconfiante. E de boa família, como diziam, o que nada tem a ver com bondade, e sim com dinheiro. O dinheiro vinha do lado da mãe, uma romancista menor e totalmente centrada em si mesma. O pai, historiador da arte, tinha um dos corações mais frios que já encontrei na vida. Quando Christiane fez oito anos, os dois a despacharam para um orfanato para quatro anos de brutalidade — em parte porque ela era malcriada, mas principalmente porque eles tinham mais o que fazer. Ela deveria ter ficado grata no fim: o orfanato a transformou numa observadora perspicaz, como são os melhores atores. Aprendeu o *Berlinerisch* da classe operária em questão de dias e a entreter os garotos durões e os supervisores. Mas a crueldade do pai também significava que os padrões dela de tratamento decente de um homem eram demasiado baixos para protegê-la de mim.

"Eu sou um veneno para você!", eu lhe disse no começo, quando ainda a cortejava. "*Caveat emptor!*"

Christiane é a única mulher com quem morei. Viu a pior parte disso em Londres, quando passei meses num quarto escuro. O desprezo que eu tinha por mim mesmo na época contaminou meu sentimento por ela; matou o amor e tomou o seu lugar.

Não se esperava que uma jovem da origem de Christiane cozinhasse, mas em Londres ela tentou, pedindo desculpas a cada refeição que ela fervia, ou queimava, ou afogava em manteiga, enquanto eu abria tranquilamente a porta e ia a um restaurante. Tampouco sabia costurar. Minhas meias ficavam jogadas no nosso quarto de Hampstead como premências. Quando éramos convidados a uma bela casa de campo, ela sabia que os criados desfariam as malas e examinariam nossas coisas em busca dos botões que faltassem, ou de fios soltos, e que fariam o conserto antes de guardá-las. Christiane levava quatro pares de meias minhas prestes a se desintegrar numa viagem de fim de semana, imaginando que o resultado me deixaria contente. Quando eu as via perfeitamente cerzidas, passava três dias sem lhe dirigir a palavra.

Certa vez, a levei a um salão para fazer permanente. (Acaso queria que parecesse mais velha? Vexame.) Confiante, minha menina de cabelo sedoso ficou na cadeira enquanto eu conversava com o cabeleireiro, que deixou a solução fétida, abrasadora, ficar mais tempo do que devia. Christiane saiu de lá parecendo, como ela disse, um poodle. Mas resolveu me consolar: "Não se preocupe, a boina está na moda neste inverno".

Isso não parou quando fomos para os Estados Unidos. O talento dela era evidente para qualquer um; um grande estúdio ofereceu-lhe um contrato que a transformaria em uma estrela. Eu a proibi de aceitá-lo. Também a proibi de contar que eu tinha feito isso. Mais tarde ela disse que queria um bebê, e eu também a proibi de ter um. Eu sou desprezível.

Não é culpa deles, dos cônjuges que vêm depois, se não os amamos como amávamos outrora. Christiane me amava independentemente do que eu lhe fizesse. Por isso eu sentia seu amor como uma provocação. (Veja só! Será possível que eu continue acusando-a mesmo agora?) Ela desculpava todas as minhas crueldades privadas por achar que eu era um grande homem. Eu estava lutando para salvar a humanidade — que importava se a largasse sozinha em Londres para uma turnê literária de três meses na Rússia, esquecendo-me, simplesmente me esquecendo, de lhe dar dinheiro? Ela tinha dezoito anos e, por ser refugiada, não podia trabalhar. Que importava se, na volta, eu a repreendesse por não ter me contado que precisava de dinheiro, por trabalhar ilegalmente para poder comer e, depois, por passar fome para comprar o rádio de ondas curtas que eu queria de aniversário — que coisa mais infantil!, eu dizia. Sua irresponsável! Está magra demais!

Dora dizia que eu conseguia ter mais intimidade com milhares do que com um só.

Vou até a pequena escrivaninha junto à janela e escrevo um bilhete para Christiane. Em parte, é um pedido de desculpas, que sei que ela repelirá com um gesto. De modo que o encho de agradecimentos e de votos (verdadeiramente) genuínos de felicidade para seu futuro. Digo que ela será uma estrela. Fecho o envelope e volto à minha cadeira.

Clara traz as cartas para que eu as assine.

"Ah, outra coisa", diz, fechando a tampa da máquina de

escrever. "Ontem telefonei para o sr. Kaufman. Ele disse que a MGM vai pagar sua passagem, primeira classe. Disse que era o mínimo que o estúdio podia fazer."

Eu sacudo um pouco a cabeça. "Quanta gentileza."

"É mesmo", ela diz.

"Quero dizer, a sua. Por se lembrar de perguntar a ele." Ela dá de ombros para o meu elogio. "Você precisa ir consultar o namorado médico de Christiane. Ele trata dos refugiados de graça. Na rua 61 Leste."

"Eu estou *bem*", ela diz à porta. "Procure dormir, está bem?"

Quando Clara se vai, volto a pegar o bilhete. Eu podia simplesmente sair às luzes noturnas, tomar um táxi do outro lado do Central Park South e entregá-lo eu mesmo a ela. Talvez a surpreendesse.

Olho para o banheiro. A porta está fechada. Que fique assim; há uma toalete no corredor. Tiro do armário minha gabardine Burberry e a levo no braço. Não lembro quando a vesti pela última vez.

Meu quarto fica no quinto andar, mas desço a escada. Quando chego ao térreo, o saguão é uma vasta extensão de carpete de estampado remoinhoso e de palmeiras em vasos entre mim e a porta giratória da rua. Camareiros de boné passam em todas as direções empurrando carrinhos, e por toda parte há gente em movimento, da porta à recepção, da recepção aos elevadores, ou subindo a escadinha do bar. Em poucos segundos, notarão minha inércia.

Sinto a camisa colada à pele e a boca seca. Meu coração palpita. Quero, quero muito, passar por aquela porta e entrar na noite cintilante, mas não sei se minhas pernas vão satisfazer meu desejo. Viro-me e consigo entrar no banheiro masculino.

No espelho, um homem de rosto lívido olha para mim, o cabelo grisalho caindo em espirais sobre sua testa. Minha mãe já morreu, mas procuro um vestígio daquele que ela amava.

As torneiras são iguais às do meu banheiro lá em cima, Q e F nos botões esmaltados. Se eu sair do prédio, as asas escaparão e seu negrume conspurcará esta cidade. Ou será o contrário? As asas são uma função minha: se eu sair daqui, elas virão comigo e a contaminarão? De qualquer modo, será culpa minha. Preciso detê-las.

# Ruth

Bev está na soleira da porta, armada com um borrifador e um pano de microfibra amarelo. É um confronto.

"Então vou dar uma volta", digo. "Até a biblioteca."

"Sozinha? Mas eu ia fazer o almoço depois." Tudo quanto Bev diz contém uma recriminação embutida.

"Eu como qualquer coisa na rua."

"Como quiser." Ela me mede com os olhos como se eu estivesse fazendo isso unicamente para contrariá-la e o meu castigo fosse iminente, iminente, iminente. "No seu lugar, eu trocaria de casaco", diz, recolhendo os biscoitos e a minha xícara com as mãos de borracha cor-de-rosa e girando sobre os calcanhares.

Quando ela sai, eu tiro o cardigã. Está com uma mancha de café do tamanho de um punho abaixo dos meus seios. Há muito perdi a vergonha; o que me incomoda é a compaixão dos transeuntes. Tento sair da cadeira, porém meus braços parecem mais fracos que de costume. Não consigo tomar impulso bastante para me levantar.

Bev reaparece com minhas muletas, a bolsa e um cardigã limpo.

"Ora essa", diz do alto de sua estatura. "Tudo na mesma por aqui." Mas me ajuda a me levantar, a tirar o velho e a vestir o novo, e, quando ponho as muletas embaixo dos braços — seu barulho metálico é como o badalar do sino da liberdade para mim —, abaixo a cabeça e ela pendura a bolsa no meu pescoço.

Quando me aproximo do portão, Bev não se contém e corre para abri-lo.

"A senhora vai ficar bem, não vai?", pergunta. Ergue as mãos e ajeita minha peruca. Seu rosto é o retrato de uma fingida tragédia por cima da qual eu reconheço, com uma pontada de surpresa, uma preocupação genuína.

"Acho que sim", digo. "Obrigada."

E assim me vejo livre neste dia glorioso, descendo pela rua de calçada esburacada pela raiz das figueiras de Port Jackson que ninguém haverá de conter. E com o sol próximo o bastante para acender chispas no asfalto lá adiante.

Ao amanhecer, depois de termos escondido as malas de Toller, caminhões me acordaram antes de clarear, rumorejando nas pedras da nossa rua, depois freios gemeram na esquina. Ao meu lado a cama estava intacta. Fui até a janela e vi um veículo aberto cheio de homens fardados. Tinha acontecido antes que Hans, entregue à noite, voltasse para casa. Fui até a cozinha fazer café. Não conseguia comer tão cedo. Ouvi mais caminhões.

A porta se abriu bruscamente e Hans pisou com força, um pé depois do outro, no corredor. Encostou-se no batente da porta da cozinha.

"Eles estão invadindo as casas!", disse, ofegante. Passou a mão no cabelo. "Vim assim que soube." Senti seu hálito de vodca e cigarros.

Encarei-o. "Eu estava aqui", disse. "Estou bem."

"Veja isto!" Ele me entregou o *Völkische Beobachter*. A manchete era gigantesca: "Conluio do terror comunista: o Reichstag em chamas!".

"Mas não é... mas eles não..."

"Claro que não. Não havia nenhum plano para fazer uma coisa dessas."

Li em voz alta as palavras do Führer: "'Há muito que o povo alemão tem sido brando. Todo funcionário comunista deve ser fuzilado. Todos os amigos dos comunistas devem ser trancafiados. E isso também vale para os social-democratas e os Reichsbanner!'". Olhei para Hans, que estava acendendo um cigarro. Continuei: "'Vocês estão presenciando a aurora de uma grande era na história alemã. Esse incêndio é o começo'".

Um ganido de freios, dessa vez bem em frente ao nosso prédio. Fomos à janela. Quatro deles saltavam do caminhão. Não havia o que fazer. Nada a ser feito.

Hans abriu a porta antes que batessem. Lá estavam: um homem à paisana e dois rapazes da SA de farda parda e pistola automática. O civil acenou a cabeça para um deles, que passou por nós e entrou no apartamento. Meu café estava queimando.

"Cavalheiros", disse Hans, o corpo mais empinado que sóbrio. Eu me pus atrás dele, fechando o penhoar.

"Herr Wesemann?" O homem era alto como Hans. "Frau Wesemann?"

"Sim", respondeu Hans.

"O senhor tem vinte e quatro horas. Deve estar fora das fronteiras do Reich dentro de vinte e quatro horas. Do contrário, perderá a cidadania."

"Eu não fiz nada ilegal", argumentou Hans. "Sou um veterano condecorado. Não sou membro do Partido Comunista."

"Senhor." O homem tirou do bolso interno do paletó uma folha de papel dobrada e fingiu examiná-la. "A ordem é para

Johannes Alois Wesemann e Ruth Wesemann, nascida Becker. Senhor."

"Ordem de quem?"

"Do ministro Göring. Senhor."

O rapaz voltou com a minha bandeira vermelha que estava no armário. Entregou-a ao chefe e os três nos olharam em silêncio. Então o menor dos três, atrás, tomou a palavra.

"Considerem-se com sorte", disse com voz esganiçada.

"Com sorte?", disse Hans.

"Estão sendo avisados." O garoto abriu um sorriso de puro poder, com o súbito prazer que um mortal pode sentir por estar do lado certo da linha.

Quando chegaram à nossa casa naquela manhã, aqueles rapazes e seus companheiros já haviam matado cinquenta e uma pessoas e prendido mais de quatro mil. Primeiro, serviram-se da lista de membros roubada da sede do Partido Comunista, mas depois chegaram novas ordens, bem mais amplas — capturar ou matar qualquer um que dissesse alguma coisa contra eles. Quem fosse encontrado num bar ou café, ou num lugar público qualquer, ia preso; os que estavam em casa podiam ser mortos ali mesmo, "tentando fugir". Em certos casos, nem se davam ao trabalho de prender ou matar. Quando encontraram oito comunistas escondidos num porão no Mitte, simplesmente o taparam com tábuas. As pessoas a caminho do trabalho ouviam seus gritos pelo respiradouro ao nível da calçada, mas ninguém se atreveu a socorrê-los. Passaram-se duas semanas até que todos os gritos cessassem.

Antes do meio-dia de 28 de fevereiro, Hitler apresentou ao gabinete seu Decreto do Incêndio do Reichstag, "de Proteção ao Povo e ao Estado", para contra-atacar o "ato de terror". Autorizava prisões sem mandado, buscas domiciliares, violação de correspondências; fechava jornais e proibia reuniões políticas. Em essência, tal como previra Bertie, impedia os demais partidos de fazerem campanha antes das eleições. No fim daquele dia, milhares de ativistas anti-hitleristas ficaram sob "custódia protetora" em quartéis improvisados da SA — fábricas abandonadas, caixas-d'água em Prenzlauer Berg, até mesmo uma cervejaria desocupada. Em pouco tempo já não havia espaço suficiente. Foi quando começaram a construir os campos de concentração.

Na noite do incêndio, as autoridades localizaram e prenderam um desgrenhado operário holandês, ex-comunista, chamado Marinus van der Lubbe. Ele confessou o ato de piromania, frisando que agira sozinho. Mas o pessoal de Göring aproveitou a oportunidade para prender outros que nem tinham chegado perto do local do crime — um parlamentar comunista chamado Torgler e três comunistas búlgaros que visitavam Berlim. Zombamos da ideia de que Van der Lubbe tivesse feito aquilo sozinho. Tinha vinte e quatro anos, era quase cego e deficiente mental.

Não sei por que nos avisaram naquela manhã. Talvez estivéssemos protegidos pela notoriedade de Hans — eles não podiam ser vistos matando jornalistas conhecidos, pelo menos não no começo. Ou, quem sabe, estavam brincando conosco. Logo soubemos que haviam distribuído nas estradas de ferro e em todos os postos fronteiriços nomes e fotografias de pessoas que eles pretendiam capturar. Talvez nos pegassem na fuga. Fizemos reserva no trem das 18h04 para Paris.

Mais tarde ouvimos as histórias de nossos amigos. Alguns se disfarçaram de pacientes psiquiátricos ou de foliões do *Fasching* para atravessar a fronteira ou simplesmente entraram na França esquiando fora das pistas. Chegaram sem documentos nem roupa. Hans e eu também nos disfarçamos, creio, de despreocupados turistas, cada qual munido apenas de uma mala grande e de uma pasta — mais do que isso despertaria a suspeita de fuga. Peguei apenas duas mudas de roupa e o resto do espaço da mala enchi com a câmera e as lentes, livros e fotografias. Os álbuns não cabiam, portanto escolhi algumas fotos às pressas, arrancando-as das cantoneiras: nosso casamento no Majestic Hotel em Breslau, meus pais e Oskar no jardim de Königsdorf, Dora e eu, meninas, na feira de Kleinmachnow, Hans dormindo na nossa primeira noite, os lençóis formando um amarrotado claro-escuro como numa paisagem.

Hans levou a máquina de escrever, seus escritos e suas roupas de noite. Aproximou-se quando eu estava fechando a mala. "Há espaço para isto?" Estendeu a mão. Era o pote de porcelana da TicTacToe onde punham o patê. "Para as abotoaduras", explicou. Devia tê-lo surrupiado. O pegadouro da tampa era um porquinho gorducho, rosado, deitado de costas e rindo sossegadamente.

"Você não existe", eu disse.

Na plataforma, ninguém falava com ninguém e ninguém puxou conversa no nosso compartimento. Quando ouvi o condutor vindo pelo corredor do trem, meu coração disparou. No momento em que ele abriu a porta de vidro, fiquei imóvel. Enquanto os outros se apressavam a pegar a passagem da bolsa ou da mala, Hans enfiou calmamente a mão no bolso do paletó e tirou dali um guardanapo. A seguir, desdobrou-o canto por canto, revelando um único e perfeitíssimo ovo cozido.

"*Mahlzeit*", disse o condutor. *Guten Appetit* no dialeto bávaro. Um sujeito rechonchudo de costeletas grossas, para o qual Berlim era, oxalá, um lugar remoto com problemas remotos.

"Obrigado."

Duvidei que minha voz saísse apropriadamente. Entreguei nossas passagens. O condutor as picotou e tornou a guardar o picotador no bolso do avental de couro.

"Façam baldeação para Paris em Frankfurt", disse como se fosse a coisa mais corriqueira do mundo. "Plataforma dois." E foi embora.

"Um ovo!", cochichei. "Quando você fez isso?"

"Quando estávamos arrumando as malas." Ele sorriu, satisfeito com seu truque de mágico. Sempre foi bom sob fogo. Os outros passageiros riram e começaram a conversar — descobrimos que todos estavam fugindo. Hans voltou a enfiar a mão no bolso e tirou um ovo para mim, além de sal embrulhado num pedacinho de papel.

Depois de atravessarmos a fronteira francesa, nos demos ao luxo de ir para o vagão-restaurante. De Paris seguimos para Calais, onde tomamos o barco para Dover. Depois mais um trem, e chegamos a Londres.

Hans e eu já devíamos estar do outro lado da fronteira, em segurança, quando Dora voltou com uma sacola de lona para pegar os diários.

Eram três da tarde. Entrou no apartamento, trancou as duas fechaduras e pôs as chaves na estante pequena. Tirou o sapato.

Nesse dia, o quarto não exerceu nenhum poder sobre ela. A escrivaninha estava como a tinha deixado, desarrumada e com os assuntos pendentes — a pedra branca da praia de Rügen em cima das cartas a serem respondidas, uma caixa de fósforos aberta com um marinheiro musculoso na tampa, um resto de café lavrando tons de azul e branco numa xícara de porcelana vermelha. Ela levou a xícara à cozinha e lavou o mofo. Fez barulho quando a colocou no escorredor. Muito alto. Sentiu um calafrio. Uma tosse de homem à porta da rua. Uma batida.

Dora não estava lá. A cozinha era o primeiro cômodo à direita do hall de entrada. O homem, fosse quem fosse, estava escutando a três metros de distância. Ela conteve a respiração.

Foi para o hall, avançando com cuidado para que as tábuas do piso não rangessem. Dora era um bicho ou uma criança —

desprotegida, elementar. Se conseguisse chegar ao escritório, podia sair para o pátio pela janela.

E se fosse apenas uma entrega? Mais tarde, iria rir de si mesma.

"Por favor, abra a porta." Uma voz masculina. O vizinho outra vez? Ela estava no meio do corredor.

"Frau Fabian! Sabemos que a senhora está aí, Frau Fabian."

Eles. Dora correu para o escritório e bloqueou a porta com sua escrivaninha. Ouviu pancadas, depois um tiro, chocante e inconfundível. O gemido horrível da madeira partida. Um pedacinho dela — bizarramente — sentiu-se culpado pelo estrago.

E depois um grito. Já estavam lá dentro. *Morta ao tentar fugir.* Seria a ironia da sua vida se ela, com sua morte, comprovasse a veracidade deles. Como é possível que no pavor haja tempo para pensar nessas coisas?

Ajoelhou-se no tampo da escrivaninha de Toller para alcançar a janela. Primeiro as mãos, depois a cabeça. Do pátio passaria para a Sächsische Straße — não, eles deviam ter deixado alguém lá. Ao porão — mas a chave ficara no hall.

Eles se aproximavam, cômodo por cômodo.

"Aqui não! Senhor!"

"Tudo vazio!"

Ao apartamento de Benesch, então, pela escada do fundo — um risco, mas que outra escolha restava? Quando Dora afastou alguns papéis para firmar os pés, viu a pedra branca. Sim! Sopesou-a com a mão esquerda e empurrou a cortina fina.

*Meu Deus, Toller!*

Barras. Barras pretas de ferro, um palmo de distância entre elas.

Nenhum ruído.

Eles deviam estar à porta.

São demorados os momentos encurralados num quarto, à espera do fim.

Uma batida. "Frau Fabian. Wieland, Ministério do Interior. Estou mandando abrir a porta."

O medo é capaz de abrir o silêncio e fazê-lo zumbir. Mostrando, enfim, o barulho do universo mudar serenamente, preparando-se para acomodar a gente.

Nenhuma resposta no quarto. Os três estavam postados do lado de fora, o garoto com o sapato dela na mão e seu companheiro empunhando a arma com as duas mãos, apontada para o chão. A ordem era capturá-la viva.

"Frau Fabian", insistiu Wieland à porta, "a senhora não tem para onde ir." Fez um sinal para o atirador. "Recuem!", ordenou.

Uma voz no quarto. "Não atirem!"

Quando abriram a porta, o que viram? Uma mulher pequenina, um passarinho bicudo de cabeça preta lustrosa — teria vinte anos? Ou trinta? As meias dos pés pendendo abaixo da escrivaninha e uma pedra branca e lisa na depressão de seu colo. Tentando riscar um fósforo numa caixa com dedos de unha roída.

O homem com a arma apontada para ela. O rapazinho segurando o sapato de Dora.

"Temos ordens de detê-la", disse Wieland. "Suspeita de atividade traidora contra o Reich."

"Eu trabalho para o sr. Toller." Sua voz saiu rouca. "Não estou fazendo nada errado aqui." Olhos negros através da fumaça.

"É a lei, senhora."

"Uma lei nova?"

"Não, senhora."

"Então um Reich novo?" Dora sorriu para ele.

"Sim, senhora."

Ela apagou o fósforo. Aquela gente não tinha humor.

Wieland fez sinal para que os outros a levassem.

Ela ergueu a mão. "Está bem, cavalheiros."

O garoto lhe entregou o sapato, segurando-o pelos cadarços. De repente, pedaços de couro e sola transformaram-se em coisas íntimas, moldadas pelo corpo dela, abertos, de língua flácida, reveladores. O garoto ficou olhando como se nunca tivesse visto uma mulher enfiar o pé num sapato. Dora saltou da escrivaninha.

A caminho do carro, o pastor alemão, com a cara dentro de uma gaiola, ficou a seu lado. Ela coçou suas orelhas como consolo ou conforto. "Dentro de cada um ladra o cão de gelo", disse.

Eu de muletas na rua, e as pessoas desviam os olhos, um legado da mãe a lhes cochichar "Não olhem!" quando passarem por aleijados, pessoas extremamente defeituosas, exibicionistas sórdidos ou anões. Ou então me endereçam um sorriso condolente, encorajando-me nestes, elas imaginam, meus preciosos últimos passos. Eu devia gritar: "Vocês não têm ideia! De como — eu — sou — feliz!". Algo em mim quer dizer "abençoada", mas me contenho. Não sou uma velha deplorável agarrada à mente enquanto o corpo definha. Sou uma mulher que está indo comer bolo.

As lojas da Bondi Road mostram a transformação deste lugar. As mais antigas foram transplantadas diretamente de Riga, ou de Estetino, ou de Karlovy Vary, mas o quitandeiro agora se chama "frutologista" e o açougueiro é orgânico. A padaria húngara ainda tem o melhor *Gugelhupf*.

Adoro *Gugelhupf* desde menina, o peso e o aroma de baunilha, as espirais de sementes escuras de papoula no denso bolo branco. Eu faço meu pedido, depois manobro para me sentar numa cadeira junto ao balcão da frente e encosto as muletas na janela. Quando o bolo chega, está mais quebradiço que de costume. Com cautela, levo o garfo do prato à boca, uma distância que tem aumentado com a idade e que agora está repleta de traiçoeiras possibilidades. O bolo cai um pouco antes de chegar aos meus lábios. Espero que ninguém esteja olhando. *O que me incomoda é a compaixão dos transeuntes.*

"Dra. Becker?" Uma voz ao meu ouvido. "Dra. Becker?" Na minha idade, todo mundo pensa que sou surda ou lerda. Já meio defunta.

Viro-me na cadeira tanto quanto posso e dou com um rosto se acercando de mim — vejo molares e sinto perfume como uma guarda avançada de verbena.

"Sim", digo. "Olá." É uma mulher de meia-idade de óculos retangulares de aro de tartaruga e cabelo curto com mechas loiras. Pode ser qualquer uma. De quando em quando, uma dessas criaturas me aborda com doçura, agradecida.

"Trudy Stephenson", ela diz. "Trudy Winmore, quando eu estava na escola."

"Ah, sim. Trudy." Não faço a menor ideia de quem seja. "Claro. Como vai?" Examino mais detidamente seu rosto — olhos fundos, bondosos, e um pequeno vão entre os dentes da frente —, tentando adivinhar a menina por trás dele. Dizem que os bebês são iguais, ou os muito velhos, todos grisalhos, assexuados e murchos. Mas, para mim, as mulheres de meia-idade dos subúrbios orientais é que são difíceis de distinguir. Todas muito arrumadas, asseadas, com um corpo robusto sob a blusa listrada de gola alta, cabelo mechado e alisado até chegar exatamente à mesma substância. Tantas meninas, tantas. Mas, forçando um pouco mais a vista nesta aqui, os anos se descamam até ela se transformar numa garota séria, gorducha e de ar meigo do meu curso de alemão.

"Lembra?", pergunta.

"Sim, lembro." Elas gostam de ser lembradas.

A mulher ri. "E se lembra do meu pai?"

Meu Deus. "Acho que...", começo a dizer.

"A senhora nos deu aula de poesia lírica de Goethe", ela diz, sorrindo. Está corando?

"'*O Mädchen, Mädchen wie lieb' ich dich!*'", arrisco. Oh, menina, menina, como eu te amo...

"'*Wie blickt dein Auge!/ Wie liebst du mich!*'" O seu jeito de olhar!/ Como me amas! Ela se envolve com uma coisa há muito tempo querida, um mantra que passou a vida murmurando em determinados momentos, sem jamais contar a ninguém. "'*Wie ich dich liebe/ Mit warmen Blut.*'" Como eu te amo/ Com o sangue a ferver. Ela ri e, súbito, seus olhos se enchem de lágrimas. "Nunca tínhamos ouvido algo assim! Não sabíamos que a senhora podia falar nessas coisas."

"*Ach*", eu faço. "A Austrália dos anos 1950." *Essas coisas* — como o amor, como o desejo, as mais preciosas — deviam permanecer subterrâneas a vida inteira. Era como se esses "anglos" achassem que os sentimentos estavam eivados do envolvimento dos corpos necessários para expressá-los. Nunca me acostumei com isso.

"O meu pai", diz a tal Trudy. E então eu me lembro. Tudo ainda está guardado aqui dentro. O pai dela escreveu uma carta à srta. Blount, a diretora: "Quem é esse Goethe afinal? Seria melhor as meninas aprenderem alguma coisa útil em vez dessa porcaria".

"Acabei de me lembrar!", digo. Estou muito contente. "'Essa porcaria', não foi assim que ele disse?"

"Infelizmente, foi." Trudy comprime os lábios, fingindo-se compungida, porém logo volta a sorrir. As lágrimas desapareceram. "Mas nós a adorávamos." Toca meu braço. "Adorávamos a senhora por isso."

"Obrigada, querida."

Ela se vai, com a bunda quadrada e toda aprumada, balançando no braço a sacola plástica em forma de trouxa de cegonha, onde leva uma caixa de bolo.

As meninas sabiam que eu havia estado em uma das prisões de Hitler por causa das minhas atividades políticas. Contei a elas sobre a sentença de cinco anos, três dos quais passei na solitária, para que eu, como "política", não contaminasse as outras presas — abortistas, prostitutas, ladras, pobres de espírito — com ideias de justiça social. Mas na idade delas as garotas estavam mais interessadas em amor, é claro. Imaginavam que, por eu ter sido casada e descasada, tivesse um nível escandaloso de experiência. Acreditavam que eu lhes ensinava a poesia do desejo de Goethe como se pudesse responder por ela. Nenhuma de nós — professora ou alunas — percebia que uma vida romântica imaginária pode nos sustentar como uma possibilidade, uma esperança, sem nunca passar disso. Como trilhos paralelos, ela avança junto conosco, mas não se encontra com a vida que vivemos.

A Gestapo não tinha onde enfiá-la. Todas as celas possíveis estavam lotadas. E, em todo caso, convinha que Dora ficasse isolada para ser amaciada. De modo que a colocaram num porão comum no velho prédio da chefatura de polícia — um chão imundo e vestígios de uma pilha de carvão num canto. Dois baldes em outro canto, um com água, um vazio. O porão não tinha luz nem calefação. Ela passava o tempo andando no escuro para se manter aquecida. Tinha um cobertor do Exército e o compartilhava com piolhos.

As prisões se efetuavam com tanta rapidez que não haviam tomado providências para alimentar os presos; quando a querida Mathilde Wurm ouviu dizer que tinham capturado Dora, levou imediatamente cestos de pãezinhos, salsichas, bananas, roupa íntima e cigarros.

Dora passou cinco dias trancafiada antes de ser interrogada, e o interrogatório foi tão longo quanto a lei permitia.

Quando o carcereiro abriu o cadeado, ela disse: "Você deve ser o meu Orfeu. Veio me salvar?". O rapaz a encarou com ar inexpressivo. Ela pediu desculpas. À luz do pátio, viu que estava com a roupa coberta de sujeira e as mãos manchadas de preto. A caminho do prédio da administração, o carcereiro apontou para sua testa. "Talvez você queira..." Com um gesto, sugeriu uma esfregadura.

"Obrigada", disse Dora, sorrindo, "mas essa sujeira não é minha."

A lâmpada elétrica nua da sala de interrogatório pendia de um fio marrom. Ela piscou, ofuscada, depois de dias na escuridão do porão. O interrogador não era um policial comum, mas um dos novos, de farda preta. Tinha um rosto brilhante, olhos miúdos e fundos, como uvas-passas. Perguntou-lhe o que tinha a dizer em sua defesa.

"Que eu saiba, isto aqui não é um julgamento."

"Você foi detida por crime de lesa-majestade e suspeita de alta traição."

"Em razão do quê?"

Ele olhou o papel à sua frente. Ela sabia que ele já o tinha estudado muito bem.

"Em razão de sua militância no Partido Social-Democrata Independente e no seu sucessor, o Partido Socialista Operário. E por ter editado isto..." O homem empurrou na mesa um exemplar de um jornal pacifista. Dora leu seu nome no cabeçalho, ao lado do de Walter. "Para não falar", prosseguiu o interrogador, "em trechos como", pôs o dedo em outro papel à frente dele, "'o êxtase das mulheres diante do Führer é sinal não de lealdade, e sim de necessidade. Necessidade que ele não satisfará, nem os maridos que ele promete, nem homem algum'."

Passou um bom tempo olhando para ela e de novo para o papel. "Essas declarações visam desacreditar as autoridades e difamar o Führer. Militar no Partido Socialista Operário agora é crime..."

"Desde quando?" A voz dela podia parecer genuinamente curiosa para quem não a conhecesse.

"Desde terça-feira." O homem olhou para a ficha.

"Então antes disso não, certo?"

Ele levantou os olhos. "Você continuou militando. Cometeu um ato proibido." Arrumou o cinto de couro no ombro e na cintura. "Onde está o material que você tirou do apartamento de Herr Toller?" As preliminares haviam terminado.

Imunda sob a lâmpada excessivamente forte, Dora temeu, de súbito, que já não importasse o que ela dizia, que já não importasse que ela tivesse deixado o partido. Tinha ultrapassado o ponto em que a lei podia protegê-la. Aquela discussão era uma farsa, o gato brincando com o rato só pelo prazer de sentir o cheiro do medo.

"Quero falar com seu superior", disse ela. Era um risco, mas não tinha nada a perder.

"Ele não está." O homem a fitou nos olhos.

"Tenho certeza de que ele está." Dora esboçou um sorriso. "E quero falar com ele."

"Saiba, dra. Fabian, que você não está em condições de exigir nada."

Foi conduzida de volta ao porão.

No dia seguinte, tornaram a levá-la para cima.

"Por que isto?", ela perguntou ao carcereiro. Perguntou-se se era para que pudessem recomeçar depois de mais cinco dias de detenção.

"O diretor está vindo."

Quando ele entrou na sala, Dora se sentiu aliviada, embora duvidasse que ele tivesse vindo ajudá-la. Olhou para o conhecido bigodinho pontudo, para a gravata-borboleta perfeita, para o anel no dedo mínimo.

"Dra. Fabian", disse ele. Portanto, não haveria nenhuma familiaridade na frente do carcereiro. Ela não iria comprometê-lo. Estava ali para ir embora.

"Dr. Thomas."

"A senhora foi informada das acusações que pesam contra a senhora." Ele pôs sua pasta de manilha na mesa e se sentou. "Não sei em que posso ajudá-la agora."

"Tenho direito a um advogado. E", Dora respirou fundo, "pelo que eu saiba, o senhor não pode me manter presa por mais de cinco dias." Olhou com firmeza para ele. "Já faz uma semana."

Tio Erwin arrumou os papéis à sua frente. "Seu pai se orgulharia da senhora." Então começou a sacudir a cabeça como se, lamentavelmente, a situação lhe escapasse ao controle. "Mas a lei foi alterada."

"Os partidos de oposição podem ter sido postos na ilegalidade", replicou Dora, "mas um processo criminal?"

Thomas olhou de relance para o carcereiro. "Ainda não", disse. "No entanto, haverá. As acusações são graves. A senhora está aqui, entre outras coisas, por ter destruído provas necessárias a um processo judicial."

"Que processo?"

"Contra o sr. Toller."

Então estavam incriminando quem eles bem entendessem, apreendendo todos os seus bens. Ela não podia questionar a substância daquilo. Teria de discutir uma tecnicidade com tio Erwin.

"O senhor é obrigado..." Dora também olhou rapidamente para o carcereiro e suavizou o tom de voz. "Acredito que a lei exige que eu seja solta depois de cinco dias para aguardar julgamento. Do contrário, aqui não haveria império da lei."

Thomas comprimiu os lábios e respirou fundo pelo nariz. "O primeiro sinal de respeito pela lei que vejo na senhora", disse, levantando-se. Começou a se encaminhar para a porta. "'Uma folha de parreira sobre o poder', se me lembro bem."

Dora não disse nada.

Thomas fez um sinal ao carcereiro. Na soleira da porta, virou quase imperceptivelmente o ombro para barrar a saída de Dora. Murmurou em seu ouvido esquerdo: "Uma lacuna. Será corrigida em breve. Vamos chamá-la de emenda Fabian. Em sua homenagem".

Soltaram-na para aguardar o julgamento.

Ela não voltou ao seu apartamento para fazer as malas, foi para o nosso, certificando-se de que não havia guardas do lado de fora. Ao entrar, entendeu por quê. Eles já tinham destruído toda a nossa mobília — amassado as cadeiras cromadas, cortado os colchões no quarto; crina e penas espalhadas por toda parte. Divertiram-se com o vidro (eles adoravam vidro, não? Vidro, listas e fogo), dilapidando o tampo de um carrinho de bar, esmigalhando molduras e o espelho do armário do banheiro. Um deles havia feito uma caricatura pornográfica de Hans na bancada da cozinha e colocara o pilão de *mojito* em pé no lugar do pênis.

Dora achou uma toalha, tirou os cacos de vidro da banheira com ela e tomou um banho rápido com o chuveirinho de mão. A seguir, pôs numa mala uma muda de roupa do meu armário. A mala certamente chamaria a atenção dos policiais. Seria absurdo tentar recuperar as de Toller no barracão do terreno. Na estação da Friedrichsstraße, comprou uma passagem para a Suíça — havia duas baldeações.

Mais tarde, soube que a estiveram esperando em seu apartamento — "Nada menos que três carros do lado de fora", disse — para levá-la direto a um novo período de detenção, enquanto alteravam a lei. Ela nunca mais teria saído.

Com o passar dos anos, surgiram boatos sobre sua fuga da Alemanha. Eles eram desfigurados e grandiosos, retalhos de histórias, como na brincadeira do telefone sem fio, de modo que a versão final foi que ela havia contrabandeado a si própria junto com os papéis de Toller. Isso fazia sentido para as pessoas, porque uma história nunca é prática, uma história não é um manual de instruções. O fundamental era Dora ser pequena, valente e inteligente. Mas como ela mesma brincava: "Se eu tivesse me enfiado na mala, quem iria me carregar?".

Quando Dora contou o boato a Toller, ele sorriu e disse: "Mas onde haveria lugar para os meus papéis?".

No dia 26 de abril de 1933, Göring aprovou a primeira lei da Gestapo, pondo a polícia política sob seu controle pessoal e revogando todas as normas usuais de processo penal. Tio Erwin a redigiu. Foi sua "emenda Fabian".

# Toller

Clara saiu, foi buscar nosso café de hoje (aqui a infinitude — pelo menos no tocante a xícaras sem fundo — não dura mais que um dia). Nuvens pequenas toldam partes do parque, mosqueando-o como algo embaixo da água.

Se eu puder evocar Dora, acho que consigo sair deste quarto e entregar o bilhete a Christiane.

Quando trabalhava para mim, Dora também trabalhava com a calma e imperturbável social-democrata Mathilde Wurm. Foi Mathilde quem me telegrafou no hotel de Ascona: "Passarinho chegando. 3/9/33". Na época, os nomes em código estavam apenas começando. Então ela era Passarinho.

Porém, quando desceu do trem, Dora mais parecia um espantalho na roupa excessivamente grande de Ruth. Trazia os olhos afundados nas órbitas e sua pele ia de fina a translúcida sobre as veias azuis da têmpora. Abriu um sorriso largo, balançando a mala a seu lado. Uma coisa em mim que eu não conhecia ficou tensamente relaxada; eu estava em casa.

Não voltamos ao meu quarto no hotel, fomos por outro

caminho, ao longo do córrego e sob uma ponte, na sombra profunda. Pequenas fogueiras ardiam na margem, o lixo e as folhas transformando-se em colunas de fumaça que subiam em linha reta no ar parado. Às vezes, fazer amor é fazer amor; às vezes, é outra coisa, uma volta e um ataque — uma estocada para regressar à vida que quase nos foi roubada. A pedra atrás de mim estava fria, mas me recostei nela, as mãos sob suas coxas, sua boca na minha orelha, perdido e achado no calor dela, na sua apressada necessidade. Ela suspirou. Ficou um bom tempo imóvel com um braço no meu pescoço, a cabeça no meu peito.

"Dora?"

Quando voltou a se levantar, estava com os olhos cheios de água. Tinha se permitido sentir o medo que vinha subjugando havia dias.

"Vamos comer", disse, tornando a enfiar o pé na perna da calça.

A luz na calçada à beira do lago Maggiore estava dourada e enviesada, estirando as sombras a proporções cômicas, mesmo de manhã. Dora parou no trecho em que a praia se inclinava na água para o lançamento dos barcos, primeiro num pé, depois no outro, dançando, se esquivando de sua grudenta e longa eu-sombra, e rindo. Brincava de socá-la. "Venha me pegar!"

Patos subiram, curiosos e possessivos, nas pedras do calçamento. Suas cabeças fosforeciam um verde e um tom púrpura tão majestosos que parecíamos uma espécie andrajosa de membros flexíveis fugindo da lei e copulando sob pontes.

Dora me deu o braço e nós procuramos um restaurante aberto sob a arcada do outro lado da água. A maioria das lojas fechava as portas até abril. Os plátanos, em duas fileiras ao longo do passeio, tinham sido podados e reduzidos a quatro ou cinco galhos atarracados, como mãos negras erguidas no céu. Por entre alguns deles, ensartavam-se pequenas luzes que seriam acesas no verão. Sem turistas, o lugar estava se restaurando.

Pedimos café e doces e nos instalamos num canto. Dora ficou de costas para a janela e com o rosto voltado para mim, na sombra. Começou a contar que, na noite do incêndio do Reichstag, tinha ido buscar o manuscrito da minha autobiografia no meu apartamento.

"Foi um pressentimento de Bertie", disse, desenrolando o cachecol. "Ter ido para lá provavelmente me salvou de ser presa. Eles estavam à minha espera em casa." Ela dormira duas noites no barracão de Ruth, contou, com as malas da minha obra. Antes de voltar para pegar meus diários.

Fui incapaz de agradecer. Teria sido patético diante do perigo que ela havia corrido. E eu não sabia se conseguiria fazer as palavras saírem.

"Lamento pelos diários", acrescentou. Calou-se quando o garçom serviu o café e a água, os *croissants* doces.

"Queria que você não tivesse...", comecei a dizer. Não era verdade. Eu estava contrariado porque ela quase tinha sido capturada — e a matariam. Mas estava satisfeitíssimo porque meu manuscrito havia sido salvo. A vergonha me engasgou.

"Não me agradeça ainda", atalhou Dora, partindo o pãozinho. Segurou uma ponta em cada mão e fez um gesto de desdém pela minha angústia. "Ainda preciso tirar as malas do país."

"Por favor, não faça nenhuma..."

"Besteira?" Ela arqueou as sobrancelhas. "Vou procurar não fazer."

Ela não queria me constranger. Quando contou que a pegaram no meu escritório, apressou-se a acrescentar: "E lá estava eu como um bandido de cinema, pronta para fugir com tudo — mas claro que esqueci das barras na janela".

Ela não podia saber das barras. Meus olhos arderam.

Às vezes penso que as peculiaridades físicas de uma situação produzem as coisas mais esquisitas. Se eu pudesse ver o rosto dela claramente, talvez não lhe tivesse contado. Penso agora nas salas de interrogatório: por que eles acham que a luz forte arranca a verdade das pessoas? Deviam experimentar a sedução das sombras, onde não vemos as palavras atingirem o alvo.

Fiz sinal para que o garçom trouxesse um cinzeiro limpo e me mexi na cadeira. Inclinei-me para ela. "Depois da prisão, todos os apartamentos que escolhi", disse lentamente, "precisavam ter um quartinho. E mandava pôr barras na janela."

Ela não disse nada.

"É uma superstição", prossegui. "Para lembrar minha época mais produtiva. Eu preciso de..." Olhei para minhas mãos. Os dedos tinham se enroscado uns nos outros, formando um arco inútil. "Contenção."

Ela balançou a cabeça, aquela ave em liberdade. Esforçando-se para compreender a necessidade de limites. A liberdade que eles podem dar a uma alma como a minha, com tendência à dispersão.

"Preciso disso para escrever." Espalmei as mãos. "Poesia ruim."

"Não só a poesia."

Eu ri. A luz atrás dela mantinha seu rosto no escuro.

Sua voz mudou. "Foi por *isso* que você recusou a oferta de clemência?"

Olhei para o meu prato. "Eu me sinto péssimo."

Ela sacudia a cabeça.

"Não... sinceramente", disse eu, "a campanha de vocês para me libertar me deu muita força. Eu só..." Encolhi os ombros. "Bom, eu não ia abandonar os outros lá, é claro."

"Entendo." Ela balançou a cabeça. "E eu só faltei *esfolar* Hans por causa disso. Não parava de culpá-lo. Por fazer você desanimar do mundo exterior." Riu. "Sabe, com o Grande Charme Insuportável dele. Dando a você uma pequena amostra dos puxa-sacos, dos arrivistas e dos babões em busca de atenção que o esperavam aqui fora."

Eu a encarei. "Duvido que ele fosse tão ruim."

"Ah, ele não é", Dora suspirou. "É apenas insuportavelmente sortudo. Se eu soubesse que você *queria* ficar lá dentro, eu não teria... Ah, meu Deus." Apoiou a testa na mão, o cigarro ainda entre os dedos. Depois riu — sua linda boca grande. "Agora vou ter de pedir desculpas a ele. Droga."

Eu a quis naquele momento; quis apagar aquela conversa com um ato físico.

Passamos oito dias em Ascona e, nesse período, o nó na minha garganta apertava menos quando eu olhava para ela em momentos inesperados. Tentava colher relances de como os outros a viam. Observava-a conversando com os vendedores nas bancas da feira em péssimo italiano e com gestos desbragados. Ou entregando o rosto ao vento na proa da balsa; saindo do chuveiro, fumegante e natural. Quando você está apaixonado por alguém, não consegue enxergar o entorno do outro, não capta sua medida humana. Não consegue ver como uma pessoa tão imensa para você, tão miraculosa e insondável, pode caber, inteirinha, naquela pele pequenina.

No fim da nossa temporada no hotel, dispensávamos a camareira e íamos para a cama à tarde, o quarto um amontoado de roupas e papéis, sapatos enlameados de nossas caminhadas, o ar carregado da mistura do nosso rastro.

Dormir era difícil para Dora. Certas noites, tomava Veronal, misturando o pó amargo com café. Uma vez, acordei e a vi de penhoar na sacada. O céu estava salpicado de estrelas. Lá embaixo, o lago era um vasto espaço negro, a margem do outro lado marcada apenas por uma linha de luzinhas cintilantes.

Eu me debrucei no parapeito. Depois de algum tempo, ela falou.

"Sou ateia."

"'Sou ateia, *mas*...'", gracejei. A água batia em barcos invisíveis; as adriças zuniam nos mastros.

"Mas acho que meu pai me protegeu." Sua voz estava tensa. "Lá. Com Erwin Thomas."

"Nada sobrenatural." Virei-me para encará-la, mas ela continuou olhando para a frente. "Ele lhe ensinou a proteção da lei do processo penal, e você se protegeu com ela. Hugo ficaria orgulhoso de você."

"Também ensinou a *ele*." Dora começou a chorar em silêncio, sacudindo um pouco a cabeça.

"A Thomas?", eu disse. "Ora, sim." Segurei sua mão. "Mas para ele esses princípios já não têm utilidade."

Ela voltou o rosto para mim, nobre e destruído. "Você acha possível jogá-los fora com tanta facilidade?"

Na penúltima noite, eu disse: "Vamos embora da Europa. Para a África, para a Índia". A tese de doutorado de Dora era sobre os direitos trabalhistas nas colônias; agora tinha planos de traduzir o livro de seu amigo inglês Fenner Brockway sobre a Índia colonial.

"Você acha que pode escapar da política?", ela perguntou. Eu estava sentado na cama. Dora parou na minha frente e segurou minha cabeça. "Ir embora daqui seria abandonar a nossa vida em troca de cocos." Soltou-me e se sentou, as mãos espalmadas no colo. "Nossa vida nos foi dada; ela não é totalmente uma escolha nossa."

"Você me ama?" Não estávamos olhando um para o outro.

"Amo." Simples como um fato. Mas não o suficiente, não o suficiente.

"Quero dizer: nós pertencemos um ao outro?"

"Ninguém 'pertence' a ninguém, não mais. Regra número um, lembre-se." Dora estava sorrindo, consciente do ridículo das regras do viver.

Não me deixei dissuadir. "E se numa noite dessas você engravidar?"

Seu sorriso desapareceu. Ela se virou para mim. "Eu não teria o bebê."

Esquadrinhei seu rosto. Ela tentou explicar. "Isso não parece fazer parte da minha vida."

"Quer dizer que Índia e bebês não fazem parte do que lhe foi dado?"

"Eu posso me expor a esses riscos. Mas não uma criança."

Não sei o que eu estava querendo saber dela. Seria algo simples como se ela me punha em primeiro lugar? Ou mesmo a si própria? Fui até a janela. A lua estava alta. Um remador solitário empurrava a água, encrespando seu lençol prateado.

Quando me virei, sua determinação havia desaparecido. Seu rosto era uma máscara de aflição.

"Eu não posso... abandonar... isto aqui." Correu as mãos sobre os papéis no quarto, sobre a Alemanha, sobre o que lhe tinha cabido fazer. Seus olhos estavam inchados, cegos, aprisionados.

Pousei as mãos em seus ombros e inspirei. Eu jamais seria dela acima de todas as coisas.

"Você devia fazer como a sua prima Ruth. Escolher a beleza!", brinquei. "Escolher o prazer!"

Dora respirou fundo, ruidosamente, e levantou os olhos. "Eu escolho o prazer", disse, e me puxou para si.

De manhã, subimos o morro situado atrás da cidadezinha, no qual havia uma fortaleza do século XI. Aqui havia fortalezas em todos os altos de colinas, e perto do lago era onde se erguiam todas as igrejas — guerra e paz a trezentos metros de distância uma da outra. Descemos até a igreja. Estava fria e vazia, e cheirando a pedra. No último banco, observamos os raios de luz entrarem pelas janelas altas, sentimos seu caminho até aqui embaixo.

"Como vai a garota?", perguntou Dora num tom que sugeria que estávamos discutindo uma conhecida comum.

"Christiane", eu disse. Dora nunca pronunciava o nome dela. "Vai bem. Acabou de recusar o papel principal num filme nazista sobre Horst Wessel."

"Melhor para ela", disse Dora, e mudamos de assunto.

Dora concluíra que minha atração por Christiane consistia principalmente no prazer que eu sentia de ser admirado por ela. Também concluíra, creio, que se tratava de uma fantasia de subsistência limitada.

Pode ser que ela tivesse razão sobre por que eu quis Christiane. Mas Christiane possuía outros encantos, não só esse óbvio. Ela não fazia ideia de que as coisas podiam acabar, o que, suponho, é a própria definição de juventude. Tudo estava à sua frente, numa superfície imutável de deslumbramento: todas as crueldades e belezas de um mundo pelo qual ela não se responsabilizava. Mais do que seu corpo de ninfa ou sua fé em mim, eu queria o que qualquer homem mais velho quer: resgatar toda a expectativa de um mundo que se descortina.

Ainda em Ascona, tentamos trazer nossas coisas da Alemanha, inclusive dinheiro — Dora com a mãe, eu com meus editores. Não tínhamos a menor ideia de como seria o futuro, juntos ou separados, nem de como financiá-lo. A economia de sociedades inteiras sempre parecera mais administrável que a nossa.

Dora viajou a Paris, depois foi visitar seu amigo Berthold Jacob em Estrasburgo e, de lá, seguiu para Londres a fim de ver Ruth e Hans. Comprei três camisas de seda italiana e continuei com meu ciclo de palestras na Palestina, agora desligado da Alemanha e à procura de um novo lar.

* * *

Ao abrir a porta, Clara deixa entrar acordes esquisitos provenientes do quarto em frente. Strauss, penso. Começando e parando. Ela deposita o café na mesa e me olha de um jeito estranho, colada à minha cadeira. Conheço esse olhar. Ela está descobrindo que os famosos, os mais velhos, são tão volúveis e cheios de fragilidades quanto ela ou qualquer outra pessoa, e que, embora não superemos isso, tais coisas tampouco nos derrubam. O milagre da vida, sem dúvida. Porém o que me assusta é ver em seu rosto que essa percepção, em vez de fazê-la me desprezar, a torna mais afetuosa. *Não perca tempo!*, tenho vontade de avisar. *Sou um veneno para você, menina!*

Mas, em vez disso, pergunto: "Você dança?".

"Eu adoro dançar."

Ela é jovem e bonita, e vive enclausurada neste quarto. Não desejo que se apaixone por mim. E a maneira mais segura de evitá-lo é convidá-la a dançar (quem tocaria num Minotauro tão enrugado?). Clara pousa a mão em meu ombro, sua testa arranhada junto a minha face.

"Estou avisando", digo, "a vida de nós dois está em suas mãos."

"Eu corro o risco", ela diz, sorrindo.

No começo seguro-a com alguma formalidade. Porém, à medida que nos movimentamos com a música que já não ouvimos, eu me inclino para ela e, delicada mas possessivamente, alojo a mão no côncavo de suas costas. Clara se deixa ser para mim o corpo quente que eu quero. Deixa-me ter suas costas neste quarto.

# PARTE II

*Espiões no quarto, espiões no telhado,*
*Espiões no banheiro, isso está comprovado,*
*Espiões no jardim, entre as sombras mais duras,*
*Atrás das groselhas que lhes dão cobertura.*
*Espiões na porta da frente, espiões na porta de trás,*
*E escondidos no mancebo, sob a capa lilás.*
*Espiões no armário e entre os trastes do desvão,*
*Espiões que há tantos anos se escondem no porão.*

"Canção do Espião", de W. H. Auden,
extraída de sua tradução de
*Paz nunca mais!*, de Ernst Toller, 1935

# Ruth

Em Londres, Hans e eu procuramos quartos feito mambembes naquele mundo novo de labirínticas fileiras de casas divididas em celas individuais, com proprietárias que agora tinham grande poder sobre nós. Na primeira casa, na Coram Street, em Bloomsbury, uma mulher de penhoar verde-claro mostrou-nos um quarto no porão. Tinha uma cama, uma cadeira e uma cômoda com um fogãozinho Primus em cima. A única janela era um pequeno retângulo de luz cinzenta no nível da calçada.

Enquanto a mulher falava do preço (uma libra por semana, banho à parte), das condições (em casa até dez da noite, silêncio depois das dez e meia, café da manhã entre sete e oito, arenque defumado à parte), eu via os sapatos e tornozelos dos passantes a caminho do trabalho. Com seu inglês hesitante, Hans disse a ela: "Só temos visto temporário, mas iremos...".

"Desde que vocês não sejam irlandeses", atalhou a mulher, "eu não ligo."

O segundo quarto que fomos ver ficava na Guilford Street. Dessa vez, a mulher era magra, tinha queixo quadrado, mãos gretadas e vermelhas e sotaque irlandês. Quando Hans mencionou a questão do nosso visto, ela sacudiu os cachos e riu. "Contanto que vocês não sejam ingleses", disse, "para mim está tudo bem."

Olhei para o rosto dela: toda uma vida comendo pastelão de carne, uma pele que absorvia a luz e nada refletia. Podíamos ser de qualquer lugar; não passávamos de "estrangeiros".

No fim, ficamos com um apartamentozinho no número 12 da Great Ormond Street, em Bloomsbury, a poucos metros do hospital infantil e a um quarteirão do Coram's Fields, onde antes era o orfanato. O zelador tinha morado lá com sua mulher, mas haviam se mudado para o apartamento do subsolo, mais espaçoso. Para chegarmos ao nosso, entrávamos pela porta da rua, cuja bandeira tinha uma cabeça de anjo a guardá-la, subíamos uma escada magnífica em espiral, passando pelos apartamentos maiores dos três primeiros andares. Então a escada terminava, dando lugar aos degraus de madeira estreitos e instáveis que levavam ao nosso cômodo, logo abaixo do telhado.

Os tetos eram tão baixos que Hans se curvava involuntariamente ao passar pela porta. À direita do pequeno hall, abriam-se dois cômodos, ambos com janelas voltadas para a rua. As vidraças eram velhas e irregulares; as casas georgianas do outro lado oscilavam e tremiam quando andávamos. À esquerda da entrada, havia uma cozinha onde podíamos comer, com uma porta no fundo que dava para um terraço de concreto que, na verdade, era o telhado do apartamento maior de baixo. Enfiado perto da cozinha, ficava um terceiro quarto pequeno e um banheiro. Havia outra porta bem em frente ao hall de entrada. Hans a abriu e puxou o cordão para acender a luz. Era uma despensa com prateleiras em três paredes.

"Vamos ter de arranjar um refugiado bem *miudinho* para pôr aqui", ele disse.

Como meu pai podia nos mandar dinheiro da Polônia, vivíamos relativamente bem em comparação com outros exilados, que estavam proibidos de tirar seu dinheiro da Alemanha. O que significa que, ao contrário da maioria, não éramos indigentes a esmolar nas instituições de auxílio a refugiados e nas dos quacres. Embora nosso apartamento fosse pequeno, sua grande vantagem eram os três quartos separados. Se comêssemos na cozinha, haveria espaço para Bertie e talvez para Dora. A menos que ela ficasse com Toller — nunca sabíamos como estavam as coisas entre os dois.

Na vila dos meus pais, a criada dormia num quarto contíguo à cozinha e a cozinheira e o resto do pessoal moravam em casas que jamais visitei. Em Berlim, Hans e eu tínhamos uma empregada, Rosalie, que ia todos os dias, mas morava com os pais e os irmãos num apartamento de dois quartos em Neukölln. Todos nós tínhamos passado anos falando sobre a classe operária, mas, olhando para este apartamento minúsculo de teto baixo sem adornos e com quartos minúsculos, me dei conta de que, de fato, nunca soubemos como ela vivia.

E, por mais que falássemos nos direitos dos trabalhadores, nunca me passou pela cabeça um dia vir a engrossar suas fileiras na prática. Na segunda semana na Great Ormond Street, contratamos a sra. Allworth, a faxineira do casal idoso do apartamento abaixo do nosso. A sra. Allworth morava no East End. Era magra, de nariz arrebitado e enérgica, propensa a erupções cutâneas que começavam no pescoço e subiam atrás das orelhas, por vezes chegando ao maxilar. Não creio que fossem produzidas pelo constrangimento; apenas emoções que ela não conseguia situar e ordenar no momento.

Na entrevista, me concentrei nos seus olhos azul-claros e não fiz caso das lesões rosadas, mas elas me fizeram gostar dela. Sugeriam sinceridade, capacidade de ver esta vida movimentar-se por baixo da superfície. Com as mãos unidas no regaço, a sra. Allworth olhou em volta, surpresa de que aquele apartamento existisse, cravado lá em cima o tempo todo. Eu o vi momentaneamente pelos olhos dela: aposentos precários com móveis doados que não combinavam. Um sofá verde desbotado que herdamos do zelador e de sua mulher, um caixote com um pano em cima que servia de criado-mudo. A despensa repleta de papéis e fitas de máquina de escrever, em vez de comida. Ela não fez nenhum comentário, mas imaginei que morasse bem melhor (com toda a certeza, de uma forma mais organizada).

A sra. Allworth trazia seu cabelo ruivo descorado preso numa rede, um avental amarrado à altura do cóccix e as mangas arregaçadas até os bíceps. Passei a apreciá-la pela linguagem. Costumava dizer "dar duro" e "a toda brida" a respeito do apartamento, coisas "de encher os olhos" e gente "faladeira" ou "forrobodeira". Seu "velho" ou "aquele" trabalhava nas docas e eles tinham quatro filhos, e todos, a família inteira, acabariam morrendo na Blitz. Ela ia às terças e sextas-feiras.

O incêndio do Reichstag e a perseguição que se seguiu mandaram cinquenta e cinco mil alemães para o exílio — cerca de dois mil escritores e artistas entre eles. Várias centenas foram parar na Inglaterra. Uma piada de exilados dizia que éramos a Emigrandezza: os adversários letrados do regime. A massa de judeus veio depois. Mas nada tínhamos de grandiosos. Todos nós estávamos deslocados e lutando — sem nossa língua, geralmente sem dinheiro, sem leitores e sem o direito de trabalhar.

Nosso visto inglês também determinava "sem nenhum tipo de atividade política". Mas nossa vida só teria sentido se pudéssemos continuar ajudando o movimento clandestino na Alemanha e tentando alertar o mundo para os planos de guerra de Hitler. Ofereciam-nos asilo com a condição de que nos calássemos sobre o motivo de precisarmos dele. O silêncio irritava; fazia nos sentir traindo os que ficaram. O governo britânico continuava tratando Hitler como um sujeito sensato, como se esperasse que viesse a sê-lo.

Até mesmo receber cartas da Alemanha oferecia o perigo de nos tornar suspeitos, o que podia levar à anulação do nosso visto. Mas, de um modo ou de outro, vazavam informações sobre o que estava ocorrendo em nossa terra. A cada carta ou rumor cuidadosamente formulado, a ameaça de ser mandados de volta adquiria uma nova cor e nos aterrorizava.

Os bárbaros começaram com a vingança que haviam passado mais tempo guardando: contra os revolucionários de 1919. O secretário de Toller, Felix Fechenbach, foi morto "ao tentar fugir", com um tiro no peito tão à queima-roupa que saiu pelas costas. Quando os homens de Hitler encontraram Erich Mühsam, outro companheiro revolucionário de Toller, marcaram uma suástica a ferro quente em sua cabeça e o espancaram quase até a morte. A seguir, obrigaram-no a cavar a própria sepultura, mas no último instante desistiram de matá-lo, deixando-lhe uma pequena amostra do inferno. O editor de Hans, o famoso pacifista Carl von Ossietzky, foi preso e não se conhecia seu paradeiro. Eles não ocultavam o que faziam: queriam que todos sentissem medo.

A cada três meses, suplicávamos respeitosamente que Sua Majestade o rei da Inglaterra nos permitisse ficar, a mente inundada das coisas que nos víamos impedidos de mencionar em nossas educadas cartas de renovação de visto, os verdadeiros motivos pelos quais não podíamos voltar ao nosso país. Era como se submeter a um exame médico; você se sente bem até que o próprio exame conjure, nos mínimos e atrozes detalhes, a possibilidade da doença pesquisada. De repente, os sintomas de que ninguém fazia caso, a torção no baço e a dor no fígado, a aguilhoada no peito, comprovam o diagnóstico que qualquer idiota, menos a gente, era capaz de prever.

Londres era mais difícil para Hans que para mim. Eu tinha aprendido inglês razoavelmente no colégio, mas o dele era mais rudimentar. Tinha dificuldade para ler o jornal e detestava o fato de seu nome não aparecer nele. Avaliava os ingleses com os mesmos olhos perspicazes que havia treinado nos alemães, mas lá não tinha como contar o que via. Pouco a pouco, perdeu a noção do seu eu público e, com isso, seu eu privado se esfumou. Para ele, Londres era um lugar em que o vento levantava o lixo ao redor das caixas de correio vermelhas e os parques eram trancados a chave. Os homens de negócios de terno e chapéu-coco se vestiam para disfarçar o ser humano por baixo da roupa, os sinais de individualidade restringiam-se ao estampado ou à cor da gravata. As casas também eram idênticas, alinhadas em filas inexpressivas, com gradis de ferro batido e só se distinguiam pela cor das portas.

A verdade é que nem ele nem eu nos acostumávamos às minúcias da diferenciação, não conseguíamos levá-las a sério. Confundíamos a cortesia exagerada das pessoas e o esbanjamento de louvores à cordialidade, quando na verdade a intenção deles era nos manter à distância. Os bons modos, gracejava Hans, cercavam regiões inexpugnáveis e prístinas, como os parques.

Durante o dia, enquanto eu me ocupava trabalhando com o Comitê de Refugiados Judeus e com os quacres, e tirando fotografias, ele ia sozinho à sala de leitura do Museu Britânico. Escrevia sobre si mesmo num romance.

Nas primeiras semanas, achei chocante não ser reconhecida por aquilo que eu sempre tinha sido: alemã, burguesa, judia. Como socialistas, defendíamos uma fraternidade internacional de homens na qual classe e raça fossem irrelevantes, mas eu nunca havia parado para pensar em como isso seria de fato. Lá, a magia do exílio obliterava categorias inteiras da minha identidade.

No entanto, muito em breve ficou claro que uma gloriosa liberdade me fora concedida. A liberdade de uma observadora autorizada, de uma turista: uma pessoa da qual nada se podia esperar. Quando o inverno se transformou em primavera, eu passava longas horas absortas tirando fotografias pela cidade — crianças com chapéus alegres de crochê no jardim zoológico; carteadores de dedos ágeis na Oxford Street, todos piscando, charme incompreensível; mulheres de ar sereno cuidando de suas bolsas no andar superior dos ônibus. Hans, que se acanhava ao falar com os ingleses, falava neles à medida que correspondiam aos seus preconceitos: uma nação de lojistas, de bebedores de chá, de podadores de grama. Mas eu passei a vê-los de outra maneira. Aquilo que parecia uma reticência conformista revelou-se, com o tempo, um inefável senso inato de fair play. Eles não precisavam de tantas regras externas como nós porque tinham interiorizado os padrões de decência.

Coisa que, tacitamente, procuravam nos ensinar. Todo domingo, uma judia rica e bondosa, a sra. Eleanora Franklin, abria para os refugiados a porta de sua residência na Porchester Terrace, em Paddington. A sra. Franklin trazia pesadas gemas nas orelhas e carregava um animalzinho branco aparentemente sem pernas numa bolsa feita de tapete. Ao nos receber para o chá, perguntou-nos se queríamos lavar as mãos. Nem Hans nem eu tínhamos pegado no cachorro que, com a sua queixada fascinante, balançava a cabeça junto ao cotovelo da dona.

"Não, obrigada", disse eu.

"Minhas mãos estão limpas, obrigado", disse Hans, sorrindo com amabilidade.

A sra. Franklin aproximou-se dele, enunciando claramente: "Estou perguntando, querido, se você quer usar o banheiro".

Ele sacudiu a cabeça em silêncio.

Anunciaram a refeição no momento em que o relógio badalou. Era o chá da tarde, não o repasto a que nos havíamos habituado. A mesa estava posta; havia sanduíches de pão branco em bandejas de três andares, com recheio de pepino, de salmão defumado, de ovo e maionese, de camarão. Outros suportes continham bolos: quadradinhos de chocolate em papel crepom, tortinhas de fruta e palitos de coco nas cores rosa e branco. As tigelas de geleia brilhavam, escuras, nas extremidades da mesa, ao lado das de creme chantili. A empregada entrou com travessas de bolinhos quentes e os colocou na mesa. Não sabíamos em que ordem nos servir. Observamos atentamente os demais e os imitamos: parecia que se podia comer bolo antes de um sanduíche ou de um aspargo, mas só uma coisa no prato por vez. Nossa anfitriã, de pé, vertia o chá do alto. Para acompanhá-lo não havia limão, e sim leite. Uma criada apareceu com uma bandeja de taças de champanhe.

Sentado ao meu lado, Hans aguardava e observava, conversando em voz baixa com um quacre de meia-idade e cabelo untado de brilhantina. Num instante de silêncio, ouvi o homem dizer: "É assim que vocês se sentam na Alemanha, é?".

Olhei depressa para Hans. Ele estava com o corpo perfeitamente aprumado na cadeira, as mãos no colo. Hans não disse nada, inclinou a cabeça com educação. O homem estendeu os braços, chamando a atenção dos presentes, e em seguida pousou cerimoniosamente os pulsos na borda da mesa. "Neste país", disse como se fosse por bondade, "nós nos sentamos assim."

Vi Hans corar e esboçar um sorriso. Eu sabia que, mesmo que lhe ocorresse dizer alguma coisa, ele não teria segurança para fazê-lo sem gaguejar. Seu silêncio se aprofundou.

Depois os convidados foram dar uma volta pelo jardim, um jardim como eu nunca tinha visto: era cuidadosa e inteligentemente projetado para parecer silvestre, seus limites escondidos por árvores, treliças e cardos extraordinários que se erguiam, espinhosos, em canteiros desarrumados. As casas vizinhas mal existiam. Quando voltamos a entrar, as pessoas se instalaram em sofás e em poltronas confortáveis; os homens fumando charuto. Postada junto à lareira, eu me sobressaltei com um ronco exuberante vindo da *bergère* ao meu lado. Era a nossa anfitriã. Por um breve instante, a sala ficou em silêncio, como para registrar alguma coisa. Então, como que percebendo que não era absolutamente nada, todos retomaram a conversa.

Em casa, Hans e eu rimos do ronco, mas ele ainda estava ressentido com o incidente à mesa. Acendeu o fogo na cozinha e se pôs a andar. Em Berlim, tinha se transformado de filho gago de pastor interiorano num mestre da língua, da nuança; um sedutor fluido e perfeito. Londres lhe devolveu a sensação de ser um joão-ninguém de aldeia ao qual era preciso ensinar eufemismos das funções corporais e até como se sentar à mesa.

"Será que ela realmente pensou", deteve-se com as mãos no quadril, olhando para o linóleo, "será que ela realmente pensou que eu cheguei a esta idade sem saber pedir licença e perguntar à empregada onde fica o banheiro?" Sua voz saiu alta, entrecortada. "Essa gente nos infantiliza."

Eu estava à mesa separando e rotulando rolos de filme. Já tinha aprendido a driblar esses arroubos de mágoa. "Estou colecionando eufemismos de 'banheiro'", eu disse. "Lavatório, cômodo para mulheres, sala de empoar, quarto de banho, gabinete, casinha. A sra. Allworth me ensinou 'pocilga' e 'um pêni', mas isso precisei arrancar dela. Eles morrem de vergonha. Esta é uma cultura que não se sente à vontade com o corpo."

"Não é só isso." Hans se acercou da mesa e com uma faca começou a cortar um pedaço macio de um pão quadrado. Este oscilava e se reduzia a pedaços impossíveis de amanteigar. "É um código. Toda conversa tem um subtexto que somos obrigados a adivinhar. Se conseguir, sorte sua; se falhar: *merda*." A faca cortou seu polegar. Uma gota brilhante de sangue escorreu. Hans ergueu a mão para me impedir de ir buscar uma gaze.

"S-se falhar", prosseguiu, pegando o lenço, "eles se deliciam com a oportunidade de mostrar como você é esquisito. Gaguejam aquele falso gaguejar — às vezes, acho que é só para me provocar. Dizem 'Com o ma-ma-maior respeito' quando estão prestes a demolir você. E fingem nada saber de uma coisa em que, na verdade, são especialistas, a fim de nos pilhar sendo p-pretensiosos." Com uma mão, passou manteiga num pedacinho. "Ou ridículos."

"É a dissimulação britânica", disse eu. "*Understatement*. Provavelmente, eles nos acham grosseiros."

Hans desistiu do pão e se deixou cair no sofá verde. Tirou do bolso o caderno de anotações. "É uma cultura sorrateira. São todos dissimulados." Estava folheando o caderno com o polegar, fazendo-as provocar vento. Entre aquelas capas ele derramava todas as réplicas tardiamente imaginadas, seu deslocamento e sua saudade. Elas não podiam contê-los.

Ajoelhei-me no piso de linóleo entre suas pernas e segurei suas mãos com firmeza. Seus olhos vagavam, perdidos. Uma coisa era se reinventar no seu próprio país e na sua própria língua, mas outra bem diferente era fazê-lo num país completamente estranho. Isso exigia reservas de força que nós talvez não tivéssemos. Eu queria ser o suficiente para ele.

"Estão tentando nos ensinar a nos integrarmos", disse eu.

Ele sacudiu a cabeça. O caderno caiu no chão. "Por que imaginam", disse com voz fina de vergonha e raiva, "que queremos ser como eles?" Pegou o caderno e foi para o nosso quarto. Fiquei sozinha no sofá. Depois terminei de separar meus filmes. Quando fui ter com ele, encontrei-o dormindo.

Não muito tempo depois da nossa chegada, assumi nossa correspondência com Bertie porque Hans sentia que "nada tinha a relatar". Eu gostava das cartas alegres e cheias de notícias de Bertie sobre "esta suposta vida que estou levando". Ele não podia dizer nada sobre seu trabalho político, pois nossa correspondência podia ser interceptada, de modo que só lhe restava escrever sobre a textura dos seus dias. Parecia surpreso em descobrir que, examinada de perto, a vida fora do trabalho podia conter tanta coisa, embora suas únicas interações fossem com o padeiro, o barman, o carteiro. Mas estava animado, e a solidão o transformara num observador melhor.

"Estou começando a ver as pequenas coisas, como você", escreveu, e eu sabia que sua intenção não era me insultar. "Vejo cantos de beleza e penso em suas fotografias." Bertie falava de detalhezinhos tolos — de seus dentes "moles de tanto viver de crepes macios"; dos cachorros no parque, "pequenos como passarinhos de coleira"; da beleza das mulheres, "que sempre andam como se estivessem sendo observadas". Isso, gracejou, era uma coisa que ele precisava aprender.

Eu pensava nele naquela vida de pobreza, trabalho e exílio, em seu cabelo ralo e nos dentes malcuidados, nos velhos suéteres tricotados em casa do tempo em que sua mãe era viva, o seu descuido consigo era, de certo modo, um sinal do compromisso ardente e terrível que tinha conosco. Enquanto Dora andava por aí com Toller e Hans vertia sua vida naquele caderno, era de intimidade a sensação de ter um amigo que me deixava entrar em sua pele.

# Toller

"Você acha possível amar só uma pessoa?"

Os olhos de Clara se apagam. Seu corpo se retrai e ela olha para baixo.

Idiota! Primeiro danço com ela e agora a faço temer que eu queira amá-la. O olhar dela é de alguém traída: pensei que fôssemos amigos, diz o olhar, mas então *é isso* que você quer; pensei que eu fosse uma pessoa para você, mas agora vejo que sou um passatempo. Essas sutilezas entre homens e mulheres, especialmente entre homens mais velhos e mulheres mais novas, é que são a grande armadilha.

"Não, não... lamento muito." Inclino-me para mais perto dela e então mudo de ideia e recuo. "Não é uma pergunta pessoal. Nem chega a ser uma pergunta. Não que eu não esteja interessado — por favor, eu só..." Uno as sobrancelhas.

Clara relaxa um pouco. Quer recobrar sua versão de mim: grandioso e decaído, talvez, mas não um velho sórdido.

"Por que você amava como amava?" Ela empurra o cabelo para trás e endireita o corpo na cadeira, uma pitada de raiva na voz, o resíduo de um susto.

"Acho", eu fecho os olhos, "que tentávamos viver pelas novas regras da nossa 'liberdade', e isso significava amar... amplamente." Quando volto a abri-los, ela continua olhando para mim.

"Mas por que amava outras se Dora era a única que você amava realmente?"

Ela é valente, essa garota, e não vai desistir.

"Porque", apago a brasa de um charuto, "eu não queria que ela me visse", abarco com um gesto toda a extensão do quarto, esta vida implodida, "assim. Se pudesse evitar." Sinto brotarem lágrimas quentes de autocomiseração. Esmago-as do mesmo modo que destruo esse charuto.

Os ruídos de fora se infiltram: buzinas e um jornaleiro. "*Her-ald Tribuu-une!* Yankees perdem Gehrig, vencem Red Sox!..." No corredor, o chocalhar de um carrinho carregado aumenta ao passar pelo quarto, depois diminui. Então, em vez de dar a jornada por encerrada ou inventar um pretexto para fugir, Clara pega o lápis e o bloco.

"Não temos tanto tempo assim", diz, e pelo seu tom de voz sei que fui perdoado ou, caso não tenha sido, que concessões foram feitas. "Precisamos recomeçar."

Eu devia ter contado a Dora em Ascona. Mas às vezes, queiramos ou não, as conversas nos afastam das coisas, como um cavalo sem treino. Perguntar se ela teria um filho meu foi o mais próximo que cheguei de um pedido de casamento. Duvidava que ela me aceitasse. Mas precisava que rejeitasse a ideia, para que, quando Christiane fosse a Londres — ela estava de férias com uma colega de escola em St. Moritz —, pudéssemos retomar nossa vida triangulada: Christiane como namorada e Dora como meu amor privado, que ela, por livre e espontânea vontade, havia decidido que assim fosse.

Aluguei um apartamento na Constantine Road, em Hampstead, perto do parque, numa fileira de casas de tijolo vermelho com pudicos passarinhos azuis no vitral acima da porta de entrada e uma nesga de jardim no fundo, alguns degraus abaixo. Era primavera quando Dora chegou, mas o jardim ainda estava reduzido a barro, com umas coisas esqueléticas à beira dele que podiam ou não ressuscitar. Na extremidade, um comedouro de pássaros de concreto abandonado. Até onde fiquei sabendo, a rua toda era habitada por psicanalistas.

Eu estava olhando pela janela da frente quando o táxi chegou. Fiquei mais um pouco onde estava para observar. Feito um espião ou ladrão. Ela se inclinou para ouvir o motorista terminar uma história. Os dois estavam rindo quando saíram. O homem a ajudou com a bagagem e Dora apertou sua mão; vi as costas do taxista se retesarem de surpresa, de prazer. Quando ela se curvou para pegar a mala, seu pescoço nu, delgado e branco emergiu do casaco vermelho.

Para mim, não existia afastar-me de Dora; qualquer outra mulher era pouco real. Ela me dava acesso a coisas que, de outro modo, minha natureza diligente não me teria deixado enxergar; coisas que minha vaidade esconderia de mim. Sem ela, eu era apenas a metade de um homem e a metade de um escritor.

Desci correndo a escada, engoli a respiração e abri a porta. Ela apontou para o lugar em que o carro havia estado. "Ele estava me contando que uma vez transportou a duquesa de Kent no seu táxi", disse. "'Exatamente nesse assento em que a senhora está sentada.'" Sua imitação em inglês era quase perfeita. Dora riu, depositando uma pasta de documentos e uma máquina de escrever na luz azulada da entrada. "Essa gente trata um encontro com a bunda da realeza como se fosse uma bênção sagrada."

Em seguida: "Oi!". De um salto, enlaçou-me o pescoço com os braços e cingiu-me o quadril com as pernas.

Eu a carreguei escada acima e, quando paramos de nos beijar, coloquei-a no chão. "Que fardo!", eu disse. Sorrimos da tácita paródia de passar pela porta com uma pessoa no colo. Voltei para pegar suas malas.

Meus três cômodos ficavam no andar de cima. Acendi a lareira do quarto. Enquanto se despia, ela disse: "Lar, doce lar!". Era um gracejo sobre não termos onde morar, mas também era, acredito, como ela se sentia a meu respeito. Retraí-me por dentro com um presságio de encrenca.

"Ah. Ia me esquecendo." Dora abriu a mala e tirou dois presentes embrulhados em papel caro. Abri o menor. Um pesado cinzeiro de prata da Christofle.

"É magnífico", eu disse, "mas uma loucura."

"Perfeito para você então."

Eu sorri. Dora comprava pouca coisa para si — não por frugalidade, era mais por falta de interesse. Contudo não tinha moderação nos presentes.

O outro era uma caixa grande de *macaroons* Angelina. Cada bolinho vinha em um compartimento próprio num leito de papel macio, como o ovo de uma ave exótica. Ela continuou vasculhando a mala até encontrar uma dúzia de maços de Gauloise.

"Estimulantes", disse sorrindo e se jogando na cama.

Dora e eu não discutimos se ela iria ficar só alguns dias ou semanas, ou até quando estivesse estabelecida, ou se íamos montar uma casa juntos.

Nunca tínhamos morado juntos. Mesmo durante seu breve e amistoso casamento com Walter Fabian, Dora manteve apartamento próprio em Berlim. Sua necessidade de espaço era visceral — o espaço da filha única —, mas também uma posição política. Em sua opinião, as mulheres que trabalhavam ficavam presas a ridículas expectativas domésticas que, como ela dizia, "associam sua virtude moral ao estado do apartamento em que moram".

Lembro-me bem de um congresso socialista em Hildesheim no qual Dora fez um discurso bem característico dela, dizendo que o movimento precisava "libertar a metade da humanidade da banalidade sem fim da vida doméstica". Caminhava no palco como uma gatinha inteligente. "Isso é possível", empurrou as mangas para cima, "com inovações técnicas e cozinhas comunitárias." Na plateia, as mulheres aplaudiram, os homens concordaram com a cabeça, cruzando os pés para lá e para cá, sem jeito. "Enquanto não nos livrarmos da ideia maluca de que as moradias comunitárias e a cozinha comunitária 'solapam a vida familiar', não chegaremos a uma vida familiar verdadeira com pessoas livres e iguais morando juntas — uma delas sempre será a sobrecarregada escrava da outra."

Aguardou um instante, então abriu os braços no gesto de inclusão que sempre usava ao expor uma ideia particularmente contundente. "Essa irracionalidade individualista", disse, "consome a melhor parte da energia das mulheres." Ouviram-se risos e apupos. Dora também riu um pouco como se todos concordassem com o que ela acabava de dizer. "Existem valores superiores ao avental e ao fogão — ao 'lar aconchegante' que, apesar das aparências, *escraviza* a mulher encarregada de conservá-lo assim."

No fim, os aplausos que recebeu foram alegres, espontâneos, emocionantes. Então ela correu os olhos pela plateia. Foi como se estivesse olhando direto para mim. A multidão desapareceu. "Para não falar", inclinou a cabeça ligeiramente para o lado, "da importância de uma nova maneira de os sexos conviverem. Enquanto não mudarmos essas expectativas materiais, a revalorização da mulher continuará sendo um sonho e uma esperança."

Portanto, era óbvio, ela não tinha a menor intenção de administrar uma casa para outra pessoa. A questão da nossa avença doméstica ficou pairando no ar do meu quarto; contornamos cautelosamente a coisa inconfessa. Estávamos jogados numa cama numa casa semelhante a um presbitério, numa cidade que parecia conter em si uma centena de cidadezinhas estrangeiras, e questões era o que não nos faltavam por ora.

A única coisa que havia no quarto era a cama; as malas estavam abertas no chão. Ao anoitecer, quando nos levantamos, eu disse: "Não posso falar 'Pendure suas coisas', porque não há onde pendurá-las".

"Quando é a sua próxima viagem?", perguntou Dora. Estava puxando a meia sobre o joelho para alcançar a liga.

"O congresso do PEN na próxima semana. Em Dubrovnik." Afivelei o cinto. "Pode ficar aqui se quiser." Dora levantou os olhos — eu não a tinha deixado pensar que pudesse. "Claro", acrescentei.

Ela terminou a outra perna. Espalmou as mãos nas coxas. "Você está zangado comigo?"

Pus o paletó; sempre fazia frio naquele apartamento, a lareirazinha era minúscula.

"Por que estaria?"

"Por causa do que eu disse em Ascona. Sobre ter um filho."

Não sou capaz de dizer quanto de uma conversa é concebida pelo meu rastrear subconsciente de sua propensão para a briga. Tão cedo eu não queria ter essa conversa. Tínhamos trabalho pela frente — por exemplo, meu discurso no congresso de escritores —, mas eu não podia deixar de responder.

"Não estou zangado", disse. Respirei fundo e olhei para o canto do quarto. "Christiane vai chegar."

Dora ficou olhando fixamente para a frente. Pareceu mais miúda ainda.

"Por quê?", disse enfim, a voz estridente. "Ela não precisa..." Voltou-se para mim. Meus braços estavam vazios e inúteis; eu não sabia o que fazer com as mãos.

"Entendo", disse ela. "Você lhe pediu para, para..."

"Eu não lhe pedi nada", atalhei. *Foi você que pediu!*, tive vontade de gritar. *Você*.

Como a maioria das coisas, essa continha sua própria mentira. Se eu quisesse muito que Dora ficasse comigo, não a teria assustado falando em bebês. Teria apenas falado sobre nós. "Christiane vem ficar comigo."

Os olhos de Dora se encheram de lágrimas, coisa que a irritou. "Eu não pensei...", disse, e parou. Pôs o pulôver pela cabeça e o puxou para baixo. Levantou-se para fechar o colchete da saia. "Vou sair." Achou o casaco debaixo de uma pilha de roupas no chão. "Dar uma volta."

"Acontece que ela precisa sair de lá", eu disse para suas costas vermelhas à porta. "Por causa do papel que recusou. Eles quiseram ver se a namorada de Toller trabalharia para eles. A culpa é minha."

Dora se virou, a voz calma. "Pare de falar em você na terceira pessoa." Não sei se sua raiva se dirigia a mim ou a ela própria. "Não tem mais graça. Você quer acreditar no Grande Toller, no personagem público, por isso precisa de uma namoradinha que também acredite nele."

É verdade que eu gostava de me sentir como Christiane pensava que eu era. Não sabia quanto tempo aquilo ia durar, mas, se eu conseguisse manter as aparências para uma garotinha, talvez os meses negros ficassem longe.

"Por que é tão errado querer ser..." Eu ia dizer "melhor" ou "normal", mas não me saiu nada.

"O Grande Toller?" Dora jogou a cabeça para trás. "Porque você não é só isso."

Eu a segui pelo corredor quando ela se dirigiu à escada. A meio caminho, virou-se, olhou para mim de cabeça erguida, o rosto pálido e fino flutuando na penumbra da escada.

"A garotinha sabe que você precisa de grades?"

Ouvi a porta da rua bater.

Não sei quanto tempo havia se passado quando ouvi passos. Fui para a porta. Uma mulher subia a escada com uma cesta de filó cheia de embrulhos de papel pardo. Observei o alto de sua cabeça, o cabelo loiro cuidadosamente repartido do lado. Uma nada. Uma ninguém.

Tornei a entrar. Não podia me aproximar da cama. Na sala da frente havia uma cadeira. Levei-a até a janela e me sentei, paralisado e perdido. Passei mais de uma hora sem conseguir me mexer. Senti a pontada do vazio nas entranhas, um buraco negro interior ameaçando se escancarar e me tragar. As superstições da minha infância ressurgiram: se a terceira pessoa que passasse na rua fosse mulher, o mundo estava em ordem; se Dora voltasse quando eu estivesse fumando o quinto cigarro, tudo daria certo.

Se Dora me deixasse, não haveria ninguém para me apoiar. Só quando a sua amada vai embora é que você se dá conta de que a estaca se foi e que no lugar onde ela estava resta apenas um ar frio, sem nada para sustentar você.

Quando ela entrou pelo portão, o buraco dentro de mim se fechou, uma bainha finíssima. Como para me humilhar, não procurei fingir ter feito outra coisa que não esperar sentado. Ela estava com o nariz vermelho, inchado. Olhou para mim, curvado e desesperado na cadeira. Viu que eu estava em queda livre. Seus olhos se suavizaram. Nosso amor era como um nível de pedreiro, cada um de nós segurando uma extremidade com firmeza, lutando para manter visível aquela bolha trêmula.

Dora tinha observado uns malucos, contou-me, saltando de um trampolim para mergulhar na escuridão. O tanque era mais preto que o céu. Ela devia ter decidido aturar aquilo como já havíamos aturado outros relacionamentos antes, símbolos da nossa liberdade.

"Precisamos trabalhar, não é?", disse, tirando as luvas dedo por dedo.

A mão de Clara continua rabiscando o papel instantes depois que parei de falar. Deve estar dolorida. Ela virou mais de um centímetro de páginas do bloco de taquigrafia, as quais agora estão empilhadas na parte de baixo da espiral que as prende.

"Vamos descansar um pouco?", proponho.

"Eu estou bem", diz ela, mas se livra do lápis e flexiona delicadamente os dedos, abrindo e fechando a mão direita.

"Só uns minutos, acho." Levanto-me da cadeira, caminho até a janela.

"Então vou arrumar essas malas", diz Clara às minhas costas. É incapaz de ficar sem fazer alguma coisa, nunca se deixará arrastar para o nada. Ouço o suave farfalhar dos meus papéis e roupas.

Uma vida em duas malas. Clara leva muito a sério meus planos de viagem, e eu preciso disso. Quanto a mim, acho mais difícil acreditar neles. Embora tenha um encontro marcado com Spender para tratar de uma tradução e haja concordado em me apresentar publicamente em Oxford, Londres, Leeds e Manchester, preciso enxotar minha parte negra que rosna: *Quem você está embromando?*

Não posso fugir dela de navio.

Do outro lado da rua, as cerejeiras em flor são explosões extravagantes, confetes rosados irrompendo de uma lata. Examino o parque à procura delas, mas isso precisa acabar. A beleza delas pareceu desautorizada, dolorosa.

"Quanto tempo vai ficar fora?", Clara pergunta.

Eu já parti. Viro-me. Ela tirou tudo das malas como para sondar meus planos e equipar meu futuro. Está contando as camisas e dividindo o tempo que está por vir pela quantidade delas. Sua blusa absorve a luz em suas fundas dobras magenta.

"Não sei bem. Talvez indefinidamente. Por ora."

Ela balança a cabeça de leve como se eu tivesse sido perfeitamente lógico e retoma o trabalho. "Então vamos pôr o máximo possível nas malas."

Por mais reduzida que esteja a minha vida, vai ser difícil levá-la em duas malas. Sinto uma pena súbita e terrível dessa moça que tem de lidar comigo agora.

"Eu sou um mala sem alça, não sou?"

Clara faz uma careta e sacode a cabeça para o meu infame jogo de palavras.

"Desculpe." Baixo a cabeça fingindo-me envergonhado. "Não, palavra, eu não me preocuparia tanto com a bagagem."

Ela ergue bruscamente a vista.

"Quer dizer, eles podem guardar parte dos meus papéis no cofre lá embaixo", sugiro. "Quando eu estiver viajando." Eu me aproximo e faço menção de tocar seu braço, mas não chego a tanto. "E se você deixar para terminar isso depois?" Volto a me instalar na cadeira. "Estou pronto para continuar."

Eu tinha muito trabalho em Londres, e Dora e eu tratamos de fazê-lo nas semanas anteriores à chegada de Christiane. Meu primeiro plano era concluir a autobiografia, mas os acontecimentos na Alemanha me obrigaram a me manifestar sobre eles.

No dia 1º de abril de 1933, Goebbels alertou os alemães para três coisas que representavam o "espírito judeu" e que, como ele disse, estavam solapando a nação: a revista *Die Weltbühne* (seu editor Carl von Ossietzky já estava na cadeia), o filósofo Theodor Lessing (agora a salvo na Tchecoslováquia) e eu. "Dois milhões de soldados alemães", urrou o baixinho histérico no rádio, "se erguem na sepultura em Flandres e na Holanda e condenam o judeu Toller por ter escrito: 'O ideal de heroísmo é o mais estúpido de todos os ideais'."

A seção alemã do PEN expulsou-me prontamente. E, a seguir, estudantes universitários turbulentos e seus acovardados professores queimaram meus livros em cidades pequenas e grandes de toda a Alemanha. Faziam fogueira com eles e davam festa com música das bandas militares da SS e da SA, estandes de salsicha e ensalmos rituais enquanto os jogavam no fogo: "Contra a decadência e a corrupção moral, a favor da disciplina e da decência na família e no Estado, eu consigno às chamas as obras de Heinrich Mann, Lion Feuchtwanger, Erich Kästner, Ernst Toller...".

Quando cheguei a Londres, H.G. Wells, indignado com o que os nazistas andavam perpetrando, fez questão de me convidar à conferência do PEN em Dubrovnik como integrante da delegação inglesa. Eu seria o único alemão não nazista. Coisa que me pesou nos ombros.

Quando Dora e eu preparávamos os rascunhos, eu passeava pelo quarto, ou pelo jardim se o dia estivesse bonito, e Dora se debruçava sobre o bloco, virando as páginas na espiral de arame. Geralmente, as pessoas precisam ficar a sós para pensar ou escrever, mas estar com Dora não era estar com outra pessoa. Poucas vezes nos olhávamos. Eu orbitava ao redor da cadeira em que ela estava sentada, olhava sem ver seu cabelo cortado suavemente rente à nuca, o brilho dele. Estar com Dora era aliviar-me do fardo do meu eu. Este o truque do trabalho criativo: requer um estado resvaladiço de ser, não muito diferente do amor. Um estado em que você se vê mais você e também mais vivo, embora menos seguro de seus próprios limites e, por isso mesmo, aberto para tudo e para todos fora de você. Nós dois lançávamos ideias e palavras até esculpir uma nova maneira de avançar para o mundo — mais clara, mais segura e mais nobre que em qualquer época anterior. Depois, eufóricos, íamos para a cama, fosse qual fosse a hora do dia.

O governo alemão tinha silenciado os escritores na Alemanha e agora tentava silenciar os que haviam conseguido se refugiar no estrangeiro. Os nazistas pressionavam o governo britânico para que nos impedisse de falar em atos públicos. Ameaçavam com represálias os editores ingleses que publicassem nossa obra. Não se tratava apenas de nos privar do ganha-pão; era o primeiro passo rumo ao silêncio.

"O que você acha?" Eu entrei no campo visual de Dora. "'O primeiro passo rumo ao silêncio.'"

Ela mordeu o interior de sua bochecha. "Sentencioso", disse, olhando para mim. "E, no seu caso, improvável."

"Está bem, está bem." Às vezes, só precisamos do tom, da voz da coisa, e depois ela vem. "E se eu começar contando que a SS esteve no meu apartamento na noite do incêndio do Reichstag e eu não estava lá? Que, quando ela visitou Ossietzky, Mühsam, Renn e todos os outros, eles estavam em casa e agora estão em campos de concentração. Que tal: 'A liberdade que eu conservei por mero acaso me obriga a falar pelos que já não podem fazê-lo?'."

Dora assentiu com a cabeça, tomou nota. Nada disse sobre o fato de que ela é que estava no meu apartamento e foi presa em meu lugar — eu sabia que ela não queria que eu escrevesse isso.

"Eu me recuso", continuei, "a reconhecer o direito de governar dos atuais governantes da Alemanha, porque eles não representam os sentimentos e as aspirações nobres do povo alemão."

Quando me levantei para tomar a palavra em Dubrovnik, as delegações alemã, austríaca, suíça e holandesa apuparam e vaiaram, depois se retiraram. Mas também houve vivas e, quando terminei, fui aplaudido de pé. Minhas palavras foram divulgadas no mundo todo. Isso me deixou satisfeito; achei que a ideia de uma Outra Alemanha poderia sobreviver à demência.

Nos últimos seis anos, utilizei mais de duzentas vezes o discurso que escrevemos para o PEN naquele dia, ou versões dele. Mas devo dizer que a reverência e a atenção que eu almejava para me salvar da solidão do ofício de escritor não me fizeram bem. Quanto mais causas eu apoiava, mais me perguntava o que restaria de mim para pôr no papel. Lembro-me de que certa vez Dora arriscou uma piada sobre isso. "Que terá acontecido com você", perguntou, "para precisar de aprovação em uma escala tão global assim?"

Na casa de Hampstead, a correspondência chegava de manhã, no meio e no fim da tarde. Dora a organizava, abrindo todas as cartas, salvo as de Christiane, que deixava separadas na minha escrivaninha, em parte por respeito, em parte como recriminação. Um dia, depois de eu ter regressado de Dubrovnik, voltei do meu passeio matinal e a pilhei afastando-se da minha mesa com uma carta amassada na mão.

"Notícias ruins?", perguntei.

Ela fez que sim, percebendo que era impossível escondê-la de mim. Alisou-a. Eu li: "MORRA ESCÓRIA JUDIA TRAIDORA". A carta estava em alemão, datilografada.

Tirei o envelope de sua outra mão. Endereçava-se a mim, a data era a da véspera.

"O carimbo postal é daqui", disse Dora. "Eles devem estar vigiando a casa."

"Eles quem?"

"Imagino que o grupo fascista local tentando se sentir importante. São impulsivos, mas provavelmente inofensivos. Reúnem-se no Clube Alemão daqui. Dizem que eles informam a Scotland Yard sobre as atividades dos refugiados, esperando fazer com que sejam expulsos, mas pode ser apenas um boato gerado pelo medo." Dora tocou meu braço. "Isso não vai acontecer com você", disse. "Você é O Grande Toller, e os ingleses o adoram." Falou com delicadeza, querendo me confortar: minha fama me protegeria. Mas de uns tempos para cá uma ironia instalara-se furtivamente em sua voz.

"E você?", perguntei.

"Eu o quê?"

Eu sorri tolamente. "'Escória' é singular ou plural?"

"Bem, o destinatário era você." Ela inclinou a cabeça para o lado. "Mas, caso você esteja me pedindo para participar da sua vida encantadora, vou pensar no assunto."

A verdade era que eu já vinha recebendo essa correspondência de ódio e sabia que andavam me seguindo nas ruas.

Na véspera da chegada prevista de Christiane, Dora ainda estava no apartamento. Eu não sabia quando ela pretendia ir embora e não podia perguntar. Voltei da minha caminhada matinal e a encontrei no banheiro, tirando uma seringa do braço.

"Dor?"

Ela me encarou e seus olhos estavam castanhos, enormes e fixos, e eu entendi que o vazio a atingira nas entranhas.

"Um pouco", respondeu.

À tarde ela partiu.

Clara se levanta para fechar a cortina.

"Por favor. Deixe. Eu gosto de ver as luzes de noite."

Ela torna a prender o cordão dourado e verde e se vira, juntando suas coisas para ir embora. Agora não comenta o quanto amei, mas tenho certeza de que não me julga. Tenho essa certeza pela maneira como lhe ocorre empilhar as malas quase prontas no chão para que eu possa usar a cama, e pelo seu modo calmo e firme de dizer: "Até amanhã então". Esse é um trabalho que estamos fazendo juntos; é importante e será concluído. Eu sempre fui salvo por gente prática.

# Ruth

Pago meu bolo e me afasto de Bondi Junction através da ravina selvagem do Trumper Park, de suas trepadeiras, do coaxar das rãs e da escuridão pendendo no ar. Em verões passados, eu batia uma vara no chão para espantar as cobras do caminho, se bem que agora as muletas se prestam muito bem para isso. Encontro a desgastada escada de arenito e desço de lado, feito uma aranha de quatro patas. Saio na New South Head Road e tomo o ônibus cinco paradas antes de Rose Bay.

Essa é a baía mais perfeita da terra. Barcos de recreio oscilam de leve, atados a boias. Atrás deles, o hidroavião pousa, sulcando na água uma delicada esteira de espuma. Mais além, o porto está coberto de veleiros, tudo azul-claro e velas brancas infladas na mesma forma e direção, como a esperança. *Como a esperança?* Meu miolo mole, mole.

Paro na calçada, olhando ao longe. Do outro lado da baía, uma balsa desliza silenciosamente para entrar na doca. O mundo emudeceu, sem os aparelhos auditivos nos meus ouvidos. Um rapaz de peito nu vem correndo em minha direção, a tatuagem como uma aranha saindo do calção de banho; seria algum tipo de sinal: celta? rúnico? Para seduzir ou prevenir? Deus sabe que eu sempre fui a última pessoa na terra a perceber a diferença.

Aos meus pés, uma lagartixa avança em arrancos de *staccato*. Um garotinho sobe a rampa da praia com as mãos estendidas. Só consigo ouvir o que diz quando já está bem perto. "É uma medusa!", grita, feliz, como se ele mesmo a tivesse criado. "Olhe! Medusa!" Em suas mãos, uma criatura marinha perfeitamente transparente. É tão clara que posso ver os dedinhos do menino segurando-a por baixo. Como é possível que isso tenha vida? Preciso me sentar.

Aqui é tudo residencial, casarões antigos ou apartamentos chiques. Com exceção daquela esquina do outro lado, onde há um hotel rosado com mesas e cadeiras do lado de fora sob as figueiras. Aperto o botão e espero. Ao meu lado, um enorme pelicano está empoleirado no alto de um poste. Observo as quatro pistas cheias de ricaços velozes em carros alemães.

Quando o sinal abre, saio da calçada, mas não avanço o suficiente: meu sapato ortopédico fica preso no meio-fio e o outro pé não acha apoio — puxa. Tenho tempo de inspirar e até, enquanto me desloco no ar, de me perguntar o que vai quebrar. Há demasiado céu a terra se fecha com violência meus membros são inúteis palitos de fósforo.

Fico estatelada no asfalto. Sinto um medo fugaz do trânsito. Então fecho os olhos.

Quando abro, estou no mesmo lugar. Há uma mulher perto de mim. Seu desgrenhado cabelo loiro esvoaça ao vento. Atrás dela, vejo minha peruca caída na pista, prestes a ser atropelada por um quatro por quatro. O pneu a atinge e ela rodopia, viva, voltando a cair nas faixas brancas no meio da rua.

Certa vez corri sobre faixas brancas.

Olho para a mulher. Traz uma criança agarrada à sua mão, uma garotinha de quatro anos, talvez cinco. A outra mão, ela mantém erguida sobre mim, detendo os carros desta pista da rua.

A menina me observa com curiosidade e destemor. Destemor da ruína à sua frente: uma velha careca com sangue nos olhos e uma perna que funciona, a qual, ainda presa a uma muleta de metal, braceja e arranha a rua asfaltada. Os automóveis se enfileiram atrás. Sinto-me mal com o congestionamento. Alguém sai e começa a falar no celular. Metade da camisa dele está fora da calça e se agita à brisa marinha.

A mulher move os lábios. "A senhora consegue se sentar?", pergunta. "Posso ajudá-la a se levantar?"

A garotinha continua olhando, quieta e distante como se este fosse apenas mais um dos numerosos e igualmente improváveis acontecimentos que lhe são oferecidos todos os dias.

"Eu... eu..."

Quando acordo, estou no hospital e me deram uma coisa que torna a vida leve. Sinto-me inexplicavelmente feliz. A própria enfermeira é uma mulher alegre e risonha com cordões, crachás e molhos de chave tilintantes enfeitando seu pescoço. Diz que basta eu apertar um botão ligado ao soro quando quiser mais.

"Mais o quê?" Aperto sem lhe dar tempo de responder, e a coisa entra, fresca e bem-vinda em meu antebraço.

"Petidina." A mulher acolhe minha mão entre as suas. "Da família da morfina. Acaba não só com a dor como com a lembrança dela."

Eu a olho de esguelha. Mas ainda não foi suficiente! Sou um vaso de lembranças num mundo de esquecimento.

Quando ela sai, olho meu braço. Há uma cânula presa com esparadrapo, acima do pulso.

Dora usava morfina de vez em quando, discretamente, mais ou menos como quem toma um uisquinho para relaxar. Começou com o aborto antes de se casar, mas ela sempre controlou a droga. Não tinha necessidade de escondê-la. Na Great Ormond Street, o frasco ficava numa prateleira de madeira no banheiro.

Eu estava na cozinha do apartamento de Bloomsbury, a respiração suspensa. Uma mosca voejava em torno da borda da xícara de chá, projetando no fundo uma sombra surreal, pernuda. Enfoquei delicadamente a lente da câmera na tentativa de captá-la antes que o barulho do obturador a espantasse. A mosca levantou as duas patas traseiras e as esfregou numa espécie de exultação disléxica. Hans estava na biblioteca.

Um toque prolongado fendeu o ar. A mosca desapareceu.

O número do nosso telefone era Holborn 7230, mas como não figurávamos na lista telefônica precisávamos dá-lo às pessoas. Tirei o fone do gancho, porém só ouvi o ruído de discar. Então me dei conta de que era o interfone da porta da rua, instalado para pedir que o zelador descesse e recebesse encomendas ou fosse socorrer alguém que tivesse esquecido a chave.

"Alô?"

"Sou eu", disse ela.

"Vou tentar esta fechadura elétrica." Hans e eu tínhamos cada qual uma chave, portanto nunca usávamos o mecanismo. Comecei a experimentar os botões.

"Não dá para você descer?"

Dora estava à porta, ladeada por uma pasta de documentos que eu reconheci como a de Hans e por um estojo de máquina de escrever. Vestia calça, um suéter cinzento de gola rulê e o que parecia ser um paletó de homem, se bem que talvez fosse apenas grande para ela. Chovia.

"Preciso de um lugar para mim", disse. "Posso ficar aqui?" Estava com os olhos vermelhos e inchados.

"Precisa perguntar?" Eu a abracei.

Dora estava sem dormir. Nessa primeira noite, tomou Veronal e dormiu até o dia seguinte. De manhã, entrou na cozinha com o pijama bordô de Toller e se serviu de café. Abriu mais um envelope da droga e verteu o pó na bebida, mexendo-a com o indicador para misturar bem. "À noite, vou estar descansada", disse, e voltou para a cama. Sabia tudo sobre dosagens — um excesso de remédio de uma só vez, e o sono seria eterno, por isso tomava em duas etapas.

À noitinha, ela acordou de cara fresca e radiante e foi a uma reunião da Liga Internacional de Mulheres pela Paz e a Liberdade. Hans e eu fomos assistir ao novo *King Kong*; vimos o monstro subir no alto do edifício e urrar para o mundo.

Dali em diante, nós três moramos no apartamento do desvão do número 12 da Great Ormond Street, rodeando, enganando e amando um ao outro à nossa maneira particular.

Quando Dora não estava dormindo, ou com um homem, estava trabalhando. Seu inglês era fluente — do colégio e de temporadas na Inglaterra —, por isso um sem-número de refugiados a procurava no apartamento para pedir ajuda. Ela traduzia documentos para que provassem sua identidade às autoridades britânicas e escrevia cartas suplicantes para o Ministério do Interior. Por intermédio de Fenner Brockway, conheceu membros esquerdistas da Câmara dos Lordes, tendo se tornado muito amiga de um deles, lorde Marley, presidente do Comitê de Auxílio às Vítimas do Fascismo Alemão.

Logo Dora virou a refugiada mais bem relacionada da cidade, a "garota-chave" com a reputação de ser capaz de resolver as coisas com a inescrutável administração britânica. Usando pseudônimo, escrevia artigos para o *Manchester Guardian* sobre os presos políticos e o rearmamento alemão. Empenhava-se em ajudar a libertar presos políticos no Reich e participava da campanha pelo Prêmio Nobel da Paz a Carl von Ossietzky. Trabalhava com Toller em seus discursos e em sua vasta correspondência. A maior parte do que fazia não era remunerada, mas ela conseguia ganhar dinheiro com os comitês, um pouco com o jornalismo ou trabalhando com os escassos refugiados famosos, como Toller, que ainda podiam pagar. Às vezes me pedia um cheque para tapar um buraco. Geralmente era para alguém que ela achava que precisava mais. Muito dinheiro passava por suas mãos; ela vivia de ar, migalhas, cigarros e esperança.

Mesmo com todo esse trabalho, com toda essa gente recorrendo à sua energia, eu nunca a vi nervosa. Como a maioria das pessoas que trabalham o tempo todo, Dora parecia, paradoxalmente, sempre ter tempo. Na sua presença, os outros se acalmavam, todo pânico parecia pueril ou pelo menos improdutivo. Eu via refugiados desesperados e abatidos em nossa cozinha recuperarem a noção de si como o ativista, o político, o poeta ou o jornalista que tinham sido outrora, enquanto ela os ouvia serenamente, os pés na travessa da cadeira, o cigarro entre o polegar e o indicador. Eles eram restaurados por uma fé secular: pela noção de Dora de que sempre se podia fazer alguma coisa.

A atividade intensa de Dora deixava Hans e a mim envergonhados. Embora eu gostasse muito de explorar a cidade com minha câmera e de fazer uma coisa ou outra para os comitês de auxílio, ele era mal-humorado e apático. Portanto, sugeri que oferecêssemos nosso apartamento para as reuniões do Partido Socialista Operário no Exílio. Achei que isso nos colocaria, ou pelo menos a ele, mais no centro das coisas. Alguns militantes do nosso pequeno partido tinham ido parar em Londres e queriam continuar se encontrando. Começamos a nos reunir nas noites de terça-feira na nossa cozinha, e eu fazia as atas com a máquina de escrever de Hans. Descobri que gostava de estar atrás da máquina quase tanto quanto atrás de uma câmera; ela me dava um propósito e uma proteção.

O primeiro a chegar era sempre Helmut Goldschmidt, um tipógrafo de Mainz, grandalhão, simpático e imprevisível como um urso. Tinha cabelo cor de ferrugem, cílios sem cor nenhuma e um lábio inferior grosso que ficava frouxamente pendurado quando ele se esquecia de fechá-lo. Antes da guerra, tinha sido aprendiz de telhador, mas depois se apaixonou pelos livros e mudou de ofício. No intervalo de uma reunião, brandia um livro como se fosse uma granada e pilheriava: "Uma ideia é uma arma para mudar o mundo!".

Hans me olhava disfarçadamente ao ouvir tais alardes de fervor, mas não podíamos ser tão exigentes com a militância. Helmut sempre nos tratava por "camarada" e tirava o sapato ao entrar.

Nossa amiga Mathilde Wurm — a ex-chefe de Dora — também comparecia, geralmente trazendo num cesto queijo e pão preto, chá de ervas e seu tricô. Tinha sido uma política combativa, mas, ali à porta, com um sapato confortável e seu cesto de mantimentos, dava a impressão de que agora o que nosso movimento mais necessitava era de alimentos e roupa adequados; depois, mudar o mundo viria naturalmente. Também contávamos com a presença de Eugen Brehm, um livreiro berlinense tranquilo e de óculos, e com a de um rapazinho loiro e de pele cerosa, que vivia com fome e de cujo nome me esqueci.

A liderança do partido se instalara em Paris. Nós éramos um posto avançado incumbido de três tarefas. Em primeiro lugar, arrecadar dinheiro, o qual o partido mandava à Alemanha, para os militantes clandestinos que precisavam comer ou para os que estavam na prisão ou em campos de concentração e precisavam de defesa jurídica. Não sabíamos bem como obter esse dinheiro, salvo ficar parado na esquina com uma latinha na mão (coisa que nos levaria a ser presos). Nossa melhor ideia até então tinha sido produzir um boletim sobre o que estava acontecendo na Alemanha e cobrar assinaturas.

Nossa segunda missão era a de tentar alertar os britânicos para o que realmente estava se passando no nosso país. O mundo precisava entender a ameaça que Hitler representava não só para os alemães como para o resto da Europa. Mas essa também era uma atividade de natureza política e podia nos custar a extradição e a morte. Fazer lobby junto aos parlamentares, publicar artigos nos jornais britânicos ou mesmo entrar em contato com nosso partido irmão inglês, o Partido Trabalhista Independente, tudo isso nos expunha ao risco de expulsão.

Nossa terceira tarefa consistia em produzir panfletos e encontrar uma forma de mandá-los secretamente para a Alemanha. O rapazinho, mais que todos, tinha algumas ideias interessantes: podíamos imprimi-los com letras miúdas no papel de seda que revestia as caixas de charuto, ou no papel parafinado em que se embrulhava a manteiga inglesa, ou, ousadamente, escondê-los dentro de panfletos nazistas. Hitler havia amordaçado a imprensa, mas acreditávamos que se o povo fosse devidamente informado, teria o bom senso de escolher a liberdade. (Como se viu, subestimamos a libertação da individualidade oferecida pelos nazistas, a sedução do pertencimento e de propósitos irracionais.)

Cada uma dessas tarefas — produzir um boletim para arrecadar fundos, alertar os ingleses e redigir panfletos — dependia de termos fontes dentro da Alemanha que nos fornecessem informações frescas. Mas não as tínhamos. Dependíamos era dos refugiados novos que chegavam para nos contar o que ouviram dizer e de interpretar o que havia sido publicado pela imprensa.

Acabamos decidindo juntar essa mistura e reempacotá-la no boletim e nos panfletos.

Nas reuniões, uma subcorrente de medo tornava-nos irascíveis e indecisos. Facilmente surgiam brigas por causa do passado; o presente e o futuro eram demasiado turvos para navegar. Perdíamos tempo discutindo qual facção de esquerda — os social-democratas, os comunistas ou o nosso partidinho — era a mais responsável pelo triunfo nazista de fevereiro. O rapazinho continuava incursionando como um explorador nas tintas invisíveis, nas caixas de cartas e nos barris em coleiras de cachorros. Mas nosso principal problema continuava sendo obter informações da Alemanha. Simplesmente não tínhamos os contatos. Estávamos encalhados. Nas duas últimas reuniões, não conseguimos sequer dar um nome ao boletim.

Dora não participava desses encontros. Saíra do partido em janeiro, antes da eleição, alegando que sua mera existência dividiria ainda mais o voto da esquerda contra "a bestinha-fera raivosa". Como sempre, ela tinha razão.

Em meados de 1933, ela se envolveu em algo muito maior. Dora o chamava de contrajulgamento, mas o nome oficial era Comissão de Inquérito do Incêndio do Reichstag. Seria um acontecimento espetacular: um julgamento simulado, em Londres, na presença de eminentes magistrados internacionais. Tratava-se, ostensivamente, de examinar as provas contra o pobre maluco do Van der Lubbe e os demais acusados de incêndio premeditado, a fim de desacreditar o iminente julgamento na Alemanha e, assim se esperava, salvar a vida deles. O verdadeiro objetivo, porém, era levar ao banco dos réus a própria corriola nazista: mostrar os primórdios terroristas do regime através do incêndio e da repressão que se seguiu. Então, pensávamos, a Grã-Bretanha já não teria condições de continuar ignorando Hitler ou apoiando-o tacitamente.

Dora não podia falar na sua atividade, mas sabíamos que estava usando os contatos clandestinos de que dispunha para ajudar a levar testemunhas da Alemanha para a Inglaterra. Certa vez, ficou tão empolgada que deixou escapar que havia conseguido convencer o ex-chefe de polícia de Berlim — que supervisionara a investigação do incêndio — a participar. Passava as noites traduzindo para o inglês o depoimento dessas testemunhas para os juízes.

Graças à amizade com lorde Marley, ela obtivera apoio britânico de alto nível ao julgamento. Marley era um homem bonito, sério, obstinado, de olhos escuros sob sobrancelhas proeminentes, bigode muito preto e bastante corpulento. Havia empreendido uma guerra ilustre da qual nunca falava e, desde então, abraçava causas difíceis como se nenhuma questão de consciência estivesse envolvida, mas simplesmente porque "a gente participava e fazia o que podia". Era um homem tanto de persistência profunda quanto de princípios profundos: candidatara-se cinco vezes até conseguir se eleger parlamentar (por fim ele acabou ascendendo à nobreza e passou a integrar a Câmara dos Lordes, a qual ele chamava, com uma piscadela, de "museu, cheio de objetos empalhados") e só depois de quatro visitas ao apartamento concordou em parar de me chamar de dra. Wesemann, contanto que eu o chamasse de Dudley. Devido ao seu trabalho no auxílio aos refugiados, os jornais o intitularam havia pouco tempo de "amante de judeu", coisa que não o incomodou: "Não chega a ser um insulto", disse, sorrindo, no café da manhã, "agora não".

Numa tarde do início de agosto, Dora disse: "Vou ficar em casa hoje à noite, portanto poderei participar. Da reunião, se vocês concordarem".

Eu me alegrei, mas Hans se incomodou. Em Berlim, ele conhecia todo mundo que valia a pena conhecer, inteirava-se das notícias e fofocas antes que saíssem no jornal. Em Londres, Dora é quem era bem relacionada como ele nunca poderia ser. Isso o levou a reviver a rivalidade daqueles primeiros encontros em Munique. E, pior ainda, a insegurança provinciana que o perseguira na infância: o sentimento de que a vida real está sempre em outro lugar e transcorre sem nós.

"Ela se digna a participar", ele resmungou, amarrando o sapato em nosso quarto. "Que coisa mais emocionante."

"Seja simpático", eu disse. "Mal não há de fazer."

Ultimamente, eu tinha notado que Helmut começava a adquirir o olhar encovado e a pele acinzentada dos que viviam de "chá e duas fatias de pão": do pão com margarina distribuído nos albergues. Havia uma espécie de orgulho, mesmo entre os socialistas exilados, e fingíamos não ver a fome de Helmut. Mas Hans e eu decidimos incluir comida nas nossas reuniões. No último encontro, Mathilde trouxera bolo de carne, agora era a nossa vez.

Eu nunca tinha cozinhado na vida. A sra. Allworth me deu uma receita "infalível". "Um bom pedaço de carne no forno", disse, "fogo médio, quarenta e cinco minutos, depois deixe descansar dez. Sirva com as batatas. Não tem como errar."

Eu segui as instruções, e, quando os outros chegaram, o apartamento estava impregnado de um cheiro forte e novo para nós: o da carne inglesa.

Quando Helmut entrou, ele trazia um dos olhos emoldurado por um círculo roxo como berinjela, com um amarelo marmóreo nas bordas. Sua pálpebra estava vermelha e quase totalmente fechada.

"Meu Deus", disse Mathilde, largando o tricô.

"Uma pequena altercação", explicou Helmut, puxando uma cadeira à cabeceira da mesa. Um refugiado da pensão dele o havia acusado de "dedo-duro" e socara seu rosto contra a maçaneta da porta. "Ele está pior que eu, isso eu garanto", prosseguiu, tirando seus papéis da pasta. "Em todo caso, é provável que seja ele. Quem acusa é que mais possibilidade tem de fazer isso, não acham?"

Olhei para Dora, que estava com um joelho encostado na mesa e girava um lápis de uma extremidade a outra, sem parar. Ela não disse nada. Nem ninguém. Ali era fácil se tornar paranoico. Corriam boatos sobre refugiados que, já não aguentando aquela vida de medo e privação, se tornavam informantes dos britânicos. Ou pior. Não tínhamos prova de que a Gestapo estava atuando na Inglaterra, mas não faltavam rumores.

Então Mathilde pousou suas mãos gorduchas na mesa, uma em cima da outra. "Acho importante", disse com voz tão calma como se estivéssemos discutindo a distribuição de leite nas creches, "não deixarmos nossa energia ser solapada. Pela desconfiança. Provavelmente sem fundamento. E", olhou intencionalmente para Helmut por cima dos óculos, "com toda certeza, nociva."

Assim nos sentamos à mesa. Podíamos estar numa pequena cozinha de teto baixo num sótão, envoltos em um miasma de carne quente, mas não íamos descarrilar. Dora mordeu uma cutícula. Sua presença fazia com que todos — com exceção de Mathilde, que era imperturbável — sentissem necessidade de mostrar o que estavam fazendo. O rapazinho começou a comer pão. Hans fumava. Sacudia a perna para cima e para baixo.

Eu tirei a carne do forno com uma luva que havia comprado e na qual estava bordada a Torre de Londres. A comida tinha a aparência que devia ter uma comida. Deixei a carne fora e recoloquei as batatas para tostar. Quando comecei a fatiá-la, notei que tinha uma cor e uma textura — rosada e fibrosa — que eu nunca vira.

Hans fez uma careta. "O que aconteceu com essa vaca?"

Dora ergueu a vista. "Esta carne", disse, "é *corned*."

"Ui." Hans me endereçou um olhar solidário. Olhei para aquela coisa bordô e fumegante — era carne para ser cozida, não assada.

"Não faz mal", disse Mathilde com firmeza, e assim ficou resolvido. Cortei a carne em pedaços e a servi.

Helmut declarou aberta a reunião. O primeiro item da pauta era o congresso internacional de sindicatos a ser realizado em Brighton. Um de nós precisava ir, disse ele, pois nenhuma delegação alemã seria autorizada a participar. Talvez tivéssemos oportunidade de estimular os sindicatos ingleses a ajudar os sindicalistas alemães, agora na clandestinidade. Helmut conhecia alguém na Sociedade dos Compositores de Londres que podia nos conseguir um ingresso. Todos concordamos que ele é quem devia ir.

"Muito bem", continuou Helmut, "item número dois da pauta: a impressão do nosso boletim."

"Seja qual for o nome", murmurou Hans. Eu lhe enderecei um olhar suplicante.

Era a minha vez de falar. Contei aos presentes que o Partido Trabalhista Independente concordara, em princípio, em nos deixar usar sua máquina de impressão, mas que no momento ela estava quebrada.

"Essa", interpôs Hans, "é a menor das nossas preocupações. O problema principal é que não podemos esperar fazer grande coisa requentando informações já publicadas. Temos de arranjar nossas próprias fontes."

"Me parece que já discutimos isso", observou Helmut. "Nós *não temos* fontes, por isso decidimos fazer do boletim uma compilação." Encarou Hans, pouco disposto retomar o já repisado assunto. "Não decidimos?"

Mas Hans não se sentia bem condensando notícias em vez de dá-las em primeira mão. Sobretudo na frente de Dora.

Helmut continuou falando do seu modo claro e vigoroso, como se Hans realmente tivesse esquecido o combinado na reunião anterior.

"O segundo problema, lembra?", Helmut dizia, ticando-o com seus dedos grossos, "era que os nossos artigos para a imprensa precisavam estar em inglês. Portanto, tinham de ser traduzidos. E, terceiro, nós não podemos assiná-los, é óbvio, mas decidimos que uma matéria anônima não teria muito peso. Portanto..."

"Eu posso ajudar nisso." Dora falou pela primeira vez, olhando não para nós, mas para a carne em seu garfo. Não era uma pessoa de grupo. Tal como Hans, não tinha paciência para quóruns, pautas, atas, réplicas e tréplicas. Mas, ao contrário dele, agora podia fazer as coisas mais rapidamente sozinha.

Hans endireitou o corpo na cadeira. "Você tem uma fonte na Alemanha?"

"Uma espécie de."

"Então podíamos trabalhar juntos." O rosto de Hans estava radiante com aquela repentina possibilidade. "Escrever os artigos."

Dora pôs um pedaço de carne fibrosa na boca. Duvido que alguma vez na vida ela tivesse realmente saboreado uma comida.

"O material é de que tipo?", quis saber Helmut.

"Olhe", disse Dora, respondendo a Hans de boca cheia, "seja como for, eu preciso traduzir tudo. Quando terminarmos, o artigo praticamente se escreveu por si só."

Hans voltou a se reclinar na cadeira.

"É confiável", ela acenou a cabeça em resposta a Helmut. "No momento, estou recebendo muita coisa sobre a nova frota aérea do Reich." Tirou um pedaço de carne de entre os dentes.

A questão da origem da informação ficou no ar. Ninguém perguntou. Estávamos aprendendo que, embora talvez fôssemos um por todos e todos por um, entre nós havia hierarquias veladas de conhecimento e confiança.

"E quanto ao problema do anonimato", disse Dora, "eu concordo. Não convém publicar matérias anônimas, se for possível evitar."

"Mas não podemos...", disse Helmut.

"Temos de encontrar um inglês", ela o interrompeu, "que assine os artigos. Isso nos protege — e protege nossas fontes. Além disso", afastou o prato e apalpou os bolsos do casaco, depois da calça, à procura dos cigarros, "é mais fácil para os ingleses confiar num deles."

"Eu que o diga", concordou Hans em voz baixa.

Dora não fez caso. "Seria uma espécie de Cavalo de Troia britânico. Para tudo", riu, riscando um fósforo, "precisamos achar um Cavalo de Troia britânico."

Hans sentiu-se humilhado, embora Dora estivesse apenas sendo engraçada, direta e eficiente como de costume. Mas agora, dessa distância, eu vejo que, desde que ela saiu do apartamento de Toller, essas qualidades já não eram manifestações superficiais de uma ternura mais profunda. Eram mais defesas do que qualquer outra coisa.

No fim da reunião, Dora se afastou com Helmut para perto da sacada. Eu estava limpando os pratos na extremidade da mesa próxima a eles.

"No congresso sindical", ouvi-a dizer com uma pitada de autoridade na voz. "Muito cuidado com o que você disser sobre o apoio ao movimento clandestino."

"Claro", acatou Helmut. Não sei dizer se ele ficou incomodado com aquela mulherzinha minúscula e quinze anos mais nova lhe dizendo o que fazer.

Quando os outros se foram, Hans, Dora e eu ficamos na cozinha entre pratos e cinzeiros. A porta da sacada estava aberta.

O céu era o noturno véu amarelo acinzentado de uma cidade movida a carvão, pouca coisa mais alto que o nosso teto não menos amarelo-acinzentado.

A infelicidade de Hans se aprofundara nas últimas horas. "É Bertie, não é?", ele perguntou a ela. Não conseguia controlar o joelho. "É Bertie quem está mandando material para você."

Dora estava recostada na cadeira, os tornozelos cruzados. Ia voltar a seu quarto para trabalhar madrugada adentro, rascunhando traduções e artigos. Alguns refugiados conhecidos nossos tinham sido denunciados por atividade política — traídos pelo barulho da máquina de escrever —, portanto ela deixava para datilografar durante o dia, quando os vizinhos estavam trabalhando.

"É." Dora exalou a fumaça.

"Ele manda para cá?", perguntei.

"Para a sede do PTI. Essa é a vantagem de ele estar em Estrasburgo", disse ela. "Carimbo postal francês."

Hans olhou-a de esguelha por baixo das sobrancelhas. "Você escondeu essa informação por desconfiar de nós? A respeito de Bertie?"

"Não se trata de vocês dois." Dora apontou com o queixo para a porta pela qual os outros tinham saído. "Eu não conheço essa gente."

"Você está falando sério?", perguntou Hans. "Helmut é tipógrafo, sal da terra. Mathilde é sua ex-chefe, sua amiga. Ou ela não é? Eugen é um dos fundadores do partido. O rapazinho é apenas isso, um rapazinho."

Dora ficou calada. Hans parecia sem fôlego; seus ombros se estreitaram, afundaram-se no sofá verde. "Quer dizer", disse ele, "que Bertie escolheu você, não a mim."

"Não se preocupe com isso, meu amor", pedi. "Não leve a coisa para o lado pessoal."

"Há outro modo de levá-la?" Havia mágoa em sua voz. Ele dobrava os fósforos de papel na cartela, arrancava-os e acendia um por um.

"Eu não daria tanta importância a isso", ponderou Dora. "Eu sou a escolha óbvia por causa do meu inglês."

Hans se levantou bruscamente do sofá e foi para a porta. "Ele não me contou nada", disse sem se dirigir a ninguém em particular. Saiu para fumar e andar na sacada.

A campainha tocou. Dora foi até o hall e pegou o interfone. "Suba", disse, encostando-se na parede, um pé descalço apoiado no joelho. Quando tornou a se virar, estava radiante.

Um minuto depois, Fenner Brockway estava à porta, sorrindo e um pouco ofegante. Eu vi o que ela viu: um homem alto, de aparência inocente, magricela como um varapau, de rosto comprido e cabelo escuro e denso. Trazia as bochechas coradas, seus olhos eram penetrantes e brilhantes atrás dos óculos redondos sem aro. O corpo era tão comprido que Fenner ficava côncavo; parecia que o cinto é que o mantinha em pé. Fenner era o líder do Partido Trabalhista Independente e um velho amigo de Dora, "um verdadeiro gentleman inglês", como ela dizia. Eu tinha negociado com ele o uso da máquina de impressão do PTI para o nosso boletim.

"Perdi a festa?", perguntou Fenner, examinando a sujeira na cozinha.

"Reunião do partido", expliquei. Hans o cumprimentou com um aceno à porta e voltou a circular do lado de fora. "E também", acrescentei, "uma carne espetacular. *Corned* e assada."

Fenner fez uma careta dramática, sugando o ar entre os dentes. "Oh", disse. "Caramba." Sorriu. "Ruth, eu queria lhe dizer. Já consertaram aquelas chapas. Lamento muito essa história toda."

"Imagine. Obrigada. Assim que nos entendermos quanto ao nome, poderemos imprimir."

Eu lavei a louça. Dora fez mais café e eles se recolheram ao quarto dela. Então fui fazer companhia a Hans, que observava a rua pelos fundos. As pessoas sob os postes de iluminação não imaginavam uma vida como a nossa, encurralados e perseguidos até aqui.

"Cavalo de Troia britânico." Ele apontou com a cabeça para o quarto de Dora. "Parece mais que *eles* é que estão dentro *dela*."

"Hans!" No nosso grupo liberado, não criticávamos as pessoas pelos amantes que elas escolhiam.

"Lembre-se que ela está sozinha aqui", disse eu. "Nós temos um ao outro."

"E Dora tem quem ela quiser." Seu ressentimento me surpreendeu.

Em nosso quarto, Hans continuou caminhando. Seu reflexo nas vidraças, um pálido vulto passando de um quadrado a outro. Ele se despiu e se enfiou na cama. Apagou a luz do criado-mudo e ficou de costas para mim.

Naquele lugar de filas silenciosas e deprimidas — os corpos devidamente afastados uns dos outros —, de chá leitoso, café ruim e pão cheio de ar, Hans não tinha como sentir que existia. Estava cultivando sua existência em forma de romance, na esperança de um dia emergir famoso e triunfante entre a primeira e a quarta capa. Mas todas as tardes voltava da sala de leitura como quem tivesse se perdido de si mesmo.

Eu era de pouco consolo para ele num mundo que lhe faltava. Embora nunca o dissesse, sentia que Hans me desdenhava por eu encontrar satisfação e propósito naquelas reuniões mundanas, dando de comer às pessoas, preenchendo cheques — passinhos inglórios de um soldado de infantaria naquela batalha. O desejo o abandonou. Quando fazíamos amor, ele manuseava meu corpo como se estivesse consertando uma máquina. Meus sonhos me chocavam. Num deles, eu abri as pernas e, dentro de mim, havia uma boca enorme com um palato afunilado e uma epiglote pendendo, vermelha, no fundo; uma boca aberta num silencioso grito de carência.

Hans se levantou no escuro. Tirou a roupa de uma cadeira e pegou a carteira no criado-mudo. "Vou até o Werner."

Recentemente, ele arranjara um novo amigo: um alemão, Werner Hitzemeyer, que se apresentava como Vernon Meyer para se amoldar aos ingleses. Morava com o irmão em Golders Green e era representante da Liberty de Londres na Alemanha. Quando Hans me contou que Werner ainda podia ir e voltar livremente de Berlim, eu disse: "Então ele é um Deles". Hans tinha explodido, gritando que eu estava paranoica, deixara que Eles me vencessem, que o mundo não era só política, que nos outros lugares a vida continuava. Essa outra vida, supus, incluía um homem loiro muito bem tratado, com um bigodinho e uma mala cheia de amostras de tecido, que saía de madrugada com o meu marido.

"Está bem", eu disse. Ele se afastou rumo à escuridão.

Aquilo me magoou, mas não o suficiente para eu tentar detê-lo. Apesar de todo o glamour e sucesso de Hans, no fundo eu sempre me sentira a mais sólida dos dois, uma âncora para os altos voos dele. Eu achava que ele ia superar aquilo e voltar para mim. Mas o preço de deixá-lo ir foi minha própria vida começar a parecer de segunda categoria para mim, como se nela eu fosse uma suplente, e alguém com mais carisma e talento logo viria se reapossar dela. Talvez já tivesse vindo.

De manhã, Dora veio fazer café. Eu estava limpando lentes à mesa com flanela e álcool, preparando-me para iniciar um novo projeto, fotografar os operários nas docas. O marido da sra. Allworth, que ocupava uma função de chefia, tinha conseguido entrada para mim. Dora estava de camiseta e calça de pijama. Já começava a fazer calor em Londres.

"Hans saiu cedo?"

"Saiu", menti. Continuei limpando.

"Ruthie?"

Eu coloquei a lente no pano. Tinha de olhar para ela. "Por que você não o inclui?", perguntei. "Por que não arranja alguma coisa para ele fazer?"

"Ele está escrevendo o Grande Romance do Exílio, não está? É um trabalho e tanto."

"Não seja cruel."

"Não estou sendo cruel", disse ela, mas sua voz se abrandou; sabia que zombar dele era uma crueldade comigo também. Puxou uma cadeira, virou o respaldo para a frente e nela se escarranchou. "Estou sendo cautelosa. Para o bem de todos nós. De Bertie, meu e de vocês dois."

Eu mordi o lábio. "A única coisa que ele quer é ser útil."

"Está bem. Eu vou pensar." E voltou para o quarto com duas xícaras de café.

Quando eu estava saindo, Dora entreabriu a porta e pôs a cabeça para fora. Um ombro nu, bronzeado.

"Acabei de me lembrar. O que você acha de chamar seu boletim de *A Outra Alemanha*?"

"É uma boa ideia."

"Não é minha", retrucou. "É de Toller." Olhou para o meu equipamento fotográfico. "Não vá perder o barco então." Sua voz continha um cantarejo preguiçoso, um sentimento de que eu quase não me lembrava. Endereçou-me uma saudação de capitão e voltou a se encerrar no quarto.

Mais tarde, ela passou a Hans parte do material que Bertie lhe enviava, assim como outras informações de publicações alemãs para que as usássemos em nosso boletim. A maior parte tratava da construção de campos para presos políticos e do destino, dentro deles, de pessoas que conhecíamos. Noventa e nove por cento dos que estavam nos campos eram da oposição política — ainda não havia chegado a hora da campanha contra os judeus e os outros.

Mas Dora guardava para si os documentos de alto nível, a fim de tentar publicar nos jornais britânicos artigos baseados neles. Deduzi que provinham dos contatos de Bertie nas fábricas de armamentos — tratava-se de formulários de encomenda de peças, faturas para o governo. Ela entendia que sua tarefa era levar as informações ao público e, ao mesmo tempo, proteger Bertie e suas fontes, para que não fossem descobertos. Havia sempre um equilíbrio entre essas duas coisas: a informação e seu possível e terrível preço.

Difícil saber quando uma coisa começa, quando se alcança o resultado pela primeira vez. Depois há o outro ponto, o ponto em que já não se pode recuar daquilo que você pôs em movimento. *Afasta de mim este cálice*, disse Cristo, não foi? Mas já era tarde demais.

# Toller

São oito da manhã. Nestes dias, ela bate duas vezes na porta e entra.

Clara segura o *New York Times* com mãos instáveis. Sua voz sai coalhada de ansiedade. "O navio de Paul chegou ao porto de Havana, mas Cuba não o está deixando atracar... o governo exige somas altíssimas. Onde arranjar esse dinheiro? Eu não..."

Eu pego o jornal. A manchete é "Chega navio de refugiados". Clara não consegue esperar que eu leia.

"Eles pretendiam ficar em Cuba como turistas, aguardando o visto dos Estados Unidos." Noto seu esforço para controlar a voz, para entender a coisa como uma questão racional de autorizações de entrada compradas e honradas, para se convencer de que o mundo é sensato e seus temores não podem ser reais. "Paul tem documento de desembarque — meus pais o pagaram junto com a passagem —, agora o presidente cubano cancelou tudo. Eu não entendo..."

"Vão dar o visto a eles", digo. "Ou outro tipo de autorização."

Clara aperta o nariz com os dedos, fecha os olhos e engole em seco.

"Não podem mandar de volta um navio cheio de pessoas", insisto, "por acaso podem?"

Ela esboça um sorriso, como se, claro, que tolice, que ideia macabra. Então volta a ficar séria. "Há cartas ao editor", aponta para o jornal, "exigindo que não os deixem desembarcar aqui se Cuba não recebê-los. Dizendo que não há empregos suficientes nem para a nossa gente..."

"Também há cartas a favor?"

"Acho que sim..." Ela se senta, tira um fiapo da manga. "A nossa gente", repete.

"Não ligue para isso", digo. "Também vou escrever uma carta. Vamos fazer isso já."

Passo os olhos pelo artigo. Há uma fotografia do vapor *St. Louis* no porto de Havana. Parece estranhamente festivo, uma sucessão de bandeiras tremulando da proa à popa. Mas está cercado por um cordão de lanchas da polícia. Atrás dele, uma embarcação pequena em que parentes e amigos já salvos acenam para os entes queridos. O Comitê de Ajuda aos Refugiados Judeus, diz o artigo, vai para lá tentar negociar alguma coisa para os expatriados com o governo cubano. O governo americano ficou caladíssimo. Os canadenses rejeitaram os refugiados de imediato. E, na Europa, Hitler tira o máximo proveito da situação dizendo que se o mundo inteiro se recusa a aceitar os judeus, como culpar a Alemanha pelo destino deles?

Escrevemos uma carta aberta ao presidente da República em nome da fraternidade internacional e da nossa humanidade. Escrevo: "Ter a chance de salvar uma pessoa e recusá-la tem de ser, em qualquer religião, um pecado capital...".

Depois de datilografá-la, Clara chama um boy para entregá-la ao jornal. Quando volta a se sentar, respira fundo e alisa a saia nos joelhos. "Você acha que cartas mudam alguma coisa?", indaga. Traz os olhos divididos entre a dor e a esperança.

Eu tiro o máximo de força de que sou capaz de algum lugar aqui de dentro, do ator, do orador, do vendedor de esperança, do charlatão. "Sim", digo. "Acho, sim."

# Ruth

Este botãozinho, inócuo como o botão de um cobertor elétrico, me fornece petidina quando eu quero. Eles não se dão ao trabalho de racioná-la a uma velha tão velha como eu. *Après moi, le déluge!*, como dizem os franceses. O remédio me faz entrar e sair de partes da minha vida como se agora, para mim, elas fossem mais reais do que este quarto. Pelo que Bev me contou, um viciado pode perder dez anos de vida exatamente em busca disto: um tempo presente constante. Depois, o viciado que não morreu desperta para um mundo que seguiu adiante sem ele: é como se nada tivesse acontecido ao drogado nesses anos, não envelheceu nem cresceu e agora só precisa aprender — com a escola ou com as pessoas que amava — que o tempo continuou arrastando todo mundo para outro lugar.

Às vezes eu acompanhava Dora em suas caminhadas. Pelo caminho e pelo ritmo que ela imprimia, eu descobria que tipo de caminhada era. De manhã, costumava ser rápida, seus pés avançando por um sendeiro invisível — passando pelos Coram's Fields e pela Russel Square, contornando o Museu Britânico e voltando pela Bloomsbury Square. Ela não falava. Então eu entendia que ela estava mensurando com passos algum problema estratégico ou um texto que precisava ser escrito. Duvido que reparasse em uma só coisa pela qual passávamos, nem nos escolares em fila levados a visitar o museu, nem no homem com a testa colada na vidraça da cabine telefônica, nem na ciclista com um cesto cheio que oscilava e desviava quando Dora ia às cegas para o meio da rua.

À tarde, quando ela terminava o trabalho, andávamos de braços dados como irmãs, conversando sobre o que nos passasse pela cabeça ou sem conversar. Esses passeios eram mais vagarosos, mais verdes — geralmente ao Hyde Park ou ao Regent's Park. Num dia de verão em Primrose Hill, deitamos na grama, as costas a acompanharem a curva da espinha da terra. O céu estava pálido como uma xícara. Se você pressionasse a cabeça no solo macio e fechasse os olhos, toda a cidade era capaz de se dissipar. O ar no meu rosto estava melado e pesado com partes de dentes-de-leão, mosquitinhos que não podiam senão dançar. Os sons chegavam a nós divorciados de quem os produzia: um riso de mulher, o choro de um bebê, o grunhido de um animal no zoológico. Sentíamos o planeta girar.

Alguma coisa úmida bateu com força na minha axila: uma bola seguida de perto pelo focinho de um filhote de retriever amarelo, desajeitado e numa pele ainda muito grande para o seu corpo.

"Boa defesa", disse Dora, rindo. Apoiou-se no cotovelo. Uma vozinha gritou "Digby, Dig-*by*!" e em seguida uma garota de tranças claras e sandália parou, ofegante, à nossa frente. Tinha vazios na boca, no lugar onde ficavam os dentes, e também na franja, na qual ela obviamente havia feito experimentos com a tesoura. Curvou-se, segurando a coleira do cachorro com uma mão e afagando-lhe a orelha com a outra.

"Desculpem!", disse, avaliando-nos com os olhos. Vendo que não estávamos zangadas, acrescentou com ar importante: "Eu estou *treinando* ele".

"Estou vendo", respondi. Satisfeita, ela deu meia-volta, jogou a bola e correu.

"Crianças!", sorri. Entrelacei as mãos na barriga e tornei a me deitar. Fechei os olhos. O sol explodiu dentro de mim, rosado, alaranjado, flores pretas de sangue correndo por dentro das minhas pálpebras.

Então Dora pousou a mão firme no meu baixo-ventre. "Você está...?"

Eu abri um olho. Ela estava voltada para mim, os olhos semicerrados por causa do sol. Manteve a mão no meu abdômen.

"O quê?"

"Ora..."

Era uma pergunta de outro mundo, de outra vida. Eu a encarei. Ela continuava séria. Esperançosa até. Voltei a olhar para o céu em branco, chocada com o tamanho do embargo que meu futuro havia sofrido. Era quase inconcebível para mim pôr um filho na loucura que estávamos vivendo. Mas, súbito, nessa tarde amena de bolas, cães e meninas banguelas, os predadores, fardados e não, conhecidos e ainda não declarados, na cidade para além deste parque, desvaneceram. Por que deixá-los roubar até isso de nós? Por que não nos permitirmos qualquer tipo de aquisição no futuro?

Dora manteve a leve e doce pressão em minha barriga. Quando tornei a fitá-la, estava com as sobrancelhas arqueadas e as comissuras dos lábios caídas numa paródia de interrogatório, e entendi duas coisas: que ela não esperava sair daquilo e que estava curiosa de como o futuro iria se arranjar sem ela. Afugentei logo essa ideia.

Dora grunhiu uma risadinha ante o meu silêncio. "Costuma ser, sabe, uma resposta do tipo sim ou não." Afastou a mão.

"Não", disse eu. "Nesse caso, a resposta é não."

Ela respirou fundo, como se cansada de um tema tão trivial. "Isso tudo vai acabar logo." Com um gesto desdenhoso, abarcou o seu redor e a nossa situação. "Nós vamos voltar para lá. Você pode pensar nisso mais tarde."

Uma sirene passou ganindo. Eu me sentei.

"Ambulância?", pensei em voz alta. "Bombeiros?" Não conseguia ver de onde vinha o barulho.

"Provavelmente algum Ilustre Parlamentar esqueceu o cachimbo." Ela olhou em direção ao zoológico. "Ou um bicho sortudo tentou fugir."

Nossa reunião partidária seguinte foi no meio de agosto. Perguntei à sra. Allworth, com a maior naturalidade possível, se ela faria a gentileza de preparar uma sopa para nós.

"Ora, é claro", disse ela. Estava limpando o ferro da parte de cima do fogão com um pedaço de flanela cinzenta. Olhou para trás. "Como ficou a carne?"

Eu contei tudo. Ela se virou e me encarou boquiaberta, como se agora suas velhas teorias sobre a incompetência da classe alta houvessem se confirmado. Mas ela era uma boa mulher, e estávamos em péssima situação. Tratou de controlar a cara. "Posso imaginar o que aconteceu", disse com um vestígio mínimo de incredulidade na voz.

A sopa era de ervilha e presunto, uma bela coisa verde e cheirosa. Helmut apertou a mão de todo o mundo, os ombros curvados e o cabelo uma peliça ruiva. A pele ao redor do olho ganhara um tom verde-amarelo mais claro. Eugen chegou, o rapazinho e Mathilde, farfalhando o vestido preto de gabardina ao entrar, uma latona de bolachas cream-cracker debaixo do braço. Não esperávamos Dora.

Acabávamos de nos sentar para tomar a sopa quando a porta da rua bateu e ela entrou correndo na cozinha. Estava com o pulôver do avesso.

"Olhem isto aqui." Tirou um telegrama da pasta e o colocou na mesa. "Estão desnacionalizando as pessoas."

"O que-ê?", perguntou o rapaz. Eu tampouco tinha entendido.

"É uma lista de trinta e três pessoas que Berlim tornou apátridas por decreto. Por oposição política ou", ela olhou para o telegrama, "por terem 'desrespeitado o dever de lealdade ao reino e ao povo, assim como prejudicado interesses alemães'." Abriu os braços; sua voz estava entrecortada. "Estão se apropriando de tudo — casas, apartamentos, carros —, despojando as pessoas de suas habilitações, bloqueando contas bancárias, cancelando passaportes. Fazendo com que deixemos de existir juridicamente." Suas mãos tremiam. Ela agarrou o encosto da cadeira. "Toller e Bertie estão na lista."

O que acontece se os poderes declaram que você não existe mais, mas você insiste em existir?

Hans pegou o telegrama. "Todo mundo está nesta lista?", perguntou.

"Está." Dora observou-o ler os nomes. "Você não", acrescentou.

Hans ergueu os olhos depressa, em seguida se recompôs com um sorriso irônico. "Não sei o que eu fiz de errado lá."

Dora explicou aos outros que agora iriam confiscar a pequena renda que o nosso amigo Bertie, exilado em Estrasburgo, recebia da Alemanha. O partido, representado por esta sala, teria de lhe mandar dinheiro.

"Fácil de dizer, difícil de fazer", retrucou Mathilde. "Nós não estamos nadando em dinheiro." Mathilde tinha os modos sensatos de uma velha babá. "Ele devia era vir para cá ficar conosco. Tem mais chance de conseguir apoio aqui do que sozinho lá na França."

Dora olhou para ela com ar inexpressivo. "Não acho uma ideia tão boa assim", disse. "Mesmo porque o passaporte dele venceu. Ele não pode entrar nem sair de lugar nenhum."

O que Dora não podia dizer era que, se Bertie viesse, ficaria longe demais e não conseguiria obter informações do outro lado da fronteira. A melhor arma contra os nazistas seria silenciada.

Em algum momento sempre tínhamos de decidir se o perigo que determinada pessoa corria valia o trabalho que ela estava fazendo pela causa. Éramos responsáveis pelo perigo que deixávamos cada um correr. Devia existir algum nome para essa síndrome também.

No West End, um grupo de residentes alemães formara um clube de nazistas e patriotas locais. Seu líder, Otto Bene, era um vendedor de tônico capilar que se naturalizara britânico em 1927. Quando saiu a lista dos trinta e três nomes, o grupo pregou uma fotografia de cada pessoa nas paredes do clube. Acima delas — de Toller, de Bertie e do resto — penduraram um banner enorme com letras vermelhas escorridas:

"SE VOCÊ ENCONTRAR UM DESSES HOMENS, MATE-O! SE ELE FOR JUDEU, FAÇA-O SOFRER ANTES!"

Não sei por que é mais difícil ter medo daquilo que você vê na sua frente: rapazes fardados liderados por um vendedor de brilhantina raivoso. O medo prospera mais no invisível, porque nós não queremos pensar que temos medo de uma coisa que também achamos ridícula.

O que isso faria de nós?

Cegos.

Eu estava num cais do porto certa manhã, vendo os homens descarregarem sacos de asbesto azul mais pesados que eles próprios de um barco de Wittenoom, do outro lado do planeta. A cada batida dos sacos no pescoço, os homens grunhiam, lutando para firmar os pés no chão. Ao redor deles, o ar se dobrava em ondas de pó expelido pela aniagem. Eu me agachei com a câmera para captar tudo contra a luz: pele e suor, nervo e partícula de ar. Todas as manhãs, o amável sr. Allworth me deixava entrar no cais. Com o passar das semanas, os homens deixaram de notar minha presença.

Assim que vi Hans chegar correndo, eu soube que tinha acontecido alguma coisa. Ele percorreu todo o cais sem parar. Estava sem fôlego quando se aproximou de mim.

"Mataram... Lessing", disse, ofegante.

Theodor Lessing, escritor, filósofo e iconoclasta, ficara famoso na Alemanha de Weimar. Ele e sua esposa, Ada, eram amigos da família de Dora. "Baleado por dois agentes." Hans se curvou com as mãos nos joelhos. "Em casa."

Estremeci. "Mas ele tinha ido embora! Estava em..." Deu-me um branco.

"Marienbad. Tchecoslováquia."

Levei Hans para fora do cais. Sentia que precisávamos andar, precisávamos ir a qualquer lugar, menos ficar parados.

Quando chegamos à rua, uma mulher que trazia no pescoço uma raposa de olhos de vidro mordendo a própria cauda perguntou-nos educadamente onde ficava o armarinho Redman's, mas não soubemos informar. Pedi desculpas fitando seus olhos castanhos, pequenos e brilhantes como os do animal. Eu podia ter tocado em seu braço enluvado, ela e eu podíamos ter ido comprar fitas, tomar chá, ficado amigas. Podíamos chegar a trocar histórias sobre pedestres que se perdem, decepções de alcova e taxidermia, e ainda assim eu jamais estaria tão a salvo como ela.

Na nossa infância durante a guerra, aguentamos as catástrofes da fé: em Deus, na nação, em nossos líderes. Foi Lessing, uma geração mais velho que nós, quem lhes arrancou o véu, mostrando-nos a que interesses eles serviam. Sabe-se que ele chamava a religião de "reclame da morte". Em tempos mais recentes, ele vinha examinando a atração do irracional na vida política, enfocando explicitamente o fascismo. Por isso, mais do que por escarnecer de Deus, os nazistas o odiavam. Ele e Ada fugiram para a Tchecoslováquia quando os nazistas tomaram o poder.

Semanas antes do assassinato de Lessing, os jornais alemães anunciaram uma recompensa de oitenta mil marcos para quem o sequestrasse e o levasse de volta à Alemanha. Dora tinha rido quando nos mostrou a carta em que ele comentava isso com ela. A reação de Lessing foi tipicamente sarcástica. Disse que passara a vida toda ouvindo comentários pejorativos sobre sua cabeça — intelectual, maluco, do contra — e que mal conseguia ganhar a vida com ela. "Você poderia imaginar", escreveu, "que ela acabasse valendo tanto dinheiro?"

Quando chegamos a casa, a porta do quarto de Dora estava aberta. Avistei os papéis costumeiros empilhados em torno da cama junto ao pé da escrivaninha e a ouvi lá dentro. Hans e eu nos entreolhamos. Nenhum dos dois sabia o que dizer.

Dora saiu com uma braçada de papéis. Lágrimas escorriam por seu rosto.

"Que coisa horrível", eu disse. "Lamento..."

"Isso é só o começo." Ela passou por nós e girou a chave do armário do hall. Tinha transferido nosso material de escritório para o armário da cozinha e passado a guardar documentos no do hall, que podia trancar. Abriu-o e guardou os papéis, jogando-os com força nas prateleiras. Alguns caíram no chão.

"O começo", repetiu Hans com uma voz incerta, agachando-se para ajudá-la a apanhá-los. Em seguida parou. "O governo tcheco não pode fazer nada? Um protesto internacional?"

"Duvido", respondeu Dora, pegando os papéis das mãos dele. "E que importa a Hitler o protesto tcheco? Eles estão dizendo que o assassinato foi por causa de uma luta interna da esquerda."

Hans recolheu mais uma folha no chão. Era a lista dos que tinham sido declarados apátridas. "Lessing nem estava nesta lista", disse quase consigo mesmo.

A voz de Dora saiu amarga do fundo do armário. "Eles devem ter outra para *isso*, não acham?"

Hans arregalou os olhos. Estava com o orgulho ferido por não ter tido a "honra" da expatriação, mas se apavorava agora que podia figurar na lista secreta dos que seriam abatidos. Vi-o afastar a ideia. Dora parecia sempre pegá-lo pensando em si próprio.

"Agora temos de tirar Bertie de lá", propôs Hans, "senão ele será o próximo."

"Acha que eu não pensei nisso?" Foi um grito. Hans e eu nos entreolhamos e, sem falar, decidimos deixar essa discussão para mais tarde.

Nos dias subsequentes, chegaram-nos outras notícias sobre a morte de Lessing por nossos amigos exilados em Praga. O assassinato tinha sido coisa de profissional. Um "vendedor de bíblia" lá estivera para sondar a casa; um "velho conhecido" que Lessing não reconheceu, com sotaque hamburguês, o havia abordado num café, ao que tudo indica para saber quem era sua vítima quando chegasse a hora. Depois do jantar, Lessing estava em seu escritório no primeiro andar, no fundo de sua vila. Dois tiros disparados por pistolas diferentes entraram pela janela. Na manhã seguinte, acharam uma escada de oito metros encostada na parede. Ada ficara o tempo todo no andar de baixo. Os assassinos deixaram-no sangrando na escrivaninha e fugiram para o bosque, no qual os cães, nas buscas do dia seguinte, perderam o cheiro deles. Um carro devia estar aguardando para levá-los de volta à Alemanha e aos chefões do seu partido.

* * *

Não consigo me lembrar do nome das enfermeiras daqui, e sempre agradeço os crachás que elas usam. Mas do nome dos assassinos de Lessing eu me lembro: Eckert e Zischka. Foram enviados por Ernst Röhm, o chefe da polícia política de Hitler, a SA. Depois da guerra, Eckert foi preso e julgado. Declarou que estavam tentando sequestrar o filósofo, "mas algo se interpôs e o plano mudou". A ordem de assassinato partiu direto de Berlim.

Na manhã seguinte à chegada da notícia, Dora estava de pé excepcionalmente cedo, cozinhando ovos. Trazia os olhos vermelhos. Um homem que eu nunca tinha visto lia à mesa da cozinha.

"Bom dia", ele disse, retomando a leitura. Passado um momento, pareceu mudar de ideia e fechou o livro. Sem olhar diretamente para mim, endireitou os talheres à sua frente para deixá-los simétricos, empurrou o saleiro e o pimenteiro para que ficassem equidistantes entre o lugar dele à mesa e o meu. Quando seu ovo chegou, bateu na casca com cuidado.

"Geralmente", anunciou ao ver que a gema estava sólida, "eu gosto de um ovo cozido por três minutos."

"Não vou esquecer", disse Dora calmamente.

Depois de saber de Lessing, Dora havia chamado Fenner, que não pôde vir. Então chamou esse homem, o professor. Para Dora, sem dúvida, tratava-se de desejo; nada tinha a ver com romance. Tinha a ver com ficar próxima da vida.

Eu tinha ouvido falar de Wolfram Wolf na Alemanha, mas o homem à minha frente não era o que eu esperava. Tinha um rosto comprido como de irlandês e bigode escuro bem aparado. Vestia um cardigã de mohair verde-claro, todo abotoado, e calça bem acima da cintura e do traseiro, que se esparramava pelo assento todo da cadeira. Wolf tinha sido professor de direito antes de ganhar alguma fama no cargo de ministro da Justiça no efêmero governo da coligação comunista-independente na Turíngia em 1923, até que Berlim mandasse o Exército arrancar o poder da esquerda. Talvez esse fim dramático de sua única incursão pela política o tivesse feito voltar correndo para a universidade, debaixo das roupas de cama cinzentas da teoria. Sua mulher, uma destacada educadora, estava montando um colégio progressista na Dinamarca. Ele tinha cerca de cinquenta anos.

"Então você é *fotógrafa*. Dora me contou." Wolf depositou a colher na mesa e sorriu um milissegundo de sorriso por cima de seus óculos de leitura. Detectei na pergunta um secreto desafio por eu me dizer fotógrafa, como se isso exigisse, por princípio, uma noção de forma e estética que eu dificilmente teria.

"Na verdade, não", respondi. "Sou professora. A fotografia é um hábito... quer dizer, sabe, um hobby." Fiquei nervosa sem querer. "Alguma coisa para eu fazer enquanto estivermos aqui. Vou dar aulas quando eu voltar."

"Não diga", disse Wolf. Tinha uma fala tão mansa que éramos obrigadas a nos curvar diante dele, como em deferência às delicadas pérolas de sabedoria que seus lábios podiam derramar sem nenhuma pressa. Olhei para Dora em busca de solidariedade ou, quem sabe, de um riso, mas ela estava lendo o jornal.

À medida que o fui conhecendo — pois Wolfram Wolf passou a estar com cada vez mais frequência à mesa do café da manhã —, sua superioridade adquiriu forma e volume. Podíamos até ter providenciado uma cadeira extra para ela. Ele nos fazia sentir que a inexorável e grandiosa marcha da história não se deixava afetar por panfletagens, arrecadação de dinheiro ou artigos escritos. Aliás, sua teoria deixava nossa realidade tão para trás que tornava obsoleta a vida que estávamos vivendo.

Eu via seu desdém como uma tentativa de diluir a coragem das nossas ações, como para não ter de prestar contas de sua própria timidez. Escrever sem jamais publicar ali, ser sustentado pela esposa na Dinamarca — ele não corria risco nenhum! Creio que passar noites no nosso apartamento, em companhia de ativistas ilegais não só no Reich como na Inglaterra, lhe custava toda a coragem de que era capaz.

Quando voltei a vê-lo em outro café da manhã, ele discorreu longamente sobre a "falta de coragem da liderança socialista". Eu me perguntei como ele se atrevia a dizer aquilo, levando em conta as gotinhas de suor que apareciam em sua testa à menor alusão à sra. Wolf.

Quando Wolfram se foi, eu comecei a limpar os pratos. Ele tinha comido até o último fragmento do seu ovo e três torradas.

"Agora eu entendo", eu disse para a pia. "Na *teoria*, o professor ama a humanidade inteira. O único problema é nós, como espécimes individuais, sermos tão decepcionantes."

"Deixe o homem em paz", disse Hans com brandura, pondo o casaco para ir à biblioteca. "Só está tentando se arranjar, como todos nós."

Dora sorriu e largou o jornal. Tinha chegado à conclusão de que eu, por caminhos obscuros, estava com ciúme, e ela procurava ser exageradamente paciente comigo. Eu não estava com ciúme nenhum. Apenas não queria que ela fosse engambelada com tanta facilidade.

"É verdade", ela disse, "que embora enxergue o geral, Wolfram é muito particular."

Quando a porta da frente se fechou atrás de Hans, Dora baixou a voz naquele sussurro brincalhão com que às vezes me seduzia para vencer meu mau humor. "Muito particular, sem dúvida. Limpa o pênis depois do sexo." Tornou a erguer o jornal. "De alto a baixo."

Quem morre de amores por uma pessoa não diz semelhante coisa, diz? Depois dessa ocorrência sórdida, não senti mais necessidade de pisar em ovos.

"Bom", sacudi de leve a cabeça diante da pia, "então o que ele tem de tão especial?"

Dora recolocou o jornal na mesa e falou com uma voz cheia de respeito, séria. O *magnum opus* de Wolf, explicou, reinterpretara a teoria comunista para a Alemanha, de modo que não precisássemos seguir Moscou cegamente; para que uma variante local, autônoma, de uma sociedade mais justa pudesse lançar raízes em solo alemão. Os russos governavam um país de camponeses, e o faziam com o açoite. Mas a Alemanha era o país mais avançado da Europa — precisávamos de uma versão mais sofisticada e inclusiva de socialismo. Na opinião de Wolf, tanto o fascismo quanto o bolchevismo enganavam a classe operária, e a única proteção contra eles era educar as massas. Seu trabalho era de gênio, disse Dora, e de grande sensibilidade pelo povo. Mas Moscou havia punido sua apostasia, obrigando-o a deixar o partido.

"Agora ele é um cão solitário", concluiu. "Como eu."

A emoção de contar com alguém que lhe reinterpretasse o mundo tinha sido inculcada em Dora por seu pai inteligente e paciente. Para ela, o padrão mais básico de amor envolvia exploração intelectual: novos mundos revelados, e este modificado por se poder pensá-lo de forma diferente. Tive vontade de gritar: mas você não é solitária!

Porém quem pode competir com as luzes que se acendem dentro de nós?

# Toller

“Vamos continuar o trabalho?”, pergunto. Clara está de ombros caídos. Parece perdida como nunca. “É natural que você agora prefira ficar com Joseph”, acrescento.

Ela sacode a cabeça. Por enquanto, conseguirá deixar de lado a preocupação com o irmão e seguir adiante. Fazer o quê?

“Voltei a me encontrar com Dora depois que Lessing foi morto”, prossigo. Explico que Hitler, depois de nos tornar apátridas e pobres por decreto, começara a enviar suas brigadas de matadores para fora do país. Ela fica chocada; mais uma coisa que não sabia.

“Não é culpa sua”, digo. “Isso quase não foi noticiado e, assim mesmo, só na imprensa exilada.”

Lessing foi assassinado em agosto de 1933. No dia seguinte, Dora estava à nossa porta. Christiane a abriu. Quando ouvi sua voz, meu coração disparou; me recompus e endireitei o jornal à minha frente.

Christiane a fez entrar e nos deixou. Sabia que Dora trabalhava com o movimento clandestino e que, para quem não fazia isso, era mais seguro não saber de nada. Além do mais, embora minhas crueldades privadas parecessem infinitas, não se estendiam a torturar Christiane com meu amor por Dora.

Era a primeira vez que a via desde que partira para morar com a prima. Estava bronzeada; o cabelo, mais curto, despenteado atrás devido à posição em que tinha dormido, e trazia um lado da gola para dentro. Pôs-se a andar, esfregando as mãos e falando depressa, sem olhar para mim.

"Você está na lista", disse. "E o discurso de Goebbels... ele citou seu nome. Prenderam Von Ossietzky em Oranienburg, pegaram Lessing e, e..."

Eu me levantei para me aproximar dela, mas Dora não quis meu abraço. Recuei até a janela. "Olhe ali." Bati na vidraça. "Eu tenho o meu olheiro. Seguindo-me."

"Muito engraçado." Mas ela se acercou para ver o sujeito, um baixinho de chapéu com o traseiro apoiado na mureta de tijolo do outro lado da rua, um jornal dobrado na mão. Quando denunciei aquela carta cheia de ódio, a Scotland Yard designou um policial para me seguir. Parecia tanto teimoso quanto inútil. Eu começava a ter pena dele.

"Não parece grande coisa", disse Dora. Então olhou para mim. "Ernst, acho que eles andam nos fazendo ameaças. Nos discursos. Estou tão..."

"Não se atreveriam a fazer isso na Inglaterra." Passo os braços por seus ombros.

"Não", disse ela. "Imagino que não." Piscava muito, seu queixo tremia. "Mas acho cada vez mais difícil acreditar que haja limites para o que eles são capazes de fazer. Às vezes", olhou intensamente para mim e comprimiu os lábios, "não acredito." A luz da janela bateu em sua têmpora, no pômulo, no queixo.

"Ora... eu *sou* O Grande Toller, como você diz. Eles me adoram."

Dora tomou bruscamente meu rosto entre suas mãos. "Se ao menos você acreditasse nisso."

# Ruth

O vagão do S-Bahn está vazio. As janelas estão abertas e o vento, selvagem, está preso aqui dentro conosco, tentando escapar. Dora está aqui!

Por que faz tanto tempo que não a vejo? Décadas? E ainda somos meninas — eu tenho treze, então ela deve ter dezoito. Agarra-se ao balaústre e rodopia.

As coisas estão destiladas, mais claras que a vida. Está quente. Enquanto Dora rodopia, sua trança malfeita se desfaz; ela tem uma mecha úmida na boca; seus olhos escuros são enormes. Na estação Schlachtensee, descemos os degraus correndo, chegando ao lago. Ele é margeado por árvores magras e ávidas, curvadas para a água. Uma parte de mim sabe que nas muitas clareiras e pérgolas deve haver outras pessoas fazendo piquenique, lendo e saindo da água, mas não vejo ninguém. Numa pérgula só nossa, Dora e eu penduramos nossos vestidos e a roupa de baixo em galhos. Estes fantasmas de nós esvoaçam e esperam enquanto nós, criaturas nuas de corpo e alma, pisamos em raízes submersas e rompemos as águas do lago.

Continua quente, muito quente, quando saímos. Deitamos no chão, os membros lisos e brilhantes como peixes. Dora coloca, firme, a palma molhada no meu baixo-ventre.

"Está trancado?"

Não consigo falar. Afundo na terra e em sua mão; me transformo no lago derretido, um universo aberto e dolorido de córrego e pedra, bicho e flor, e — não! não! —

Soa uma sirene. Deve ser do barco alugado, ou um ataque aéreo, ou o apito de um navio, ou o alarme de um carro, ou a ansiedade dos sinos de igreja...

Um alarme disparou em algum lugar do hospital, e alguém bate à minha porta. Abro os olhos. É a enfermeira animada.

"Bom dia, Ruth", ela diz. Ela veste um jaleco branco e sapatos macios que dão sugadinhas no chão, um som que vai sincopando agora com o das chaves e dos cartões que tilintam em volta de seu pescoço. *Suga suga tilinta, suga suga tilinta.*

"Bom dia", respondo. Não sabia que era dia. A enfermeira — seu crachá diz MARGARET PEARCE — aperta um botão e a metade do tronco da minha cama se ergue. A Ascensão de Ruth. Espero não ter dito isso em voz alta.

Ela abre as cortinas. "Dormiu bem?", pergunta por cima do ombro.

"Dormi. Obrigada." Mal sei qual é a diferença agora. O sono é mais vivo do que o despertar.

Ela olha meu prontuário. Não consigo evitar a sensação de que deve haver informações ali sobre mim que, se for pensar bem, poderiam ser úteis a *mim*. Eu poderia ver algum progresso anotado ali. Ou o tempo transcorrido. A hora de partir. Mas eles gostam de fazer segredo.

As enfermeiras deste país são altamente treinadas. Há universidades para elas, além de cursos de extensão e um plano de carreira com promoções, aumentos e conferências em resorts cor de salmão. Bem diferentes das enfermeiras amadoras de alta estirpe e bem-intencionadas da minha juventude. Mas essas mulheres também têm algo que não pode ser ensinado, algo que os médicos raramente adquirem. Não há nada que elas não tenham visto, nenhum penico sujo, ou supuração, ou experiências frustradas no mundo das palavras que elas não conheçam. Diferentemente dos médicos, para os quais não passo de um monte de sintomas a ser administrado, as enfermeiras estão do meu lado na luta contra as depredações do meu corpo — desta vez uma fratura no quadril e no pulso, uma cabeça machucada e enfaixada bem acima de um olho — e da minha mente. Estamos juntas nisso — qualquer que seja o nome que se dê ao que está acontecendo nesta cama. E o que há de mágico nisso é justamente a natureza eficiente e profissional de suas mil amabilidades: suas ministrações respeitosas, chamando-me pelo primeiro nome, restauram minha dignidade, ainda que agora eu não passe de um ajuntamento de ossos e pele.

MARGARET PEARCE tem um cabelo duro e cacheado que outrora deve ter sido ruivo, espiralando para todos os lados, e usa óculos de leitura na ponta do nariz. Ela segura meu pulso entre o polegar e dois dedos e olha para seu relógio enquanto mede minha pulsação. Risca o prontuário com a esferográfica.

"Você pode receber uma dose maior disto aqui, Ruth." Ela segura o cateter. "Mas só se você achar que precisa."

Faço que sim com a cabeça, e então ela sai, deixando-me livre para sonhar.

Certa manhã, na cozinha, Hans e eu ouvimos Dora discutindo com Wolf no quarto. A voz dela era insistente e foi ficando cada vez mais alta. Cheguei a ouvir "solidariedade" e "ser coerente com o que diz". As respostas de Wolf saíam num som baixo e controlado, as palavras eram indiscerníveis. Quando saiu, Dora deixou a porta escancarada. Com os olhos vermelhos e esfregando os antebraços, ela foi direto para o bule de café. Atrás dela o professor saiu de fininho e foi embora.

"Não dou a mínima se ele não quer ser visto comigo em público", disse Dora, batendo a xícara na mesa com tanta força que espirrou café. "Por mim, ele pode até fingir que a gente nem se conhece." Seu tom era de incredulidade. "Mas ele se recusa até mesmo a *ir*."

Há meses Dora vinha trabalhando para fazer com que a Comissão de Inquérito do Incêndio do Reichstag fosse um sucesso. Todos os refugiados alemães em Londres estariam lá, assim como cada um dos políticos, membros de comitê, religiosos e cidadãos britânicos interessados que nos apoiavam. Exceto, ao que parecia, o professor.

Ninguém além de Dora teria conseguido fazer com que as testemunhas entrassem na Grã-Bretanha. O Ministério do Interior não estava muito a fim de autorizar a entrada de "elementos esquerdistas estrangeiros, entre eles muitos israelitas, procurando prejudicar as relações com o Reich". Por meio de sua amizade com lorde Marley e de antigos contatos dele da época da faculdade no Ministério das Relações Exteriores, Dora tinha driblado o Ministério do Interior e conseguido visto temporário para pessoas que iriam testemunhar contra o regime. Algumas tinham inclusive nomes falsos, nos casos em que a repercussão para as testemunhas e suas famílias na Alemanha fosse muito grave.

Lembro de Dora rindo a ponto de segurar a barriga depois de falar com lorde Marley por telefone. "Com o verdadeiro comedimento britânico", ela estava radiante, "o MRE disse aos alemães que 'não tem competência legal para impedir tais atividades de caráter puramente privado'. Vamos fazer com que este evento seja o mais *público* possível." Ela abriu os braços. "Publicidade no mundo todo! Que lição para Berlim de um lugar onde o governo conhece seus limites! Absolutamente brilhante!"

Göring e Goebbels planejavam usar seu próprio julgamento para justificar ao mundo a tomada do poder pelos nazistas e deixar gravada na memória pública a versão nazista — a de que os comunistas tinham incendiado o Reichstag como um sinal para que suas células espalhadas pela Alemanha começassem a pôr fogo em todos os prédios-chave do governo antes de partirem para o domínio do país. Hitler tinha conseguido poderes extras para trancafiar todo e qualquer suspeito e "manter o povo em segurança". Guilhotinar o pobre Van der Lubbe e os outros iria apavorar qualquer um que pensasse em se opor ao novo regime.

O contrajulgamento tinha sido cuidadosamente marcado para a semana anterior à do julgamento nazista. Foi numa quinta-feira de manhã em meados de setembro que Hans e eu pegamos o metrô para a Chancery Lane. O contrajulgamento seria realizado na sala de audiência da Law Society, na Carey Street. Uma multidão se alvoroçava do lado de fora. Mulheres ajustavam a bolsa debaixo do braço e homens protegiam a chama do vento enquanto acendiam o cachimbo. Um sujeito com uma boina de feltro marrom empurrava um carrinho de café de cores vivas no meio da aglomeração.

Na animação dos dias que precederam a este, Dora parecia ter recuperado o equilíbrio em relação a Wolf, ou pelo menos deixado em quarentena suas expectativas sobre ele. Ela não ia permitir que a covardia dele estragasse seu grande acontecimento. Rocei os dedos nos ingressos que ela havia me dado, enfiados em meu bolso.

A sala de audiência não era enorme, mas ainda assim tinha um ar grandioso, com painéis de madeira e um estrado na frente. Havia tantos de nós ali, saídos de nossos minúsculos apartamentos e quartinhos de pensão, que ficávamos grudados um do lado do outro, colados às paredes e entrando pelos corredores. Enquanto Hans e eu íamos até a frente, passamos por rostos famosos da Emigrandezza, seres nobres com chapéu de feltro e casaco remendado se cumprimentando como se num *bar mitsvá*. Vimos Otto Lehmann-Rußbüldt, Kurt Rosenfeld, Mathilde. Hans avistou ex-colegas do *Die Welt am Montag* e do *Die Weltbühne*. Fenner Brockway estava ali, lorde Marley, a sufragista Sylvia Pankhurst e a velha sra. Franklin.

E o lugar estava repleto de jornalistas da imprensa britânica e internacional. Dora tinha nos alertado a não falarmos com ninguém sem antes examinar cuidadosamente sua credencial — poderia haver espiões entre os jornalistas, assim como entre os refugiados, gente recrutada pela Scotland Yard ou por Berlim. Mas naquele dia fui incapaz de sentir medo. Eu já tinha me deixado levar por uma coisa pública, protetora e britânica.

Encontramos nossos assentos na terceira fila. Enquanto pegava minha câmera, um oficial de justiça bateu o bastão no chão. A multidão se acomodou e se aquietou, como uma única criatura esperançosa.

Os juízes entraram por uma porta lateral, magníficos de toga preta com jabô branco na altura do queixo. Eles tinham vindo dos Estados Unidos, da França, da Suécia, da Grã-Bretanha, da Dinamarca e da Bélgica, e havia uma juíza da Holanda. Flashes dispararam pela sala. Podia até ser apenas um "falso" julgamento ou, como estavam dizendo os nazistas, uma "frente de propaganda marxista", mas, enquanto aquelas eminências subiam à tribuna e se sentavam, vi que nas mãos dos britânicos o processo adquiria uma dignidade que o mundo dificilmente poderia ignorar.

O famoso advogado britânico Sir Stafford Cripps KC ergueu a mão. Podíamos ficar à vontade, ele disse, para fotografar os membros do tribunal. Mas, depois disso, deveríamos fazer a gentileza de deixar as câmeras de lado. Ele mostrou uma cópia do *Völkischer Beobachter*, sua manchete gritando algo sobre "traidores no exterior".

"Jornais na Alemanha", disse Cripps, "pedem a pena de morte para qualquer testemunha que se apresente aqui em favor da defesa. Está claro que, com esse clima, não será possível nenhuma defesa adequada dos acusados naquele país."

Hans passou o braço em volta da minha cintura e me apertou, como nos velhos tempos.

Minhas lembranças dos quatro dias que se seguiram são como as de um dia num parque de diversões ou de um casamento. Ou talvez de uma viagem de navio, em que você vê sempre as mesmas caras no café da manhã. Tive um vislumbre de um futuro em que estes meses de exílio seriam uma fase curta e estranha em nossas vidas. O mundo logo iria recobrar o juízo. Retiraria o apoio a Hitler e nós poderíamos voltar para casa.

No segundo dia, Toller ocupou o banco das testemunhas. A sala silenciou como se diante de um astro do cinema ou de um príncipe. Ele vestia um belo paletó inglês com padrão espinha de peixe, e não se precipitou. Sem dizer uma palavra, conseguiu a atenção da sala; seus olhos pareciam alcançar cada um de nós.

"Não sou", começou ele, com seu magnífico barítono, "membro do Partido Comunista. Nem de nenhum outro partido. Esforcei-me para fazer o que considero ser meu dever como escritor pela causa da justiça social." Ele se inclinou para a frente, as mãos na balaustrada. "Um dia depois do incêndio, a tropa de assalto entrou no meu apartamento para me prender..."

Olhei para Dora. Ela o observava sem piscar, as mãos esquecidas no colo.

"Eles também foram à casa de outros escritores bem conhecidos", continuou Toller, "como Carl von Ossietzky, Ludwig

Renn e Erich Mühsam, e os prenderam. Os nacional-socialistas queriam ligá-los ao incêndio e difamar sua reputação." Ele abriu os braços para a multidão: "Eu acredito", disse, a voz muito baixa, "que o incêndio foi um plano premeditado." Em seguida fez uma pausa.

Não se ouvia um sussurro ou uma tosse. Toller respirou fundo. "Não sei do que iam me acusar. Há milhares de pessoas em campos de concentração que não fazem a menor ideia do que estão sendo acusadas. Eu me recuso", sua voz estava professoral agora, "a reconhecer o direito de governar dos atuais governantes da Alemanha, pois eles não representam os nobres sentimentos e aspirações do povo alemão."

A sala irrompeu em aplausos. Algumas pessoas ficaram de pé, batendo palmas freneticamente. No final, todos nos pusemos de pé. Então vi por que as pessoas o seguiram até a morte na guerra e até a revolução em Dachau. E enquanto eu via Dora olhando para ele entendi por que, para ela, ninguém se comparava a Toller.

O triunfo da própria Dora veio no último dia. Como era típico, foi um que jamais atribuiriam a ela. Um homem grande e mais velho, muito ereto, careca e com olhos protuberantes sob sobrancelhas espessas, arrastou-se pesadamente até o banco das testemunhas. Era Albert Grzesinski, o antigo chefe de polícia de Berlim. Grzesinski falou no tom de voz profundo de um articulador político experiente. Ele contou ao tribunal que, depois de os nazistas terem invadido a sede do Partido Comunista na Karl-Liebknecht-Straße, usaram a lista de militantes que eles haviam roubado para elaborar mandados de prisão para as quatro mil pessoas ali relacionadas. Os mandados, nos quais constavam endereço e, na maioria dos casos, fotografia, já estavam prontos e assinados um dia *antes* do incêndio; somente a data da ação ficou em aberto.

Em seguida, Grzesinski nos disse que podia confirmar, por conhecimento próprio, que "há um túnel subterrâneo ligando diretamente o Reichstag à residência do ministro Göring".

Houve um momento de choque, e depois o murmúrio acalorado começou. Não restava dúvida na mente de ninguém.

No final, a comissão não conseguiu encontrar nenhuma prova contra os quatro coacusados. O presidente declarou que, considerando que aqueles que atearam fogo provavelmente chegaram lá através do túnel que sai da casa de Göring, e considerando que o incêndio beneficiou grandemente os nazistas, "há graves motivos para suspeitar que o Reichstag tenha sido incendiado por, ou em nome de, líderes importantes do Partido Nacional Socialista".

As pessoas gritaram e deram vivas, jogaram o chapéu para o alto. Lágrimas de alívio brotaram dos meus olhos enquanto eu abraçava Hans. Eu vinha sentindo mais medo do que imaginava.

Na Alemanha, Hitler ficou furioso. Mais tarde escutamos seu pronunciamento ao Reichstag no rádio, pois queríamos saber que efeito o contrajulgamento tivera nele. "Um exército de emigrantes está ativo contra a Alemanha", trovejou o Führer. "Tribunais estão sendo estabelecidos à vista de todos no exterior numa tentativa de influenciar o sistema de justiça alemão... Jornais revolucionários alemães estão sendo impressos continuamente e contrabandeados para a Alemanha. Eles conclamam abertamente atos de violência." Ele fez uma pausa, depois acrescentou: "Os assim chamados programas de 'rádio negra' feitos no exterior são transmitidos na Alemanha exigindo assassinatos".

Não sabíamos nada sobre as emissoras de rádio de resistência, mas, quanto ao contrajulgamento e aos jornais, acreditamos que tínhamos acertado na mosca, que aquilo era um sinal de que nosso trabalho estava dando resultado. Não estávamos com medo.

Ainda assim os nazistas não recuaram e executaram o pobre e desamparado Van der Lubbe, o bode expiatório deles para o incêndio. Mas o parlamentar Torgler e os três comunistas búlgaros que, para todos os efeitos, o tinham ajudado escaparam — simplesmente não foi possível, diante da publicidade mundial que nosso julgamento em Londres tinha gerado, executar todos eles.

Depois disso, sentimos como se nossa própria situação houvesse mudado, embora nenhuma lei sobre nosso status tivesse sido alterada. Notícias de jornais de Londres a Paris e Nova York reconheceram que nossa pátria fora dominada por um regime de terror. Nossa fuga foi vista como legítima. Tínhamos a esperança de que as restrições em relação a nós logo fossem diminuir, para que pudéssemos falar livremente do que estava ocorrendo na Alemanha e talvez até trabalhar de forma declarada contra o regime.

Enquanto descíamos, amontoados, os degraus do lado de fora do tribunal, alguém quis tirar uma fotografia. Ficamos juntos, um grupo heterogêneo de exilados. Dora e Toller estavam um degrau abaixo de mim, à minha esquerda.

"Belo discurso", ouvi-a dizer, olhando para a frente.

"Agradeço a *você*", disse Toller, como se realmente estivesse querendo dizer isso. Ela olhou para ele.

"Não, sério. O mérito é todo seu", disse Dora, sorrindo. Então ele se virou e a beijou nos lábios. Foi a única vez que eu cheguei a ver algo entre eles em público. Em algum lugar, deve haver uma fotografia.

Dora saiu com Toller e os outros organizadores para jantar com os juízes. Hans e eu caminhamos com Mathilde e Eugen Brehm até um pub perto dos tribunais. Sentimos que agora podíamos ocupar mais espaço na calçada, falar mais alto. O pub estava escuro e fumacento mesmo no horário do almoço, e as mesas praticamente cheias. Werner, o amigo de Hans, já estava lá, esperando por nós. Pedimos cervejas e doses de vodca, tigelas de nozes.

Hans ficou entretendo a mesa com piadas sobre as diversões de Göring movidas a cocaína e seu gosto por se fantasiar — as peles de urso com medalhas penduradas, seus garotinhos de carinha bonita; como o vaidoso gigante jogava tênis com uma redinha no cabelo. Bem, não eram piadas de fato, porque era tudo verdade, mas ficamos rindo e batendo na mesa. Werner gargalhou e balançou a cabeça. Como de costume, ridicularizar nos fazia sentir mais seguros. Hans estava gostando das histórias lascivas dele e de sua atenção. Assim que terminou uma piada, ele passou a mão pela minha coxa e apertou-a no alto, firme como um ponto final.

Vi Helmut atravessar o pub lotado, avançando de lado em meio à escuridão até a nossa mesa. Quando chegou onde estávamos, ficou parado ali segurando o chapéu com as mãos. De novo ele estava com um olhar encovado e a pele acinzentada. Os outros pararam de rir.

"Setenta e duas horas", ele disse, a voz baixa. "Tenho de me apresentar à embaixada alemã em setenta e duas horas. A Scotland Yard me entregou."

A vitória tinha acabado. Comecei a chorar. Os outros procuraram, atrapalhados, abrir espaço para ele se sentar. Mathilde me estendeu um lenço limpo. Helmut empoleirou-se no banquinho como se estivesse prestes a ser arrastado daqui pelos cotovelos, ou como se mal pudesse decidir, em seus últimos dias de liberdade, onde gastar cada minuto. Seus olhos tinham um tom amarelado, ele estava falando tão rápido que a saliva se acumulava nos cantos da boca.

No congresso sindical, revoltado com o assassinato de Lessing e achando que estava entre amigos, ele não conseguiu se conter, ele explicou. Tinha se erguido durante a plenária e dito que a Alemanha Nazista era uma ameaça não só para aqueles dentro de suas fronteiras, mas para os do lado de fora também. "Tudo que eu disse foi que o movimento sindical internacional", ele ergueu o punho enquanto falava, "deveria apoiar todos os seus membros, independentemente da situação em que se encontravam. Foi só isso." Ele ficou encarando o centro da mesa.

No hall de entrada do prédio do congresso, um policial à paisana da Scotland Yard educadamente se apresentou e pediu para ver os documentos de Helmut e a autorização de residência. O policial anotou seu endereço e desejou-lhe uma boa tarde. Três dias depois sua autorização foi cancelada. Agora eles o estavam mandando de volta para Hitler.

Nós sabíamos que, sem um passaporte, seria impossível tirar Helmut do país. Era quase certo que ele estava sendo seguido. Qualquer um que o ajudasse seria expulso com ele. Meus olhos encontraram os de Hans. Eles provavelmente estavam aqui, no pub. Iriam, com certeza, vigiar nosso apartamento.

Helmut bebeu duas vodcas num trago. Ele não parava de passar as mãos no cabelo. Não sabia qual seria o campo de concentração, nos disse, irônico. "Mas tenho certeza de que haverá muitos camaradas lá."

Senti de imediato um abismo negro se abrir bem debaixo desta mesa com marcas de copo, entre aqueles que poderiam sobreviver e este homem que provavelmente não sobreviveria.

Quando Helmut chegou a Oranienburg, eles quebraram seu nariz e sua mandíbula. E obrigaram um amigo próximo dele, do sindicato dos tipógrafos, a fazer o resto. O amigo chorou amargamente, mas mesmo assim chicoteou Helmut até sua pele descolar. A última notícia que tivemos dele foi que pegara cólera e estava limpando as latrinas do campo de concentração.

Quando Hans e eu chegamos em casa do pub, o paletó de Toller estava pendurado numa cadeira da cozinha. Hans ficou andando de um lado para o outro, incapaz de sentar.

"Vamos para a cama", eu disse.

Ele não conseguia parar de se mexer. "Não podemos ficar aqui!", gritou. Suas mãos estavam rígidas e espalmadas. "Somos alvos fáceis aqui em cima." Havia veias no branco dos seus olhos. Parecia que ele ia quebrar alguma coisa. "Guerra eu aguento!", gritou, apoiando-se no braço do sofá verde. "Eu aguento lama, escuridão — sangue, as lutas, as mortes. Mas isto — esta coisa invisível, esta espera..." Ele falava alto, até que se sentou pesadamente. "Somos inúteis. Refugiados são fracos. E inúteis."

Aproximei-me um pouco, depois pensei melhor e sentei numa cadeira junto à mesa. Hans era um bêbado dócil, só às vezes ficava sarcástico, seu rosto facilmente se contraindo enquanto ria de suas próprias piadas. Outras vezes oscilava entre a autocomiseração e o ódio de si mesmo. Mas hoje era diferente. O medo deixa as pessoas mais sozinhas do que nunca. Escolhidas pelo dedo de aço da morte, elas são afastadas de seus pares e veem o tempo do seu próprio fim, a carta com seu número mostrada na sua cara.

Ele ergueu-se de um salto. "Nossos esforços são patéticos", explodiu, cambaleando para o corredor e chacoalhando a porta do armário de arquivos. Estava trancada, como de costume. "Está vendo? Ela nem sequer confia na gente!"

"Para com isso." Fui segurá-lo, mas ele me repeliu.

"Ou será que eu deveria dizer em *mim*?" Seus olhos eram fendas. "Ela não confia em *mim*. Qualquer que seja a merda que ela guarde aqui dentro", ele esmurrou a porta do armário com o punho, "está nos tornando alvos — todos nós." Ele fez uma pistola com dois dedos e encostou na minha cabeça, depois na dele. "Você, eu, Dora — *bum*! — alvos."

"Vamos ali fora." Puxei-o pela manga. "Por favor, você vai acordá-los."

Na sacada ele ficou virado para a frente, de costas para mim. Peguei uma cadeira. Depois de um tempo, o ar à sua volta mudou. Ele veio até mim e gentilmente ergueu meu queixo.

"*Você* não está com medo?" Ele perscrutou meu rosto, como se eu estivesse escondendo meu medo em algum lugar para deixá-lo ainda mais sozinho.

"Estou." Afastei minha cabeça das mãos dele. Eu devia tê-lo consolado mais. Mas não foi o que eu fiz. "Não podemos não fazer isso", eu disse. "Não há mais nada que possamos fazer."

Ele se agachou na minha frente com os antebraços nos joelhos, olhando para o chão. "Você é tão..." Ele estava com os dentes cerrados e balançava a cabeça. Estremeci. "... *boa*." Seus joelhos então bateram no concreto e ele soltou um som animal terrível, em espasmos irregulares. Seu rosto ficou brilhante de muco e seus olhos eram pequenos orifícios ardentes. Ele deixou que eu o segurasse. Depois de alguns minutos, respirou fundo o suficiente para dizer alguma coisa.

"O que foi?", perguntei, a cabeça dele no meu peito.

"Eu... não... sou ninguém."

Lá dentro ele se serviu de um uísque, depois outro, e então foi fumar na cozinha. Quando fomos para a cama, ele acalmou sua respiração à força, fingindo dormir. Ele não queria ser tocado. Por fim, dormi antes dele, o sono frágil e solitário de meia cama.

# Toller

Eu não tinha certeza do quanto o rapaz da Scotland Yard estava ali para me proteger ou para denunciar minhas atividades "políticas". Certo dia, dei meia-volta rápido e o agarrei pelo cotovelo na rua. Ele tinha olhos azuis e cílios pretos, e parecia morto de medo — não tanto de mim, acho, mas de descobrirem que ele não estava fazendo seu trabalho direito. "Você deveria tomar cuidado com a turma alemã", eu disse, "eles estão na minha cola há semanas." Ele apenas piscou.

"Sabe", acrescentei, "se vocês somassem esforços, você poderia até tirar uma folga a cada dois dias." Ele nem mesmo esboçou um sorriso.

Na manhã em que ia me apresentar no contrajulgamento, cumprimentei-o tirando o chapéu. Depois o deixei do lado de fora do prédio do tribunal, junto com a turba de refugiados e repórteres. E sem dúvida outros, uniformizados ou não, alemães e ingleses, de olho em todos nós.

O contrajulgamento foi uma vitória. Eu realmente não estava em Berlim quando o Reichstag foi incendiado, mas Dora tinha me contado tudo o que sabia, e eu iria, é claro, apoiar os esforços dela sempre que pudesse. Minha performance me parece ridícula agora, porque ela é que tinha sido presa no meu lugar. Se ela era uma garota de bastidores, o que eu era? Seu vocalista?

Depois disso, o *maître* do Claridge's me reconheceu e nos levou até minha mesa preferida. Jantamos como reis: *foie gras*, carne de boi, vinho francês, charutos. No final do jantar, um refugiado que eu não conhecia se aproximou da nossa mesa e falou no ouvido de Dora. Toda a alegria desapareceu do seu rosto, como uma luz se apagando. A Scotland Yard estava expulsando um dos membros do Partido Socialista Operário daqui, por causa de sua atividade política. Dora quis ir para casa imediatamente.

No apartamento, a cama de casal ocupava quase todo o quarto dela, não havia nenhum outro lugar para sentar ou ficar de pé. Papéis estavam empilhados ao longo da parede abaixo da janela e ao lado da porta, no que ela ironicamente chamou de seu "sistema de arquivos". Ela tinha o hábito de trabalhar na cama.

Dora sentou na ponta da cama e ficou olhando para a janela, mordendo com fúria a pele ao redor das unhas. Ela tinha alertado Helmut, pedindo que tomasse cuidado, disse. Mas ela parecia estar com mais raiva de si mesma do que de qualquer outra pessoa, como se por alguma ação de inteligência e previsão impossível ela pudesse ter impedido o que acontecera. Fiquei parado perto da janela. Estava escuro e chovia. Um sujeito com cara de coitado que eu ainda não tinha visto andava de uma ponta a outra da quadra em frente, a gola do casaco levantada sob o chapéu.

"Minha sombra da Scotland Yard esqueceu o guarda-chuva hoje", observei.

"É bem isso", ela gritou, atirando uma das mãos na direção da janela. "Eles nem precisam mandar a Gestapo para cá. Whitehall está fazendo o trabalho de Hitler para ele."

Sua raiva dela era daquelas que beiravam as lágrimas. Eu não sabia bem o que fazer. Às vezes me sentia intimidado com ela, como um filho andando na ponta dos pés perto de um pai mal-humorado. Tirei uma pasta de arquivo da cama e sentei. Tocar ou não tocar. No final escolhemos nos tocar, encontramos consolo naqueles minutos, naquela carne surrada.

Fiquei deitado com a cabeça no travesseiro enquanto ela sentava e fumava. O teto do quartinho era insano e irregular como uma coisa viva, a palma de uma mão pálida pairando sobre nós. Virei de lado. Havia pequenas anotações fixadas na parede ao lado da cama — lembretes para ela mesma, listas, citações, uma fotografia do pai dela de esquis. Reconheci parte de um discurso que tínhamos escrito juntos e o tirei da tachinha.

"'O medo é a base psicológica de uma ditadura'", li em voz alta. "'O ditador sabe apenas que o homem que venceu o medo está fora de seu alcance e é seu único inimigo perigoso. Pois quem venceu o medo venceu a morte.'" Olhei de novo para o teto. "Nada mal", disse. "Na minha humilde opinião."

Dora expeliu um anel de fumaça. "Não ando vendo muito isso de dominar o medo por aqui", disse. "Nem de dominar a morte, aliás." Estava sentada contra a cabeceira da cama com um braço na barriga e o outro cotovelo apoiado no pulso. Havia uma pintinha logo acima do seu mamilo, um ponto preto perfeito. Ela olhou para mim. "Para falar a verdade, no fundo nunca entendi esse aí." A dureza tinha sumido de sua voz.

Dora achava que às vezes eu me deixava levar pela minha retórica, o som das palavras gerando mais palavras sem nenhum esforço mental por trás delas, como a partenogênese de criaturas se autorreproduzindo, suas marcas vibrantes e exortatórias superando todo e qualquer sentido analisável. Era seu trabalho me pôr nos trilhos. Desta vez não tinha sido o caso.

Apoiei-me de lado no quadril, o queixo na palma da mão.

Seus olhos eram pretos, atentos. "Não estou dizendo que podemos vencer a morte de um jeito literal", respondi. "O que quero dizer é que, se não temos medo de morrer, Hitler não tem como nos chantagear. Ele não pode nos subornar com a nossa vida para nos fazer parar."

Ela assentiu. Depois apagou o cigarro na tampa do vidro de geleia que usava como cinzeiro e deslizou para baixo das cobertas para ficar de frente para mim. Colocou uma mão no lado da minha cabeça. "Você não tem medo de morrer?" Ela me olhava olho no olho.

"Não quero morrer", eu disse, "mas não tenho medo." Ouvimos a porta da frente se abrir e fechar, a voz de Hans e Ruth no apartamento. Ela abriu os lábios para falar. Pus dois dedos em sua boca. "Às vezes, porém, é difícil não querer."

Ela não se ergueu nem me exortou a agir, a revisar correções, a fazer só mais uma coisa prática. Não preencheu o silêncio constrangedor com palavras de falso consolo. Esta era a sua coragem: enxergar o que havia ali. E foi aí que eu soube que ela entendia os períodos negros. Tirei os dedos de sua boca e as palavras desabaram.

"Não me deixe", ela disse.

Depois disso a ternura voltou, o amor em nome do amor. Quando terminamos, ouvimos os soluços de um homem, desconsolados e imprevisíveis, vindos da cozinha.

# Ruth

Acordei primeiro. Soube, pela luz no quarto, que seria um bom dia para as docas. Então a noite — Helmut — voltou para mim como um soco. Fiquei imóvel, aguardando Hans se mexer. Eu tinha a esperança de que o sono tivesse resolvido alguma coisa, de que a escuridão tivesse encoberto seus temores. Mas quando ele se sentou na cama, longe de mim, o peso daquilo ainda estava ali em seus ombros.

Estávamos comendo torrada com geleia quando Dora saiu do quarto. Ela guardou alguns documentos no armário do hall, depois foi fazer café. Não parecia descansada.

"Que noite", disse. "Vocês dois estão bem?"

Fiz que sim com a cabeça. Hans baixou o garfo.

"Foi o próprio Helmut quem provocou isso, na verdade", disse Dora, despejando grãos no moedor. "Embora não sirva de consolo para ninguém. Ele não devia ter aberto a boca daquele jeito em público." Ela parecia realista, até insensível, mas eu via que estava triste.

"Como se isso fizesse alguma diferença", resmungou Hans. "Provavelmente eles já estavam atrás dele."

O tom de Dora não se alterou. "Duvido." Era a calma dela o que mais o enfurecia.

"Eles vão vir atrás de nós agora!" Hans ergueu-se de um salto, sua cadeira caindo com estrépito no chão, suas mãos balançando no ar.

"Acalme-se", disse Dora. "Isso não vai acontecer." Ela se virou para colocar a cafeteira no fogão. "Pelo menos não com você."

Estremeci. Ela sempre ia longe demais.

Hans cerrou os dentes. Seu tom de voz abaixou. "O quê? Você acha que eu não sou um alvo?" Ele estava pronto para ser insultado a qualquer momento por não estar fazendo o suficiente contra Eles, e para depois culpá-la por essa sua incapacidade — por ela não compartilhar as informações mais importantes da Alemanha.

"Não", disse Dora, virando-se para encará-lo. Ela falou num tom controlado, como se com uma criança tendo um acesso de raiva. "Só quis dizer que você tem sorte, Hansi, e que isso não vai acontecer com você."

Os olhos dele se estreitaram. "E isso é graças a você?"

"Relaxe. Não vai acontecer com *nenhum* de nós", disse Dora. Ela fez um gesto amplo com as mãos. "Olha. Não há muito que a gente possa fazer a respeito, independentemente do que venha a acontecer. Se ficarmos pensando só em nós mesmos, o medo vai vencer. Precisamos pensar no trabalho."

"Que trabalho?", gritou Hans, indo até o hall.

Dora ergueu os ombros para mim como se dissesse: o que foi que eu disse?

Examinei o piso de linóleo, um padrão pequeno e hachurado em verde e branco.

O apartamento estava silencioso. Então, do hall veio um ruído abafado, um som de papéis. Hans estava mexendo no armário, arrancando papéis das prateleiras. Dora devia ter esquecido de trancá-lo. Ele virava de um lado para o outro como um homem num globo de neve. Pilhas de papéis despencavam e caíam, pastas de arquivos vomitavam seu conteúdo. Carbonos azuis pousavam suavemente no chão.

Dora disparou na direção dele: "Pare! Não ouse…". Ela se deteve antes de fazer contato; algo tinha explodido dentro de Hans. Ele girou e se voltou para as prateleiras até elas estarem vazias e o chão sumir.

Dora se voltou para mim. "Fique de olho nele", ordenou. "Preciso limpar a sala de audiência esta manhã. Cuido disso", ela apontou para a bagunça, "mais tarde." Ela pegou as xícaras de café da cozinha e voltou para o quarto.

Hans passou por mim sem dizer uma palavra e fechou a porta do nosso quarto atrás de si. Entrei mesmo assim.

Ele estava sentado na cama com a cabeça entre as mãos, perdido.

"Ela sempre faz isso comigo." Sua voz estava mais calma, mas furiosa, como se à beira das lágrimas.

"Ela estava tentando tranquilizar você", eu disse, embora soubesse que não era só isso.

Ele me ignorou. "Ela não consegue deixar de enfiar a faca e depois torcê-la bem devagarzinho", disse ele.

Hans passou um bom tempo no banheiro. Dora e Toller saíram sem comer.

Tomei banho depois dele. Quando saí do banheiro, ele estava sentado de roupão diante do armário, organizando as pilhas de papéis, embora fosse impossível saber como Dora as arrumava. Ele ficou de pé. "Me d-desculpe", disse, as mãos desesperadamente inquietas ao lado do corpo. Alguns papéis, dobrados, apareciam no bolso de seu roupão.

"Deixe tudo aí", eu disse. "Eu cuido isso." Ele ensaiou passar por mim. Apontei para o seu bolso. "Esses aí também."

Ele olhou para baixo, como se surpreso. "Eu só estava tentando achar um lugar para eles", disse, tirando-os cuidadosamente do bolso e colocando-os de volta no chão. Mas eu ainda podia ver um, dobrado, lá dentro.

"Esse aí também". Apontei.

Ele colocou a mão sobre o bolso. "Este é meu."

Olhamos um para o outro. Lágrimas brotaram, quentes, dos meus olhos. "Me mostre."

"Não."

Como cheguei a esse ponto, policiando meu próprio marido? "Se você não me mostrar", eu disse, "vou ser obrigada a contar para ela." Eu me odiei.

"É meu." Seu rosto se contorceu. Tive a súbita e desagradável sensação de que ele estava dizendo a verdade. Coloquei a cabeça entre as mãos. Escutei-o pegar o papel. Ele o estendeu para mim, lágrimas escorrendo de seus olhos.

Era uma folha arrancada de seu caderno, com orelhas e gasta como se ele a guardasse na carteira para tocá-la como um talismã. Estava toda escrita. Quando olhei mais de perto, vi que eram apenas quatro palavras, sempre as mesmas, escritas de novo e de novo, linha após linha. *Vai ficar tudo bem. Vai ficar tudo bem. Vai ficar tudo bem. Vai ficar tudo bem. Vai ficar tudo bem...*

"Sinto muito mesmo", eu disse. Ele não tinha nenhum lugar para ir além do nosso quarto.

Quando Hans saiu do quarto, percebi que ele havia se vestido com mais apuro que de costume, talvez para se sentir melhor. Ele tinha um lenço no bolso do peito de seu melhor terno; o cabelo estava perfeitamente repartido. Ajeitando as coisas de fora para dentro. Ele saiu dizendo que ia "espairecer" e que depois iria à biblioteca à tarde. Não almoçaria comigo.

Eu estava acostumada com seu apuro no vestir. Tínhamos conversado sobre o odor de desespero que nossos amigos no limiar da pobreza exalavam — os agradecimentos calorosos demais de um refugiado ao apertar energicamente a mão de um editor ou benfeitor em potencial, os olhos brilhando com a esperança de só uma tradução, só um artigo encomendado. Os homens se traem com punhos surrados e joelhos puídos, sapatos com buracos nos dedos e colarinho virado para esconder o desgaste: sinais reveladores de que você estava fazendo aquilo para ter o que comer. Nós não éramos pobres, mas Hans sentia que para que os outros confiassem nele ele precisava evitar a todo custo que sua necessidade se revelasse. "Aparência conta", costumava dizer a si mesmo. "Tenho que ter isso em mente."

Hans havia me confidenciado algumas vezes — à noite na cama ou quando almoçávamos juntos na casa de chá — seus sonhos para o futuro. Percebi pela complexidade deles que esses projetos tinham sido esculpidos e acalentados por muito tempo; eram como rolos de filme que ele podia projetar em sua mente sempre que quisesse, para levantar o ânimo. Quando tudo isto acabasse, iria editar sua própria revista em cores, uma *Time* para uma nova Alemanha. Ele seria uma figura importante, exerceria influência sobre um novo amanhecer em Berlim; políticos e celebridades iriam valorizar sua opinião sobre eles. Nós iríamos ter uma casa de campo na região de Grunewald, cinco empregados uniformizados e um carro. Passaríamos férias em iates. Iríamos ver as pirâmides. Eu não ambicionava uma casa de campo, empregados ou um iate, mas não dizia nada. Percebi que ele precisava de uma projeção do futuro e eu não iria tirar isso dele.

Com o tempo, porém, seus sonhos foram se desgastando e a eficácia deles diminuiu. Quanto mais atrocidades os nazistas cometiam, e quanto mais nenhum país estrangeiro protestava, mais parecia a Hans que a história iria lhe roubar a vida a que ele tinha direito. Um hiato se abriu entre seus sonhos e os dias na Great Ormond Street, maior do que todos os que ele já tivera de transpor antes. Maior do que o hiato entre a casinha paroquial em Nienburg e nossa vida em Berlim, entre o soldado que voltou e o jornalista renomado, entre o gago e o bom de papo, entre o ariano e o judeu. Era um hiato que, se ele desandasse a sonhar durante à tarde, ameaçava fazer com que à noite esta vida lhe parecesse insignificante, se reduzisse a nada. Eu sabia, pelo jeito com que a porta batia, a bolsa era jogada, que voltar para cá era como voltar para uma vida que ele considerava indigna dele.

Mas no dia seguinte ao contrajulgamento algo mudou. Hans voltou para casa cedo, pouco antes do almoço. Eu ainda estava lá, fazendo o melhor que podia com os arquivos. Ele irrompeu porta adentro.

"Já sei!", disse. Sua camisa estava úmida, seu rosto brilhante e seu cabelo despenteado. "Posso ir ver Bertie — é isso que eu posso fazer." Ficou andando de um lado para o outro pelo minúsculo hall diante do armário onde eu estava, sem olhar para mim. Disparava as palavras, os planos já feitos. Quando encontrei seus olhos, vi que eles estavam vivos como há muito não ficavam — minúsculas chamas de esperança novamente acesas. Ele iria parar de trabalhar no romance naquele instante, disse. Bertie estava ainda mais desprotegido do que Lessing estivera, e Hans achava que deveria ir a Estrasburgo lhe fazer companhia e animá-lo.

"Depois talvez eu possa publicar aqui artigos do seu *Serviço de Imprensa Independente* e mandar o dinheiro para ele." Se desse certo, Hans disse, ele talvez conseguisse ajudar outros exilados vendendo o trabalho deles para publicações britânicas. "O que você acha?", ele finalmente perguntou. "Se não posso escrever meus próprios artigos, posso pelo menos servir de intermediário."

Aquilo não fez muito sentido para mim, mas entendi que Hans queria sair do apartamento. Suspeitei que ele mesmo talvez quisesse obter alguma informação de Bertie, para não precisar mais depender que Dora lhe passasse material. E concluí que com minha falta de confiança eu o tinha decepcionado. Meu raciocínio foi só até aí. *Gezwungene Liebe tut Gott weh*. Ninguém pode obrigar ninguém a amar.

Depois de uma semana ele partiu.

No dia do meu vigésimo oitavo aniversário, Hans ainda estava na França. A sra. Allworth chegou com uma cesta coberta por um pano xadrez. Alguma coisa se mexia ali embaixo.

"Para você", ela disse.

Ao tirar o pano de prato, encontrei uma pequena bola de pelo preto e branco. O gatinho ainda tinha os olhos meio azulados, uma minúscula e perfeita forma de vida. Desatei a chorar.

"Pronto, pronto", disse a sra. Allworth, "eu só achei que..."

"Não. Eu adorei", disse. Eu não estava mais acostumada a gentilezas comuns; à beleza em uma cesta.

Chamei-o Nepo, por causa de João Nepomuceno, que se recusou a revelar os segredos de uma rainha. Ele se tornou um gato de colo peculiar e amigável, e eu lhe contava tudo.

"Vou te contar tudo", eu digo à enfermeira.

"Que bom", ela responde. Esta eu ainda não tinha visto; ela deve fazer o turno da noite. Tem pele escura, um anjo da noite com uma pedra preciosa no nariz. "Que bom mesmo, Ruth."

# Toller

A fotografia no jornal mostra o vapor *St. Louis* na noite do porto de Havana, iluminado como uma árvore de Natal pelos holofotes dos barcos da polícia e por lâmpadas balançando nos deques, para impedir as pessoas de pular. Leio também minha própria carta, exigindo que "esta nação fundada por aqueles que fugiam da perseguição aceite agora esses refugiados que fogem de uma barbárie que busca entrar em guerra com todos nós".

A velha história de sempre. O que Auden dizia? Ele já não podia acreditar no melhor do ser humano. O rabino de olhos azuis da nossa vila em Samotschin costumava falar comigo como se eu fosse adulto, mesmo quando eu só era uma criança. Precisamos acreditar em Deus, ele me disse, porque senão teremos de acreditar no homem, e com isso só vamos nos decepcionar.

Quando ela chega, está vestindo as mesmas roupas, embora eu saiba que é um novo dia. Seu rosto está levemente empoado; o arranhão vermelho na testa desapareceu. Ela está muito pálida. Ela coloca minha passagem em cima da mesa.

"Estão dizendo na agência de navegação que houve suicídios

no navio", diz, tentando manter a calma. "Não consigo mandar um telegrama para Paul, eles não os deixam ter nenhum contato com parentes, então não temos como saber..."

Ergo-me e a seguro pelo cotovelo, levando-a para a outra poltrona confortável. "Você já viu o *New York Times* de hoje?"

"Não."

"Há um novo plano. Deixá-los desembarcar na Ilha de Pines. Estabelecer, talvez, uma colônia de judeus lá." Vejo alívio e esperança caindo sobre ela, depois uma onda de desespero. "É difícil com ele tão perto, não é?" Ela assente. "Mas", toco seu ombro, "talvez dê tudo certo."

"Certo", ela repete. Clara se vira automaticamente para pegar o bloco e o lápis em sua bolsa.

"Alguma correspondência hoje?"

"Ah. Esqueci. Vou ver agora."

Quando ela retorna — ainda nenhuma notícia de minha irmã —, recomeçamos.

Depois de os britânicos terem mandado de volta aquele tipógrafo para o campo de concentração, o pânico se espalhou entre os refugiados em Londres. Correram boatos de que havia informantes entre nós. Dora disse que algumas almas perdidas achavam que atuar como informante para a Grã-Bretanha podia ajudá-las a conseguir um visto e que atuar como informante para os alemães poderia protegê-las Deles. Na visão dela, não havia muito o que fazer sobre isso; você só precisava ser cuidadoso com suas informações.

Hans Wesemann veio me ver não muito tempo depois do contrajulgamento. Ele estava todo servil e autodepreciativo. Conversamos sobre a visita que ele me fez na prisão — àquela altura já fazia mais de dez anos. Ele brincou, dizendo que eu tinha sido uma "audiência cativa", depois se desculpou, com bastante sinceridade até, por ter pedido que eu traísse meus companheiros revolucionários. Ele disse que era, infelizmente, o tipo de pessoa que pensa primeiro em se salvar — "*Sauve qui peut*", comentou com um sorrisinho — e que se esquece que outros têm prioridades maiores.

Enquanto ele falava, fiquei olhando seu belo rosto, tão ridiculamente bonito que você podia se perder nele. Como se sua aparência fosse exatamente o que os eugenistas ambicionavam para a nossa espécie, e o resto de nós não passasse de experimentos malsucedidos.

Wesemann tinha vindo se oferecer para vender manuscritos meus para editores britânicos, por uma pequena comissão. Quando expliquei que já lidava diretamente com meus editores, ele insinuou que eu talvez precisasse de "material fresco" e me ofereceu uma viagem com ele para irmos ver Berthold Jacob em Estrasburgo. Ele disse que com a informação de Jacob e o meu currículo, eu poderia escrever algo "absolutamente devastador" sobre a Alemanha e alcançar o maior público possível aqui. "Chamaria mais atenção que *todos* os outros", ele disse, com ar bajulador. Eu respondi que iria pensar no assunto.

Dora revirou os olhos quando lhe contei. "Pobre Hans, está desesperado", disse. "Outra vez querendo fazer sucesso através de você. De certa forma, não é culpa dele", acrescentou. "Não há lugar para um satírico. Zombaria é inaceitável nas atuais circunstâncias."

Quando ele me escreveu falando sobre isso uma semana depois, recusei.

Depois de o meu discurso no contrajulgamento ser noticiado no mundo todo, meu editor decidiu apressar a publicação de alguns ensaios meus.

Dora me ajudou a corrigir as provas em inglês. Trabalhamos em quartos separados porque eu não suportava ouvir seu lápis movendo-se pelo papel. Suas correções geralmente consistiam de bons cortes — ela tornava meus pensamentos mais claros e a expressão do meu eu menos egocêntrica. Mas como um paciente melindroso, eu não queria ouvir as incisões. Certa vez, ela entrou segurando uma página dupla. Tinha restos de borracha no peito e seus pés eram coisas mascaradas enfiados em meias.

"Só estou na dúvida se é isto que você quis dizer aqui." Ela deu uma olhada para mim antes de começar a ler. "'Às vezes o homem é acometido por uma doença, psíquica ou espiritual, que lhe rouba toda a vontade e determinação e o deixa sem rumo e à mercê de um desejo de morte, um desejo que o atrai de forma irresistível para a destruição, para um salto louco no caos'." Ela ergueu os olhos, a expressão neutra.

"Sim?", perguntei. É muito mais fácil escrever algo do que falar sobre.

"Bem, é isto", ela se voltou para as folhas, "que vem depois..."

"Eu sei o que vem depois."

Ela leu em voz alta mesmo assim. "'A velha Europa sofreu dessa terrível doença e com a guerra ela se atirou no abismo do suicídio'."

Eu não disse nada. Fiz com que ela dissesse.

"Não tenho certeza..." Seus olhos desviaram para a janela, depois voltaram para mim. Respirou fundo. "Não tenho certeza se faz sentido aplicar a sua psicologia a um continente."

Eu estava preparado. "Não é a minha psicologia."

"Bem." Ela tinha um jeito de falar comigo como se fosse consenso entre nós que cada palavra que eu escrevia tinha valor; elas só precisavam, talvez, ser desembaraçadas. Esse é o dom de um grande editor. Falava de forma gentil, como se ela mesma só estivesse pensando naquilo agora, me mostrando que ela não estava muito na frente — na verdade, talvez eu é que a tivesse feito chegar lá. "A guerra", ela disse calmamente, "não foi causada por uma Alemanha que vagava sem rumo e desejava a morte, e sim por uma Alemanha que agia calculadamente e desejava poder e colônias."

"Você tem razão", eu disse. "Como sempre." Passei os dedos pelos cantos da minha boca. "Mas acho que deveríamos deixar isso."

Ela assentiu, devagar, com a cabeça. Entendeu que eu queria que aquilo fosse dito. E que eu jamais diria isso, publicamente, de mim mesmo.

Eu sabia que Dora já tinha se sentido infeliz; houve vezes em que eu a fiz infeliz. Mas não acredito que chegou a sofrer dessa doença específica, essa que rouba toda a sua vontade e determinação. Não acredito nisso.

# Ruth

Uma mulher usando um lenço na cabeça como uma Madona vem entregar jornais todas as manhãs na enfermaria, com um carrinho. *A notícia nossa de cada dia nos dai hoje...* Vinte anos no colégio metodista, e todas as minhas referências passaram a ser cristãs. Pego os dois jornais, embora nunca consiga lê-los até o fim.

Certa vez, deitada na grama do Regent's Park, Dora vasculhou sua grande bolsa e me passou uma cópia de *The Times*. "Olha isto", disse.

"'Fred Perry: 'Mais Wimbledons me esperam'," li em voz alta na página de trás.

"Tendo um caso com Marlene Dietrich, pelo que parece", disse Dora. "Mas não é isso. Página três."

Abri na página três. A manchete: "Versalhes já era". O artigo fora assinado por um jornalista britânico com "excelentes fontes alemãs".

"É meu", ela disse, radiante.

"Você foi sua excelente fonte, você", eu disse. Ela deu sua característica risada expansiva de jogar a cabeça para trás. Olhei de novo o jornal. O artigo dizia que, apesar de o exército regular da Alemanha estar limitado a cem mil homens pelo Tratado de Versalhes, as organizações paramilitares controladas pessoalmente por Hitler alcançavam milhões. Só a SA possuía dois milhões e meio de integrantes, que brigavam à vontade pelas ruas, impunes.

"Tantos homens", pensei em voz alta. "Ele vai ter de achar alguma coisa para eles fazerem."

"Isso se chama guerra." Dora estava sentada de pernas cruzadas, arrancando folhinhas de grama, passando-as preguiçosamente pela palma da mão, depois jogando-as para o lado. Ernst Röhm, ela disse, queria que Hitler permitisse que a SA absorvesse todo o exército regular, que com isso se tornaria um mero braço de treinamento dos nazistas. Em sua própria defesa, o exército estava ameaçando declarar a lei marcial. "E isso seria o fim de Hitler", disse Dora. "Seja lá o que venha a acontecer", ela deu uma batidinha no jornal, "Versalhes é uma piada."

Comemoramos sua vitória no Marquis of Granby com meia coroa em comida e vinho. Ficamos até tarde, despreocupadas, sem ficarmos olhando em volta no bar ou na rua. No final da noite, voltamos a pé para casa de braços dados, nosso passo sincronizado. A lua era um buraco enfiado no céu, a luz ainda por trás.

Dora saltou os poucos degraus que davam para a porta da frente, depois conferiu a caixa que ficava atrás dela com a correspondência. Havia uma carta de sua mãe, uma de Bertie para mim e um convite para a liquidação da Liberty dirigido a Hans.

"Nada sinistro nisso", ela disse.

"Não tenho tanta certeza", respondi. Ela riu.

Ainda exultantes, corremos degraus acima. Eu estava atrás dela; ela cantarolava alguma música de sucesso inglesa recente, sincronizando com seus passos: "'Quando meu amor/ vier me ver/ vamos sentar em...'".

Nossa porta estava escancarada. A fechadura tinha sido arrancada do batente. Lá dentro, o mundo estava branco, estilhaçado e quebrado. Papéis por todo o chão. A porta do armário do hall à nossa frente também arrombada — documentos cuspidos das prateleiras. Num deles vi a metade de uma pegada cinza de um sapato.

Dora fez sinal para que eu ficasse em silêncio. Foi andando na ponta dos pés até cada cômodo, verificando se eles já tinham ido embora. Depois, sem dizer uma palavra, foi até o armário e começou a juntar seus papéis. Olhei para o chão bem à minha frente e vi um documento da fábrica têxtil em Zeulenroda; outro datilografado e assinado com "S.A. Black Bear".

Fui até o nosso quarto. Todas as gavetas estavam abertas. Roupa íntima, bugigangas, meu diafragma — no chão. Os lençóis tinham sido arrancados da cama, coberta com nossas roupas, os bolsos de calças, casacos e vestidos puxados para fora. A caixa de papelão onde eu guardava minhas fotos estava caída no chão. Saí do quarto.

Na cozinha, a bagunça era terrível. Gavetas tinham sido puxadas e deixadas caídas e todos os armários estavam abertos; cinzas tiradas do fogão haviam sido jogadas pelo apartamento e provocativamente pisadas: eles sabiam que não podíamos chamar a polícia. Um ovo fora quebrado no balcão e Nepo estava sentado lambendo-o, calmo e asseado como sempre. *O que foi que você viu, gatinho*? Eles tinham tirado meus rolos de filme da geladeira e deixado as películas expostas, formando espirais grotescamente festivas em cima da mesa.

Voltei ao nosso quarto. Livros jaziam abertos e com a lombada detonada no tapete; as pontas curvas do varão da cortina tinham sido desenroscadas, como se pudessem esconder alguma coisa. Estavam jogadas de um jeito bizarro no chão, como orelhas arrancadas ou pontos de interrogação.

Dora estava na entrada, ainda sem fala.

Olhei em volta. "Eles não tiveram nenhuma pressa."

"Ou sabiam onde estávamos." Ela segurava um documento. "Se isto ainda está aqui, duvido que esteja faltando alguma coisa." Sua mão tremia. O documento vinha de Bertie, através de uma fonte dele no Exército. Era o que Dora usara para o artigo no *Times*.

Ela gesticulou em volta para os papéis espalhados por todo canto. "Talvez eles tenham fotografado algumas dessas coisas. E deixado tudo aqui como evidência para nos pegar depois."

Entendi suas palavras mas não captei o sentido delas. "Quem são eles?"

Olhamos para a porta da frente, que não podíamos mais fechar, quanto mais trancar.

"Pode ser tanto um quanto outro", Dora disse. Ela batia de leve com os dedos nos lábios.

Eu não queria dormir no apartamento. E se eles voltassem? Mas Dora disse que não podíamos sair; não podíamos deixar todo aquele material ali com a porta aberta. Para que os vizinhos, ou qualquer outra pessoa, o encontrassem. Ela telefonou para o professor Wolf. Ele veio do seu quarto na Boswell Street, vestindo seu cardigã peludo e carregando sua pasta, como se para se convencer de que estava aqui a negócios, ou talvez para dar uma aula noturna especial e excepcional. Parecia mais assustado do que nós.

Prendi uma cadeira debaixo do que restara da fechadura para manter a porta fechada. Depois pus uma mala cheia de livros atrás dela. Dora e Wolf foram para a cama. Eu não consegui ficar deitada sozinha, então passei a noite guardando todas as coisas que haviam sido tiradas do lugar no meu quarto. Quando amanheceu, pus lençóis limpos na cama e tentei dormir.

Antes de Hans voltar da França, já tínhamos uma fechadura nova na porta da frente e um trinco grosso com corrente em cima. Também colocamos fechaduras Yale em todas as portas internas — da sala, da cozinha, dos quartos — e repusemos a do armário do hall. Carregávamos molhos de chaves e nos tornamos nossos próprios carcereiros.

Dora negociou com os outros inquilinos do prédio para poder tampar a claraboia em cima da porta de entrada. Ela disse a eles que tínhamos sido roubados e que eles levaram dinheiro e joias; ela comentou sobre um "surto" de roubos em Bloomsbury.

O sr. Donovan, o gentil corretor de seguros aposentado que morava no apartamento abaixo do nosso, acostumado a avaliar minuciosamente riscos, disse: "Mas eles não entraram pela claraboia, não é?".

"Não", respondeu Dora, "alguém abriu a porta para eles, ou eles deram um jeito de abri-la sem chave."

"É só para atrasá-los, então?", disse o sr. Donovan. Mas ele não se opôs.

Acho que nem nós mesmas sabíamos por que queríamos tampar a claraboia. Não fazia muito sentido. Talvez já tivéssemos perdido a razão e estivéssemos preocupadas com presságios e sinais, lutando contra um inimigo invisível e feroz como Deus.

Dora trabalhou com mais afinco do que nunca depois do arrombamento. Eu fazia serviços de rua para ela, entregava mensagens pessoalmente a outros refugiados, um ou dois em Westminster. Comprava artigos de papelaria, cigarros, comida. Tivemos mais alguns encontros esparsos do partido no apartamento, cujas atas eu fiz. Mas na maior parte do tempo eu queria ficar fora. Trabalhei na sede do PTI na edição seguinte de *A outra Alemanha*. E ia às docas sempre que podia.

Certa vez, no fim da tarde, Dora entrou na cozinha segurando um artigo que ela estava datilografando. Eu lavava a louça.

"Você se importa de escutar isso para mim?" Ela já estava a postos. "É de Toller. 'Às vezes o homem é acometido por uma doença, psíquica ou espiritual, que lhe rouba toda a vontade e determinação e o deixa sem rumo e à mercê de um desejo de morte, um desejo que o atrai de forma irresistível para a destruição, para um salto louco no caos'."

Ela olhou para mim. "Não tem como escrever isso se você não sentiu isso", disse. "Tem?"

Eu não sabia se era uma pergunta retórica ou não. "Não", respondi. "Isso provavelmente não passaria pela *sua* cabeça."

"É o que eu falo para ele." Ela sentou. "Eu digo que seus *insights* vêm daquela parte negra dele. Se Toller negar isso, vai matar aquilo que alimenta sua escrita." A expressão de Dora era de uma franqueza que eu nunca tinha visto. "Você acha que se você ama alguém deveria fingir que certas facetas da pessoa não estão ali?"

Virei-me, afastando as mãos molhadas da lateral do meu corpo. Pensei em Hans a noite toda fora com Edgar, ou examinando amostras de caxemira com Werner Hitzemeyer, também conhecido como Vernon Meyer. Eu tinha dito a mim mesma que todo mundo precisa manter uma pequena vida privada, mesmo no casamento. Não acreditava que, por mais que nos esforçássemos, fosse possível mostrar tudo o tempo todo. Olhei para a mesa, os olhos ardendo e marejados. "Você está perguntando para mim?"

"Ah, Ruthie", ela disse. "Me desculpe." Ela se ergueu e passou os braços em volta de mim, beijando meu ombro de leve. "Não sou boa nisso."

Imaginei que ela quis dizer que não era boa em deixar as coisas subentendidas. Seus pés descalços atravessaram delicadamente o piso de linóleo de volta para o quarto. A máquina de escrever recomeçou.

Naquela noite, me despi antes de lembrar de fechar as cortinas. Enquanto erguia os braços para passar a camisola pela cabeça, vi meu reflexo na janela escura, minhas costelas uma gaiola que continha o meu coração. Lembrei de um dos primeiros encontros que tive com Hans.

Tínhamos ido ao *Rummel*, o circo local. Agosta, o Homem Alado, estava em seu trailer sentado num trono falso. Sua caixa torácica estava invertida, asas de osso empurravam a pele do peito para fora. Uma única divisão celular defeituosa no gameta, e uma vida é virada do avesso, torna-se algo a ser exibido para fazer com que o resto de nós se sinta normal. A seus pés estava Rasha, uma mulher africana nascida na América, com o peito descoberto e conchas penduradas em volta da garganta. As conchas tinham delicados lábios dentados que quase chegavam a se tocar; elas eram minúsculas, vulvas branco-porcelana envolvendo a escuridão dentro delas. Hans não demonstrou o menor interesse por Rasha, mas Agosta o fascinou, com seus belos olhos de poeta, a boca perfeita.

Do lado de fora do trailer, um homem fantasiado de macaco se aproximou de nós. Ele respirava pelo buraco da boca da fantasia. Como é preciso tão pouco — um tanto de pelo, dois olhos de vidro, um focinho de borracha — para transformar alguém em outra coisa. Coçamos o macaco de brincadeira — *Uu uu ahh ahh* —, embora jamais fôssemos tocar num estranho desse jeito. Freud estava em alta na época, e Hans comentou sobre estarmos diante da nossa verdadeira besta interior: queremos ver a criatura coçar a bunda ou limpar o ouvido em público para que possamos nos sentir mais civilizados, embora no fundo saibamos que não somos.

Mas enquanto eu dava tapinhas no pobre sujeito fantasiado, não pensava que fôssemos todos bestiais por dentro, apenas à espera de uma oportunidade para nos satisfazer, escondendo com esforço e sublimação todos os nossos desejos animalescos.

Fiquei me perguntando se não seria o contrário; se dentro de nós não haveria uma versão mais limpa, mais pura e mais sem pelos, nua demais para o mundo.

Sei com base em sua tosse, que um enfermeiro entrou e pegou minha mão para checar meus sinais vitais e rabiscá-los na prancheta que tudo sabe, aos pés da cama. Mantenho meu olho descoberto fechado. Quando ele termina, eu o abro para vê-lo sair. Seu traseiro roça o molho de chaves que alguém deixou no armário perto da porta. Elas tilintam e balançam.

As chaves estavam penduradas do lado de fora da porta do quarto de Dora. Eu tinha acabado de chegar das docas, no meio da tarde, dez dias depois do arrombamento. Nepo saltou para tocar no chaveiro.

"Dora?", perguntei baixinho.

Como não houve resposta, fui até a cozinha e fiz café. Sua grande bolsa estava jogada no sofá. Nenhum barulho de máquina de escrever. Talvez ela tivesse companhia.

Acendi um abajur e comecei a organizar filmes, segurando-os contra a luz. O apartamento estava muito silencioso.

Duas horas depois, bati de novo em sua porta — ela não tinha o costume de dormir durante o dia. Pensamentos indesejáveis de excesso de Veronal, excesso de morfina. Embora, claro, ela fosse a grande especialista nessas coisas.

"Dora?" Nada.

Estava trancada?

Virei a maçaneta. Parecia errado — e se ela não estivesse sozinha? —, mas continuei empurrando. O *shhhh* de papéis se movendo atrás da porta, uma das várias pilhas — toda uma cidade de papel, arranha-céus tortos cobrindo o chão, e eu venho como demolidora.

Ela estava deitada na cama, totalmente vestida. Sozinha.

"Dee?"

Seus olhos abriram.

"Dora?" Percebi a hesitação da minha voz.

Ela olhou na minha direção e sorriu sem entusiasmo, sem erguer a cabeça. "Vem cá."

Aproximei-me da cama. "O que foi? Você está bem?"

"Estou bem", ela disse. "Deite." Ela deu uma batidinha nas cobertas ao seu lado.

Eu deitei, olhei para cima e foi como voltar a Primrose Hill. Na nossa torre senti a terra girar. Ela passou um braço por cima de mim e descansou a testa no meu ombro.

"Às vezes, se fico muito tempo sem me mexer, eu congelo", ela disse, as palavras abafadas pelo meu corpo. Eu sabia que não era de frio.

Comecei a falar, para encher o quarto de som, pintar palavras-imagens, coisas concretas, contidas e, acima de tudo, vivas. Disse-lhe que se você olha pelos galhos nus de um plátano contra o céu branco, dá para ver que as sementes ficam penduradas direitinho, festivas como enfeites de Natal. Disse-lhe que Nepo segurava o rabo com as duas patas para limpá-lo. Disse-lhe que a orelha dela era uma xícara rosa para apanhar notas.

Ela ficou respirando devagar, abraçada a mim. "Não ouse me deixar."

Acho que ela pensou que eu talvez também fosse para a França. "Não vou", eu disse.

Eu não tinha escrito a Hans para contar do roubo porque não havia nada que ele pudesse fazer além de se preocupar. De qualquer forma, ele me mandou um telegrama dizendo que voltaria mais cedo para casa. "Tudo bem por aqui", dizia.

Desci os degraus correndo para encontrá-lo. Ele tinha deixado crescer um bigodinho fino e parecia, de uma hora para outra, muito francês. Apontou para as tábuas toscamente colocadas acima da porta, o rosto contorcido numa pergunta. Deixei escapar uma coisa ou outra sobre o arrombamento. Ele pôs a mão na boca. Por um instante achei que ele não fosse entrar.

"Podemos colocar também uma marca vermelha no umbral", disse.

Fiquei esperando uma piada, desejando que ele ainda conseguisse fazê-lo. "Para avisar que os moradores daqui são Vermelhos?"

"Não." Ele balançou a cabeça, mordendo o lábio superior. "Para esperar que eles passem direto por nós."

A história de Hans e Bertie coincidia.

Todas as tardes os dois saíam dos limites de Estrasburgo, caminhando ao longo do Rio Ill. Os dias estavam ficando mais curtos, a terra trazia a umidade e os primeiros sinais do inverno. Já fora da escola, garotos jogavam futebol num campo sem grama. Eles marcaram as traves dos gols com suas mochilas e os limites do campo com pulôveres, um em cada canto. Havia três em cada time, provavelmente irmãos e amigos, um menorzinho com cerca de nove anos, os outros com doze ou treze. No quarto dia, o mais velho chamou os dois homens para jogar.

Hans e Bertie deixaram os casacos na beira da estrada e cada um entrou num time. Há muito eles não corriam ou sentiam o ar nos pulmões e a alegria de chutar uma bola. Hans sabia o suficiente de francês para conversar.

"Couro de verdade", ele disse, girando a bola num dedo.

"Presente de aniversário", respondeu o menorzinho, orgulhoso como se ele próprio a tivesse costurado.

"Legal", disse Hans. "Eu aprendi com uma bola de trapos. Esta aqui é muito melhor!"

Hans chutava bem quando lhe passavam a bola, mas Bertie era surpreendentemente ágil, driblando os outros e levando a bola até o gol do seu time para que um garoto com joelhos grandes a chutasse entre as mochilas. "Uhuuul!" Os garotos dançaram e deram socos no ar, satisfeitos com seu novo jogador. Bertie abriu um sorriso largo e tirou seu colete.

"Nada mal", disse Hans. Ele esfregou as mãos, sorriu para o seu time. "Agora vamos jogar pra valer."

"Não deem bola pra ele, *mes p'tits*", retrucou Bertie. "Estamos na frente e vamos continuar na frente."

Eles ainda estavam chutando, correndo e rindo, sujos de lama, quando o sol começou a se pôr. Dava para sentir o cheiro da fumaça que saía das chaminés.

"Vocês não precisam ir pra casa, garotada?", Hans perguntou, ofegante, em uma das pontas do campo.

"Nah", respondeu o maior, "não até a hora do jantar."

"Então tá bom." Hans balançou a cabeça num falso pedido de desculpas pelo massacre que estava prestes a cometer. "Vocês é que pediram."

A bola estava no campo de Bertie, mas um garoto magricela e determinado do time de Hans conseguiu dominá-la e passá-la para ele pelo emaranhado de pernas. Hans correu com ela pelo campo, tentando se desviar das perninhas a seu redor. Provavelmente antes da hora, ele deu um poderoso chute. Sua perna se esticou demais e ele caiu para trás; a bola saiu em disparada, não entrando no gol, mas passando bem acima, saindo do campo e indo parar do outro lado do rio. Hans caiu gemendo no chão.

"Desculpe", gritou. "É com vocês agora." Ele não saiu do lugar. "Acho que torci o tornozelo."

Os garotos pareciam inseguros. O menorzinho tentava não chorar. Seu irmão passou o braço em volta dele. Eles começaram a recolher suas coisas.

"Qual é o problema?", perguntou Bertie. "Vamos pegá-la de volta."

"Não temos permissão", o irmão disse. "O rio é o limite."

"Ele é vigiado?", perguntou Bertie.

"Aqui não", disse o garoto, "Só que mais lá adiante, é."

"Certo", disse Bertie, "eu vou lá." Ele olhou para Hans. "Você está bem?"

Hans estava colocando lama no tornozelo. "Vou ficar daqui a um minuto", disse sem erguer os olhos.

Bertie deixou o campo e deslizou pela barragem na margem do rio, onde tábuas que pareciam novas serviam de ponte. O rio não era fundo, mas a água corria veloz. Ele foi na direção em que a bola tinha sido chutada, passando entre dois salgueiros. Céu, mato, árvores e pedras misturavam-se e confundiam-se. Ainda assim, achou que conseguiria encontrar a bola esbranquiçada ali. Do outro lado do rio, havia uma estrada de terra no cume do terreno elevado. A bola devia ter ido parar lá, perto da margem. Pegou impulso e subiu.

Um carro, esperando. Um no banco do motorista, outro do lado de fora. Segurando a bola. Sorrindo.

Bertie, arfando, devolveu o sorriso e ensaiou uma aproximação. "*Bonsoir*", disse. O homem continuou sorrindo.

Então ele entendeu, se virou e saiu correndo, tomado de pânico, o corpo fazendo tanto barulho — peito, pés — que ele não conseguia ouvir se estavam atrás dele. Deslizou a toda pela barragem abaixo, as costas abertas como um alvo. Não sentia nada, nem os pés nem a água.

Quando se juntou aos outros, não conseguia falar.

Os garotos estavam reunidos em volta de Hans, que continuava no chão segurando o tornozelo. Bertie escondeu-se atrás deles e se agachou, encharcado e quase sem fôlego. "Vocês... ouviram... um carro?" foi a primeira coisa que ele conseguiu dizer. Ele os encarava de olhos arregalados. "Vocês...?"

Hans olhou para ele. "O que foi?"

"Um carro."

Então Hans entendeu. Os garotos olharam para as mãos vazias de Bertie. O menorzinho secou as lágrimas na manga.

"Eu vou", disse Hans.

"Não!", Bertie exclamou. "É só uma bola."

Hans se ergueu com cuidado. "Eles não estão aqui por minha causa", disse.

A pior parte, Bertie me escreveu, não foi quando ele viu os homens. Pior ainda foi ficar esperando Hans voltar.

Já estava quase escuro quando Hans voltou, mancando, com a bola embaixo do braço. "Eles falavam francês perfeitamente", ele disse a Bertie em alemão.

"*Pardonnez-nous ce drame.*" Ele sorriu para os garotos enquanto devolvia a bola de futebol ao menorzinho.

Os garotos foram correndo para casa, sem dúvida com histórias de alemães paranoicos e apavorados para contar aos pais.

Bertie pôs o braço de Hans em seus ombros para ajudá-lo a caminhar na direção das luzes da cidade. Os dois sabiam que o carro ainda não tinha acendido os faróis nem dado a partida.

"Falar francês perfeitamente não significa muita coisa", murmurou Bertie. "Ainda assim podem ser Eles."

"Precisamos levar você para longe da fronteira", disse Hans.

Bertie assentiu enquanto andava e ficou aliviado por Hans não poder ver seu rosto.

Bertie tinha um rádio no sótão. "Escuta isso", disse a Hans em sua última tarde juntos, girando o botão. Eles ouviram fragmentos em alemão, holandês, suíço-alemão. Quando encontrou a emissora oficial de Hitler, Bertie murmurou: "Isto".

Hans achou que ele queria escutar um pouco de propaganda, para examiná-la e tentar descobrir o que eles estavam escondendo. Mas Bertie continuou girando mais um pouquinho. "Agora sim", disse, sentando-se.

Era uma única voz, sem anúncios musicados, hora certa nem chamadas sobre a emissora. "Este canal transmite logo depois do de Hitler, na esperança de que as pessoas o encontrem", Bertie explicou. Balançou a cabeça de leve. "Veja se você consegue descobrir quem é."

Uma voz masculina dizia: "Como podemos permitir que esse homossexual gorducho e guloso, esse peidorreiro roedor de unhas represente a Alemanha? Mas, falando sério, eles dizem que o Führer não bebe, que é um solteirão convicto, um vegetariano que não fuma, como se fosse um homem acima dos nossos desejos mais básicos e normais, sem nenhum interesse em se autossatisfazer. Preocupado apenas com o bem-estar da nação alemã. Mas nós afirmamos que ele satisfaz sua sede de sangue de outras formas. Você não precisa ler o dr. Freud para saber que desejos reprimidos simplesmente não desaparecem. Eles se deformam e se movem como um rio cujo curso lhes foi negado, eles continuam fluindo para inundar outras coisas. No caso de Adolf Hitler, essas coisas somos nós".

Hans escutou atentamente. Dez minutos depois, a voz disse: "E por hoje é só, meus amigos. Até amanhã às dezoito horas GMT, ou dezenove horas, horário de Berlim".

O rosto de Bertie se abriu num sorriso largo, meio palhaço, meio enterro, com seu cabelo maluco e despenteado, os dentes feito lápides. "E aí, conseguiu adivinhar?"

"Não poderia ter dito melhor." Hans balançava a cabeça, sorrindo. "Vem da Alemanha? Seria suicídio na certa."

Bert disse que não com a cabeça.

"A voz não me é estranha." Hans alisou seu minúsculo bigode. "Desisto."

"Rudi Formis!"

Rudi tinha encenado uma "dificuldade técnica" grande demais na emissora de rádio em Berlim, e os nazistas foram atrás dele. Escapou pela fronteira com a Tchecoslováquia e imediatamente começou a montar um transmissor de rádio secreto no telhado de uma estalagem em Slapy, com partes de antena e tudo que havia contrabandeado na mala. E dali ele começou a transmitir mensagens anti-hitleristas.

Bertie recostou-se com as mãos atrás da cabeça. "Inacreditável, não é?"

"O homem é um gênio", disse Hans. Seus olhos brilhavam. "Ele deve estar precisando de pessoas — poderíamos escrever para ele?"

"Não", respondeu Bertie, categórico. "Ele está tomando muito cuidado. Não conta para ninguém onde está. Sou um dos poucos que sabem." Ele não escondia o tom de orgulho na voz. "Às vezes eu lhe envio informação, mas é por meio de um intermediário em Praga."

"Fantástico", disse Hans.

"Oi-oi." Há uma cortina que corre num trilho dentro do meu quarto, para me dar privacidade, e assim também as pessoas não levam um susto quando abrem a porta e dão de cara com um espetáculo como *moi*. Mas não dá para se proteger de tudo. Uma mão e uns pelinhos rosados aparecem num dos lados da cortina.

"Você está vestida?" O tom de Bev era ao mesmo tempo sério e preocupado — então ela também sabia como se portar?

"Entre."

"Certo", ela diz. Abre a cortina com um puxão, e ali está ela, um lembrete agitado da minha outra vida, aquela do lado de fora, com biscoitos, gracejos e caminhadas ao sol. Bev veste uma camiseta branca longa e larga sobre seu corpo em forma de travesseiro e uma calça legging por baixo. Em volta da gola da camiseta, há lantejoulas coloridas, e por um momento só consigo pensar em uma casquinha gigante de sorvete de baunilha com granulado colorido. Ela olha em torno, encontra uma cadeira e a traz para perto, largando uma sacola de supermercado cheia no colo.

"E o que há de novo?"

"Quase nada", digo e sorrio para ela.

Ela me sorri de volta. "Trouxe umas coisas de casa para você." Bev tira meus artigos de higiene da sacola. "Xampu, escova de dentes, talco e isto." Põe meu aparelho auditivo, que está dentro de um saco plástico com fecho hermético, em cima da mesinha de cabeceira. "E comprei o jornal de hoje para você." Bev estende o horroroso tabloide sensacionalista que eu não leio, com todo aquele lixo de propaganda saindo de suas entranhas. "E", ela enfia a mão no fundo da sacola, "isto." Bev mostra uma cestinha de vime. Dentro dela, há quatro figos roxo-verdes, os mais apetitosos que já vi na vida, envoltos em uma espécie de palha.

"Não é época", diz Bev, torcendo o nariz, "quatro dólares *cada um.*" Isso foi o mais próximo de uma declaração de amor que eu recebia em um bom tempo.

"Maravilhoso", digo. "Muitíssimo obrigada." Bev sabe que eu amo fruta, embora ria de mim por às vezes eu comê-las com garfo e faca. Eu toco os figos. Os preciosos figos de pele macia trazem sua beleza grávida para este local estéril. Eles lhe custaram quase uma hora de trabalho.

"São simplesmente perfeitos", digo, e vejo que ela fica encantada. Para disfarçar seu prazer, Bev pega o jornal.

"Aqueles assassinos de árvores estão atacando de novo em Woollahra", ela diz, batendo no jornal com as costas da mão. Woollahra é um bairro imponente do subúrbio, onde as construtoras são conhecidas por envenenarem, na calada da noite, figueiras de cento e cinquenta anos da Moreton Bay, para que seus apartamentos tenham vistas mais amplas do porto. Como muitas coisas aqui, isso só fica evidente na negação dos criminosos. "É *nojento*", resmunga Bev.

Olho o jornal e reconheço onde a magnífica árvore costumava estar. O outro lado da fecundidade deste lugar é sua avidez: por sexo, por dinheiro. Esta cidade só quer saber de escapar das consequências disso. Se fecho os olhos, consigo ver a praia de Seven Shillings, logo depois de onde a árvore ficava, uma faixa de areia branca de onde se avista a cidade do outro lado da água, com um ancoradouro verde-azulado numa das pontas. Uma placa pequena num portão de arame informa que se trata de uma praia particular, propriedade das mansões situadas atrás dele, da linha da maré-alta para cima. Mas o portão está sempre aberto e todo mundo, donos das mansões e o público em geral, ignora completamente essa regra. Ficamos todos deslumbrados com a beleza daqui; é um mundo paradisíaco, onde as pessoas matam pela vista, mas onde tudo, de antemão, está sempre perdoado.

"Como?", pergunto. Bev está dizendo alguma coisa.

"Que tal uma massagem na mão?" Ela vasculha sua bolsa à procura de um tubo de creme. "Ah", ela diz, "aqui está sua correspondência." Ela põe as cartas na mesa de cabeceira, todas em envelopes desinteressantes com janela de plástico que eu sei que não vou abrir. Percebo que agora somos só Bev e eu. Ela vai ter de fazer muita coisa por mim.

Bev tira seus anéis e começa a massagear minha mão esquerda. É surpreendentemente encantador o cheiro de frésia, o toque.

"Agora sou um dos seus patos gagás?"

Ela ri. "Nah." Massageia os tendões atrás dos nós de cada dedo. "Você é durona demais."

Olho minha mão velha e enrugada. "Isso é verdade." Bev trabalha nela, a cabeça inclinada, de forma que não consigo ver seu rosto, apenas seu cabelo brilhante que sai, esparso e estranho, do couro cabeludo branco e ceroso. Ela esmurra minha palma, depois vai puxando dedo por dedo. Prende a respiração.

"Você é", ela puxa, "minha", ela puxa de novo, "águia."

Foi mais ou menos naquela época, na primavera de 1934, que começamos a receber cartas ameaçadoras na Great Ormond Street. Elas sempre eram postadas na região, geralmente com uma frase datilografada no meio da página, dirigida a cada um de nós. Não dava para dizer que era algo muito original, mas era eficaz. PREPARE-SE PARAR MORRER, PUTA foi uma das dirigidas a Dora. Eu recebi BOCETAS JUDIAS VÃO MORRER e Hans VOCÊ *ESCOLHEU* ISSO. Havia outras. Nós as mostrávamos uns para os outros e depois as queimávamos no fogão.

Depois de uns dois meses, passamos a receber também ligações no meio da noite. Você atendia o telefone e nada, nem mesmo uma respiração audível. Nas primeiras vezes, eu gritei "Quem está aí? Quem está aí?" no bocal. Dora punha o dedo no gancho para cortar a ligação. "Não lhes dê este prazer", dizia. Hans simplesmente não atendia.

Um dia, fiquei parada na calçada da Farringdon Road, momentaneamente paralisada, o fluxo da vida no calçamento se abrindo e se fechando ao meu redor como um córrego em volta de uma pedra. Fiquei me perguntando se quinze passos atrás de mim alguém que me seguia também tinha parado. Neste lugar nossos destinos estavam sendo determinados por forças que de vez em quando se revelavam — numa ameaça anônima, numa sombra, num telefonema mudo, numa praga de papel branco no apartamento. Eu me sentia como um urso no Coliseu pensando que a situação à sua frente — de natureza esmagadora — é o mundo a ser enfrentado, e no entanto, abaixo dele, mil escravos manobram roldanas que vão mudando cada cena, e o fim está predeterminado por forças muito maiores que toda a força que ele pensa poder reunir.

Um guarda de trânsito estava em cima de um estrado na rua, mexendo apenas os antebraços, como uma marionete. Um ônibus escarlate encosta na calçada, vomitando seus passageiros, todos dirigindo-se a algum lugar. Eles passam por um gari de boné com uma pazinha comprida na mão e, como se fossem um corpo único, desviam de um grupo de crianças que estão saindo da escola. Ao meu redor, a vida se movia, mas eu não conseguia apreendê-la.

Embora soubesse na época que havia forças reais nos ameaçando, nunca mais perdi este sentimento, seja na agitação de Londres ou na beleza de Sydney, em terra ou em mar: de que há um mecanismo complexo em funcionamento, de que há estradas invisíveis no mar e de que há um significado nisso tudo que, por maior que seja o meu esforço, não tenho como desvendar.

Porém estávamos melhor em Londres do que na Alemanha. Na última semana de junho de 1934, nosso país se transformou num matadouro. A maior parte dos assassinatos foi cometida em público. Eles os anunciavam aos quatro ventos, então não precisávamos nem depender de fontes do partido na Alemanha. Os nazistas chamaram isso de Röhm Putsch, como se suas ações fossem uma resposta a uma tentativa de golpe de Estado. Mas vimos que se tratava de um massacre meticulosamente planejado e o chamamos de Noite das Facas Longas.

Antes do amanhecer do dia 30 de junho, Hitler voara de Berlim a Munique. Ele havia marcado um encontro com Ernst

Röhm no hotel em que Röhm estava hospedado, perto do lago em Bad Wiessee. Röhm deve ter pensado que o Führer estava chegando para, finalmente, lhe oferecer o controle do Exército. Ele e os líderes da SA estavam dormindo, de ressaca. Hitler, seu motorista e alguns homens armados da SS foram pelos corredores do Hotel Hanselbauer abrindo portas e gritando com os homens grogues, mandando-os acordar, vestir-se, sair. Quando alguns deles foram encontrados juntos na cama, Hitler fingiu indignação e ordenou que fossem imediatamente executados na área externa do hotel, embora há muito ele soubesse que Röhm tinha uma queda por recrutas jovens. Outros foram enfiados em carros, levados para a Stadelheim Prison, em Munique, e executados no pátio.

Quando chegou diante da porta do quarto de Röhm, Hitler ordenou que os guardas a abrissem sem bater. Ele disse para Röhm se vestir. Röhm resmungou um "*Heil, mein Führer*" meio sonolento, depois desceu e foi se sentar em uma poltrona no saguão do hotel. Ele pediu café para um garçom. Então eles o meteram num carro e o mandaram para Stadelheim também.

No entanto, isso foi muito mais do que a aniquilação por Hitler de uma organização paramilitar demasiado poderosa. Ele e Göring já tinham elaborado uma Lista de Pessoas Indesejadas. Quando a matança em Munique terminou, Hitler telefonou para Göring em Berlim e ordenou que células da SS espalhadas em cidades de toda a Alemanha abrissem suas listas seladas de nomes, que nada mais eram que fatias da lista completa de indesejados pelo mestre. E os nazistas locais puseram mãos à obra.

O general Kurt von Schleicher, o antigo chanceler, foi assassinado no escritório de sua casa de campo, junto com sua mulher, que tentou protegê-lo. Eles executaram o líder da Ação Católica, Erich Klausener, em sua mesa no Ministério do Transporte porque ele havia se posicionado contra a violência nazista.

Fuzilaram Bernhard Stempfle, um padre que tinha ajudado Hitler a escrever *Mein Kampf* enquanto ele estava na prisão e que sabia demais sobre ele. Executaram Karl Ernst, um líder da SA em Berlim que talvez estivesse envolvido no incêndio do Reichstag e que precisava ser silenciado. Ao cair da noite de 1º de julho, mais de duzentos associados, auxiliares e militantes nazistas, assim como apartidários, conservadores, militares e líderes políticos, tinham sido assassinados. Mais de mil outros estavam presos.

Mas Berlim, ficamos sabendo, estava em festa. Hitler decretou feriado cívico no dia seguinte, 2 de julho. Em um discurso à nação, disse estar acima da lei.

É um mistério para mim como as pessoas podem acreditar que estão se protegendo quando os acontecimentos mostram claramente que ser amigo não é mais seguro do que ser inimigo e que a qualquer momento você pode, por um capricho, passar de uma coluna para a outra.

Alguns, porém, entenderam o que aquilo representava: a consolidação de um Estado assassino. E dentro desse Estado uma pessoa, ao menos, desertou.

Eles colocaram alguma coisa no soro. Está fazendo com que o tempo se comprima. Vejo coisas que imaginei tantas vezes que elas se tornaram realidade para mim. E outras coisas que soube sem ter visto.

O problema com a vida é que você só pode vivê-la cegamente, em uma direção. A memória tem suas próprias ideias; ela pega elementos aleatórios da história e tenta juntá-los. Isso volta para você de todos os ângulos, com tudo que você ficou sabendo depois, e te dá a notícia.

Cheguei a conhecê-lo. Tem entradas na testa e usa óculos sem aro. Veste um belo terno e no dedo mínimo tem um anel de sinete com o timbre da família. Seu novo escritório é grande; pesadas cortinas de cor vermelha e dourada emolduram as janelas do Ministério do Interior, em Berlim. O rico carpete amortece seus passos enquanto ele anda pela sala. A dor de Erwin Thomas é forte demais para que ele se sente. Ontem mataram seu querido amigo e mentor, Kurt von Schleicher. A ideia de Kurt e Ada caídos sobre a mesa da casa de campo deles em Neubabelsberg com balas na cabeça faz com que ele cerre os dentes e feche os punhos com tanta força que suas unhas marcam a palma. Em parte faz isso por raiva, em parte para conseguir se manter firme em sua decisão.

O telefone toca.

"Sim", ele diz. "Já esbocei." Ele escuta pelo fone por um momento. "É um único artigo." Olha para o papel em sua mesa. "Não, senhor, acredito que não vamos ter nenhuma dificuldade nesse sentido. Senhor. Heil Hitler."

Volta a andar de um lado para o outro. Sua secretária bate na porta e entra para lembrá-lo de um compromisso na hora do almoço. Ele diz para ela cancelar.

"Sua úlcera?", ela pergunta.

"Serve." É uma boa garota.

Pega o telefone de novo, desiste. Em sua mesa está a lei que ele esboçou, a pedido do próprio Göring, para justificar os assassinatos desta semana. Embora não passe de um único artigo, é o suficiente para anular toda a sua fé e formação. Ele o lê mais uma vez, ainda de pé.

3 de julho de 1934
Lei Referente a Medidas de Autodefesa do Estado

As medidas tomadas para reprimir os ataques sediciosos e desleais de 30 de junho e de 1º e 2 de julho de 1934 são aqui declaradas legais, como sendo da ordem de autodefesa do Estado.

Thomas sabe que não existe isso de autodefesa do Estado. Existe apenas assassinato político. Mas fez o que lhe mandaram fazer. De novo.

Senta e pega um papel timbrado novo da gaveta da escrivaninha. Ele é um homem que domina a linguagem, a retórica. Está entre os mais instruídos, é a mais pura expressão da cultura e da lealdade. E veja aonde isso o levou. Pega uma caneta-tinteiro. Deixa-a de lado. Dá uma batidinha num cigarro em sua cigarreira de prata e o acende.

Então lhe ocorre: a única coisa que ela vai reconhecer. Começa a escrever. O bilhete é muito curto. Coloca-o dentro de um envelope sem destinatário, guarda-o no bolso da camisa. Pega o casaco e o chapéu do cabideiro perto da porta, ajusta sem pensar os punhos da camisa e sai para o calor julino da Wilhelmstraße, na direção do Ministério das Relações Exteriores.

O apartamento na Great Ormond Street acabou parecendo um lugar sitiado, com telefonemas, cartas e olhos sob abas de chapéu na rua. Tentávamos não pensar muito nisso; do contrário, teríamos enlouquecido.

Cada vez mais eu ia para as docas. Os barcos chegavam e partiam para todos os lugares intocados do mundo: Monróvia, Cingapura, Fremantle. Através do sr. Allworth, fiz amizade com um superior, o sr. Brent, que me deixava ir aonde eu quisesse, desde que tivesse cuidado. Eu estava tirando uma série de fotografias sobre o trabalho na doca seca, começando pelo *Muscatine*, um navio enorme com um bojo em forma de bigorna, imponente como um edifício. Ele ficava apoiado em blocos de madeira, cada um do tamanho de um carro. A corrente da âncora, com centenas de metros de comprimento, caía da proa e vinha se enrolar no chão como se fosse o intestino de uma besta majestosa. Homens de macacão e boné inspecionavam os elos, bicando-os como minúsculos pássaros limpadores.

Certa manhã, um operário veio me dizer que havia uma senhora esperando por mim no escritório. Quando cheguei lá, encontrei Dora, pálida como se tivesse levado um soco.

"Podemos ir para algum lugar?", perguntou. Eu a levei para a minha casa de chá favorita nas redondezas.

Uma carta havia chegado naquela manhã depois de eu sair. Ela a estendeu para mim por cima da mesa. Não estava num envelope simples, como as outras. Desta vez vinha com o símbolo do Ministério das Relações Exteriores do Reich.

"Abra", disse. Dentro dela havia outro envelope, com a inscrição "Ministro do Interior" em relevo no canto esquerdo.

"O..."

"Leia de uma vez", retrucou, ríspida.

A carta era muito curta, escrita à mão, sem assinatura. *Está feito, e é uma folha de parreira sobre o poder. Ligue, por favor, para o primeiro-secretário Jaeger no número 7230, em Whitehall.*

O medo era como estática no meu cérebro. Eu sabia que a expressão "folha de parreira sobre o poder" remontava à minha infância, mas não conseguia apreender o sentido da carta.

Dora deslizou os antebraços pela mesa e a pegou de volta. Dobrou-a e enfiou-a na bolsa, no meio de outros documentos. Esperei que ela falasse. Quando o fez, sua voz tinha o tom cortante e profissional de quando ficava com medo.

"Foi isso que Helmut recebeu? Um convite para ligar para a embaixada alemã?"

"Não", respondi. "A documentação dele foi cancelada pelo Ministério do Interior daqui — tudo foi feito por intermédio dos ingleses. Depois disso é que ele teve de se apresentar à embaixada alemã, porque disseram que ele estava ilegalmente em território britânico."

"Certo. Certo." Dora respirou fundo. Mordeu a bochecha, escondida atrás de sua mão. Olhou em volta. Pessoas tomavam sopa ou comiam sanduíches cortados em triângulos perfeitos, com chá para acompanhar.

"Pode ser uma armadilha", eu disse. A ideia de que algo acontecesse com Dora me apavorava mais do que a de algo acontecer comigo. Minha mente corria a toda a velocidade. O que mais eles poderiam querer com uma jornalista da oposição exilada além de lhe fazer algum mal? Eles a estavam marcando. A não ser que tivesse alguma coisa a ver com sua mãe, em Berlim — ah, meu Deus, o que eles estariam fazendo com Else? Conhecíamos outros refugiados cujos familiares tinham sido feito reféns e colocados em campos para obrigar os que partiram a voltar.

"Sim", ela disse. Com o indicador, começou a cutucar e a rasgar a pele machucada em volta do dedão, depois o meteu nos dentes. Por fim baixou a mão bruscamente.

"Você poderia não sair", continuei, mesmo não querendo, minha voz tensa com o esforço para não fazer uma cena. "Eles poderiam mandar você..."

Ela pegou minhas mãos. "Shhh. Eu não vou lá. Nisso estamos de pleno acordo." Ela forçou um sorriso. Seu próprio medo parecia ter se transferido para mim; ter de me consolar a fortaleceu de novo. Assoei o nariz. Ela me soltou e começou a girar o açucareiro entre as mãos. "É só que..." Olhou por cima do meu ombro. A garçonete apareceu. Pedimos sanduíches de presunto e chá e depois a garota limpou a mesa.

"É só que o quê?", perguntei assim que a garçonete saiu.

"Eu sei de quem é a carta", disse Dora. Ela deixou o açucareiro de lado.

"De quem?"

Ela não me respondeu, mas falou como se pensasse em voz alta. "O que não significa que não se trata de uma armadilha." E parou por aí.

Dora não queimou a carta, mas também não a respondeu.

Duas semanas depois, chegou outra, nos mesmos dois envelopes. Desta vez propunha um encontro em um lugar público escolhido por ela. Dora telefonou para o número da embaixada e disse que iria.

Fui com ela. A embaixada ficava em St. James's, num enorme prédio de esquina na Carlton House Terrace. Dentro, corredores compridos levavam até um pátio. Dora e eu sentamos num banco de madeira entalhada. Eu tinha vindo porque ela queria que eu fosse, porque nós duas achamos — de forma completamente irracional — que se eles fossem fazê-la sumir do mapa poderia ser mais difícil comigo junto.

A assistente que veio buscar Dora usava um broche de suástica esmaltado na lapela. A mulher me ignorou.

"Devo esperar aqui, então?", perguntei-lhe.

"Se quiser", disse a mulher para o espaço acima da minha cabeça.

"Quanto tempo eles vão demorar?"

"Não há como saber."

Comecei a sufocar, sentindo dificuldade para respirar. Dora se aproximou do meu ouvido enquanto se levantava. "Não deixe que eles percebam", sussurrou.

Esperar faz a mente correr solta, a imaginação ficar incontrolável. Tentei me concentrar em coisas pequenas: na pata de leão da perna do banco à minha frente, no padrão em zigue-zague dos azulejos do piso, nas pesadas lâmpadas foscas penduradas em correntes em intervalos regulares ao longo do teto. Fiquei vendo as portas abrirem e fecharem no corredor, liberando às vezes o balido de um telefone, às vezes uma pessoa. Secretárias de terninhos elegantes e meia-calça passavam por mim, o cabelo ajeitado e a boca pintada, praticamente idênticas. Elas pareciam capazes de reduzir qualquer coisa a uma decisão administrativa, a um memorando em parágrafos numerados. Senti-me desarrumada, desalinhada, indigna de um lugar neste mundo decidido e cheio de laquê, mesmo tendo dedicado algum tempo para me arrumar esta manhã: meu único terninho com saia, uma lingerie extra na bolsa. Não saberia dizer se tinha me vestido e me preparado para ser presa ou para afastar essa possibilidade.

Depois de algum tempo parei de pensar. Contei portas. Fiquei focando e desfocando a vista. *Ela vai voltar para mim.* Em parte esperança, em parte ansiedade, essa boba oração leiga a protegeria. *Ela vai voltar para mim.*

Umas das portas mais ao fundo do corredor se abriu. Era um homem. Desapontada, continuei observando, um passo desengonçado atrás do outro, para me distrair. Ele cruzou com uma secretária, que o cumprimentou com a cabeça em reconhecimento. Ele caminhava para a outra ponta do corredor, onde havia uma janela, e conforme seus joelhos se dobravam um diamante de luz aparecia e desaparecia entre eles. Um aperto no estômago: eu conhecia aquele andar. Pelo jeito desengonçado daquelas pernas compridas, eu sabia que era Hans.

Acredito que o teria deixado ir.

À sua frente, outra porta se abriu. Dora apareceu.

Eles ficaram a vinte passos um do outro, foi um momento de reconhecimento. Nisso eu já estava de pé, correndo na direção deles. Hans virou-se para me ver chegar, a terceira roda da engrenagem, sobrando.

"O que você está fazendo aqui?", Dora estava perguntando quando os alcancei.

"Dora", ele disse, calmo. Vestia seu melhor terno. "Que coincidência ver você aqui." Voltou-se para mim. "Ruthie." Ele me deu um beijo formal na bochecha, depois tirou um belo lenço com padrão de caxemira do bolso. Secou a testa. "Estou aqui", disse em voz baixa, "para tentar ajudar Bertie. Com um passaporte." Sorriu um pouco encabulado, achei. "Não ia contar para vocês até conseguir." Então apontou o queixo para Dora. "Acho que posso te fazer a mesma pergunta." O sorriso permaneceu ali, mas seus olhos estavam imóveis, sem piscar.

Foi a única vez que a vi fazer uma pausa antes de responder, parecendo insegura. Ela pigarreou.

"A mesma coisa", disse. "Eu também."

Depois que voltamos para casa, Hans saiu para comprar cerveja e batatinhas. Dora não conseguia parar de sorrir, era incapaz de sossegar. Contou que agora tinha uma fonte de alto escalão — nada menos que um consultor jurídico de Göring. Era uma brecha na grande máquina; era *inacreditável.* Ela não podia me dizer quem era, claro, pois isso o colocaria em perigo. E a mim também, se Eles achassem que eu sabia.

Mas com o alívio de vê-la regressando de lá sã e salva, minha mente tinha voltado a funcionar e eu lembrei. Vi-me criança, espiando uns dentes cerrados de raiva por uma fresta da porta e me lembrei do gracejo dela sobre a folha de parreira. Eu sabia quem era a fonte.

Ouvimos os passos de Hans nos degraus de madeira. Dora baixou a voz e pôs as mãos nos meus antebraços. "Não fique chateada", disse. Senti o que viria a seguir. Naquele momento, toda a alegria por esta pequena vitória se esvaiu de mim. "Você não pode contar a Hans. De forma alguma."

"Não é justo", respondi. "Você sempre o deixa de fora. Isso só faz com que ele piore."

"Olha", ela disse, "não sabemos o que ele estava fazendo na embaixada." Ela não iria enunciar suas suspeitas, quaisquer que fossem.

"A mesma coisa que você, lembra?"

Ela me soltou. Seu olhar deixou de ser o de um minúsculo Napoleão para se transformar no de uma amiga compreensiva.

"Não é nem isso. Na verdade, é só que quanto menos pessoas souberem qualquer coisa sobre isso, menos nossa fonte corre o risco de se expor. Sei que é difícil, mas preciso contar com você."

Jamais fui capaz de desobedecê-la.

Naquela noite, nós três celebramos com batatinhas fumegantes enroladas em jornal. Brindamos ao futuro de Bertie e dissemos uns aos outros que estávamos cada vez mais perto de ajudá-lo a escapar. "Às grandes mentes", Hans disse a Dora enquanto eles batiam seus copos.

Na minha lembrança, tenho uma objetiva olho de peixe e nos vejo de um canto alto naquela pequena cozinha. Observo a morena vivaz que fala com as mãos, brinca com cigarros e fósforos, rói as unhas enquanto mais alguém está falando. Os pés dela estão descalços e um dos joelhos está dobrado, encostando na mesa. Vejo a mim, menos agitada e mais quieta, sorrindo dividida. Vejo Hans, bebendo e fazendo piadas como um homem salvo, como alguém que encontrou seu deus ou foi aceito num clube muito cobiçado. É como se estivéssemos juntos, nós três, na foto.

Aquela era a nossa vida na época, uma sequência de celebração e desespero, como se o mundo todo usasse drogas.

Enquanto Hans e eu nos aprontávamos para dormir, não consegui me segurar. Tinha guardado aquilo o dia todo. "Por que você não me contou o que ia fazer?", deixei escapar.

Ele estava sentado, semidespido, seu torso nu e claro contra a luz, algo tão conhecido para mim, tão querido. Sentei-me a seu lado.

"Eu só queria tirar um coelho da cartola." Sua expressão era de pesar. Ele me beijou. "Não sei nem se vai dar certo." Olhou para o chão. "Não posso fracassar de novo." Ele quis dizer na frente de Dora.

Pus a mão em seu joelho. "Na próxima vez, me conte", disse. "Odeio essa sensação."

Ele assentiu. "Eu sei", respondeu. "Me desculpe."

# Toller

A campainha tocou no meu apartamento em Hampstead. Olhei pela janela. Ali estava ela de novo, parada na varanda, o cabelo preto entremeado de sol, um vestido claro de verão. Há um mês eu não a via. Ao lado dela havia uma mala, um retângulo pardo com uma alça feita de chifre que não me era estranha.

Christiane tinha saído para fazer as compras. Provavelmente voltaria para casa antes de ir almoçar com seus novos amigos do grupo de teatro.

Abri a porta e precisei de um momento para me adaptar; o rosto de Dora não correspondia mais ao da imagem que eu vinha silenciosamente acalentando. Ela estava mais alta? Mais pálida? A cavidade em volta de seus olhos estava mais escura. Uma mancha de nicotina que não havia ali antes em um dos dentes da frente. A mente faz péssimos retratos — por que não conseguimos retê-los devidamente? Mas em menos de um segundo a imagem-lembrança equivocada foi obliterada pela realidade viva e sorridente dela: ela está aqui.

"Tenho uma coisa para você." A voz era a mesma, animada e segura de si.

Olhei para a mala. De fato, era minha.

"Entre, entre." Ela tentou entrar, mas em vez de lhe abrir espaço me inclinei e a beijei, como se lhe desse as boas-vindas. Seu hálito tinha um gosto de menta e cigarro, e algo dentro de mim ficou mais forte. Pus a mão em suas costas e a apertei contra mim.

"Bom te ver também." Ela sorriu e se afastou. "Você pode trazê-la?"

A mala estava pesada. No meu quarto, tirei as correias e abri os fechos de pressão, deparando-me com minhas próprias palavras, datilografadas e presas com elásticos. *Eu era alemão* em cima e *Olhar pelas grades* embaixo. Havia poemas e um monte de papéis da minha mesa de cabeceira enfiado nas laterais. Pensamentos que eu não me lembrava de ter tido e que jamais teria novamente. Embora fosse o meu passado, aquilo pareceu ser meu futuro: senti que me devolviam a mim mesmo. Meus olhos se encheram de lágrimas.

"Como...?" Fiquei arrepiado com a ideia de que aquilo tivesse lhe custado, ou a alguém próximo dela, algo horrível.

Ela transferiu o peso do corpo de um pé para o outro e percebi que estava com um sapato de noite e de veludo azul meia-noite, totalmente inadequado. Sorria sem parar. Sua felicidade era sempre a do outro.

"Tio Erwin Thomas", ela disse. "A outra mala chega logo."

Ela estava radiante. Chutou os sapatos para longe e sentou-se sobre as pernas na cama.

Duas semanas antes, contou, ela tinha sido chamada à embaixada alemã na Carlton House Terrace. Ela ficara apavorada com o fato de que, como a lei alemã se aplicava ali, ela podia entrar e não mais sair. Mas Ruth ter ido junto ajudou. "Ela estava com mais medo que eu", disse, arrumando o travesseiro nas costas. "Então tive de manter a calma. O lugar todo era muito *imponeeente*, mas ainda assim cheirava a batata cozida." Ou seja, ela sorriu, a Alemanha.

"Então me concentrei nisso por algum tempo, até que me levaram para encontrar o primeiro-secretário, Jaeger. Alto, loiro, de quarenta e poucos anos e cicatrizes de duelo. Ele me estendeu uma carta lacrada. A primeira coisa que vi foi a assinatura. Quando ergui os olhos, não sabia dizer, olhando no rosto daquele Jaeger, se aquilo era uma espécie de teste ou uma armadilha. Então comentei: 'Um velho amigo da família', achando que precisava de um motivo para receber correspondência da divisão jurídica do sagrado santuário do ministério de Göring. Então Jaeger disse que a recebera pessoalmente de Thomas, que tinha as mesmas preocupações que ele. 'Ainda não somos todos nazistas aqui', ele disse."

Dora me contou ter feito um grande esforço para imaginar a angústia moral bem alimentada debaixo daquele belo terno com gravata de seda. A dificuldade deve ter transparecido em seu rosto, porque em seguida Jaeger propôs: "Diga-nos o que podemos fazer para provar nossa sinceridade".

Ela segurou meu rosto em suas mãos. "Então, sr. Inimigo Público Número Um", disse, "falei para eles que queria que me trouxessem esta mala, intacta e fechada, do barracão nos terrenos da Bornholmer Straße. A outra vai chegar depois."

Olhei para baixo. Era uma mala comum. Agora ela já tinha arriscado a vida duas vezes por ela.

"E mais uma coisa." Ela vasculhou a bolsa, entre pastas de arquivos, fichas presas por elásticos e jornais dobrados. "Isto." Tirou um envelope e me entregou. Dentro dele havia o papel-carbono azul de um memorando dirigido ao ministro Göring. Era uma lista com os números dos aviões de combate secretamente postos à disposição do Reich.

"Como é que você...?"

"Nem cheguei a pedir isso", disse. "Tio Erwin quer ser minha fonte agora. Para salvar sua preciosa alma."

Ela queria que eu ficasse com o papel-carbono, assim como com as três cartas enviadas a ela. Para o caso de eles fazerem uma nova busca no apartamento.

Fizemos amor na cama e Christiane não veio para casa. Ela poderia ter vindo — de novo desafiei o destino a tomar a decisão por mim —, mas não veio.

"Sapato bonito", eu disse enquanto ela o pegava.

"Ruth me deu. Ficavam muito pequenos para ela." Dora súbita e atipicamente constrangida. Suas orelhas coraram. Ela permaneceu curvada. "Achei que você fosse gostar."

"É um sapato para noite, Dee." Ela ergueu a cabeça e sentou.

"E faz diferença?" Não era uma reprovação, mas uma pergunta genuína.

Ela deslizou seus pés fortes e belos para dentro do veludo, fechou alguns botões na parte da frente do vestido. Fiquei na janela vendo-a ir embora. Ela não usava anágua e, enquanto se afastava da casa, o vestido ficou flutuando em volta de seus joelhos, agarrando-se à curva do traseiro dela.

# Ruth

Era domingo. Início de fevereiro de 1935. Dora irrompeu porta adentro, afogueada de subir correndo as escadas.

"Primeira página desta vez!" Ela largou o jornal na mesa.

A manchete do *Sunday Referee* era "Tropas, tanques e aviões". Quem assinava o artigo era "Um correspondente anônimo".

Hans ficou olhando sobre meu ombro enquanto líamos o artigo por alto. Ele tratava de forma minuciosa da questão do acúmulo secreto de tropas, da importação de materiais e partes de tanques e, com detalhes extraordinários, do programa de construção da frota aérea militar do Reich, informando os números exatos e os tipos de aeronaves que os alemães estavam construindo, as armas que eles podiam transportar, o alcance máximo de voo e até a localização dos hangares. O mais incrível, o correspondente dizia, é que documentos a que o jornal tinha tido acesso mostravam que esses aviões de guerra estariam prontos para ser usados em três meses. O artigo concluía: "Isso demonstra claramente que a intenção do governo de Herr Hitler é travar uma guerra na qual os alvos são civis das grandes cidades da Grã-Bretanha e da França. Não há nenhum outro motivo para uma tal concentração de poder aéreo".

Ficamos eufóricos. Hans deu um abraço espontâneo em Dora. Era como se os riscos que ela corria estivessem valendo a pena; como se o mundo fosse ser avisado e salvo, e nós com ele.

Dora tinha razão em ficar tão feliz. Dois dias depois, Seymour Cocks, um membro do Partido Trabalhista, levantou-se na Câmara dos Comuns brandindo um documento que, ele disse, "traz um relato elaborado e detalhado da atual organização aérea da Alemanha". Cocks implorou à Câmara para que prestasse atenção no que Herr Hitler estava fazendo. Depois Winston Churchill, um suplente dos conservadores, também usou a informação de Dora num discurso dirigido ao Parlamento. "Os poderosos alemães", disse, "a nação mais avançada tecnologicamente, intenta travar uma guerra e nós vamos estar nela." Ele pediu com veemência para que a Grã-Bretanha levasse a sério a ameaça e se armasse em vez de se satisfazer com "sonhos pacifistas".

Na manhã seguinte à publicação do artigo de Dora, acordei com uma batida na porta. O lado da cama de Hans estava vazio.

Como eles não tinham interfonado de lá debaixo, deduzi que alguém os deixara entrar no prédio. Eram dois. Um alto e de uniforme, a jaqueta trespassada com botões de latão, e um detetive baixinho de terno marrom. Nem tive tempo de pensar. O sujeito vestido à paisana falou antes que eu pudesse fazê-lo.

"Scotland Yard", disse, abrindo uma carteira de couro e exibindo rapidamente um distintivo reluzente de identificação. "Divisão de Registro de Estrangeiros."

O medo penetrou todos os meus poros como o frio.

"Temos um mandado de busca neste local, para procurar evidências de atividades incompatíveis com sua permissão de residência."

Mal dei um passo automático para trás, eles entraram no apartamento, segurando os chapéus à sua frente. Dora ainda estava no quarto dela. O pequeno detetive tinha a pele escura como de um mineiro da Cornualha, o mais alto, de uniforme, era loiro e aprumado. Acabou, pensei. Todos os armários e gavetas do apartamento estavam cheios de papéis que mostravam que estávamos fazendo um trabalho político. Sem contar aqueles espalhados pelo chão do quarto de Dora.

Ela apareceu, fechando a porta atrás de si. "Bom dia", disse. Estava vestida, mas com o rosto inchado de sono. Usava meias.

Ela estendeu a mão na direção dos homens. "Posso ver o mandado? Se não se importam."

"Pois não, senhora." O sujeito baixinho assentiu para o homem de uniforme, que estendeu a ela um papel datilografado. Vi o cabeçalho por cima do ombro de Dora: "Nova Scotland Yard". Quando Dora devolveu o papel, sua mão tremia.

"Eles são alemães", ela me disse em alemão.

Algo me impedia de respirar direito.

"A senhora gostaria que chamássemos um intérprete?", perguntou o detetive, mal contendo a rispidez. Seu inglês era impecável.

Dora continuou falando em alemão, a voz gélida. "Não será necessário."

Minha mente disparou a toda a velocidade. Será que isso era uma tática para ganhar tempo? Se eles fossem buscar um intérprete, teríamos tempo de tirar o material mais confidencial. Pelo menos os documentos que os levariam direto a Bertie e a tio Erwin.

"Gostaria de falar com seu superior", prosseguiu Dora com seu alemão cortante. Saliva acumulava-se na minha boca.

"Sinto muito, senhora", disse o detetive, enunciando as palavras pausada e claramente. "Não falo alemão. Poderia falar inglês, por favor? Como no começo?"

Havia um tom de desdém na voz de Dora que eu nunca tinha ouvido. "E se eu ligar para o seu escritório agora mesmo?" Ela olhou para o mandado na mão dele. "O número dele deve estar aí, não?"

O detetive olhou de relance para seu subordinado, que deu de ombros. Deixei escapar, em inglês: "Não há nada ilegal neste apartamento, senhores, na verdade nós mesmos fomos roubados...".

"Eles sabem disso!", vociferou Dora, ainda em alemão. Então, numa voz muito calma e cheia de ódio: "*Sie wollen deine Furcht*". Eles querem o seu medo.

Ela voltou os olhos para o mais alto. "Belo uniforme. Mas, também, o seu tipo adora se fantasiar — vocês não se gostam muito, não é? Aposto que você tem umas botas grandes e adoráveis em casa." Ela se voltou para o baixinho, que não era muito mais alto do que ela própria. Deu uma batidinha no nariz. "O que aconteceu com você? Tem medo de ser confundido com um judeu?"

Os homens ficaram ali parados, inexpressivos.

"Eles não entendem...", comecei.

"Cala a *boca*."

"Dee, por favor..."

"Ruth, *chega*." Agora ela olhava de um homem para o outro. "Sabe, rapazes, a educação que tanto incomoda vocês tem sua utilidade." Ela pegou o mandado da mão do mais alto e o ergueu.

"Seus amadores de merda. Nenhum inglês assinaria *lorde* Trenchard. Levem isso de volta para Berlim com um recado meu: um nobre usa apenas uma palavra. Trenchard."

O homem menor estava de costas para a porta, que não tinha sido fechada depois que eles entraram. Ele não parava de piscar.

"Saiam", disse Dora.

"*Hure*", resmungou o mais alto enquanto ela fechava a porta atrás deles. Puta.

Ela virou a chave na porta. Os passos deles ressoaram nos degraus de madeira e depois foram abafados pelo carpete. Meu coração batia com tanta força que eu conseguia escutá-lo dentro do ouvido. Fui para o banheiro e vomitei.

Quando voltei, ela estava na mesa da cozinha. "Me desculpe." Eu falava com a voz embargada, os olhos ardendo. "Não percebi que..."

"Como você poderia saber?" Ela não estava mais brava. "É um daqueles cacoetes de classe. E só se aplica na escrita. Acho que sei por causa de Dudley." Ela levou a mão à boca num gesto inconsciente de indiferença. Depois a afastou. "Não importa."

Mas vi que sua mão tremia, assim como seus braços, ombros, dentes. Sentei-me na cadeira em frente a ela.

"De qualquer forma, talvez seja melhor que a Prinz-Albrecht-Straße venha atrás de nós do que a própria Scotland Yard", disse, pensando em voz alta.

"Sério?"

"Bem", ela apoiou as mãos na mesa e lançou-me um olhar franco, "eles não podem nos mandar para casa."

"Não. Acho que não", eu disse. "Minha nossa, estou me sentindo muito melhor agora."

Dora esboçou um sorriso. Depois inclinou-se para a frente e pegou meus pulsos. Suas palmas estavam úmidas. "Não quero que você conte a Hans."

Era uma ordem, uma súplica, um convite à traição, tudo ao mesmo tempo. Recostei-me na cadeira, fugindo de seus olhos. Suas mãos deslizaram para segurar as minhas.

"Estou falando sério, Ruthie." Ela me prendia. "Quero que você jure."

"Você está enganada sobre ele."

"Espero que sim." Seu medo saiu em forma de raiva. "Apenas jure."

O tom impositivo de sua voz me enervou. "Eu *sei* que você está enganada!", gritei. Eu já tinha desconfiado dele uma vez; agora faria o possível para defendê-lo. Puxei minhas mãos. "Não suporto todos estes segredos, eu..."

"Onde ele está agora?" Não havia ressentimento em sua voz, e ela me encarava.

"Ele disse que tinha uma reunião sobre um artigo. Dee, por favor — não me obrigue a deixá-lo de fora. Já é tão difícil para ele."

"Para *todos* nós." Ela falava sério. "Jure para mim."

Depois disso ela foi até o armário do banheiro e conseguiu o que precisava. E eu disse a mim mesma que estava protegendo Hans ao não lhe contar, não aumentando seu medo.

O assassinato de Rudi não foi noticiado por nenhum jornal londrino. E por que dariam atenção, em fevereiro de 1935, a um desconhecido técnico de rádio alemão exilado na Tchecoslováquia? Algumas pessoas do nosso partido saíram de Praga e foram até a estalagem perto de Slapy, onde Rudi vivera com o nome de Otto Fenech. Eles reconstituíram os acontecimentos depois de conversarem com o dono do estabelecimento, a camareira e a polícia tcheca.

Rudi estava há seis meses na estalagem. Os funcionários o consideravam um sujeito quieto que gostava de bater papo, mas que passava quase o dia todo no quarto. Em meados do inverno, ele era o único hóspede.

Em uma terça-feira, um jovem casal alemão foi jantar na estalagem. Eles começaram a conversar com Rudi porque ele era a única pessoa ali. No sábado, os dois voltaram, trazendo um amigo. O amigo deles ficou no quarto, enquanto o casal jantava com Rudi. Depois do jantar, a garota discutiu com o namorado, que pediu licença e subiu, dizendo que tinha bebido demais. "Já vai tarde", a garota disse.

O dono da estalagem a descreveu como uma garota refinada, loira, magra e bonita. Parecia que ela também tinha bebido demais, ele contou. Assim que o namorado saiu, ela se acomodou perto de Rudi.

Rudi já havia subido para acompanhá-la até o quarto, quando o terceiro homem apareceu no bar apontando uma arma para a camareira, o cabelo cheio de bobes. Enquanto ela e o dono eram levados para o porão, eles ouviram dois tiros, seguidos pouco depois por um terceiro.

Quando o entregador de carnes abriu a porta para eles no dia seguinte, eles subiram e encontraram Rudi no corredor. Ele tinha levado um tiro no peito e outro, o tiro de misericórdia, na testa. Havia arranhões em seu pulso.

Um rastro de sangue ia da escada até o pátio onde o carro dos visitantes estivera estacionado. Depois disso, Bertie soube por fontes do governo que a garota tinha se ferido — um dos tiros devia tê-la atingido acidentalmente enquanto ela estava ao lado de Rudi. Ela se chamava Edith Sander e fora contratada pela Gestapo para acompanhar os agentes Naujocks e Schoenemann. Os homens a carregaram até o carro e saíram a toda para a Alemanha. Um policial que os parou por excesso de velocidade disse não ter visto nenhuma garota no carro, apenas uma pilha de cobertores no banco de trás. Quando foram pegá-la no hospital de Leipzig, ela já estava morta.

Estranhamente, o transmissor de Rudi, instalado com tanto cuidado no telhado, foi deixado intacto. Bertie ouviu dizer que Göring ficara satisfeito com o sucesso da missão. O "namorado", Naujocks, foi promovido.

O assassinato de Rudi me afetou mais que o de Lessing, e não só porque eu o conhecia. O que me dava mais ódio, depois de sua morte em si, era o intervalo entre os últimos tiros — o tempo que ele devia ter ficado deitado no chão respirando seu próprio sangue, ciente de que era o fim.

Também me abalou a lenta morte da garota no carro em alta velocidade, ainda que ela fosse uma Deles. O que me perturbava era a consciência do que ia acontecer, da fatal cortina preta. Será que ela pensou: Então é isso? Essa fui *eu*? Comecei a acordar com pesadelos, geralmente com a metade da cama vazia.

Hans, porém, parecia estar lidando melhor com a situação. Estava ocupado procurando publicações para artigos de refugiados e buscando consolo em suas noites pela cidade. Enquanto eu analisava meus sentimentos em relação ao assassinato de Rudi, percebi que o que me incomodava era o esforço minucioso e teatral que eles tinham feito. A primeira chegada inocente dos amantes à estalagem, depois a encenação da bebedeira e da discussão. A placa de carro tcheca. A corrida de volta para cruzarem a fronteira, eles sendo recebidos com tapinhas nas costas, cerveja e broches de reconhecimento. E uma garota morta registrada em algum livro deles como mais uma baixa.

"Você acha que eles ensaiaram aquilo?", pensei em voz alta, me dirigindo a Hans. Estávamos caminhando sob os plátanos perto do Museu Britânico. "Quero dizer, como você acha que eles planejam essas coisas?" Tinha deixado minha câmera na mochila. Eu falava com as mãos, dando forma a perguntas confusas no ar. "Será que alguém..."

"Shhh", ele fez, os olhos voltados para a calçada. "Fale baixo."

Falei mais baixo. "Eu queria saber", disse. Precisava tirar aquele medo de dentro de mim. "Você acha que eles ficam lá nos escritórios da Prinz-Albrecht-Straße pensando, então um deles tem uma ideia brilhante para um plano, outro começa a inventar os diálogos, um terceiro imagina os disfarces..."

"Francamente, Ruthie." Sua voz foi ríspida, carregada de desprezo. Ele balançava a cabeça e respirava ruidosamente, concentrando-se em seus passos na calçada. Nossa especialidade, aquilo que mais nos unia, sempre fora ridicularizar as coisas. Ou pelo menos enxergarmos, juntos, o ridículo de nossa própria situação.

Por que ele não entrava mais na brincadeira, na nossa brincadeira? Era uma recusa à intimidade, à piada interna do nosso casamento.

Talvez ele estivesse com medo demais para falar sobre isso, eu disse a mim mesma. Embora fosse difícil afirmar que era isso mesmo, a julgar pela forma como ele vinha vivendo, como se nada tivesse acontecido. Eu não sabia se era uma despreocupação genuína ou só fachada. Acabei deixando para lá. Por um lado, eu não queria aumentar o medo dele, por outro, se eu estivesse errada, não podia atormentá-lo por estar lidando melhor com o fogo cruzado do que o resto de nós.

Foi muito pior para Bertie. O assassinato de Rudi o deixou arrasado. Ele perdeu o pouco equilíbrio que tinha conseguido recuperar depois do incidente no jogo de futebol — ao basicamente deixar os dias entre ele e aquilo se acumularem. A coragem para continuar em Estrasburgo se baseava na crença de que ele estaria bem, e agora ele simplesmente não podia mais contar com isso num lugar onde a Gestapo poderia sequestrá-lo durante uma simples ronda vespertina. Hans não conseguiu um passaporte para Bertie na embaixada, pois os funcionários lhe disseram que todos os passaportes tinham de ser emitidos em Berlim.

E Bertie era mais pobre que rato de igreja. Hans e eu fazíamos o que podíamos. Uma vez lhe enviamos uma bota. Tentamos vender assinaturas do seu boletim *Serviço de Imprensa Independente* na Grã-Bretanha, mas poucos se interessaram. Bertie enviou a Hans capítulos do livro que ele estava escrevendo sobre o incêndio do Reichstag, chamado *Quem? Dentro do arsenal dos incendiários* — no qual atribuía a responsabilidade a um grupinho próximo de Göring —, na esperança de que Hans conseguisse publicá-los em jornais. De vez em quando lhe mandávamos dinheiro, dizendo que era das vendas do seu material e anexando uma cópia de um artigo de uma revista ou de um jornal britânico que tratava de assuntos semelhantes — uma notícia sobre um preso político não identificado, sobre os métodos de treinamento da ss. Na maioria das vezes, porém, o dinheiro era meu.

Uma tarde, Hans voltou estranhamente feliz.

"Dora está em casa?", perguntou.

"Não."

"Sente-se, Ruthie." Ele tinha tido uma ideia. Estava radiante por causa dela. Seu amigo Werner, ele disse, conhecia um designer gráfico na Suíça que atualmente estava falsificando passaportes. Se conseguíssemos levar Bertie até ele, com cinquenta libras, esse homem poderia lhe fazer um passaporte perfeito.

"O que me diz?", perguntou, sorrindo de uma orelha a outra. Hans parecia tão feliz como se estivesse salvando a si próprio.

"Mas como Bertie vai entrar na Suíça sem passaporte?", perguntei. Realmente eu não via como acreditar num plano desses.

Hans agarrou meus ombros. "Eles mal conferem da França para lá", disse. "Olha, sei que é arriscado, mas do jeito que a coisa está ele poderia ser raptado em Estrasburgo!" Ele me apertou. "Esse sujeito já fez um monte de passaportes. Nenhum foi descoberto até agora. É a única chance de Bertie."

Senti, incomodada, meu coração disparar — não sabia dizer se era de esperança ou medo.

"Você já contou para ele?"

"Ainda não." Beijou minha testa. "E mais uma coisa", disse. "Você não pode contar para ninguém."

"Claro."

"Nem mesmo para Dora", disse. Ele me olhou com ternura, seus olhos mais azuis que o azul. "Estou te contando porque prometi que faria isso."

Assenti, devagar. Vi que ele queria fazer algo útil, tirar seu coelho da cartola. "Bertie também não vai contar para ninguém", acrescentou.

Durante várias semanas, economizei o mais que pude o dinheiro do meu pai. Precisávamos pagar o falsificador, as despesas da viagem de Hans à Suíça, as despesas de hospedagem dele e de Bertie lá e as passagens de volta para cá. No final, vendi um anel e convenci meu pai a me mandar um pouco mais. Dissemos a Dora que Werner tinha convidado Hans para uma excursão na Suíça. Isso abriu outra rachadura de falsidade na minha vida na Great Ormond Street. Desenvolvi um nó permanente no estômago.

À medida que a partida dele se aproximava, ficou claro para mim que eu não ia conseguir ficar no apartamento enquanto Hans estivesse fora, tomando café e jantando com Dora enquanto escondia dela todo o plano.

Dora percebeu que eu estava retraída. Certo dia, voltando para casa pela Theobalds Road, ela disse: "Olha, eu não teria pedido para você esconder aquilo dele se não fosse importante. E, para ele, realmente não faz nenhuma diferença não saber".

Percebi que ela achava que eu havia ficado ressentida com ela por me ter feito prometer não contar a Hans sobre a visita da "Scotland Yard".

"Não é isso", eu disse.

"O que foi, então?"

De repente fiquei completamente desnorteada. Ouvia crianças no pátio da escola do outro lado do muro pulando corda e cantando uma música monótona.

"Acho que preciso ficar longe por algum tempo", disse. "Sair do apartamento."

Dora pareceu aliviada, enganchou seu braço no meu. "Sei como você se sente", disse.

"Mas com Hans e eu fora você vai ficar lá..."

"Não se preocupe com isso", disse. "Por que não passa um tempo trabalhando com Walter?"

Não fazia muito tempo, o ex-marido de Dora tinha escapado por pouco da Gestapo, e estava dirigindo a sede do Partido Socialista Operário em Exílio, em Paris.

"Vou pensar no assunto", respondi.

Eu poderia não ter ido, mas aconteceu que Mathilde precisava de um quarto, então ela iria ficar com Dora enquanto eu estivesse fora. Quando Hans voltasse com Bertie, não seria mais necessário guardar segredos, e poderíamos ficar todos juntos novamente.

"Toque-toque."

Quem é? Quero perguntar. É a única resposta, não é? Mas não pergunto porque estão me mandando uma conselheira do hospital para me avaliar, e na minha idade é difícil enxergar a linha entre a ironia e a loucura, até mesmo para profissionais treinados. A mulher é alta e esguia, tem um rabo de cavalo loiro e óculos cor de mel.

"Entre, entre", digo em vez disso.

"Meu nome é Hannah", ela diz. "Sou conselheira neste hospital."

"Você não é religiosa, é?", pergunto.

"Não", ela diz e sorri. "Isso seria um problema?"

"Não para mim." Devolvo o sorriso.

"Você não vai me reconhecer", Hannah diz enquanto

se senta junto da cama, "mas vi seu acidente. Eu estava caminhando com a minha filha perto da orla quando vimos você cair."

"Eu não..."

"Não. Você não teria como lembrar." Sua voz é calma, sua expressão franca. "Moramos num apartamento naquela região, porque é perto do hospital. Ainda assim, é uma coincidência e tanto, não é?" Ela abre a pasta e tira algo. "Sarah queria que eu te desse isso."

Ela me passa um desenho muito colorido feito com giz de cera onde tudo está no mesmo plano: o sol e a lua juntos num céu azul-turquesa que encontra a água azul-escura numa linha reta perfeita, várias velas triangulares e um pelicano de bico rosado maior que um iate. No primeiro plano há uma rua. O desenho foi feito com capricho; as nítidas linhas traçadas com giz de cera dão a impressão de que as coisas se movem, têm vida. Com exceção de uma mulher-palito com um vestido-triângulo vermelho estatelada na rua. Carros com faróis que parecem olhos miram-na ameaçadoramente. Mas uma pequena garota-palito está ao lado dela. Ela tem uma mão grande, com dedos feito cinco raios de uma roda, e com essa mão ela segura a da mulher no chão.

"Obrigada", digo depois de algum tempo. "Sinto muito por ela ter visto, por sua filha ter visto..."

"Ela está bem." Hannah me estende um lenço da mesa de cabeceira.

Um auxiliar de enfermagem entra para esvaziar a lixeira. É um velho vietnamita que sorri para nós, como se para uma avó e sua neta.

"O médico vem todos os dias", digo-lhe assim que o homem sai.

"Aquele não era o médico." Sua voz carrega brandura, mas também firmeza.

"Eu sei." Vou ter de me esforçar mais se quero ir para casa, e não para algum tipo de cela compulsória e assistida para chorões e desorientados. "Só estava dizendo que o médico passa em *todas* as celas *todos* os dias."

Hannah olha para mim atentamente. Me dou conta do que acabei de dizer.

"Bem, você sabe... os compartimentos."

Ela assente. "Me disseram que você foi professora de literatura."

"Sim. Francesa e alemã."

"Gostaria que eu trouxesse algo para você ler?" Hannah olha para a minha mesa de cabeceira — aquela coisa alta de hospital — de repente, incriminadoramente, desprovida de qualquer material decente de leitura.

"Sabe", digo, com meu melhor tom professoral, "tenho andado bastante ocupada." Os olhos cinza ficam levemente arregalados.

"Lembrando", explico. Ela assente de novo. "Tudo começa a fazer mais sentido para mim", acrescento. Os acenos de cabeça ficam mais lentos, o olhar mais atento. "O que só pode ser um mau sinal, não é?" Eu rio e depois Hannah ri também. Ela está aliviada, acho, por me encontrar sã.

"Você entende o que está acontecendo aqui?", ela então pergunta. Olho para ela e vejo como seu trabalho é difícil.

"Em termos de 'tempo decorrido e tempo restante'?"

Ela assente mais uma vez. Segura minha mão.

"Querida", digo, "você não precisa se preocupar comigo."

Então ficamos nós duas ali, aquela estranha segurando minha mão. No silêncio crescente, eu quero lhe garantir: o fim não é um problema para mim. Outrora o desejei, e agora posso enfrentá-lo. O que aconteceu no meu circo pessoal em três atos — a destreza da pata do gato, as bolas escondidas em copos e o grande trunfo, o homem vestido de gorila e o papel no bolso, a garota no lago e as cidades devastadas — é o que me espera agora. Mas não digo nada, para não parecer louca. E quem, afinal, acreditaria? Nós não nos entendemos, talvez nunca sejamos capazes de dar um ao outro exatamente o que precisamos. Tudo o que resta é bondade.

Ao sair, ela passa pela sala das enfermeiras. Ouço uma delas lhe dizer: "Sabe, ela esteve na prisão durante o regime de Hitler. Na resistência".

"Sim", diz Hannah, com uma leve aspereza na voz. "E não vamos mandá-la de volta para lá, certo?"

# Toller

Nesta manhã, um forte aguaceiro está caindo lá fora, chuva de início de verão. Quando Clara entra, seu cabelo está molhado, suas roupas estão molhadas, e demoro um pouco para perceber que ela está chorando.

"O *St. Louis* está voltando para a Europa." Seus braços pendem soltos, fios escuros colam-se à sua testa. "A guarda costeira disparou contra eles..." Ela faz uma pausa, a voz embargada. "Da Flórida."

Do presidente Roosevelt, nada além de silêncio.

"Paul estava tão perto, e agora, e agora..." Ela senta e chora, a cabeça caída sobre o busto. Inclino-me para a frente e coloco minhas mãos sobre as dela até elas também ficarem molhadas, e Clara pega um lenço da bolsa.

"O capitão parece ser um bom homem", digo. "Ele tentará atracar na Antuérpia ou em Lisboa, ou em algum outro lugar. Eles não voltarão direto para a Alemanha."

Vendedor de esperança, trambiqueiro de produtos milagrosos — quem sou eu para saber? Não lembro mais como as pessoas consolam os outros. Clara ergue os olhos, funga. Acredita em mim, porque a alternativa é impensável. Enxuga as lágrimas enquanto assinto com a cabeça, o nariz crescendo.

# Ruth

Uma semana antes de Hans partir, fomos convidados, junto com Dora e o professor Wolf, para um baile a fantasia na casa da sra. Franklin, em Paddington.

"Temo", Wolf tinha dito enquanto falávamos sobre isso no café da manhã, "que não estarei disponível nesta noite." Como se o drama de sua vida em Londres fosse ter de administrar os convites de bailes concorrentes. Dora não se importou; ela iria encontrar muitos amigos na casa da sra. Franklin e tinha negócios a tratar lá. Mas eu via que todo mundo achava que, por ela ser tão independente, não tinha necessidade de nada, ou, pelo menos, nenhuma que eles pudessem satisfazer individualmente. Esta é a maldição dos competentes: eles ficam propensos a bolsões de solidão, a repentinas armadilhas para elefantes.

Hans e eu nos arrumamos juntos em casa. Ele vestiu seu amado fraque e com um cabide fez uma batuta. Eu pus meu melhor vestido — um longo de seda cor de creme — e peguei uma partitura: éramos o maestro e sua cantora. Dora pintou três listras escuras na bochecha com meu batom, pegou na lareira uma pena que eu vinha fotografando e a enfiou numa tiara.

Chegamos na hora, ou seja, cedo demais, e fomos recebidos pelo mordomo. Nós três fomos arrastando os pés até um lado do hall de mármore e ficamos parados com as mãos nas costas, esperando como criados. Mas nessa noite a casa tinha perdido a formalidade sufocante de tardes de chá e relógios. Os móveis haviam sido retirados para os convidados dançarem. Sobre mesas laterais havia enormes vasos bojudos de flores, com hortênsias, gladíolos, peônias e rosas em arranjos tão gloriosamente abundantes que pareciam feitos por um gigante generoso e desatento. Num cômodo contíguo, alguém gritava instruções de última hora, como se antes de uma apresentação ao vivo. O quarteto de cordas do outro lado do hall afinava seus instrumentos.

A música deve ter chamado a atenção da nossa anfitriã. A sra. Franklin surgiu no topo da enorme escadaria com tapete vermelho, cruzamento de um navio de guerra com um ovo Fabergé gigante.

"Ooooi, queridos." Ela acenou, a papada balançando e o cachorro embalado em uma bolsa debaixo do braço esquerdo.

Ela sorriu, assentiu com a cabeça e começou a descer. Sua saia verde-esmeralda, uma coisa enorme e rígida, movia-se como uma peça só. Quando seu pé surgiu à procura do degrau, surpreendi-me ao ver que ela calçava uma sapatilha marrom desbotada com sola de borracha. Quando por fim se aproximou de nós, eu já tinha entendido que a sra. Franklin estava vestida como uma espécie de cortesã, embora fosse uma que não estava disposta a sacrificar seu conforto, ainda mais em sua própria casa.

"Que maravilha, que maravilha realmente." Ela beijou a mim e a Dora nas duas bochechas e tomou as mãos de Hans entre suas patinhas macias. "Vocês poderem vir. Pensei em vocês depois de todo aquele negócio horrível que aconteceu com Herr

Goldschmidt. Sinto que eu deveria ter feito mais. Sim, muito mais." Seu corpo transbordava do espartilho, desabrochando desde uma ruga escura no decote até seu rosto pesadamente empoado. Uma grande pinta preta fora pintada com muito entusiasmo acima de seu lábio.

"De forma alguma, Eleanora", bajulou Dora. "Suas recepções de domingo são maravilhosas. Somos todos muito gratos por elas. Assim como Helmut era."

Olhei para Hans, que estava pegando uma taça de champanhe da bandeja de um garçom. Em seguida ele se voltou, sorrindo e olhando fixamente para a sra. Franklin. Pegou a mão dela e a levou aos lábios. "E você seria a madame...?" Sua incrível beleza podia ser desconcertante assim de perto. A sra. Franklin riu feito uma garota.

"Madame de Staël", disse, seus dentes surgindo levemente amarelados por trás do batom carmim. "Embora eu não ache que alguém vá me reconhecer." Ela riu de novo.

Naquele momento, vi a excentricidade, a generosidade e a discreta cautela dos ingleses que aprendi a amar, o luxo da classe da sra. Franklin, revelado na despreocupação com a opinião dos outros sobre você. Na minha casa, na Silésia, as flores teriam sido clássica e simetricamente arranjadas para um baile desses; jamais deixaríamos tapetes desfiados tão à mostra, e nenhuma anfitriã iria receber seus convidados com os lábios mal pintados, com uma terna insegurança e de sapatilha. Senti o longo caminho que havíamos percorrido desde a primeira vez que viemos a esta casa, quando nossa estranheza tinha feito com que nos ofendêssemos por qualquer coisa. Se Hans lembrava que se sentira esnobado aqui, ele não dava mostras disso. Parecia estar à vontade.

A sra. Franklin afastou-se para cumprimentar um menestrel que chegava, de cara preta, lábios brancos e com um banjo debaixo do braço. Atrás dele, uma Mata Hari de véu e com o umbigo de fora tirava o casaco. Garotas de uniforme preto e sem maquiagem carregavam bandejas com champanhe e gim; o miolo das ostras balançava em colheres de porcelana.

Hans vinha esquadrinhando os salões dos dois lados do hall de entrada à procura de rostos conhecidos. Ele estava corado e com os lábios ligeiramente entreabertos. Quando alguém começou a tocar no piano o último sucesso de Noël Coward, fomos na direção da música e entramos no salão à esquerda. Toller estava perto da lareira, de costas para nós, mas sua cabeça era inconfundível. Ele mexia as mãos como um maestro, um charuto fazendo as vezes de batuta. Pessoas amontoavam-se em um semicírculo a seu redor, fascinadas. Christiane, esbelta e mais alta, vestia um terno masculino, fantasiada do Carlito de Chaplin.

Dora tomou a direção oposta. Peguei uma taça de champanhe de uma bandeja que passava.

Nos fundos do grande salão, um senhor alemão com um terno verde de loden e gola alta estava parado, sozinho, sob uma palmeira num vaso, as duas mãos na bengala. Era Otto Lehmann-Rußbüldt, o pacifista e ativista de direitos humanos. No exílio, havia se tornado uma espécie de tio para nós, refugiados mais jovens. Um sujeito melancólico de sorriso gentil, ele conseguia nos passar a impressão de que a atual situação, embora tão sem precedentes na nossa vida e, afinal, tão improvável, ainda assim teria um fim previsível. Sem jamais dizê-lo, ele transmitia a mensagem de que iríamos, um dia, voltar para casa. Eu sempre ficava feliz em vê-lo.

Logo Hans e ele estavam bem entretidos numa conversa sobre as questões que Cocks e Churchill tinham levantado no Parlamento. Hans pressionava Otto para descobrir se ele conhecia a fonte. “Deve ser um de nós”, sorriu Hans. “Quem será que não está querendo levar o crédito?”

Tomei minha bebida de um só gole. Otto deu de ombros. "A verdade vai aparecer", disse o velho homem, "de um jeito ou de outro."

"Ahá!", exclamou Hans. "Aí vem alguém que pode nos dar uma luz." Lorde Marley caminhava em nossa direção, sem dúvida procurando Dora. Ele era o de sempre: alto, calmo e magnífico. Eu não saberia dizer do que ele estava fantasiado — vestia um paletó vermelho curto e uma bota preta de cano longo. Parou com os pés unidos na nossa frente, olhos brilhando, à espera.

Hans adiantou-se para apresentá-los. De frente para lorde Marley, ele abriu um braço para rodear o alemão mais velho, que, se inclinando para a frente, ofereceu seu ouvido bom. Acima de sua cabeça, folhas de palmeira subiam e desciam, despercebidas.

"Permita-me apresentar", Hans falou para o inglês, "Otto Lehmann-Rußbüldt. Você talvez o conheça, ou pelo menos sua reputação." Otto fez uma pequena reverência.

Hans virou-se, gesticulando agora para o outro. "E este", disse, "é Marley."

O inglês teve um leve sobressalto, do tipo que eu não teria percebido antes de vir para cá. Era uma reação sutil de choque e espanto diante de uma gafe, e aquilo congelou o ar entre eles por um milésimo de segundo.

Então lorde Marley sorriu e estendeu a mão. "Pode me chamar de Dudley."

O velho alemão não percebeu nada. "Muito prazer em conhecê-lo, Dudley."

Senti o sangue subir. Pedi licença e deixei minha taça numa pequena cômoda. O chão se inclinava. Pedaços de conversa, uma risada-tinido aguda chegavam até mim enquanto eu andava. Pessoas eram obstáculos no caminho.

No salão em frente, encontrei uma poltrona alta perto de uma lareira. Minha mente esvaziara. Era a mesma sensação de ser arrastada por um vento, de estar num vácuo. Só conseguia pensar num único lugar onde Hans, em sua ânsia de dominar os costumes deste país, poderia ter aprendido que se deveria utilizar uma só palavra ao se referir a um lorde — o mesmo lugar onde as pessoas não saberiam que isso só valia no caso da escrita.

O horror se apossou de mim. Chamas dançavam e lambiam na lareira. Eu torcia para que ele não viesse até mim. Eu precisava encontrar Dora. Sentia as pernas vacilarem. À minha direita, uma bailarina de flamenco com um vestido aberto nas costas e sapatos vermelhos dançava bem à vontade com uma múmia ou algum tipo de vítima.

Olhando para o fogo, lembrei da brasa no tapete da minha mãe. Certamente essa questão de títulos era algo que Hans poderia ter aprendido em qualquer lugar, e aprendido errado, não? Talvez eu estivesse tão paranoica quanto Hans dizia que eu estava, meu cérebro reduzido a um cérebro de rato reagindo só com instintos de sobrevivência, por isso eu via traições e ameaças em toda parte.

Um sapato reluzente com uma bela ponta redonda afundou a superfície macia e prateada do tapete. Hans pôs uma mão no encosto da minha poltrona e sorriu para mim, o sorriso discreto e solícito de um marido atento, mas não excessivamente preocupado com a esposa na frente de uma porção de gente num baile.

"Ruthie?" Sua voz dizia: Nada pode estar errado. Dizia: Isso é inocência e seus pensamentos são indignos.

"Quer dançar?", perguntou Hans. "Ou você está…?" Percebi que ele achou que eu estava com cólica ou com a dor que eu sentia às vezes no quadril quando chovia.

"Não… sim, sim."

O segredo da dança é que ela permite uma extrema proximidade física, de toque e respiração, enquanto, ao mesmo tempo, se pode entabular toda uma conversa sem estabelecer contato visual. Por isso ela é tão popular para aquela arriscada intimidade inicial. Para fazer perguntas.

Fingi uma naturalidade que me surpreendeu. "Você *realmente* anda se misturando com pessoas de alto nível", eu disse para a lapela dele. "Como é que você sabia que deveria apresentar Dudley como Marley, e não como lorde Marley?"

Hans acenou com a cabeça por cima do meu ombro para um sujeito que não reconheci, um homem loiro com um bigodinho e roupa e boné de jóquei. "Não faço ideia", ele respondeu. "Senso comum, acho." Ele se voltou para mim com desenvoltura. Avistei Dora entretida numa conversa com Fenner Brockway, a testa larga dele parcialmente coberta por um chapéu de pirata feito de jornal. Fenner inclinava-se para trás, gargalhando de alguma coisa que Dora dizia e enxugando as lágrimas. "É algo que vem das escolas elitizadas, não é?", ponderou Hans. "Ou talvez do Exército — enfim, só sei que eles usam apenas um nome."

Assenti com um gesto de cabeça. Ele parecia tão calmo e tão seguro de si que eu quis acreditar que fora apenas um erro inocente.

Eu não disse nada para Dora. Mas naquela noite, pela primeira vez na minha vida, fiquei tão bêbada que mais tarde não conseguia lembrar de como tinha chegado em casa. Bebi para apagar aquela noite, para exigir que Hans fosse solícito, para forçá-lo a vir para casa comigo e me pôr na cama, mesmo se eu não o visse fazê-lo.

Dora passou as duas noites seguintes na casa do professor Wolf. Quando a sra. Allworth veio na terça, eu lhe perguntei, da forma mais casual possível, sobre o uso de sobrenomes e títulos nas escolas e no Exército, e ela disse que sabia essas coisas por ter trabalhado numa casa grande. Quando lhe contei que lorde Marley pareceu surpreso ao ser chamado de Marley, ela sorriu. Explicou que, não, um lorde geralmente é apresentado como lorde Isso e Aquilo, embora seus amigos da escola e companheiros do Exército, e às vezes sua esposa, possam usar apenas seu sobrenome ou seu título.

Quando encontrei Dora de novo, eu já tinha decidido que o incidente era exatamente o que parecia ser: um pequeno deslize de Hans, compreensível dada a complexidade do sistema de classes inglês, com diferentes formas de tratamento, verbais e por escrito. Hans viajou na semana seguinte com Bertie para a Suíça e eu fiz as malas para ir a Paris.

Dora me acompanhou até a estação, algo que depois me intrigou. Cenas sentimentais de boas-vindas e de despedida não eram seu forte. Ela foi prática até o último minuto, perguntando se eu estava com o endereço de Paris, certificando-se de que levava o dinheiro que ela juntara para mandar a Walter e estendendo-me uma carta lacrada para Bertie que ela queria que fosse postada em Paris. Fomos andando ao longo da plataforma até encontrarmos meu vagão e paramos diante dos degraus. O trem soltava fumaça, impaciente; uma díade de luzes vermelhas piscava alternadamente na saída, no fim da plataforma. Dora levou uma mão enluvada à minha bochecha.

"Vou sentir sua falta", disse, como se a ideia tivesse acabado de lhe ocorrer. Depois: "Da próxima vez que nos encontrarmos, já vai ser quase verão".

Assenti. Tínhamos planejado ir ao Lake District em junho, para caminhar. Tirei as chaves do apartamento da Great Ormond Street do bolso do meu casaco. Tinha feito cópias para Mathilde (havia tantas chaves! — uma para cada porta da casa, como um segredo ou uma cela), para que eu pudesse levar as minhas comigo. Balancei-as diante de Dora.

"Não estou te deixando", eu disse.

Ela pôs o dorso da mão na testa fingindo um gesto melodramático, para evitar uma cena. "*Quel drame.*"

Abracei-a por um bom tempo, até ela se afastar. "Melhor você entrar, então", ela disse. "Tome um *kir* por mim no La Coupole." Ela transferiu o peso do corpo de um pé para o outro, esfregando as mãos para espantar o frio: o som abafado de lã com lã. "Certo."

Empurrei minha mala degraus acima. Quando me virei, ela já tinha ido — estava na metade do vagão, refazendo o caminho a passos largos, os ombros erguidos. Depois ela virou para um lado e desapareceu, um casaco vermelho engolido por uma multidão cinza.

Em Paris, aluguei um apartamento sozinha em Neuilly. Havia muito mais refugiados em Paris do que em Londres, por isso me senti chamando menos atenção na França. Talvez por causa da minha pele mais escura, talvez porque é possível para nós, alemães, falar francês praticamente sem sotaque, enquanto com o inglês jamais conseguimos perder de todo a marca da nossa língua-mãe. Trabalhei na sede do partido, ajudando o mais que podia. Walter coordenava meus dias.

Em sua primeira carta, Dora escreveu que Mathilde tinha transformado o apartamento num lar, com "muito bom ânimo e uma organização doméstica moderada". Mathilde e seu falecido marido tinham criados para cuidar de sua majestosa casa em Berlim, mas ainda assim ela conseguia, por alguma alquimia pessoal, pôr um pouco de ordem nas coisas sozinha. Pequenos ramalhetes de junquilhos apareceram em copos de vidro, e ela habilmente pendurou utensílios de cozinha num suporte que havia pedido que o zelador parafusasse nos tijolos atrás do fogão, de modo que agora elas podiam guardar papéis até nas gavetas da cozinha. A sra. Allworth ficou encantada, Dora escreveu, e Nepo, depois de ficar dois dias enrolado, de luto, na minha cama, aos poucos estava começando a aparecer. As mudanças no apartamento não me incomodavam; eu não tinha amor por aquelas paredes e por aquele piso. O principal era que Dora não estava sozinha. Eu não a abandonara.

Há um homem à minha porta. A luz está apagada aqui dentro e só consigo ver uma silhueta sem rosto fazendo uma pausa para olhar. Ele oscila um pouco, toca algo no peito. Fecho meu único olho visível e furtivamente aperto o botão para fazê-lo desaparecer, para deixar entrar mais gelo em mim.

Ele continua aqui. É Walter. O porteiro do meu prédio em Paris deve tê-lo deixado entrar e ele está parado na soleira da porta. Digo "Entre", mas ele fala antes de se mover. Sempre foi carinhoso comigo. Carinhoso e cuidadoso. Seus olhos pequenos e cobertos são de um tom azul-acinzentado e ele usa o cabelo ralo puxado para trás. Em outros tempos, teria sido um guerreiro leal e franco protegendo sua tribo, encontrando traidores. Veste um casaco escuro, o torso atravessado por sua bolsa a tiracolo. Ele tira as luvas. Não sorri. Não entra.

"Pegaram Bertie", diz.

O gelo vai entrar em suas veias e fazer seu coração parar.

Ele passa as luvas para uma mão, olhando-me nos olhos. "Achei que você deveria saber."

Não. *Não*...

"Sra. Becker? Sra. Becker?"

Abro o olho. O médico tem cerca de vinte anos. Devo parecer pré-histórica para ele. Com pelo menos uns cento e cinquenta; uma tartaruga com pálpebras pesadas, uma relíquia evolutiva há muito ultrapassada, trazida pela maré por algum desastre bizarro, cuspida da terra e surgida nesta moderna cama de hospital.

Estico o pescoço para fora do travesseiro e sei que ele balança frouxamente; é uma coisa reptiliana, coberta de rachaduras secas e profundas. Em volta de seu pescoço liso, o garoto médico carrega um estetoscópio com um tubo amarelo de plástico. Um brinquedo. Costeletas improváveis insinuam-se por suas bochechas de bebê.

"Parece que você teve um sono agitado", disse. "Você estava gritando. Vim antes, mas você também estava dormindo." Ele tira meu prontuário do gancho e o examina, sem esperar resposta. "Estou terminando meu turno, queria ver como você estava antes de sair. Tem dormido bem?"

Pergunto-me se ele escuta a si próprio, que dirá outra pessoa.

"Está sentindo alguma dor?" Ele olha para mim, a caneta suspensa, como um médico de um programa diurno de TV, um ator menor de idade escalado para suspender a descrença. Em seguida, vão exigir que eu acredite na minha recuperação e que saia daqui andando enquanto surgem os créditos do século que acabou de passar, pronta para uma nova temporada de combate ao terror num mundo que não aprende nunca.

"Não que eu saiba."

"Como?" Ele pendura o prontuário de volta no lugar.

"Estou bem. Sonhos vívidos, só isso."

"Deixe-me ver." O menininho peludo pega novamente o prontuário. "Às vezes, no caso de pacientes mais... idosos, recomendamos um antipsicótico leve junto com o analgésico."

"Não estou alucinando."

"Não. Não, bem. Você é quem sabe."

Mas aí é que está, rapazinho, eu *não* sei. Esta longa vida — a real, a interior, na qual continuamos ligados aos mortos (porque o sonho dentro de nós ignora detalhes insignificantes como respiração ou a ausência dela) — esta longa vida *não* está sob o nosso controle. Tudo que vimos e todas as pessoas que conhecemos entram em nós e nos formam, gostemos ou não. Estamos ligados por um padrão que não conseguimos ver e cujos efeitos não temos como saber. Um nó aqui, um ponto solto ali, uma protuberância acolá, e toda a trama ficará diferente quando pronta.

Olho para seus olhos claros cor de caramelo. Quem sabe que marca posso deixar em você, garoto?

"Eles são tão reais para mim", limito-me a dizer. Ainda conservo um pingo de controle.

Ele me lança um olhar interrogativo. Há um furo em sua orelha esquerda, de onde ele tirou um brinco. Enquanto se inclina sobre mim, permito-me divagações sobre tatuagens se insinuando pela pele lisa da parte interna do braço dele, talvez uma cabeça de touro com chifres na doce entradinha de suas costas onde a camisa desaparece dentro da calça. A mente é uma coisa curiosa, enrolando-se e desenrolando-se.

"Posso?", ele diz enquanto puxa minha pálpebra inferior, sem esperar pela resposta. "Que tal um pouco de vitamina B12, então? Posso providenciar para amanhã."

Eu realmente não dou a mínima. O que ele ainda não tem como saber — ah, por que nos ensinam tão pouco? e é uma coisa tão, mas tão básica — é que a pessoa não lembra de sua própria dor. O sofrimento dos outros é que acaba com a gente.

Apoio-me no cotovelo, que é o máximo de ênfase que meu corpo arruinado consegue se permitir. "Gostaria de ir para casa."

Ele olha para mim como se esse possível resultado clínico nunca tivesse passado por sua cabeça, como se fosse uma ambição acima da minha situação. Ele aperta os lábios.

"Vou discutir a questão com a equipe", diz. "Mais tarde lhe diremos algo sobre isso, sra. Becker." Enquanto enfia a caneta no bolso do jaleco, ele sustenta meu olhar, depois sorri, os lábios ainda fechados. É um olhar solidário: ele está se perguntando se eu sei o que ele sabe. Em seguida, dá duas batidinhas na cama, uma rápida coda de despedida, e se encaminha para a porta.

"Dra. Becker, na verdade", resmungo para suas branquíssimas costas.

Por fim, tudo veio à tona. As peças foram encaixadas, relatadas, documentadas num processo judicial e em cartas que correram por toda a Europa. A memória acaba juntando o que eu sabia na época com o que fiquei sabendo depois. Parado na soleira da minha porta em Paris, Walter Fabian, o ex-clandestino e ex-marido mulherengo, carismático, calvo e trabalhador, tentava ler no meu rosto o que eu já sabia.

"Bertie!" Minha mente trabalhava a toda a velocidade e minha boca abria e fechava, tentando acompanhá-la. "Ele está...?"

"Vivo, até onde sabemos. Eles o levaram para a Prinz-Albrecht-Straße."

Na hora lembrei do jogo de futebol com Hans na fronteira, do carro à espera. "Eles deram um jeito de atraí-lo até a fronteira? Armaram uma cilada para...?" Acho que eu estava gritando; minhas mãos eram como pássaros em pânico na porta. Walter agarrou uma delas.

"Espere um minuto, Ruth. Você precisa sentar."

Ele me ajudou a percorrer o hall de entrada e me fez sentar no sofá. Abracei-me. Ele desapareceu pela porta da cozinha. Do lado de fora, nuvens pairavam, carregadas e inertes, sobre os telhados de ardósia. Walter voltou com dois copos de uísque. A cor da bebida era a única cor na sala.

"Vamos começar pelo começo", ele disse. Puxou a calça para sentar, abrindo um vão de canela branca entre a meia e a barra.

Percebi — não por um processo neurológico, mas sim pelo corpo, pelo frio que tomava conta de mim — que aquilo era um interrogatório.

"Você e Hans estavam mandando dinheiro para Bert", ele disse devagar, observando meu rosto à procura de algo, talvez surpresa, fingida ou real. Ou reconhecimento. Não senti nada disso. Eu caminhava ao longo da margem negra e carbonizada de uma cratera: se Bertie morresse, eu cairia ali dentro e viraria cinzas.

"Sim. Estávamos."

"Para conseguir um passaporte?"

"Sim. E para o sustento dele." O uísque era como fogo descendo pela minha garganta. "Tanto Hans quanto Dora estavam tentando conseguir um passaporte para ele. Mas nem mesmo os não nazistas que restaram na embaixada de Londres puderam fazer algo a respeito. Os passaportes são todos emitidos em Berlim, então, então..."

Walter se inclinou para a frente com os cotovelos apoiados nos joelhos. Vi que ele usava uma camisa verde-menta e uma nova aliança. Vestia-se com elegância, de um jeito descuidado e extravagante.

"Mas você já sabe disso", acrescentei.

"Sim", respondeu. Ele se mexeu um pouco no assento. "Voltaremos a falar sobre isso. Deixe-me contar o que mais nós sabemos."

Mordi o lábio. Walter observava meu rosto. "Um amigo alemão de Bert", disse, "um homem em quem ele confiava, o atraiu para uma armadilha."

Há coisas naquele buraco negro. Esperando por mim.

"Depois de se encontrar com um suposto falsificador de passaportes num restaurante em Basel, Bertie foi levado de carro direto para o outro lado da fronteira. A Gestapo tinha vindo de Berlim."

Ele se recostou. "É só o que sabemos até agora. Só o que todas as nossas fontes podem nos dizer." Walter jogou a cabeça para trás para terminar seu drinque e em seguida pôs o copo com todo o cuidado na mesinha de centro à sua frente.

"Dora já sabe?" Estou tentando pensar em outras perguntas, há mais perguntas para dirigir este...

"Já." Ele se voltou para mim. "Ela pediu que eu viesse falar com você. Ruthie..."

"Mas ele — eles — sempre foram tão cuidadosos." Avanço com cautela em volta daquele lugar escuro e fumegante, o pavor alojando-se no meu estômago.

"Ruthie." Walter toma o copo das minhas mãos e o põe na mesinha. "O amigo era Hans."

Então eu caio. Está escuro, quente e silencioso. Há uma respiração no meu ouvido, um ritmo quente do qual preciso escapar. Vou cambaleando pelo corredor até o banheiro e ameaço vomitar. O uísque queima e fede de novo. Verifico o armário, depois fecho, agarrando-me à pia.

Quando saí, vi Walter sentado no sofá com sua camisa cor de menta, mais inocente do que eu jamais poderia ser.

Ficou observando enquanto eu me sentava.

"Me desculpe", ele disse, "mas preciso perguntar". Ele tinha a mistura de dor e raiva de um ativista e viera mostrá-la para mim, a fim de chegar o mais perto possível do acusado. Não podia culpá-lo por isso. "Você disse que Hans foi à embaixada alemã em Londres?"

"Atrás de um passap..."

"Você o viu lá."

Concordei com a cabeça. Senti o estômago revirar de novo.

"Ele estava recebendo instruções", Walter disse devagar, articulando o que nós dois sabíamos. "E entregando Bertie para provar que havia passado para o lado deles." Walter esfregou os olhos com a base das mãos. "E também Rudi Formis — acreditamos."

Eu estava gritando, mas nada saía dos meus lábios. Depois de um minuto, Walter pôs a mão no meu ombro.

"Há mais alguma coisa", disse num tom mais gentil, "que você acha que deveríamos saber?"

Fiz que não com a cabeça. A pergunta doeu.

"Tem certeza?"

Não havia mais nada. Ficamos sentados em silêncio por alguns minutos.

"Eles vão querer as fontes de Bertie", disse, tentando me recompor, demonstrar um pingo do pensamento estratégico que tão claramente me faltava. "Mas ele não tem quase nenhuma. Ele recebe todas as informações de..."

Walter me cortou. "São os *intermediários* dele que eles querem. Eles querem a ligação entre Bert e os jornais britânicos."

Era como se houvesse um fuzil apontado para ela.

"Bert jamais entregaria Dora a eles", eu disse.

Walter respirou fundo, impaciente, passando as mãos pela cabeça com os olhos fechados. "Eles não precisam dele." Ele conseguiu manter a voz sob controle. "Eles têm Hans para isso."

Depois de alguns instantes, ele passou o braço em volta de mim e apertou meu ombro. Walter deve ter concluído que a minha culpa, tudo o que eu vi mas me recusei a enxergar, iria me punir sem nenhuma ajuda dele.

Ele se ergueu, pegou seu casaco do assento de uma cadeira.

"Dora vai precisar trocar as fechaduras", eu disse.

Walter assentiu, mas nós dois sabíamos que o nosso mundo — o meu e o de Dora e sabe lá de quem mais — tinha sido escancarado para Eles; fechaduras, agora, eram tão inúteis quanto tábuas para vedar a claraboia.

"Não há nada que você queira me perguntar?" Ele estava passando a alça da bolsa sobre a cabeça.

Ergui os olhos. Não conseguia dizer o nome dele.

"Bem", ele disse. "Vou te contar o que sabemos. Hans saiu correndo do carro da Gestapo em Weil am Rhein. Eles fingiram disparar contra ele, mas nenhum corpo foi encontrado. Meu palpite é que ou ele está de volta a Berlim com seus superiores ou se escondeu em algum lugar." Pôs uma das mãos no meu ombro. "Quero que você me prometa uma coisa, Ruth", disse. "Se ele te contatar, você me avisa."

Assenti, humilhada por ter de ouvir que precisava fazer a coisa certa.

No hall, Walter disse num tom mais amável: "Não me sinto bem em te deixar sozinha". Mesmo assim ele foi embora.

A garrafa de uísque estava na bancada da cozinha, debaixo de armários com um tom verde-claro artificial e puxadores de osso. Servi-me de outro copo. A descarga soou alto no banheiro comum que ficava junto à escada.

No armário do banheiro, havia uma caixa com dois saquinhos de sonífero em pó. Eu nunca tinha tomado isso. Não sabia se dois bastariam. Pensei na questão como se estivesse distante, de forma hipotética, mesmo enquanto estava ali parada diante da pia e com a caixa na mão. É incrível, realmente, que em todo armário de banheiro de um refugiado insone haja o meio de escapar: uma caixinha com a inscrição "Veronal: Boas Noites" em letra cursiva. Tantos de nós, naquela época e mais tarde, optaram por essa saída, cada um tendo sua própria boa noite de sono — Zweig e Hasenclever, Tucholsky e Benjamin. Eu precisava ir buscar um copo na cozinha. Mas enquanto examinava aquele rosto cinza no espelho, fracassei até na sensação de que minha vida era trágica o suficiente para tal gesto.

E eu não iria abandonar Dora.

Assim como ela não teria me abandonado. Embora seja a coisa mais difícil calcular meu peso líquido, subtrair tudo o que sou e atribuir um valor a isso.

Lavei o rosto e fui ao correio mandar um telegrama a ela avisando que estava voltando e depois reservar uma passagem de trem. Fui caminhando ao longo do canteiro central, entre os plátanos que separavam os fluxos opostos de veículos. Mulheres de terninho e meia-calça com costura passeavam com cachorros, levavam os filhos para correr pelo *bois*. Um garoto de patins chocou-se contra mim ao tentar frear, a mãe tão gentil, desculpando-se sem parar, como se, só Deus sabe, estivéssemos todos juntos nisto, e como ela poderia controlar aquilo? *Pardon, Madame, je suis desolée. Desolée.* Estamos todos desolados aqui.

Não havia lugares disponíveis no trem que partiria em dois dias. De volta ao apartamento em Neuilly, fechei as persianas e fui para a cama.

À tarde a resposta dela chegou, jogada embaixo da porta pelo porteiro. "Tudo bem aqui, TG", Dora escreveu. "Investigador suíço vindo. Usarei seu quarto 1 semana para entrevistas. Por favor venha depois. Espero-a quinta de manhã."

O fato de ela me chamar de Tagarela podia tanto ser um gesto de perdão quanto um sinal de que ela nunca tinha esperado muito de mim, no final das contas. Saí da cama e preparei uma tigela de sopa instantânea para mim. Faria como ela tinha dito, partindo depois de uma semana.

Na manhã seguinte, recebi um cartão-postal da Suíça, enviado antes do sequestro. "*Grüße aus Ascona*" estava escrito em vermelho sobre uma fotografia do lago. "BJ está animado", Hans tinha escrito com sua letra perfeita. Senti sua traição dilacerando minha vida. Telefonei para Walter. Esperava que os suíços o pegassem logo.

# Toller

Naquela última semana, vi Dora duas vezes. Na primeira, eu deveria ter ido a uma das minhas sessões matinais com o psiquiatra. Demos uma volta por Hampstead Heath. Dora ardia de raiva e esperança ao mesmo tempo; ela tinha o brilho concentrado do caçador que se aproxima de sua presa. Não havia o que a distraísse.

A primavera tardava em chegar, não passava de um abrandamento da paisagem cinza. Apressamos o passo para nos aquecer, o cascalho rangendo em uníssono sob nossas botas. Dora falava o tempo todo, parando apenas para acender outro cigarro com a mão em concha. Suas unhas estavam detonadas, e havia lembretes, nomes e números rabiscados em sua pele; camadas deles, alguns recentes, outros sumindo depois de uma ou duas lavagens.

Ela estava mortificada por causa do sequestro de Berthold Jacob. Eles o embebedaram, ela me disse, o enfiaram num carro para "ir terminar os negócios na 'casa do falsificador'" e o levaram em alta velocidade até o outro lado da fronteira alemã. A simplicidade do plano chegava a ser ofensiva, considerando todos os cuidados que Bert e ela vinham tomando naqueles dois anos para se anteciparem aos movimentos da Gestapo. Mas esse caso era muito diferente do de Lessing e Formis, Dora disse, em que os tchecos, intimidados por ameaças da Alemanha, não protestaram. Os suíços ficaram indignados com a atuação da Gestapo em seu território. Ameaçaram cortar relações diplomáticas com Berlim e protestaram perante a Liga das Nações. E iam enviar um promotor público para investigar o caso devidamente em Londres.

"Aqui?", parei. "Por que em Londres?"

Ela me olhou com frieza, os olhos semicerrados. "Foi Hans." Poderia ter sido o sol, ou a fumaça do cigarro dela, mas em seu rosto eu também li nojo — nojo dele, é claro, mas também dela mesma, por não ter previsto isso. "Nosso Hansi atraiu seu melhor amigo para uma armadilha."

"Ele passou para o outro lado?" Uma pergunta idiota, que deixamos escapar num desses momentos de choque, quando nos tornamos repetitivos e recorremos a palavras tolas para expressar o que não queremos que seja verdade. Ela nem se deu ao trabalho de responder.

"Agora você está correndo risco", eu disse.

"Os suíços o prenderam." Ela tocou meu braço com a mão. "Justamente num restaurante perto do lago em Ascona."

O investigador suíço Roy Ganz já tinha chegado a Londres. A Scotland Yard, contou Dora, recusava-se deliberadamente a colaborar, não cedendo nenhum lugar onde ele pudesse realizar suas entrevistas nem fornecendo nenhuma informação que eles pudessem ter sobre as atividades nazistas na Grã-Bretanha.

"É revoltante." Ela pisou no cigarro com força, como se ele tivesse parte da culpa. "Então estou providenciando para que Roy faça suas entrevistas no meu apartamento. Chamei todo mundo — todo mundo *mesmo* — para ir lá lhe contar o que sabe sobre Hans e revelar todas as nossas suspeitas sobre o que aquela gente está fazendo aqui em Londres. Ganz vai voltar *totalmente* armado." Ela abriu os braços como se para sugerir algo grande. "Podemos associar Hans com a embaixada alemã em Londres — pelo amor de Deus, Ruth e eu o vimos lá com nossos próprios olhos. Isso já é o suficiente para mostrar que os nazistas estão atuando em território britânico e planejaram esse sequestro. E sabe Deus o quê mais. Este governo não vai mais ter como continuar fazendo vista grossa." Ela parou e tocou novamente no meu braço. "E também vamos conseguir tirar Bertie de lá."

Havia um êxtase silencioso por trás de sua fúria, de seus gestos expansivos e de seus incontáveis cigarros. Por um longo tempo, ela e Eles vinham travando uma guerra tática, cada um deles camuflados e escondidos, a única prova da existência deles sendo misteriosos epifenômenos como mortes violentas, artigos em jornais, perguntas no Parlamento. Agora a espera tinha acabado e eles estavam saindo para ficarem frente a frente.

Ela enganchou seu braço no meu. "No final será uma vitória para nós, tenho certeza", disse.

Não se tratava de uma esperança tola, de acreditar em uma ilusão. Sua confiança era genuína. Bertie agora era a isca na ponta de um longo fio vermelho, e quando ela e aquele Ganz o puxassem para a luz do escrutínio internacional, eles levariam a melhor. Eu não queria era pensar em Ganz.

"Como a Mathilde está?"

"Bem. Imperturbável, ao que parece. Faz um bolinho bom. Reina calmamente com seu tricô por todos os cantos da casa. Embora nada lhe escape, nada mesmo."

Ela afastou uma mecha de cabelo que o vento empurrara para sua boca. "Ruth chega na semana que vem, então seremos três. Engraçado, mas ela nunca tinha me deixado." Deu uma risadinha.

"Não entendo como isso deixa você mais segura."

"Na verdade", ela disse, "é o mais segura que eu poderia estar no momento. Ganz está ficando comigo. Meu próprio investigador particular."

Deixei escapar antes que pudesse pensar duas vezes. "Ele está, vocês estão...?"

O que diabos eu estava lhe perguntando? Se ela estava apaixonada? Eu não tinha o direito.

Ela pôs as mãos no bolso. "Ele é muito... simpático", respondeu, num tom que deixava perfeitamente claro para ambos as limitações da coisa. "Veja, eles dificilmente vão ousar fazer alguma coisa conosco enquanto ele estiver no apartamento. Os britânicos não teriam escolha senão protestar tão alto quanto os suíços sobre algo que aconteceu bem debaixo do seu nariz."

"E quando ele voltar?"

Ela virou a cabeça de lado, olhando para mim. "Pensei em talvez vir bater na sua porta. Com uma mala." Ela sorriu sem mostrar os dentes. "De novo."

Olhei para o chão. Às vezes a vida parece ser uma pilha de decisões erradas.

"Estou brincando!", disse, rindo. Voltou a enganchar o braço no meu, logo acima do cotovelo. Começamos a andar. "Mathilde e eu estamos pensando em ir para a casa de campo de Dudley. Levaremos Ruth conosco. Sempre há opções."

Não saberia dizer se ela estava tentando me animar ou animar a si mesma.

Caminhamos em silêncio até chegarmos ao tanque que ela tinha visitado na noite em que eu lhe disse que Christiane estava vindo e Dora me deixara para ficar vendo homens mergulhar na água negra escuridão adentro. Nós dois sabíamos que se esconder na casa de campo de um barão era apenas uma forma de ganhar tempo. Não havia lugar na terra aonde ela pudesse ir para ficar longe do alcance deles.

Sentamos em um banco. Pensei na carpa que eu costumava ver de relance no tanque de minha mãe, borrões dourados debaixo do gelo, como algo parcialmente lembrado ou ainda por vir, um déjà-vu ou uma promessa. Olhei para esta água, o chão em volta sujo e nu. Uns poucos narcisos balançavam, surpresos, cabeças desproporcionais brotando da terra, desejosos de cor num mundo pardacento. Minha respiração acelerou. Parecia haver uma terrível fatalidade nisso tudo. Fiquei observando o espaço entre minhas pernas.

"Pare com isso." Ela pôs dois dedos no meu queixo, forçando-me a encará-la. Deixei que Dora me beijasse. Quando nos separamos, ela encostou sua testa na minha. "Ernst. Tomamos essa decisão há muito tempo."

"Tomamos?" Afastei-me. Estava me segurando para não soluçar. "Tomamos mesmo? Não me lembro."

Uma pata surgiu do nada e se jogou na água escura. Dois patinhos recém-nascidos foram atrás dela, só tendo olhos para a mãe. Dora pôs a mão no meu peito. "Você fez isso por você." Ela respirava ruidosamente. "E eu fiz por mim." Ela tirou a mão. "Não sou idiota. Sei que é bem possível que eles me peguem." Ela se virou para encarar a água. "Mas eu não..." Sua voz também começou a embargar. Apalpou os bolsos irritada, procurando cigarros, encontrou-os. Acendeu um. Vi que ela estava engolindo a coisa na qual não podia pensar, a coisa que iria vencê-la se ela permitisse. Jogou a cabeça para trás a fim de afastar o pensamento. "Eu *não* vou facilitar para eles."

Ficamos ali sentados sem nos tocar. Depois de alguns minutos, tirei meu lenço e enxuguei as lágrimas. "Você já cogitou ir para a Índia? Para a África?", perguntei, sem esperança.

Ela balançou a cabeça devagar. "Eu não seria eu mesma."

Então uma fúria cresceu dentro de mim, turvando minha vista. Eu queria agarrar seus minúsculos ombros teimosos e chacoalhá-los, queria arrastá-la, prendê-la numa torre. Não suportava saber de antemão, não suportava que ela também soubesse. Queria gritar para ela que se eles a pegassem ela também não seria seu precioso eu. Mas teria sido um golpe baixo. E de qualquer forma, claro, ainda havia esperança. Eu não disse uma palavra.

A última vez que a vi foi no apartamento da Great Ormond Street, na sexta-feira. Tinha passado lá para ter minha própria sessão com o investigador suíço. Wolf, o acadêmico, estava saindo quando cheguei. Dora mantinha a porta aberta com o corpo, uma mão cobrindo o bocal do telefone. "Devolverei suas chaves, então", escutei Wolf dizer a ela, erguendo a mão num gesto de despedida. Quando se virou, ficou perplexo por me ver ali. Seu rosto estava manchado e pálido por trás de seu bigode bem aparado. Ele tocou no chapéu e desapareceu.

Tirei meu casaco enquanto ela terminava sua ligação.

"Ele parecia estar com pressa", eu disse, apontando para a porta.

"Você não vai acreditar." Dora estava sorrindo, balançando a cabeça. Ela me disse que quando Wolf chegou de manhã e percebeu que Ganz já estava no apartamento, correu para o quarto de Mathilde e se trancou ali. "Ficou escondido a manhã toda no quarto." Agora o investigador suíço tinha saído para dar uma volta, então Wolf aproveitou para fugir. Dora revirou os olhos.

"Na verdade", disse, "é uma fuga permanente." Wolf dissera que ela "definitivamente tinha passado dos limites", chamando atenção com todas aquelas entrevistas e "agitação pública" contra o Reich. O fato de Ganz ter passado a noite com ela sem dúvida fora a gota d'água. "Ele me disse que as coisas entre nós tinham chegado a um ponto de não ter mais conserto." Dora deu de ombros diante dos mistérios do orgulho masculino, que eu duvido fossem mistérios para ela realmente. "Como você pode terminar com alguém", ela disse, "se vocês nunca estiveram de fato juntos?"

Dora não amava Wolf. Ela tinha plena consciência de como ele era pouco atraente, das frágeis construções nebulosas de suas teorias para mudar o mundo sem botar os pés nele. Era o pior tipo de revolucionário de sofá: arrogante e cauteloso a ponto de ser covarde; internacional e teórico a ponto de ser irrelevante. Ele não tinha dado as caras durante a nossa revolução *real*. O que os homens que se tornavam amantes de Dora entendiam — na verdade, o que a tornava tão atraente para eles — era sua independência. Ela não queria mais nada deles. Ela certamente não queria mais nada de Wolf.

Nós ainda estávamos tomando café quando Ganz voltou. Era um sujeito alto e loiro com uma expressão aberta e tranquila, perfeito como um manequim, e tão esquecível quanto. Quando começou a falar, ficou claro que era homem bem-intencionado, decente e inteligente, e eu não poderia ter gostado menos dele. Durante nossa entrevista, eu lhe disse que estava sendo seguido em Londres, contei sobre as ameaças de morte que chegavam pelo correio, sobre a proposta de Hans de viajar comigo a Estrasburgo e seu desejo de ver o que eu estava escrevendo.

Quando saí, Dora já estava cumprimentando o próximo entrevistado na porta. Pus uma mão em suas costas, numa semicarícia e semidespedida, e ela me respondeu com um aceno de cabeça. Nossa ligação ia continuar, sempre.

# Ruth

Quando cheguei de Paris à Great Ormond Street, deixei minha mala na entrada e subi as escadas correndo. O prédio tinha o cheiro de sempre, uma agradável combinação de desinfetante de pinho com torrada. Eu não havia recebido mais nenhuma notícia de Dora desde o seu telegrama, mas eu também não estava esperando nada. Sabia que ela estivera bastante ocupada com a investigação.

Nos degraus de madeira, prendi a respiração. Talvez ainda estivessem fazendo as entrevistas. Tinha preparado minha confissão ao longo dos últimos sete dias para quem quer que fosse ouvi-la, a história de tudo o que eu falhara em enxergar. O jogo de futebol, a embaixada, Hans no armário de documentos, a Gestapo tentando se passar pela Scotland Yard e como Hans sabia apresentar um lorde a alguém usando apenas um nome. O plano do passaporte. Eu iria contar e contar de novo. Alisei a saia e bati na porta.

Nenhuma resposta.

Tirei meu molho de chaves. Não tinha muita esperança de que a velha chave ia servir, mesmo assim tentei. Ela nem entrou na fechadura. Bati de novo. Encostei o ouvido na porta. Nada.

Então Nepo choramingou.

Desci a escada e sentei em cima da minha mala. Devo ter ficado ali durante uma hora. Eu não estava pensando. Estava esperando a situação se resolver sozinha, que Dora ou Mathilde chegasse antes que eu tivesse de tomar uma decisão. Nepo estava no apartamento; elas não poderiam estar longe. Então me ocorreu olhar na caixa de correio. Havia correspondência de três dias não recolhida.

Uma chave girou na porta da frente e abriu meu coração. Porém era o corretor de seguros aposentado, o sr. Donovan, voltando para casa. Contei-lhe que havia chegado da França e estava sem chave. Ele disse que achava que as mulheres tinham ido embora. Elas haviam recebido muitos visitantes na semana passada, ele disse, mas desde o fim de semana ele não as encontrara mais. Era quinta-feira.

O sr. Donovan me deixou usar seu telefone. Só pensei em uma pessoa para quem eu podia ligar. Christiane atendeu e eu me apresentei. "Sei quem você é", ela disse, sem ser rude, e passou o fone para Toller. Ele cogitou a possibilidade de Dora e Mathilde terem ido para a casa de lorde Marley, em Sussex. Toller disse que não tinha a chave nova, nem, aliás, nenhuma outra chave.

Quando o sr. Donovan voltou para a sala, estava vestindo um roupão por cima da roupa. Ele me ofereceu uma xícara de chá e foi para a cozinha. Fiquei sentada, imóvel, no sofá.

Dora sabia que eu chegaria hoje, nesta manhã. Ela jamais teria ido me encontrar na estação, mas não imaginei que ela não estaria me esperando no apartamento.

Liguei para Toller de novo. "Ela sabia que eu viria hoje", disse.

Depois de uma hora, ele chegou ao nosso prédio com movimentos rápidos e inquietos, olheiras profundas ao redor dos olhos. Fomos caminhando até a delegacia de polícia na Gray's Inn Road, com Toller falando sem parar. Só precisávamos verificar o interior do apartamento, ele disse, e consertaríamos a porta antes de elas voltarem para casa. Ele achou que a polícia local provavelmente não teria nenhuma ligação com a Scotland Yard, portanto não seria muito difícil mantê-los longe do armário do hall. Só precisávamos olhar lá dentro. Eu não falava nada — havia um buraco de ansiedade no meu estômago.

O policial Constable Hall voltou conosco até a Great Ormond Street. Nós três ficamos parados na soleira da porta, debaixo da cabeça de anjo e da claraboia tampada com tábuas. O policial tocou a campainha do último apartamento. Esperamos no silêncio que se seguiu à chamada. Em seguida, abri a porta do prédio com minha chave.

Lá em cima, o policial Hall bateu na porta do apartamento e abriu sua maleta. O medo gelava meu crânio — medo do que iríamos encontrar, da violência da descoberta. Ele mal esperou uma resposta e arrombou a porta com um pé de cabra.

A madeira rangeu e cedeu. Ambas as trancas permaneceram intactas no batente, enquanto a porta se estilhaçava, separando-se dele.

Nepo veio correndo da cozinha, tão vivo, tão agradecido, rodeando minhas pernas. Peguei-o no colo. O apartamento estava silencioso, limpo e arrumado. Havia leite e comida nas tigelas de Nepo na cozinha. Estavam frescos: elas não podiam estar longe. Toller e o policial foram passando de cômodo em cômodo. Nepo ronronava como um motor nos meus braços.

O policial Hall voltou e parou na cozinha. "Aquela ali está trancada." Ele apontou para o outro lado da entrada.

Toller estava muito quieto. Ele parecia esperar que eu tomasse a iniciativa. Afinal, a casa era minha.

"Aquele é o quarto de Dora." Coloquei Nepo no chão.

Os momentos de maior intensidade da minha vida adquiriram uma atmosfera própria, como se desprovidos de som, submersos. Uma coisa leva à outra e você arromba uma porta, senta numa cadeira, bebe chá, queima a língua, congela o coração. Depois, com um sonífero — numa ânsia de esquecimento, mas com tristeza também, pois cada noite a afasta mais de você —, você vai entrando num futuro não compartilhado. A alma que se foi deixa a sua mais solitária e menor, encolhida em um corpo que agora é uma concha para a perda. O policial Hall pegou novamente seu pé de cabra.

Elas estavam deitadas na cama uma de frente para a outra, as cobertas puxadas até o pescoço. Toller saltou sobre Dora, os dedos na garganta dela, depois na de Mathilde. Ele recuou como se tivesse se queimado, foi escorregando pela parede até o chão. O policial Hall manteve-se afastado.

Senti a testa dela gelada quando a toquei com os lábios. Sua boca, entreaberta, tinha um tom azul-acinzentado. Os olhos fechados, no fundo de suas cavidades.

Mathilde parecia esgotada. Uma crosta ia do nariz e da boca ao travesseiro.

Puxei os lençóis. Dora estava com seu velho pijama creme que eu tinha lhe dado, com manchas de café na frente. Mathilde estava toda vestida — um vestido preto de seda e meia-calça, mas sem sapato. As mãos delas estavam entrelaçadas, a cabeça voltada uma para a outra.

Será que uma se foi primeiro, a outra observando e esperando, sozinha, sua hora chegar?

Não havia nada a fazer. Ela se fora. Ela ainda estava aqui. Um passarinho gelado. O policial Hall não me impediu. Passei um braço por baixo de seu corpo e outro por cima. Pressionei meu rosto contra sua testa e balancei e abracei minha corajosa menina, meu amor selvagem, sem vida. O policial desviou os olhos. Era o fim do mundo.

* * *

O que eu achei que fosse me tornar? Eu já tinha crescido. Por que achei que ainda poderia me transformar em outra coisa? Estava tudo acabado.

# PARTE III

*Você, uma escritora, não estava enquanto as enterrávamos num horrendo cemitério judeu em East Ham. Um punhado de enlutados de dar pena, Toller concedendo entrevistas o tempo todo. Você teria visto o que é a tal emigração... a gloriosa parte intermediária de um romance deprimente que ninguém irá escrever.*

Carta de um amigo de Dora a outra amiga,
24 de maio de 1935

# Toller

Passei dois dias sentado na cadeira próxima à janela da frente, onde eu a esperara na noite em que ela foi até o parque. Já vi muitas mortes. Esforcei-me para aceitar a dela. O coração, porém, não dá ouvidos. Eu queria desesperadamente ser vencido pelo sono, mas se fechasse os olhos minha mente se poria a imaginar que ela poderia aparecer a qualquer momento, entrar por aquela porta pisando duro, fria e irritada.

"Deve ter sido difícil para Christiane", diz Clara. "Ver você com o coração partido por causa de outra pessoa." Ela fecha minha primeira mala com um estalo forte. Ela tem razão sobre Christiane.

Conto a Clara que Christiane cuidou de mim silenciosamente naqueles dias. Ela me levava torrada, café. Mas eu mal reparava nela, até a tarde do segundo dia, ao ver que ela me observava, chorando, da soleira da porta. Ela não chorava por Dora. Chorava por mim.

É possível que a dor se transmute em raiva e que essa raiva mantenha você vivo. O inquérito começou na semana seguinte, e minha fúria pelo que acontecera foi o que me tem feito seguir em frente nesses últimos quatro anos. Enquanto houvesse uma injustiça para ser combatida, eu aguentaria firme para lutar contra ela.

"Ela ainda não foi combatida." Clara está sentada perto de mim agora. Seus olhos são enormes, e o sulco entre as sobrancelhas reapareceu.

"É verdade." Concordo com a cabeça como para dizer que está tudo bem, que realmente está. A outra coisa que eu tinha ficado de fazer era trazê-la de volta à vida através da escrita. E essa parte está feita.

Do lado de fora do tribunal, algumas pessoas haviam trazido banquinhos dobráveis, como se estivessem nas corridas de cavalo. Contive minha fúria. Elas provavelmente também tinham sanduíches e garrafas térmicas nas mochilas. O dia estava claro e brilhante; uma afronta. Eram dez para as onze.

Mas quando me aproximei, vi que não havia nada de festivo na maioria dos que estavam na fila para ocupar os assentos. Eram refugiados, pálidos e desconfiados, à espera de proteção. Nos últimos seis dias, desde que Dora e Mathilde foram encontradas, os jornais não pararam de falar sobre "As mortes de Bloomsbury". Duas estrangeiras solteiras envenenadas juntas numa cama, no coração de Londres: isso vendia jornal. Manchetes de tabloides sensacionalistas bradavam: "Capangas de Hitler entre nós!". Jornais mais sérios limitaram-se a declarar, nos primeiros dias, que as mortes ocorreram "em circunstâncias misteriosas". Eles citavam "amigos que preferiam permanecer no anonimato" comentando os arrombamentos no apartamento, onde nada havia sido roubado, e as cartas com ameaças de morte. As melhores notícias relacionavam as atividades de Dora para ajudar a descobrir as ligações nazistas de Wesemann em Londres com os perigos enfrentados por refugiados destemidos como Berthold Jacob e ela mesma, fora do Reich.

Teorias correram soltas. E como grande parte das teorias, elas tinham a ver tanto com os preconceitos de quem as sustentava quanto com a situação que descreviam. Havia insinuações ridículas de que Dora e Mathilde tinham sido "amigas íntimas" (como se as lésbicas, por natureza, atraíssem assassinatos simultâneos). Outros diziam que Dora tinha sido enganada por um inglês que prometera se casar com ela, por isso acabou se suicidando e levando a amiga consigo. (Por que, com as mulheres, sempre se supõe que no fundo se trata de alguma fraqueza, de alguma vulnerabilidade do sexo, como se elas não tivessem outra vida, nenhuma relevância tão importante quanto a que têm para nós, homens? Como ela teria odiado essa teoria.)

No quarto dia, surgiram boatos sobre um bilhete suicida. Com certeza nem eu nem Ruth tínhamos visto nenhum no apartamento. Não levei a sério. Mas daí em diante tabloides passaram a discorrer abertamente sobre a nova teoria do suicídio romântico. Os "amigos anônimos" começaram a hesitar, mas enfatizavam que, mesmo que não se pudesse provar uma conspiração política, a causa da morte deveria continuar sendo atribuída aos hitleristas. Sem o maldito regime deles, as mulheres não teriam precisado se exilar, diziam os anônimos; elas não estariam passando dificuldades financeiras, com medo de terem seus vistos cancelados e de serem mandadas de volta para a Alemanha; elas não teriam chegado a *este ponto*. Para meu alívio, a maioria dos melhores jornais manteve uma postura firme, sugerindo que se tratava de um crime cometido pelo "Bando de Wesemann-Göring".

No metrô, a caminho do tribunal, escutei duas mulheres discutindo o "pacto de suicídio-assassinato de Bloomsbury", além da "natureza nervosa" de nossa raça. Elas se sentiam no direito de fazer comentários recriminadores e obscenos, como se a tragédia alheia confirmasse o quão boa era sua vida livre de ameaças. A verdade tinha deixado de ter qualquer relação com Dora e se tornado uma questão de debate público, no qual qualquer idiota poderia expressar sua opinião. E hoje o significado da vida dela seria determinado por um comitê de jurados, com base na "probabilidade razoável". Padrão que, na minha opinião, há muito tinha deixado de se aplicar a nós.

Sem dúvida membros do Bando de Wesemann-Göring estavam no tribunal, misturados à multidão, vestidos como funcionários da embaixada, repórteres, refugiados. Tinham vindo se regozijar, ver o efeito aterrorizante de seu assassinato na comunidade de exilados. Vi os amigos proeminentes de Dora — lorde Marley com sua esposa, Fenner Brockway branco como um prato, Sylvia Pankhurst, Churchill e outros parlamentares que reconheci mas cujo nome eu não sabia. Havia muita gente da imprensa — homens com chapéu Homburg fazendo malabarismos com suas câmeras com flash em formato de pires.

Avistei Ruth sentada na primeira fila. Ela segurava sua bolsa no colo com as mãos, olhando rigidamente para a frente, ladeada por estranhos. Senti uma súbita necessidade de me sentar com ela. Mas não havia lugar, só encontrei um assento quatro fileiras atrás. Fiquei observando suas costas eretas, os cachos escapando por baixo de seu chapéu verde. Nos últimos dias, ela tinha passado a chamar tanto a minha atenção que senti vergonha de nunca tê-la realmente enxergado antes.

Depois de a ambulância ter chegado para levá-las ao necrotério, Constable Hall nos escoltara até a delegacia, para sermos interrogados por seus superiores. A dor é tão egoísta quanto o amor. Ela se apodera do corpo e da mente e toma o lugar deles: você se torna o elemento encarnado — não resta nenhum "você" para pensar em mais ninguém. Porém, quando olhei para Ruth andando ao meu lado, meu próprio sofrimento se deslocou. Ela era o retrato da ruína, pálida e acabada. Não acho que tenha se dado conta de como saiu do apartamento e foi parar na delegacia de polícia; não acho que ela conseguia se imaginar fazendo qualquer coisa, em qualquer futuro.

Eles nos levaram para salas separadas. Minha sala de interrogatório era pequena e sem muitos móveis, com um mapa de evacuação, em caso de incêndio, fixado atrás da porta. Eles — eram dois — começaram perguntando o que teria feito as mulheres se sentirem infelizes. Respondi com firmeza que elas *não* estavam infelizes. Disse que tinha certeza de que Dora estava animada na sexta-feira, embora, é claro, ela tivesse consciência de que eles poderiam matá-la. Perguntaram-me quem eram "eles" e eu disse que eram as mesmas pessoas — agentes de Hitler — que haviam matado Lessing e Formis e sequestrado Bertie.

Os homens ficaram em silêncio por um momento, concentrados em fazer anotações. Vi que aquela história, tão conhecida para nós por ser a base da nossa vida naquela época, soava extravagante e conspiratória para aqueles policiais comuns e sensatos. Eu devia ter ido mais devagar, voltado ao começo para explicá-la. Devia ter retomado a guerra, a revolução, o delicado espírito de pacifismo e liberdade na Alemanha e a força nacionalista que agora se erguera para matá-lo. Quando olhei para seus rostos jovens e inexpressivos, senti que era inútil.

Educadamente, eles me perguntaram se a minha teoria também se aplicava à sra. Wurm.

Não gostei da palavra "teoria": eu estava entregando de bandeja a solução para o crime. Mas mantive a calma. Disse-lhes que Mathilde tinha sido deputada pelo Social-Democrata e que, por mais que eu achasse que Dora fosse o alvo principal, Mathilde apoiava o trabalho que sua companheira de apartamento estava fazendo e também teria de ser assassinada, assim como tantas outras esposas ou secretárias de outros alvos que acabaram entrando no caminho da bala. Disse-lhes que até a sexta-feira, no mínimo, Mathilde estivera imperturbável.

Mas o que eu dizia parecia não fazer a menor diferença; as perguntas deles giravam cada vez mais em torno da solução fácil e feminina do suicídio.

"Como você explica, senhor", perguntaram, "a porta estar trancada por *dentro*? A chave deixada na estante?"

Àquela altura não me ocorreu outra resposta: admiti a eles minha própria e vergonhosa expertise. "Senhores", eu disse, "estou familiarizado com a atração obscura pela morte." Minha voz estava ficando mais alta, mas consegui controlá-la. "Posso garantir a vocês que a dra. Dora Fabian não sentia isso."

Eles olharam para mim. Tudo o que eu já tinha conquistado na vida caiu por terra. Eu era o que eles viam: um estrangeiro sombrio, um judeu, um histérico de uma antiga nação inimiga. Eles fizeram mais algumas poucas anotações e me agradeceram educadamente.

Esperei Ruth por mais de uma hora, sentado num banco na entrada da delegacia. A porta giratória cuspia pessoas ocupadas com suas coisas, como se aquele fosse um dia qualquer. Quando ela apareceu na outra ponta do corredor, seus olhos pareciam menores, seus lábios, cinza. Deixou-se cair ao meu lado no banco.

Ruth era mais alta que Dora, era comprida, com pernas tão desengonçadas quanto as de um potro. Seus dedos eram finos e afunilados, e ela não usava aliança. Ruth jamais seria a primeira pessoa em quem você repararia numa sala, provavelmente nem mesmo a segunda ou a terceira. Mas enquanto ela ficou sentada ali tentando se recompor, senti sua humildade, seu jeito delicadamente atento. Era uma mulher sem nenhum tipo de pretensão — à beleza ou ao talento —, sem nenhum desejo de chamar a atenção. Isso a deixava livre, acredito, para captar a real essência de outra pessoa. Uma qualidade rara.

Ela começou a se balançar para a frente e para trás, os braços rodeando o próprio corpo. "Eu disse a eles que Dora jamais teria permitido que eu a encontrasse daquele jeito", falou. "Ela jamais teria feito isso sem deixar um bilhete para mim."

"Não", eu disse. Nem para mim, pensei. Ruth vasculhou a bolsa à procura de um lenço.

"Eles ficaram insistindo que o quarto estava trancado por dentro, que parecia ser um caso bem claro. Eu disse a eles que ela estava investigando as atividades de Hans para a Gestapo em Londres..."

Ruth parou de repente e pôs a mão no rosto. "Há tantas coisas que eu não vi." Curvou-se para a frente. Quando falou de novo, sua voz era um uivo áspero. "Eu poderia tê-la alertado."

Pus o braço em volta dela. "Dora não percebeu que Hans passara para o outro lado. Nem Bertie. Você está sendo dura demais consigo mesma."

Sua voz, quando saiu, era terrível. "Eu estava mais próxima."

"Às vezes", segurei suas mãos trêmulas entre as minhas, "isso faz com que seja mais difícil perceber."

Ela começou a chorar. Suas palavras saíram numa enxurrada. Algo sobre ver o marido na embaixada, sobre ele maquinar e ensaiar o sequestro de Bert na fronteira francesa. E depois do contrajulgamento ele de repente ficou mais feliz, se comportou como um homem salvo.

"Você pode dizer tudo isso no inquérito." Fiquei de pé e estendi a mão para ela. "Acho que devemos ir agora."

Foi como se ela não tivesse me ouvido. Então ela disse algo que eu não entendi. Agachei-me, segurando seu cotovelo com uma mão. Ela se voltou para mim, os olhos embaçados de dor, e repetiu: "Era para ser eu. Com ela".

Não achei que ela fosse conseguir se levantar. "Você deveria ficar comigo e Christiane esta noite."

Ela balançou a cabeça. Iria voltar para o apartamento. Eles nem sequer o estavam tratando como uma cena de crime.

"Mas a porta foi arrombada", protestei. "Você vai ficar com medo."

Sua resposta saiu de algum lugar distante. "Eles não vão voltar", disse. "Preciso esvaziar o armário. Eles devem ter fotografado o que queriam e deixado lá para a Scotland Yard encontrar e usar contra as pessoas." Quando olhou para mim, vi que algo se solidificava atrás de seus olhos, alguma decisão silenciosamente tomada. "Além do mais, já fizemos isto antes. Uma cadeira atrás da porta."

No tribunal, os membros do júri tinham sido acomodados em fileiras do lado direito da sala. Quando o juiz entrou, ficamos todos de pé. S. Ingleby Oddie era um homem grisalho de sessenta e poucos anos, com um rosto estreito e marcado, e sobrancelhas escuras e arqueadas: um rosto que demonstrava surpresa o tempo todo, de forma a jamais revelá-la de verdade. Ele tirou seus papéis de uma pasta e os dispôs na mesa. À sua frente havia uma mesa para o advogado — a família de Mathilde havia contratado um. Ninguém representava Dora. Sua mãe, Else, conforme fiquei sabendo mais tarde, tinha sido levada para um campo, como eles frequentemente faziam com os parentes de suas vítimas.

Fiquei observando a parte de trás da cabeça de Ruth. Ocorreu-me que talvez os bancos da frente estivessem reservados para as testemunhas. Mas então eu certamente teria sido chamado, porque tinha estado lá quando elas foram encontradas, porque conhecia Dora muito bem, porque, bem, eu tinha muito a dizer.

Constable Hall foi o primeiro a sentar na cadeira das testemunhas. Estava sem seu capacete; o cabelo castanho-claro havia sido cortado depois da quinta-feira, revelando orelhas proeminentes e rosadas. Senti que eu tinha tido uma experiência íntima com aquele homem, como se numa guerra, embora não o conhecesse em nada. O policial Hall contou que havia forçado a porta do apartamento, e depois a porta trancada do quarto. Disse que as mulheres estavam deitadas na cama, uma de frente para a outra e de mãos dadas. Elas estavam quase totalmente cobertas e foram encontradas "sem vida". Ele tinha recolhido da mesa de cabeceira do quarto uma xícara com um líquido escuro, que poderia servir de prova, e chamado uma ambulância. O quarto estava em ordem, o policial disse, embora houvesse duas malas semifeitas ao lado do guarda-roupa. A chave do quarto, contou, tinha sido "cuidadosamente" deixada numa estante ao lado da porta. Odiei ele se permitir o floreio de um advérbio.

"Obrigado, Constable", o juiz disse.

Senti uma tensão borbulhar e se enroscar no meu esterno. Tudo o que Dora vinha tentando fazer podia acontecer nesta sala. Nesta sala — assim como nos jornais e no Parlamento —, o público podia ser alertado do perigo e do alcance cruel dos hitleristas. E ela teria provado isso com sua vida. Ao fechar os olhos, a vi no banco do parque, o pescoço jogado para trás e os olhos piscando para afugentar o medo. Agora aquele belo corpo que eu conhecia tão bem jazia numa caixa na capela mortuária do cemitério em East Ham, esperando para ser enterrado naquela tarde. Olhei para o juiz, para aquele representante da mundialmente famosa justiça britânica. Ele pigarreou.

"Você disse, Constable, que todas as portas internas tinham fechaduras Yale."

"Sim, Meritíssimo."

"E que o quarto no qual as mulheres morreram estava trancado por dentro."

"Sim."

"Você chegou a formar uma opinião sobre o porquê de haver fechaduras em todas as portas?"

"Acredito que por serem refugiadas, senhor." Hall transferiu o peso do corpo de uma perna para a outra, a luz refletindo nas duas fileiras de botões de seu uniforme. "Dividindo uma casa. Talvez elas alugassem os quartos..."

"Não é verdade!", alguém gritou. Ouviram-se murmúrios na sala. Ruth ergueu-se na primeira fila, agarrando sua bolsa. O juiz permaneceu imperturbável como um cirurgião, olhando do alto para ela.

"Seu nome, senhora?"

"Ruth", disse. Em seguida, mais brandamente, "Wesemann, senhor."

Ele correu o papel à sua frente com um lápis. "A senhora consta como uma das testemunhas, dra. Wesemann. Peço que aguarde para dar sua contribuição quando for chamada."

A mão de Ruth tateou o ar atrás de si à procura da ponta do banco, e vi naquele gesto desajeitado o quanto tinha lhe custado erguer a voz. Eu torcia para estar naquela lista.

A próxima testemunha foi o dr. Taylor, um patologista com voz suave e uma pele coberta por cicatrizes de acne. Ele tinha realizado a autópsia e determinado que a causa da morte fora insuficiência respiratória devido a envenenamento por Veronal. A droga tinha sido misturada no café, disse. A diferença entre uma dose letal e uma não letal era coisa de uns vinte grãos, ou seja, muito pouco.

"E neste caso, doutor?", perguntou o juiz.

"A concentração encontrada na xícara era muito alta. Arrisco dizer, Meritíssimo, que foi uma dosagem intencionalmente fatal."

O juiz baixou o lápis e inclinou um pouco a cabeça na direção das testemunhas. "E na sua opinião, doutor, seria possível sentir o gosto do Veronal?"

"Ah, sim, Meritíssimo. Com uma concentração dessas, o café ficaria muito amargo, granuloso. De forma alguma passaria despercebido."

"O senhor trouxe a xícara como prova?"

"Não, Meritíssimo." O juiz aguardou. "Sinto informar que ela foi acidentalmente destruída." O patologista baixou a cabeça e ficou olhando para as mãos. "O pessoal da limpeza, senhor."

"Entendo." O juiz fez uma anotação.

O médico então disse ao tribunal que, na sua opinião, as mulheres tinham falecido na noite de domingo ou na segunda-feira anterior ao dia em que foram encontradas.

Você sente coisas antes de poder pensar nelas. Uma narrativa estava sendo formada aqui com base em fatos selecionados — a história fácil. E eu sonhava acordado que estava me afogando, um filhote num balde de estanho, bolhas silenciosas saindo de minha boca, flutuando inutilmente até a superfície. Toda vez que queria protestar, engolia água.

A sra. Allworth, a faxineira, sentou-se no banco das testemunhas. Ela vestia um terninho cinza-claro que eu já tinha visto em Ruth. A roupa sobrava nos ombros. Os nós dos dedos moviam-se como pedrinhas por baixo da pele de suas mãos, agarradas à madeira. Suas palavras tinham um quê de segunda mão, como se ela as tivesse ensaiado.

"Na terça-feira", ela disse à sala, "fui ao apartamento como sempre, para fazer a limpeza. Fiquei surpresa ao descobrir, quando entrei, que elas não estavam. Elas sempre me deixavam um bilhete quando saíam, me dizendo quanto tempo ficariam fora e me pedindo para dar uma passada nos dias em que eu não limpava, para dar comida ao Nepo. Elas me pagavam para fazer isso, claro", acrescentou, improvisando. "Eram mulheres muito boas." Um rubor começou na ponta de sua orelha, espalhando seu calor por todo o rosto. "Nepo é o gato — desculpe." Ela respirou fundo. Tinha se perdido.

"Leve o tempo que precisar, senhora", disse o juiz.

O mais estranho, a sra. Allworth disse novamente, é que as mulheres não deixaram nenhum bilhete. Ainda assim, ela concluiu que elas tinham saído. "Não encontrei outra explicação, senhor." Então ela começou sua limpeza. Limpou a cozinha e o banheiro, o quarto da sra. Wurm e o quarto de hóspedes. "Não entrei no quarto da dra. Fabian porque estava trancado", disse. "Isso também foi muito estranho, porque ela nunca trancava o quarto. Saí do apartamento depois de terminar meu trabalho, por volta de meio-dia e meia."

O juiz assentiu.

"Ah", ela acrescentou, "e eu dei comida para o Nepo. Claro." Seu rosto se contorceu como um papel pegando fogo. "E durante todo aquele tempo, as mulheres, as mulheres..."

"Obrigado, obrigado..." Ele conferiu seu papel. "Sra. Allworth. Tenho apenas uma pergunta." Ele esperou enquanto ela assoava o nariz silenciosamente. "Com exceção do fato de a porta do quarto da dra. Fabian estar trancada, a senhora disse não ter visto nada estranho, nenhum tipo de desordem no apartamento?"

O rosto e o pescoço da mulher queimavam, vermelhos. "Não, senhor. Nenhuma desordem. Senhor."

"Obrigada, sra. Allworth." O juiz olhou para o advogado de Mathilde. "Sua testemunha."

O homem fez algumas perguntas à sra. Allworth, das quais não me lembro. Em seguida ela voltou para o seu lugar.

O oficial de justiça se levantou. "O tribunal chama o professor Wolfram Wolf", anunciou.

Wolf ergueu-se na primeira fila. Por que diabos *ele* tinha sido chamado? O que ele poderia saber que eu não sabia? O idiota vestia um terno de três peças, o pescoço, num colarinho branco e impecável, curvado para a frente como se para se esquivar do que pudesse estar por vir. A ideia de que um homem tão implacavelmente insignificante, tão fanhoso e pedante, podia se levantar e falar de Dora enquanto eu ficava sentado, quieto, fez meu sangue ferver. Eu estava furioso com ela por ter morrido, mas provavelmente mais ainda por ter chegado a se envolver com aquele homem.

O juiz pediu a Wolf que descrevesse seu relacionamento com Dora. A voz do professor era nasalizada, quase inaudível.

"Éramos amigos muito próximos."

"Entendo. Professor Wolf, o senhor poderia nos dizer se passou algum dia ou alguma noite da semana passada ou da semana retrasada no apartamento da Great Ormond Street?"

A resposta de Wolf saiu abafada, os olhos voltados para o chão. O juiz o observou por um momento e então pareceu entender alguma coisa.

"O senhor é casado, professor?"

"Sou." Houve uma ligeira agitação, uma brisa humana no tribunal.

"Muito bem, não vou te pressionar", disse o juiz, "mas gostaria de saber se o senhor passou alguma noite no número 12 da Great Ormond Street nas duas últimas semanas."

Wolf começou a responder com frases longas e desarticuladas. Se eu fosse lhe dar um papel numa peça, ele seria um personagem cômico, um Polônio ridiculamente prolixo, um antagonista tagarela que gosta de pôr os pingos nos is e os traços nos tês. Mas ali estava ele, falando, enquanto eu ficava quieto. Ele estava dizendo que às vezes acontecia de ele e Dora esticarem a conversa noite adentro, que ela vivia tremendamente ocupada, que ela estava sempre trabalhando tanto à noite quanto de dia, e que às vezes, quando ficava tarde, ele de fato acabava passando a noite lá. Não sabia dizer ao certo quando tinha sido a última vez em que isso aconteceu.

O juiz esperou até Wolf ter esgotado todos os circunlóquios possíveis. "Não tenho a menor intenção de te constranger, professor Wolf", disse. "Desejo apenas apresentar ao júri o motivo de ter sido o senhor, pelo que entendi, quem recebeu o bilhete de suicídio da falecida."

Os pelos dos meus braços se eriçaram. O ar da sala ficou estático.

"O senhor poderia nos dizer quando o recebeu?", perguntou o juiz.

Wolf baixou a cabeça e ficou olhando para as mãos. "Na segunda-feira de manhã. Pelo correio."

"E o senhor faria a gentileza de ler o bilhete para o tribunal?"

Todos os membros do júri voltaram a cabeça para ele. Wolf tirou do bolso do paletó uma folha de papel dobrada. Tossiu com o punho na frente da boca e começou a ler:

> Eu te decepcionei demais, te causei dor demais. Não vejo mais volta, nem em relação a você, nem a mim mesma, nem à vida. Não pense que minha morte é consequência dos últimos dias; mesmo que você tivesse voltado eu não continuaria vivendo. Fui muito apaixonada por você. Sinto muito. Adeus. Levo comigo a única pessoa para quem minha vida significou alguma coisa.

O silêncio se tornou mais denso. Fizemos uma pausa coletiva para assimilar aquilo, as palavras da mulher morta, as últimas palavras que alguém poderia escolher. Então, soluços solitários e aflitos irromperam no banco da frente.

Meu coração tinha parado mas minha mente continuava funcionando. A falsidade da nota era patente.

"Não pode ser!" Vi-me de pé, gritando. "É mentira!"

Dois guardas descolaram-se da parede. O juiz ergueu uma das mãos para detê-los.

"Senhor", ele me disse calmamente, "entendo que algumas das provas apresentadas aqui sejam de natureza angustiante. Mas peço que se abstenha de interromper o processo, ou terá de ser expulso da sala."

"Quero testemunhar!"

“Seu nome?”

“Ernst Toller.”

Ele assentiu com a cabeça, depois examinou sua lista. “Sinto dizer, Herr Toller, que seu nome não consta da minha lista. Tenho certeza de que o senhor entende que temos de restringir as testemunhas às pessoas diretamente ligadas às falecidas.”

“Mas eu sou...: Nós fomos...” Christiane estava em Hull, num teatro de repertório, porém a sala estava repleta de jornalistas, e eu não podia fazer isso com ela. “Velhos amigos.”

“Sinto muito, Herr Toller, mas vamos ouvir apenas as pessoas mais próximas das falecidas.” Ele olhou novamente para sua lista. “Da, eh, dra. Wesemann, suponho.” Enquanto ele folheava seus papéis, olhei para Ruth. Ela tinha se virado para olhar para mim, assim como todo mundo.

“O senhor prestou uma declaração à polícia”, prosseguiu o juiz, segurando um documento que tinha encontrado. “Sendo assim, decidiu-se quais depoimentos deveriam ser apresentados ao júri. Posso te garantir, Herr Toller, que a devida atenção foi dada ao seu depoimento. Peço agora que o senhor retome seu assento.”

Os guardas recuaram para a parede. Sentei. O juiz deslizou seus óculos de leitura até a ponta do nariz e voltou sua atenção para Wolf, cujo rosto era o retrato do alívio. Eu poderia ter estrangulado o filho da mãe.

“Quando a dra. Fabian fala em ‘consequência dos últimos dias’,” disse o juiz, “o que o senhor acha que ela quer dizer?”

Wolf tossiu de novo. “Nós tivemos uma discussão, Meritíssimo. Dor... a dra. Fabian queria...” Ele puxou o paletó para baixo. “Eu tinha decidido, senhor, terminar meu relacionamento com a dra. Fabian. Ela ficou muito abalada por causa disso. Estava com medo. Temia que suas atividades políticas fossem chamar a atenção das autoridades daqui. Ela queria que eu me mudasse para o quarto de hóspedes do apartamento. Ela ficou, devo dizer, bastante histérica quando eu disse que não me mudaria."

"Não é verdade!" Aquilo saiu de mim como um grito de dor.

O tom do juiz era calmo, ensaiado. "Estou avisando, Herr Toller. Pela última vez." Ele voltou-se novamente para Wolf. "E o senhor ficou surpreso ao receber esse bilhete?"

"Senhor, devo dizer que Dora já tinha ameaçado cometer suicídio antes. Se eu a deixasse. Às vezes acho que todo aquele trabalho, o fato de ela mal dormir, a morfina... tudo isso pesou..."

Uma onda de compreensão atravessou a multidão, como se Dora tivesse sido uma viciada, como se algo estivesse sendo explicado aqui. Eu me afogava no ar, tentando chamar a atenção de Ruth, querendo que ela se virasse novamente para mim.

"E o que o senhor fez quando recebeu esse bilhete na segunda-feira de manhã?"

"Liguei para o apartamento dela. Como não houve resposta, fui até lá. Ninguém atendeu à campainha também. Fiquei dando voltas por ali durante meia hora, depois toquei a campainha mais uma vez, mas de novo não houve resposta."

"Por que, depois de receber este bilhete, que o senhor entendeu ser um bilhete de suicídio, o senhor não telefonou para a polícia?"

Wolf empalideceu, tocou sua gravata. Mas ele estava preparado para a pergunta. "Eu tinha quase certeza de que ela havia saído de Londres e ido para Sussex, ou para algum outro lugar, e não quis interferir e mostrar à polícia a casa dela e tudo o que havia lá, e talvez com isso acabar causando algum prejuízo a ela."

"Entendo", disse o juiz. "Eu gostaria de voltar ao bilhete de suicídio. Posso vê-lo?"

Wolf passou o bilhete para o oficial de justiça, que o entregou ao juiz.

Então as coisas começaram a se mover em câmera lenta.

"Isto está em inglês."

"Sim, senhor."

"Onde está o original?"

Wolf olhou para o chão. "Creio que não está mais disponível, senhor. Ele foi entregue à embaixada alemã pela Scotland Yard, para ser traduzido. Disseram-me que foi inadvertidamente destruído pelos funcionários da embaixada depois que a tradução foi feita."

Ouviram-se murmúrios no tribunal.

"Entendo. Bem, de memória então, professor Wolf, o senhor reconheceu a letra da dra. Fabian no bilhete enviado ao senhor?"

"O bilhete foi escrito em taquigrafia, senhor."

Uma nova onda de burburinho, mais alta, encheu a sala de audiência. O próprio Wolf tomou a iniciativa de dissipá-la. "Costumávamos usar a taquigrafia na nossa correspondência."

Aquilo foi demais até mesmo para o juiz. "Para algo tão breve, tão importante, como um bilhete de suicídio, o senhor não acha que ela teria utilizado palavras?"

"Não, senhor. Era um hábito nosso."

"E o envelope? Ele trazia a letra dela?"

"Estava datilografado. Pelo que me lembro."

"Quer dizer então", sugeriu o juiz pausadamente, "que ela não teve tempo de escrever um bilhete de suicídio de três linhas à mão, mas teve tempo de pôr um envelope na máquina de escrever para datilografar ali o endereço?"

Wolf ficou em silêncio, uma mão agarrada à outra na frente. "Não tenho certeza, senhor. Talvez fosse o hábito — ela vivia muito ocupada."

Aquilo estava além do suportável. Ergui-me de novo. Podia sentir o tribunal do meu lado desta vez. "Que tipo de amor é este?", gritei. Não tinha nada a perder — expulso ou sentado lá, de uma forma ou de outra eu já fora silenciado. Estendi as mãos, mal controlando a voz. "Dora estava *animada*! Ela estava realizando a obra da sua vida! Estava desmascarando as atividades dos hitleristas aqui!"

O juiz assentiu para os guardas. Restavam-me segundos. Eu apontava para Wolf agora. "Por que ele não pediu ajuda? Por que ele não tentou encontrá-las como eu fiz? Porque..." Agora eu sabia que iria conseguir dizer, então falei mais devagar, para causar efeito, "porque ele sabia que elas já estavam mortas!"

Mantive os olhos fixos em Wolf enquanto sentia que me pegavam pelos braços, um de cada lado, e me arrastavam pelo corredor. Virei a cabeça e olhei para Ruth. Tudo depende de você agora, quis que ela soubesse, agora é com você.

# Ruth

Uma maca com alguém em cima passa no corredor, mas quando por fim ergo os olhos vejo apenas os pés fora do lençol.

Não lembro como elas foram tiradas do apartamento.

Quando vi Toller de novo, foi no tribunal. Seus pés pairaram um pouco acima do chão enquanto eles o levavam pelo corredor, sua cabeça olhando em torno, procurando por mim. Eu sabia o que ele queria.

E iria fazê-lo. Já tinha ensaiado o que ia dizer ao investigador suíço e não tivera essa chance. Contive-me quando falei com a polícia porque não queria que eles chegassem ao armário antes de eu limpá-lo. No sábado, entregara a Otto Lehmann-Rußbüldt todos os documentos que poderiam incriminar quem quer que estivesse aqui ou na Alemanha. Agora eu podia contar tudo. Não me importava se me mandassem de volta. Iria falar a este tribunal, à imprensa, ao mundo, sobre os preparativos da Alemanha para a guerra. Iria falar para eles das ameaças de morte e da busca feita no apartamento, iria lhes dizer que Dora tinha sido assassinada porque eles queriam silenciá-la. Deixei minha bolsa no banco.

Enquanto baixava a mão depois de prestar o juramento, vi apenas um mar de pele, cabelo e olhos. Não conseguia juntar as coisas. A sala balançava um pouco, em um borrão de corpos desconhecidos.

"A senhora poderia, por favor, nos dizer qual era a sua relação com as falecidas, dra. Wesemann?"

"Eu era prima de Dora, senhor. Nossos pais são irmãos. Mathilde era uma conhecida minha. De Berlim."

"E a senhora morava no número 12 da Great Ormond Street, em Bloomsbury?"

"Sim, senhor. Embora eu tenha ficado fora por algum tempo, na França. Tinha acabado de voltar quando..."

"Falaremos disso depois. A senhora poderia dizer ao tribunal por que estava na França, dra. Wesemann?"

"Eu..." Respirei fundo, para começar direito. "Meu marido, senhor. Ele tinha ido embora e eu — precisava mudar de ares. Era temporário."

"Entendo."

"Meu marido estava trabalhando para eles, para o governo alemão, e ele, eu não percebi..."

A voz do juiz ficou subitamente autoritária. "Devo deixar claro desde o início, dra. Wesemann, que não podemos introduzir questões políticas neste tribunal."

Meu sangue gelou. Tudo estava ligado à política — a vida e a morte.

"Nem questões concernentes a outro Estado soberano, em especial aquelas que possam estar *sub judice* entre outras nações neste momento. Peço, portanto, que a senhora limite sua contribuição ao tema tratado aqui, ou seja, às mortes da dra. Fabian e da sra. Wurm no apartamento da Great Ormond Street." Ele fez uma breve pausa, examinando-me por cima dos óculos. "Gostaria de começar, na verdade", continuou, "com a questão do quarto trancado. Havia fechaduras nas portas internas quando a senhora e seu marido alugaram o apartamento?"

"Não, senhor. Tivemos de colocá-las. Nosso apartamento tinha sido arrombado — e não levaram nada. Eles estavam procurando documentos que tínhamos da Alemanha, documentos que provavam os planos de Hitler para..."

"Dra. Wesemann", seu tom era gélido, "vou repetir: não permitirei que questões políticas sejam introduzidas no meu tribunal. E não preciso alertar a senhora sobre as consequências para os refugiados neste país que continuam a se envolver em agitações políticas, quaisquer que sejam elas, de sua terra natal."

"Me desculpe", eu disse automaticamente.

Mas ele escolhera a ameaça errada para mim. Então avistei um rosto na multidão que minha mente conseguiu reconstituir: Fenner! Mais ou menos no meio do corredor, na ponta. Naquela semana Fenner havia dito aos jornais que Dora era "a pessoa mais corajosa" que ele já tinha conhecido. Eu só serviria para alguma coisa se continuasse falando aqui. Não teria outra oportunidade. Pigarreei.

"É justamente esse medo de ser mandado de volta, senhor, que motivou meu marido a trabalhar para eles, a entregar Berthold Jacob e a trair Dora, para escapar..."

O juiz bateu o martelo com força na mesa, assustando a todos. Sua voz saiu com uma calma estudada. "Já avisei, dra. Wesemann, que neste país não permitimos que os tribunais se tornem foros para insinuações políticas infundadas. Estou perguntando à senhora sobre o quarto trancado. Algo bastante específico. E agradeço se sua resposta se limitar a essa questão. Agora, a senhora pode me fazer a gentileza de dizer quem mais tinha a chave, ou as chaves, do apartamento?"

Essa era uma pergunta que eu queria. "Eu tinha as chaves. Dora e Mathilde, claro. E o professor Wolf."

Houve gritos de indignação na sala. O juiz auxiliar bateu seu martelo.

"Obrigado, dra. Wesemann", disse o juiz quando o barulho diminuiu. "A senhora pode se retirar agora."

Mas eu não tinha terminado. Agarrei-me à borda do estrado. "Mas, Meritíssimo, nós recebemos ameaças de morte antes de isso acontecer! Cartas e telefonemas..."

"Basta, dra. Wesemann." Seu tom era ríspido, como se falasse com uma criança rebelde. "Obrigado."

Os auxiliares, ou guardas, ou o que quer que fossem, vieram na minha direção. Desci do local antes que eles pudessem completar minha humilhação.

Wolf foi chamado de novo. Ele negou veementemente ter as chaves do apartamento.

Era uma e quinze da tarde quando o juiz fez sua recapitulação — duas vidas valiam exatamente uma hora e quarenta minutos do seu tempo. Ele disse ao júri que o bilhete taquigráfico de Dora — "se ela escreveu o bilhete, e se o bilhete foi corretamente traduzido" — indicava que ela tinha cometido suicídio em razão de um "amor não correspondido". O fato de a porta estar trancada por dentro — um quarto no último andar do prédio, inacessível por outros meios — era o que o júri precisava levar em consideração nas suas deliberações. Disse que a situação, no caso de Mathilde, era "bem menos clara", porque era improvável que uma mulher na sua idade e com o seu caráter fosse se deixar levar por uma companheira de apartamento mais nova. Era possível, porém, que Mathilde sofresse do "desequilíbrio mental conhecido como depressão", ao qual muitos refugiados eram vulneráveis naquele país. Disse que a dra. Fabian podia ter administrado o veneno à sra. Wurm antes de bebê-lo, embora "é claro, esta seja uma questão que cabe aos senhores decidir".

A decisão foi tomada em vinte minutos. O primeiro jurado voltou, e nós nos levantamos.

"Concluímos que em ambos os casos", o homem leu, "as falecidas, estando mentalmente perturbadas, cometeram suicídio por meio de envenenamento narcótico autoadministrado."

A sala ficou em silêncio. Em seguida houve ruídos, mas nenhum alvoroço. As pessoas estavam contaminadas pelo terror do que tinha acontecido com Dora e Mathilde, um terror potencializado pelo que tínhamos acabado de presenciar naquela sala: não havia nenhuma autoridade terrena a quem recorrer, ninguém iria acreditar em nós e nos proteger.

O juiz saiu por uma sala lateral, o júri por outra, na parede oposta. Fiquei sentada enquanto a sala esvaziava. O mundo estava se fechando sobre ela. Ela não iria deixar um rastro sequer.

# Toller

Fiquei do lado de fora do tribunal, fumando, andando de um lado para o outro como um menino de castigo. Observei quando eles se esparramaram degraus afora. O clima era pior que o de um funeral, o medo mais terrível que a tristeza. Ruth não saiu.

Entrei. A sala estava vazia. Será que eles a tinham levado? Então notei a curva de suas costas, visível apenas na primeira fila. Inclinada para a frente e se balançando. Quando a alcancei, vi que sua boca estava aberta num grito mudo. Ela me viu.

"Eu tentei..."

Ajudei-a a se levantar. O funeral era dali a uma hora, às três da tarde. Tínhamos de pegar o metrô, depois um ônibus até o cemitério judeu em East Ham.

Eram duas caixas de madeira simples, cada uma coberta por um pano escuro. Acredito que éramos uns doze no total, reunidos na frente da sinagoga. O serviço foi curto. Ruth ficou afundada num banco, soluçando. Quando pus no ombro uma das pontas do caixão de Dora, senti-o horrivelmente leve. O rabi foi à frente. O céu estava carregado, chuva caía no meu rosto. Dois túmulos tinham sido recém-cavados um do lado do outro nos fundos do cemitério.

"Não temerás o terror da noite nem a flecha que voa de dia", o rabi entoou. Ruth oscilava sob um guarda-chuva, mas conseguiu se manter de pé. "Ele te esconde com suas penas, sob suas asas encontras abrigo."

Fenner, lorde Marley e eu pegamos pás enquanto os caixões eram baixados. É o dar as costas, a caminhada até o chá, a parte mais difícil.

Do lado de fora dos portões de ferro, jornalistas do *News Chronicle*, do *Daily Express*, do *News of the World* e do *Jewish Daily Post* estavam reunidos. Subi no estribo do carro funerário. Alguém segurou um guarda-chuva sobre mim e comecei a falar.

"Hoje enterramos uma mulher corajosa", disse. "Ela morreu lutando por todos nós — pelo povo alemão que sofre sob o jugo de um tirano e pelos povos da Europa contra quem ele está determinado a travar uma guerra." Eu falava acima de um amontoado de guarda-chuvas pretos. "Pessoalmente, tenho uma enorme dívida de gratidão com Dora..."

Os guarda-chuvas se separaram. Algo branco e encurvado começou a passar no meio daqueles segmentos pretos e ossudos. Continuei falando.

"Foi Dora Fabian quem trouxe clandestinamente meus manuscritos da Alemanha, arriscando a própria vida..." Minha boca continuou se movendo, mas minha atenção estava toda em Ruth. "E afirmo categoricamente a vocês, hoje, que não existe nenhuma relação entre aquele suposto bilhete enviado ao professor Wolf e sua morte..."

Ruth havia tirado o casaco e deixado a bolsa cair; sua blusa branca estava colada ao seu torso e sua saia vermelha tinha manchas escuras de água. Ela foi andando na direção dos portões do cemitério. Quando chegou, vi seu rosto em meio à chuva torrencial olhando para os dois lados da rua. Ela não devia conhecer a região, saber que direção tomar. Atravessou até o meio da rua, parando nas faixas brancas centrais. Tirou o sapato. A chuva castigava agora, o céu desabava. Ela começou a correr. Os carros, com os faróis acesos, buzinavam para a mulher sair da rua. As cortinas de algumas casas se abriram para ver: um retrato do sofrimento desmedido, um touro no ringue tentando escapar de sua dor.

# Ruth

Não suporto me lembrar do funeral.

Depois que acabou, Toller cruzou as ruas de táxi com minha bolsa e meus sapatos. Quando me encontrou, levou-me de volta para a Great Ormond Street. Sentamos juntos na ponta da cama dela; não havia nenhum outro lugar para ir. Eu não havia tocado na cama. Os travesseiros ainda tinham as marcas delas. Ficamos olhando para a janela, eu encharcada e ele segurando minha bolsa. A dor nos juntara em um clube de dois.

"Você vai ficar bem, não vai?", ele perguntou depois de algum tempo.

Ele pedia aquilo tanto para mim quanto para si mesmo. Qualquer que fosse a força que ele tivesse encontrado para falar aos jornalistas, ela o abandonara. Toller começou a chorar. Em seguida se virou e pôs uma das mãos no travesseiro onde a cabeça dela tinha estado, movendo-o como se fosse deitar o rosto naquele amassado. Então tive um estalo.

"Você precisa ir para casa. Para Christiane."

Afundei na cama onde ela havia estado. Foi ali que planejei.

Não me lembro de ter contado a ninguém o que ia fazer, mas isso não significa que eu não tenha deixado escapar. Fui imprudente, estava desesperada. Três semanas depois do funeral, fui visitar meus pais na Polônia. Assim que me viu, minha mãe disse: "Você não está no seu perfeito juízo". Ela achou que fosse o luto. Eu não acreditava que algum dia chegara a estar no meu perfeito juízo.

Meu plano era voltar para o Reich, ir até Berlim. Eu iria recuperar a outra mala de Toller no barracão da Bornholmer Straße. Ninguém mais sabia onde ela estava, com exceção do tio Erwin, e ele jamais arriscaria enviá-la diretamente para Toller. Parecia ser a única parte do trabalho de Dora que eu poderia ser capaz de terminar. Enquanto estivesse fazendo isso, podia manter minha ligação com ela, com nosso projeto comum. E se eles me pegassem, seria merecido.

Levei comigo panfletos de *A outra Alemanha* que tínhamos imprimido. Cento e cinquenta cópias embrulhadas em papel de seda e coladas transversalmente na minha barriga. Pedi emprestado o passaporte polonês de uma amiga da escola que se parecia comigo e peguei o bonde até a estação.

Eles estavam me esperando lá. Dois agentes da Gestapo e uma mulher para me revistar. Ela pediu que eu me despisse e pegou os panfletos. Acredito que estavam me vigiando. Eles me puseram no mesmo trem com que eu teria ido a Berlim por conta própria e montaram guarda do lado de fora do compartimento. Essa detenção me proporcionou o único ato heroico que pude recontar ao longo da vida, e no qual não posso, claro, acreditar. Como falhei em me punir, eu encontrava um jeito de que Eles fizessem isso por mim.

Num porão da Prinz-Albrecht-Straße, eles me prenderam numa parede com as pernas e os braços abertos, como uma estrela do mar, e atiraram ao meu redor no sentido horário, as balas cuspindo gesso entre as minhas pernas, nas minhas mãos e no meu cabelo. Eles usavam abafadores de som nos ouvidos, como se estivessem praticando tiro ao alvo. O interrogador queria informações sobre os encontros do nosso partido em Londres; queria saber quem era a fonte de Dora que passara os documentos do gabinete de Göring. Depois do último tiro, ele disse: "O próximo vai para você". Quando virei a cabeça para olhá-lo, ele viu que eu não me importava, então não quis me dar aquela satisfação.

Meu pai contratou o melhor advogado nazista que conseguiu encontrar. Os juízes — nada menos que doze — estavam todos com uniformes nazistas, mas quando meu pai entrou na sala de audiência, um velho judeu com um ferimento de guerra e medalhas tilintando no peito, eles se ergueram em sinal de respeito. Àquela altura, ainda o início de tudo, eles amavam mais a guerra do que odiavam os judeus. A acusação queria me condenar a doze anos de prisão. Se isso tivesse acontecido, eu teria sido morta nos campos como todos os outros. Mas o dinheiro pode comprar muitas coisas. Peguei apenas cinco anos.

Passei a maior parte deles na solitária. Sozinha em minha cela, eu era obrigada a fazer cento e quarenta e quatro crisântemos falsos todos os dias, raspando um instrumento de metal no papel-manteiga para enrolar cada pétala. Meus punhos sofriam com câimbras. Era um trabalho tão ridículo, fazer enfeites para os salões da burguesia berlinense, que, se os outros prisioneiros não tinham ideias políticas quando chegaram, acredito que depois as desenvolveram bem rápido. Meus pensamentos giravam principalmente em torno de um círculo restrito e pessoal, em torno de tudo o que eu não vi e de tudo o que eu não disse. Giravam em torno de Hans, de Bertie, de Dora e de mim.

Quando meu pai morreu de infarto no terceiro ano da minha pena, minha mãe se ofereceu para pagar uma escolta policial particular com seis homens armados para que eu pudesse comparecer ao funeral. Não autorizaram.

Fui solta em outubro de 1939. A guerra havia estourado. Alguns acharam estranho — outro golpe de sorte não merecido, seus olhares mal disfarçados diziam — eu ser solta, e não simplesmente mandada para a câmara de gás e queimada como todo mundo. Mas, ao contrário de todo mundo, eu fora beneficiada com uma sentença imposta pela lei, e tal sentença exigia, no final, que eu fosse solta.

Os nazistas cumpriram a sentença ao pé da letra, mas acrescentaram um ultimato criativo. No portão da prisão, deram-me vinte e quatro horas para deixar o Reich: se eu fosse encontrada em território alemão depois disso, seria mandada para um campo de concentração. Eu era uma perdiz sendo solta na frente dos caçadores. Lembrei de quando Hans e eu tínhamos recebido vinte e quatro horas para partir. Desta vez eles se garantiram e confiscaram meu passaporte.

Embarquei num trem para a vila de minha mãe em Königsdorf. Quando o cobrador apareceu, me escondi no banheiro e quando a polícia militar fez sua busca, fiquei do lado de fora da plataforma, atrás do último vagão. Meu irmão tinha ido para a Suíça, então Cook se mudara para a casa a fim de fazer companhia à minha mãe. Quando entrei, a cozinheira segurou meu rosto com as duas mãos, lágrimas correndo silenciosamente. No hall de entrada, havia uma carta com meu nome numa bandeja de prata, carimbada três anos antes pelo correio.

“Sabia que você viria buscá-la”, minha mãe disse. Essa frase curta carregava o peso de uma vida de amor não declarado.

Preciso ir para casa. Eles estão esperando por mim na sala da frente.

Espero não ter dito isso em voz alta.

Digo à simpática enfermeira MARGARET PEARCE que quero ir embora. Ela diz que vai ver o que pode fazer. Quando volta, ela me informa que o médico não ficou muito feliz, mas, como ela bem o lembrou — e seu tom dá a entender que esses médicos crianças precisam ser levados pelo cabresto —, "Nós temos uma nova política de deixar as pessoas ir para casa, desde que cuidados paliativos possam ser providenciados". É a primeira vez que alguém disse "cuidados paliativos" para mim.

Tenho alguém para cuidar de mim?, ela pergunta, tilintando e sorrindo por trás de seus óculos de leitura. Isso claramente é parte de um protocolo. Nada com que se preocupar, tudo dentro dos conformes.

Bev vem me buscar no hospital. Ela abre as gavetas ao lado da cama sem perguntar se pode, guarda minhas coisas na minha nécessaire. Submeto-me a essa invasão de privacidade porque na minha idade precisamos novamente de cuidados maternos. E, novamente, eu penso, enquanto ela faz uma barulheira e eu olho para o triângulo de hospital pendurado acima de mim, onde outrora havia ganchos de açougueiro, precisamos aceitar os cuidados maternos do jeito que eles nos são oferecidos. Também desta vez minha cabeça é enfaixada. Fico reduzida a um olho no mundo, a uma única abertura.

Observo Bev trabalhar com uma gentileza brusca que eu sei que mais tarde vai se transformar em uma história em sua própria honra. Suas mãos manchadas estão cobertas de anéis dourados e baratos. Fico me perguntando se ela comeria o próprio punho para me fazer rir.

Na cozinha de casa, Bev me serve macarrão instantâneo e põe minhas pílulas num escabroso recipiente fluorescente que, ela me diz, comprou especialmente para isso. Ele tem compartimentos para cada dia da semana, manhã, tarde e noite. As pílulas ficam ali com suas cores e formas, prontas para me empurrar, na forma de suplementos revestidos de plástico, para o meu futuro. Ela segura minha mão entre as suas antes de ir embora. Ela diz "Ah, querida." Ela está chorando.

Depois da guerra, vim para este lugar ensolarado. É um país glorioso, que não aspira a nenhum tipo de glória. Sua gente almeja algo ao mesmo tempo mais básico e mais difícil: decência. Não percebia de início, mas agora isso me cerca por todos os lados, silencioso e fundamental. Está no anjo da hidroterapia e no sorridente Melnikoff, na minha aluna Trudy Stephenson e na mulher de cabelo desgrenhado parando o trânsito na baía, nas enfermeiras e no médico bebê. Está, arrisco dizer, em Bev.

A carta na bandeja de minha mãe era de Bertie. Guardei-a comigo durante tudo o que aconteceu depois. Devo tê-la lido umas cem vezes. Ela tem cinco páginas. A última página, na qual ele se despede e me deseja tudo de bom, está emoldurada e pendurada na parede da cozinha. Tiro-a agora e a coloco no banco, ao lado das pílulas.

Os protestos do governo suíço deram certo: os nazistas soltaram Bert depois de mantê-lo sob custódia por seis meses. Ele voltou para a França, enquanto Hans ficou definhando numa cela em Basel. Embora Hans tenha implorado ao governo alemão para que fizesse o mesmo tipo de protesto a seu favor e o trouxesse de volta, os nazistas o deixaram apodrecendo lá.

Bert queria que eu soubesse que ele também não tinha imaginado o que estava por vir. Queria que eu soubesse como acontecera. Bertie escreveu que tinha se encontrado com Hans no restaurante em Basel. Hans estava sentado com dois homens, um que ele apresentou como o falsificador e outro chamado Mattern. Bertie não esperava mais ninguém, mas Hans explicou que os dois homens trabalhavam juntos. Bert pegou a fotografia que tinha levado para usar no passaporte, e o falsificador anotou sua data de nascimento, altura e a cor de seus olhos numa folha de papel. Sem perguntar, o homem acrescentou "Religião: Judaica" em suas anotações.

Eles ficaram bebendo sem parar por uma hora e meia. Depois o falsificador disse que "quanto ao dinheiro" ele preferia que eles fossem até seu apartamento em Riehen. Bert disse ter olhado para Hans, que assentiu calmamente: aquilo devia ser parte do plano. Lá embaixo um carro os esperava. "Que falsificador que se preze não tem um carro com motorista?", Bertie escreveu.

Bert e Hans se sentaram no banco de trás, enquanto Mattern e o falsificador se sentaram na frente, ao lado do motorista. Bertie não sabia onde ficava o distrito de Riehen. Eles passaram por uma estação nos arredores da cidade, depois continuaram a viagem noite adentro por lugares desertos. O carro andava rápido. Ele olhou para Hans, que deu de ombros como se dissesse: sabe lá como essas coisas são feitas? Havia álcool suficiente no organismo de Bert para que ele duvidasse de suas primeiras impressões e dissesse a si mesmo que se acalmasse.

Por fim eles chegaram a uma guarita com a bandeira da Suíça hasteada. A fronteira! Em vez de reduzir a velocidade quando o guarda apareceu, o carro acelerou. O homem teve de desviar num salto para poder se salvar. Bertie então gritou, e Hans também. Mattern e o falsificador viraram para trás para apoiar os canos curtos e grossos de suas Mausers no encosto do banco.

"Porcos da Gestapo!", Hans gritou. Mattern deu-lhe uma coronhada forte no rosto. Quando o carro alcançou a cancela alemã, ela já estava levantada.

Em Weil am Rhein, eles percorreram a Adolf-Hitler-Straße a toda a velocidade até chegarem à delegacia. Estacionaram nos fundos. Homens saíram do prédio, gritando. Hans estava curvado no seu canto, uma mão segurando a maçaneta da porta. Bert também estava agachado, mas, apesar de toda a movimentação e agitação, ele se sentia estranhamente calmo. Afinal, escreveu, o fim não é algo de todo inesperado, uma coisa inimaginável: havia chegado a sua hora. E Hans estava com ele.

Então, sem dizer nada, Hans virou-se e abriu a porta. Em segundos, ele se transformou numa camisa branca desaparecendo na escuridão. "Ele não me disse uma palavra."

Mattern não teve a menor pressa em mirar e dar um único tiro. "Baleado durante tentativa de fuga", alguém disse. Deram risadinhas. A coreografia da cena entregou o jogo. "Nem raiva eu senti a princípio", escreveu Bert. "Foi mais uma sensação de vazio, como se tivessem arrancado minha alma."

Bert pediu para ver o corpo de Hans; claro que eles se recusaram a mostrá-lo. O interrogatório na delegacia provinciana se estendeu até depois da meia-noite. Em seguida, o puseram, sob guarda, num trem para Berlim.

Bertie disse que Dora tinha morrido tentando salvá-lo. Disse que estávamos presos um ao outro como alpinistas escalando uma montanha e que se abatessem um de nós o resto cairia. Sobre Hans ele escreveu: "Fui enganado até o último minuto, então como poderia ter sido diferente com você?".

Mas Bert não tinha sabido de tudo que eu soubera. Mantive sua carta pendurada na cozinha para eu sempre me lembrar quanto custara minha sobrevivência.

Bertie acrescentou um *postscriptum* sobre Wolfram Wolf. Os britânicos, ele disse, embora se valendo da história de Wolf para evitar qualquer conflito com Berlim, também não acreditavam nela. Logo depois do inquérito, o expulsaram do país. Wolf não era nem um pouco ativo politicamente, mas eles sabiam que ele servira para mascarar a ação nazista. Máscara esta que eles mesmos tinham utilizado.

* * *

Minha mãe tinha mandado fazer dois vestidos idênticos para mim com as cortinas azuis e brancas do vestíbulo de nossa casa. Ela ficou ali até o momento em que, depois da invasão, os alemães requisitaram a vila para usá-la como quartel-general da nossa região. Com isso, minha pobre e orgulhosa mãe fugiu para o Leste. Fiquei sabendo depois que ela se suicidou, jogando-se na frente de um trem em Varsóvia, antes de ele partir para os campos.

Em Königsdorf, consegui pegar um trem para Genoa, cujas docas estavam cheias de alemães e poloneses, romenos e estonianos — espectros de humanidade fugindo do cataclismo iminente. No guichê comprei uma passagem de terceira classe para Xangai, único porto que aceitava refugiados sem passaporte. Pessoas dormiam nas docas. Crianças cochilavam em cima de malas ou nos braços das mães; homens sentavam no chão para jogar cartas, apostando fósforos. Tive de esperar três dias.

Na manhã da minha partida, eu lavava meu outro vestido numa tina sobre uma rampa, perto da água, quando o vi. Ainda havia barcos que acomodavam passageiros de primeira classe. Pessoas bem vestidas com bagagem decente e documentos embarcavam com ar relaxado e cerimonial, sendo recebidas pela tripulação enfileirada, ao som de um corneteiro. Bem à vista de nós, detritos humanos. Larguei o vestido.

Hans — era ele, com certeza — vestia um terno claro com uma gravata dourada. Comecei andando devagar, depois desatei a correr. As pessoas desviavam para me deixar passar. Tropecei numa corda enrolada, ou numa mala, ou numa pessoa. Quando cheguei ao navio, o cobrador deu um passo à frente para bloquear a entrada.

"*Biglietto, Signora?*"

"Onde...?" foi só o que consegui articular, tentando olhar por cima do seu ombro. "*Dove*...?"

"Venezuela", respondeu. "*Biglietto*?"

O homem sabia que eu não tinha um; estava desnutrida e sem bagagem, meu vestido estava molhado e meus pulsos arranhados e vermelhos. Estiquei o pescoço para ver. Agora de costas, Hans enfiava a mão direita dentro do casaco de pele de uma mulher de cabelo escuro, preso num coque. Eles desapareceram na multidão do convés inferior.

Vi-o muitas vezes desde então, do jeito que você avista alguém que amou no passado ou alguém que morreu, reconhecendo o formato de uma cabeça por trás numa balsa ou um andar desengonçado ao longe. Tais ocasiões provocam os mesmos saltos súbitos no coração, embora não seja por amor. Sinto-me descartada. Outras vezes seu rosto apareceu em sonhos. Então sinto raiva. Às vezes algo pior: desejo. Desejo sua aprovação, desejo ele próprio. Acordo enojada por não ter sido capaz de me libertar do poder sobre mim que lhe cedi com dezoito anos e de me recuperar, por inteiro.

Em Xangai nós, estrangeiros, vivemos sob a ocupação japonesa. Como a Alemanha era uma aliada, os japoneses não nos prenderam, mas fomos amontoados numa área fechada, com toque de recolher. Dividi um quarto compartimentado com uma condutora de bonde de Berlim e quase morri de fome. Acabei engravidando de um filósofo polonês autodidata exilado. O médico disse que, se eu mal conseguia me alimentar, não havia como carregar um bebê. Paguei o aborto para ele com uma lata grande de Nescafé, algo que valia mais do que dinheiro no mercado negro. Todo o meu cabelo caiu. Quando cresceu de novo, ele ainda era preto, porém mais fino, deixando áreas brancas no couro ao ser puxado para trás. A tristeza que senti por causa do aborto só piorou com o tempo, em vez de melhorar.

Só fui receber notícias em 1944. Fenner enviou sua carta para a Universidade Batista de Xangai, onde eu dava aula na época. Levei-a até o parque no horário do almoço e sentei num banco de ferro em volta de uma árvore. Fazia calor. Em algum lugar perto dali, o velhinho desdentado tocava seu erhu de duas cordas. Pássaros estavam pendurados em gaiolas nas árvores, trazidos por seus donos para tomar ar. Na parte da cidade onde eu morava, não havia pássaros; todos já haviam sido comidos.

Os nazistas nunca fizeram a ligação entre tio Erwin e Dora. Eles jamais conseguiram explicar como a informação sobre sua Força Aérea secreta saiu da mesa de Göring e foi parar no Parlamento britânico e nos jornais. Contentaram-se com a ideia de que Bertie, de alguma forma, por meio de suas misteriosas fontes, tinha passado a informação para Dora.

Depois que ela foi assassinada, Fenner manteve contato com Bertie, que vivia em Paris. Quando os alemães invadiram a França, Bertie foi preso, mas o Partido Trabalhista Independente de Fenner o ajudou a fugir para Portugal, que permanecia neutro. Eles o instalaram num apartamento em cima de um pet shop na rua Ouro, em Lisboa, enquanto tentavam lhe arranjar um visto americano. Não havia nenhuma escolta, Fenner escreveu, mas o partido cuidava dele. Eles o alertaram para não sair na rua, para, na verdade, não sair do apartamento. Providenciaram para que uma mulher lhe levasse comida. Para Bertie, porém, deve ter parecido pouco provável que ele fosse seguido até ali, desde o campo de internamento em Le Vernet, passando pelos Pireneus até as ruelas de Lisboa. Ele só queria o jornal. Ele via a banca da sua janela. Só levaria cinco minutos.

Havia três homens dentro da limusine. Bertie foi capturado na rua e levado de carro até Berlim, onde o prenderam numa cela da Prinz-Albrecht-Straße. Ali, durante meses que se transformaram cm anos, os outros prisionciros o viram dcfinhar c adocccr.

Mas ele continuou sendo a fonte inesgotável de esperança deles, pois nunca duvidou: estava totalmente convencido de uma vitória dos Aliados. "Mantenha a cabeça erguida", disse a um deles, "não deixe os porcos verem o quanto você está abatido."

No início de 1942, tiveram de arrancar todos os dentes de Bert. Fenner acreditava que os alemães o mantinham vivo porque achavam que ele poderia ter algum valor de troca para os Aliados. Em fevereiro, depois de uma surra, ele foi levado ao hospital da prisão para morrer. Estava pesando trinta e dois quilos. Registraram a causa da morte como tuberculose.

Fenner escreveu que estava muito triste e sentia muito. "Falhei com todos vocês", disse.

Então era isso. Dora se fora e Toller também tinha sido arrastado para a morte pouco antes da guerra. Agora Bertie.

Em algum lugar, porém, Hans estava solto numa terra de pilões para preparar *mojito* e de garotos discretamente disponíveis, talvez ainda na folha de pagamento dos alemães. Eu não queria compartilhar a sobrevivência com ele.

Em 1947 eu já tinha dinheiro suficiente para comprar uma passagem para a Austrália. Em Sydney, trabalhei numa fábrica de calças num subúrbio onde as árvores não cresciam, onde os meteorologistas sempre achavam que ia ficar um ou dois graus mais quente.

Às vezes eu dava outra vida a Dora, uma com um final diferente. O cérebro humano não consegue lidar com a ausência total. Como a ideia de infinito, é algo que o órgão simplesmente não tende a aceitar. O espaço que alguém deixa precisa ser preenchido, então sonhamos eternamente com aqueles que não estão mais aqui. Nossa mente os faz reviver. Ela tenta, a pobrezinha, explicar o vazio que nem o próprio cérebro consegue assimilar.

Ela continua trabalhando em Londres depois que a guerra estoura. Como de costume, Mathilde compra artigos de papelaria no Cohn's e Dora termina seu livro sobre a atração psicológica que o fascismo exerce sobre as mulheres, esquecendo-se de comer as refeições que Mathilde prepara e andando de um lado para o outro na sacada, deixando um rastro de fumaça atrás de si. No seu livro, Dora escreve que as mulheres são ensinadas a querer um homem ideal, um modelo para o qual a realidade sempre será inadequada, então elas ficam vulneráveis a um líder que diz que as conhece e que promete ser "verdadeiro". Ele pode continuar sendo ideal, a vida delas pode continuar aquém das expectativas, e nesse hiato as mulheres vivem com o próprio desejo, que é em si mesmo um prazer, independentemente de sua realização. O livro de Dora é um sucesso. Ela é uma Alemã de Beauvoir: menos sexo, mas mais política. Ela para de ver Wolfram Wolf, porém continua amando outros como passatempo, uma diversão inofensiva. Seu triunfo está na dissociação entre a fantasia feminina e os prazeres instantâneos chamados Fenner Brockway, lorde Marley e depois outros — ingleses, americanos, um tcheco exilado. Ela permanece em contato com Toller, que, apesar de todos os esforços de Dora, se instalara permanentemente numa parte do seu coração, proibindo a entrada de qualquer outro ali.

Talvez ele também sobreviva. Essas coisas são contagiosas.

Depois da guerra, ela cobre os Julgamentos de Nuremberg para o *Manchester Guardian*, reúne esses artigos em um livro e o dedica a Bert. Ela o publica com o título de *O que sabíamos*. Ela divide um prêmio literário nos Estados Unidos com Hannah Arendt, que só depois se envolveu com essas coisas.

Então Eleanor Roosevelt a convida para ir aos Estados Unidos, por sugestão de Toller. Ela torna-se reitora de uma universidade de elite para mulheres, publica no *The Nation* e censura publicamente a Coreia, o Vietnã. Ela aparece no programa de televisão de Johnny Carson com um batom que alguém deve ter passado nela. Há uma marca dele em seus dentes.

Gosto de pensar em Dora, mas ao mesmo tempo também é verdade que sinto pouco prazer nesses exercícios de imaginação. Faço isso como uma forma de tentar mensurar as dimensões da perda. Como se ela pudesse, um dia, ser finita.

Em 1952, uma caixa com coisas minhas chegou a Bondi Junction. Ela tinha sido empacotada pelos Social-Democratas em Exílio e guardada em Londres. A caixa continha dois álbuns de fotografia, minha câmera, o pote de porcelana rosa com a asa em forma de porco (justo isso me seguiu!) e meu diploma de ph.D. Finalmente eu podia comprovar a formação que tivera na Alemanha e ser aceita numa escola para ensinar línguas. Aos poucos, comecei a fotografar este lugar, o que me fez enxergá-lo melhor.

Naquele mesmo ano recebi uma carta de Jaeger — o contato de Dora na embaixada alemã em Londres —, procurando por Ruth Wesemann. Fazia tempo que eu tinha voltado a usar meu nome de solteira. Respondi, e trocamos cartas por um breve período.

Seis meses depois da morte de Dora, a missão de Jaeger em Londres terminou. Ele voltou para Berlim, onde permaneceu no Ministério das Relações Exteriores nos anos que culminaram na guerra, depois durante a guerra e no período subsequente. Ter servido como intermediário das informações entre Erwin Thomas, em Berlim, e Dora, em Londres, ele escreveu, embora não tenha sido iniciativa sua, era a única prova que ele tinha de sua integridade. Quando tudo acabou, solicitou, numa espécie de expiação, transferência para o Departamento de Indenizações do Ministério da Fazenda da República Federal da Alemanha.

Esse homem, Jaeger, a quem nunca conheci, queria se certificar de que eu receberia minha pensão pelo tempo que passei na prisão. Aceitei, claro, porque o salário de professora era baixo e a vila de meus pais e tudo o que havia nela tinha se perdido atrás da Cortina de Ferro. Jaeger também se dispôs, gentilmente, a amarrar as pontas soltas. "Vou lhe contar", ele escreveu, "o que aconteceu com meu estimado colega Erwin Thomas." Eu não fazia a menor ideia. Ele disse que Thomas nunca esqueceu Dora. No dia em que Jaeger voltou a Berlim, Thomas foi visitá-lo em seu escritório. "Eu era o único colega com quem ele podia falar." Thomas contou a Jaeger que se lembrava de uma garota em cima de um tapete vermelho lhe passando um sermão. Ele chorou.

Tio Erwin não tinha outros contatos na Resistência. Ele sobreviveu por anos no coração do ministério de Göring. Sair teria levantado suspeitas. Em 1944, teve a sua chance, quando Von Stauffenberg e outros de dentro, com cargos importantes, planejaram o assassinato de Hitler com uma bomba numa pasta. Erwin Thomas era o contato deles no alto escalão do Ministério do Interior; caberia a ele expedir as medidas provisórias no lugar de Göring quando o Führer morresse. Depois que a bomba explodiu, na tarde do único dia em que os conspiradores acharam que Hitler estava morto, Thomas revelou-se corajoso, deu as ordens, começou a compensar seus anos de criminalidade vigiada. Às quatro da tarde, chegou a notícia de que Hitler ainda estava vivo. Na tarde seguinte, tio Erwin foi levado, junto com Von Stauffenberg e os outros, para os fundos do quartel-general do Exército e ali executado.

Jaeger achou que eu também tinha o direito de ser informada sobre o que o Ministério das Relações Exteriores sabia a respeito de Hans. Educadamente, ele disse que, é claro, talvez eu já soubesse daquilo. Não era o caso. A não ser em sonhos, eu tinha perdido Hans de vista.

Na Venezuela, Hans havia tentado bajular a embaixada alemã em Caracas denunciando outros exilados. Isso fez com que o pessoal da embaixada ficasse de olho nele. Hans tinha se casado com uma mulher rica e começado a criar uma espécie local de rato-d'água para extrair sua pele. Quando contraiu malária, achando que estava no leito de morte, converteu-se ao catolicismo. O casamento não durou e o negócio faliu. Desesperado para conseguir dinheiro, ele tentou entregar, acusando de espionagem, o padre que tinha cuidado dele e o convertido. Como os alemães continuaram não querendo nada com ele, então foi para os Estados Unidos.

Hans estava no Texas quando o país entrou na guerra. Os americanos o prenderam por considerá-lo um estrangeiro inimigo. Quando a guerra acabou, os membros do Partido Socialista Operário que voltaram para a Alemanha pediram sua extradição para que ele fosse julgado pelos crimes cometidos contra eles. Hans contratou em Nova York, no Lower East Side, um advogado de segunda categoria especializado em imigração e conseguiu escapar da extradição. Depois disso não se teve mais notícias dele.

Jaeger anexou uma cópia do primeiro relatório sobre Hans feito pela embaixada alemã em Londres e enviado ao Ministério das Relações Exteriores em Berlim. Datava de 21 de setembro de 1933, fora datilografado em papel timbrado e marcado como "Altamente Confidencial".

De: Rüter, Embaixada alemã, Londres
Para: MRE
CC: Reichsmarschall Göring

Um certo Hans Wesemann, antigo jornalista em Berlim, apareceu hoje sem hora marcada, exigindo uma audiência com o embaixador. Herr Wesemann parecia estar num estado de grande agitação, se não de extrema ansiedade. Ele gaguejava muito. Ele foi trazido até mim.

O nome de Herr Wesemann talvez soe familiar como soou para mim: ele é membro do Partido Socialista Operário e o jornalista que escreveu os artigos caluniosos atacando tanto o Führer quanto Herr dr. Goebbels.

Herr Wesemann deu-me a entender que agora está claro para ele, com a distância do exílio, que as agitações perpetradas por ele e por seus colegas e companheiros antigos e atuais no Reich e agora na Grã-Bretanha são atos repugnantes contra a Pátria. Expressou sua opinião de que a ligação que uma pessoa tem com seu país não é afetada pela distância, podendo até ser fortalecida por ela. Isso ele só percebeu, ele disse, quando longe da Alemanha. Disse que temia, caso não conseguisse receber nenhum apoio de nós, ser arrastado de volta para aquele mundo de traição.

Em troca da nossa proteção e de algum pagamento (ver abaixo), Herr Wesemann alega ter informações e contatos, graças ao seu envolvimento com o Partido Socialista Operário em Exílio, que poderiam se mostrar úteis para proteger a Pátria. Wesemann especificou, ainda, que desfruta da confiança de Berthold Jacob e de Ernst Toller. Além disso, afirmou que a prima de sua esposa, uma certa dra. Dora Fabian, antiga secretária de Herr Toller, é o contato de Jacob para contrabandear informações confidenciais do Governo do Reich para a Grã-Bretanha e fazer com que elas sejam publicadas na imprensa.

Para dar respaldo a suas alegações, Wesemann mostrou um documento, supostamente do escritório do Reichsmarschall Göring, que trata da capacidade aérea do Reich (anexo). Se esse documento procede, tudo indica que há um vazamento de informações do escritório do Reichsmarschall, talvez por meio de Jacob ou de alguma outra fonte, para a dra. Fabian na Grã-Bretanha. Por favor, confirmem:

1. A origem e a autenticidade do documento e;

2. Que medida deve ser tomada em relação a Herr Wesemann, B. Jacob e a dra. Fabian.

Herr Wesemann diz que se sustenta com o dinheiro que o pai de sua esposa envia da Silésia, mas que está buscando uma fonte alternativa de renda. Propôs receber um pagamento semanal pelos serviços e informações oferecidos. Dei-lhe dez libras; solicito aprovação para estabelecer honorários mais permanentes.

Heil Hitler
Rüter
Primeiro-secretário

Ver isso assim, posto o preto no branco, o modo como ele nos vendeu por dinheiro e proteção, é sempre, toda vez que leio, uma facada.

Tempos depois, fiquei sabendo de outras coisas por meio do sucessor de Jaeger. Em 1956, um europeu de estatura alta foi preso em Oaxaca, no México, por um crime contra a moral de um menor de idade. O homem disse que se chamava Ernst Toller, mas em uma semana a Interpol revelou que se tratava de Hans Wesemann, nascido em 1895.

Então os detalhes foram se perdendo. Hans tentou fazer amizade com os nazistas que tinham fugido para o México, mas nem eles confiavam nele. A última notícia datava de 1961. Hans comprou carne de coelho desidratada de uma mulher no mercado municipal de Ciudad Juárez, dizendo-lhe que estava indo para o Deserto de Chihuahua com um burro e suprimentos. Ele iria vender a carne nas aldeias próximas da fronteira com os Estados Unidos e faturar uma nota.

Espero ter sobrevivido a ele.

# Toller

Esta poltrona de hotel é baixa, consigo me recostar totalmente. Sou um homem pequeno, maior por dentro — é o que gosto de pensar — do que se poderia esperar da minha constituição. Meu peito sobe e desce por conta própria. Olho para a minha barriga e meu quadril, para a virilha e as pernas, para os pés. Tive vergonha desses pés a infância toda, balançando nas cadeiras e nunca tocando o chão. Mas a verdade é que este corpo cumpriu bem suas funções, foi fiel no prazer e deu o seu melhor na dor. Ergo as mãos. Sei cada palavra que elas escreveram, as armas que seguraram, as carícias que fizeram.

Depois que ela morreu, Londres ficou vazia para mim. Christiane e eu partimos para o Novo Mundo. Hollywood não me quis, mas espero que este lugar seja mais gentil com Christiane.

Fecho os olhos. Estou cansado. Mas há trabalho a fazer — ela sempre diz que o que importa é o trabalho, não eu. "Exageradíssimo", ela diz, a areia rangendo sob seu cotovelo. Sinos lá fora. Um repique de vida manobrando as horas do dia. Quem poderia imaginar? Seu cabelo está mais comprido, mas é o mesmo cabelo, com sedutoras ondas negras. O mesmo pescoço. Que ridículo ter ficado triste por tanto tempo, quando ela está aqui, bem na minha frente! E há tanta coisa para explicar. Tudo o que ela acabou perdendo, todo o trabalho que temos de fazer. Para o qual eu tenho, subitamente, misteriosamente, disposição. Não vou perguntar por onde ela andou, ela só vai rir de mim. Sua *liberdade*, lembra. O mais importante é que ela está aqui, os pés nas travessas daquela cadeira, os antebraços bronzeados erguidos, os dedos com unhas roídas emoldurando o bloco de taquigrafia. Apenas *não* se vire! Aquele cabelo que eu já acariciei com força em momentos de comunhão.

*Não* se vire.

Nesses quatro anos vivi com um buraco no coração e com o vento assobiando através dele — para quê? Ela tem razão. *Uma monstruosa perda de tempo*. Temos de pôr mãos à obra agora. O mundo precisa de nós; juntos poderemos conseguir — encontrar uma maneira de burlar Franco. Seu desfile idiota da vitória dois dias atrás. Será que ela sabe que Berthold Jacob está seguro, na França? Podemos conseguir com ele!

E agora me sinto cheio de outra coisa — algo que torna a dor dentro de mim ridícula e pequena, um capricho pessoal num mundo do qual havia me separado. Não. É até mais do que isso. De repente sou outro homem. Esta coisa atravessa o meu corpo e eu pairo acima do mundo; abri uma brecha numa membrana que nos impede de ver e de sentir pena, e estou cheio, transbordando nesta poltrona com a certeza tranquila e visceral de que somos todos perdoáveis. E de que todos, no final, seremos salvos. É uma paz que se espalha pelo meu corpo como calor. É um presente, uma última alegria inexplicável. Se eu fosse religioso, chamaria isso de graça. As críticas de asas negras são risíveis comparadas com esta verdade. Eu rio.

Ela se vira. Essa garota que não é ela.

O quarto é pequeno, cor de creme. Estou vazio. Lembrar de Dora de fato a trouxe de volta. Mas, no fim das contas, era melhor viver com a ideia de que um dia eu ficaria com ela. Agora que a evoquei e a coloquei no papel, ela está mais morta do que antes. Será que sou o único que a carrego comigo? Será que o mundo vai esquecer que nos esforçamos tanto para salvá-lo?

Fico imaginando se sua prima ainda estará viva.

Clara está parada ali, um ponto de interrogação no rosto. Ela deve ter me perguntado alguma coisa.

"Perdão?", eu digo. E meu pedido de perdão é sincero. A bondade de Clara é tudo para mim.

"O mesmo de sempre?" Não há impaciência em sua voz. Ela atravessou comigo estas semanas e esta manhã, ouviu minhas confissões e minhas lágrimas, e apenas esperou, sem medo, a história sair. Ela sabia que não devia me consolar, senão o encanto da minha garota se quebraria. E, agora que acabou, ela sabe — como alguém tão jovem sabe disto? — que minha garota se foi. É para questões práticas que devemos nos voltar. No caso, bagels.

"Acho que vou querer o de centeio hoje. Em vez do outro. Por favor."

"Certo."

"Ah, e você poderia levar isto aqui para Christiane, por favor?" Entrego-lhe o bilhete.

"Claro."

Mas ela não faz menção de ir para a porta.

"Mais alguma coisa? Café?"

"Sim. Café. Obrigado." Sorrio para lhe dizer que tudo bem, que ela pode ir agora.

Ela não acredita em mim. "Por que não vem também?" Ela tira um pouco de cabelo de dentro da gola do casaco. "Esticar as pernas."

"Prefiro ficar sentado mesmo."

E então o inesperado. Ela, acredito, tão surpresa quanto eu. Clara põe uma mão no braço da poltrona verde e dourada, inclina-se até a minha bochecha e me beija delicadamente, por um bom tempo. Meus olhos se fecham.

"Você fez bem", ela diz no meu ouvido. Acabou.

Não consigo falar.

Já na porta ela se vira. "Vou demorar uma meia hora, no máximo. Tá bem? Apenas..." Ela não sabe bem o que dizer. "Apenas espere."

A porta fecha atrás dela. Num minuto há vida no quarto, no minuto seguinte ela desapareceu. Não sou nada. Sou um olho com nada atrás dele, um olho fixado no bloco de taquigrafia fechado em cima da mesa com meu amor ali dentro, e ao lado dele as fotografias das crianças mortas na Espanha, com as quais eu também fracassei. O jornal ainda dobrado: em algum lugar, no meio de suas páginas, o início desta guerra que não impedimos e um navio de judeus sendo enviado de volta para dentro dela. E as cortinas atrás da mesa — percebo pela primeira vez que há um padrão floral em cima (ou por baixo?) das listras, como um relevo. O cordão do penhoar de Christiane prendendo as cortinas.

Costumava fazer minha esposa colocar um pedaço de corda nas minhas malas. Ah meu Deus ah meu Deus — odor fétido de pássaro, o lampejo azul-acinzentado de um bico. Essa besta vai me apanhar, não vai sair daqui enquanto não conseguir o que quer. Há um gancho atrás da porta do banheiro. Se é que vai aguentar.

Levanto para escrever um bilhete para Ruth. Se ainda está viva, vai ser a primeira leitora dos meus esforços, aquela que também a amou e, no entanto, falhou com ela. Ela deveria receber isso antes de qualquer editor. Se há uma coisa que ela tem, com seu ouvido gentil e desproporcionalmente disponível, é a capacidade de se colocar na pele do outro. Acho que foi isso que a distraiu, na verdade. Clara vai encontrá-la.

Minha mão treme sobre o papel. Não há nota introdutória que dê conta de passar esta vida — a vida de Dora — de uma pessoa para outra. Percebo que as palavras me fogem. Então escrevo apenas "Para Ruth Wesemann" e coloco o bilhete sobre o bloco de taquigrafia de Clara, que está em cima do livro. As partes que Clara já datilografou foram inseridas nele. Vou até a janela e desamarro o cordão. Lá embaixo, um cachorrinho enrolou-se todo com sua guia em volta de um parquímetro; duas jovens mulheres negras com chapéus em tons pastel, um verde, outro violeta, passam sob o toldo franjado da entrada e despontam, conforme o esperado, do outro lado. O cordão corre friamente entre meus dedos, vai deslizar bem. Não vou falhar desta vez.

No banheiro não há nada, apenas uma luz bruxuleante. Não há tempo para pensar; pelo menos uma vez não faz sentido arranjar palavras para recriar isto depois: não há depois! A ideia vem como um alívio para mim. Isto também é uma questão prática. Faço um nó corredio firme em volta do gancho na porta e depois outro, maior, para a minha cabeça. Minhas pobres mãos tremem em seu protesto, mas consigo passar a corda e me viro de costas para a porta.

Tenho exatamente a mesma sensação — de hesitação e determinação cega — que antecede o pulo numa piscina gelada. A queda do trampolim.

Mais nada...

# Ruth

Quando Bev vai embora, saio da cama e atravesso o corredor até a sala da frente. Meu equilíbrio falha ligeiramente e vou deslizando a ponta dos dedos ao longo da parede. Aperto o interruptor da sala. Mas a escuridão entrou aqui! O teto está preto — está macio e aveludado. Bev deve ter deixado uma janela aberta; as mariposas *bogongs* começaram sua migração e encheram o lugar. A sala tremula com uma vida breve e desorientada.

*Sou um vaso de lembranças num mundo de esquecimento.*

Sento debaixo do toldo de mariposas. Do lado de fora a escuridão é densa. Tudo lá fora, cada casa atarracada e desbotada pelo sol e cada pluméria, a sinagoga abobadada e a escola de tijolos, as lojas em ruínas, os penhascos com o oceano atrás, tudo sumiu. O mundo reduziu-se a uma pequena área alcançada pela luz do poste. Rajadas de chuva cortam seu cone luminoso. As *bogongs* são bem-vindas aqui.

Pego o Ernst. Só agora me ocorre: ele deve ter pensado em mim em suas últimas horas naquele hotel.

Toller sempre foi gentil comigo, mas era óbvio que ele habitava uma esfera diferente. Eu não era nem bonita nem importante o suficiente para ocupar um lugar no seu mundo. Mas ele não me mandou esta reconstituição de sua vida com Dora porque sou prima dela. Ele me mandou porque nós tínhamos Dora em comum. Porque para nós dois ela era o nosso sol. Orbitávamos em torno dela e era a sua força que nos mantinha em movimento.

Seu livro abre em minhas mãos neste trecho: "A maioria das pessoas não tem imaginação. Se pudessem imaginar o sofrimento alheio, não fariam os outros sofrer tanto".

Era nisso que todos nós acreditávamos. Era nisso que ele acreditava, imagino, até não conseguir mais fazê-lo.

Imaginar a vida de outra pessoa é um ato de compaixão tão sagrado quanto qualquer outro. Nós redigíamos os panfletos, mimeografávamos a verdade. Contávamos as histórias em papel de embrulhar manteiga, em caixas de charuto, enviávamos isso clandestinamente para a Alemanha. Arriscamos nossa vida para ajudar nossos compatriotas — da Alemanha e de Londres — a imaginar. Eles não imaginaram. Mas Toller, por mais notável que fosse, estava errado. Não é que as pessoas não tinham imaginação. A questão é que elas pararam de usá-la. Porque uma vez que você imaginou tal sofrimento, como é capaz de ainda assim não fazer nada?

Agora, a uma distância de setenta anos, não há perigo em imaginar, porque nenhuma ação será exigida de ninguém. Ninguém vai ser responsabilizado. A festa a fantasia não será interrompida. É claro que, para mim, o fracasso vai mais além. Fui incapaz de imaginar a necessidade que havia dentro de Hans e incapaz de ver que ele estava passando para o outro lado.

E aqui estou eu, na semana em que um manuscrito foi entregue; eu fui nadar, eu saí para comer bolo e caí, eles me remendaram e me mandaram de volta para casa. Mas a verdade é que estive com eles esse tempo todo. Consigo imaginar como é ser outra pessoa a ponto de entrar e sair flutuando dela, de a imaginação se parecer com lembrança. De que outra forma podemos conhecer alguém, amar alguém senão nos colocando na sua pele?

Vejo o quarto tão claramente como o meu. Tão claramente como quando o encontrei.

Eles estavam armados quando entraram, volumes salientes no quadril, mas não usavam uniforme. Eram cinco, com chapéu na cabeça. Entraram furtiva e silenciosamente no prédio com as cópias das chaves do molho que Wolfram Wolf tinha lhes dado. Sua gente vinha vigiando o apartamento, à espera do momento em que o investigador fosse embora e as duas mulheres estivessem sozinhas. Precisaram esperar uma semana. Era domingo, fim de tarde.

A operação havia sido discutida em Berlim e em Londres. Teria sido muito mais fácil simplesmente atirar nelas, é claro, como fizeram com Lessing e Rudi. Não havia necessidade de sequestrar Dora, porque eles já tinham sua fonte. Ela só precisava ser silenciada. Mas um fuzilamento em Bloomsbury teria aborrecido os ingleses, e os ingleses já estavam aborrecidos o suficiente. Além disso, ela tinha contatos nos altos escalões. Então o fuzilamento foi descartado, e eles iriam precisar de cinco homens, dois para cada mulher e um para dar a ordem.

Eles abordaram Wolf numa padaria, quando ele comprava seus pãezinhos para o café da manhã. Wolf olhara para eles como se diante da súbita encarnação de todos os seus medos. Eles o escoltaram até um banco da Russel Square para lhe fazer uma proposta. Nada de extraordinário, disseram: emprestar umas chaves, escrever uma carta, uma besteira de nada. Wolf gaguejou algo sobre não poder fazer aquilo; diante do inquérito inevitável, seu relacionamento com Dora se tornaria conhecido e sua esposa acabaria descobrindo. Então eles mencionaram sua filha, na Dinamarca, e como era conveniente para ela poder ir a pé para a escola. Mencionaram outros parentes na Alemanha que ainda estavam livres; eles o apavoraram descrevendo o que poderia, em certas e imprecisas circunstâncias, acontecer a eles. Quando demonstrou preocupação com ter de imitar a letra dela, eles souberam que o tinham na mão. Disseram que estavam em condições de garantir que a Scotland Yard entregaria a nota para a embaixada alemã, para tradução e exame grafológico. Eles "cuidariam" de tudo. O próprio Wolf teve a ideia de usar a taquigrafia, como uma proteção extra.

Ele escreveu a nota de suicídio no domingo de manhã, datilografou seu próprio endereço no envelope. Deixou-a na caixa de correio na esquina do número 12 da Great Ormond Street, depois passou rápido pelo hospital infantil com a gola levantada e o chapéu bem enfiado na cabeça, caso alguma das mulheres aparecesse, só diminuindo o passo depois de virar a esquina.

Com base em outras visitas que eles haviam feito ao apartamento, sabiam o quanto de Veronal provavelmente haveria no armário do banheiro, mas como não haviam entrado ali durante a estadia do investigador suíço, compraram um tanto só para garantir, junto com um alicate. Era começo de noite. Eles usaram as chaves para entrar; a corrente não estava colocada na porta. Encontraram Dora de pijama, Mathilde ainda vestida. O apartamento cheirava a café. Não houve discussão, nenhum alvoroço sobre o assunto. Tratava-se de um plano concebido e aprovado nas mais altas esferas, um plano ensaiado e agora prestes a ser executado. Eles mantiveram-se de luvas.

Eles amordaçaram as duas mulheres e as amarraram em cadeiras da cozinha. Dora ficou contando enquanto eles esvaziavam três saquinhos em cada xícara. Então era assim que seria. Uma morte sob medida.

O líder do grupo aproveitou para ir ver o famoso armário do hall, sobre o qual tinha lido nos relatórios. Quando voltou à cozinha, assentiu para um dos homens postados ao lado de

Mathilde, o qual pôs o cano frio da arma na têmpora dela. Ele dirigiu-se a Dora. Iriam atirar em Mathilde se ela não bebesse. E quieta. Entendido?

Mathilde moveu os olhos, a cabeça, quase de forma imperceptível, para dizer que não. Dora não devia beber. Era absurdo achar que deixariam Mathilde ir depois disso. Quando tiraram a mordaça de Dora para que ela bebesse, ela gritou. Deram-lhe um tapa que pegou na boca e no nariz; a mordaça foi novamente colocada, com mais força. Então, em vez disso, eles iriam obrigá-la a assistir.

Tiraram a mordaça de Mathilde. Ela manteve os olhos fixos em Dora: as duas ainda estavam ali, juntas. Mathilde abriu a boca quando lhe mandaram. Dora conhecia o gosto, amargo, granuloso. Mathilde precisou tomar três goles. Eles recolocaram a mordaça. Não havia medo em seus olhos. Ela ainda era Mathilde, pelo tempo que restasse. Os olhos de Dora se encheram de lágrimas.

"Veja o que você fez", disse o líder.

Onde é que eles arranjam assassinos tão calmos? Ele assentiu para o homem à esquerda de Dora, o qual, com um puxão no cabelo dela, forçou sua cabeça para trás e depois apertou seu nariz. O outro desamarrou a mordaça, e a mandíbula dela caiu, aberta. Eles derramaram a bebida amarga dentro de sua boca. Gotas espirraram no seu pijama.

Eles mantiveram as mulheres amarradas nas cadeiras. Elas se olhavam, seus olhos eram tudo que tinham. Toda a vida que havia no mundo se refletia neles. Uma eternidade de olhares condensada aqui, em não estar sozinhas naquilo. Mathilde foi a primeira a perder a consciência. Depois de quinze minutos, sua cabeça afundou no peito. Dora manteve o olhar fixo. Recusava-se a olhar para eles. Não iria lhes dar o prazer de capturarem os olhos de sua presa nos momentos íntimos da morte.

Quando a cabeça de Dora pendeu, eles as levaram para o

quarto. Puxaram as cobertas e colocaram os corpos, ainda respirando, na cama. Tiraram o sapato de Mathilde, deixando-o cuidadosamente ao lado da parede. Moveram-nas de forma a que uma ficasse de frente para a outra, num último abraço; entrelaçaram os dedos da mão esquerda de Dora com os da mão direita de Mathilde, numa cena falsa de tristeza. Depois puxaram as cobertas de novo sobre elas. De que outra forma, meu Deus, as cobertas poderiam ter ficado tão bem esticadas até o pescoço? Duas pessoas não se deitam daquela forma tão impecável, não morrem de forma tão impecável, com as cobertas tão bem ajeitadas.

Deixaram a chave de Dora na estante ao lado da porta do quarto e saíram trancando-o com a chave deles. Recolocaram as cadeiras da cozinha no lugar. Um gato malhado os observava de um canto, perto do fogão, a ponta branca do seu rabo estremecendo. Trancaram a porta da frente atrás de si, guardaram as luvas no bolso. Se os vizinhos vissem alguma coisa, não seria nada que já não tivessem visto antes: cinco alemães saindo depois de uma reunião no apartamento do sótão.

Toller ainda está aberto nas minhas mãos. Fecho o livro.

Está na minha hora de dormir. Minha língua está tão seca quanto a de um lagarto. Acho que vou ficar aqui mesmo.

Quando Bev chega às nove, Ruth ainda está sentada na cadeira na sala da frente. Algumas mariposas continuam agarradas ao teto, porém a maioria jaz imóvel no chão, sobre o grosso tapete preto-acinzentado. Bev não fala com ela, mas se inclina e toca sua mão — então, num átimo, leva sua própria mão até a boca. Enquanto se acalma, um livro velho e algumas páginas amareladas escorregam do colo de Ruth, fazendo uma bagunça no chão. Ela vai limpar isso depois. Devagar, Bev inclina-se de novo. Pega a mão de Ruth, segura-a entre as suas.

Em seguida, atravessa o corredor até a cozinha e põe a chaleira no fogo para fazer uma xícara de café. Dá uma cheirada no leite da geladeira, pois Ruth sempre o deixa ali tempo demais.

Empoleirada num banquinho, Bev observa as bugigangas e lembrancinhas baratas e os utensílios domésticos do cômodo. Então se dá conta de que nunca tinha simplesmente ficado sentada ali desde que aceitara o trabalho, três anos atrás. Naquele dia a velha mulher havia apontado com as mãos, ainda magníficas, para a bagunça e para a poeira crescente a seu redor e dito: "Como você pode ver, não consigo fazer isso sozinha".

"Sim, percebe-se", Bev respondera.

No parapeito da janela acima da pia, uma violeta de folhas aveludadas sobrevive à base de vapor. Um pequeno porco de porcelana deitado de costas está muito feliz consigo mesmo, olhando para o seu rabo enrolado e seu pênis anatomicamente detalhado — até demais, ela pensa agora. Certeza que aquilo ali não é australiano. Na mesa há uma fotografia desbotada de duas garotas numa feira e, na geladeira, um cartão de consulta com o professor Melnikoff. Abaixo dele, há um ímã igual ao que está na geladeira de Bev, com o número de um disque-denúncia para o caso de ela ver alguém que parecesse suspeito, como aquela mulher portuguesa. Esses objetos só faziam sentido para Ruth; Ruth os mantinha juntos numa constelação de histórias: a violeta, o porco, a fotografia, o cartão e o ímã. Agora são lixo.

Bev derrama na pia metade do líquido preto da xícara. Tira o telefone do gancho, na parede, disca o número necessário e começa a limpar.

# Fontes

Quando Hitler chegou ao poder em 30 de janeiro de 1933, minha amiga Ruth e seus amigos fugiram para o exílio. De lá, eles tentaram depô-lo. Esta é a história deles, ou o que eu fiz dela. Ela foi reconstruída a partir de fragmentos fósseis, muito semelhante a quando se desenha pele e penas sobre um conjunto de ossos de dinossauro, para ser possível ver o animal inteiro. Estes são os ossos que encontrei.

A maioria dos nomes dos personagens é verdadeira, outros foram alterados. A secretária de Toller em Nova York foi Ilse Herzfeld; meu personagem tio Erwin Thomas, atormentado por crises de consciência dentro da elite nazista, é fortemente baseado em Erwin Planck, filho do Nobel da Física Max Planck. Erwin Planck foi morto em janeiro de 1945 por sua participação no plano de Von Stauffenberg para assassinar Hitler. O equivalente de Jaeger na embaixada alemã em Londres foi o diplomata (não nazista) Herr zu Putlitz. Wolfram Wolf é um nome inventado.

Para a vida de Dora, baseei-me em *The Strange Case of Dora Fabian and Mathilde Wurm: A Study of German Political*

*Exiles in London During the 1930s*, de Charmian Brinson (Bern, Peter Lang, 1996). O discurso de Dora sobre a necessidade de "libertar a metade da humanidade da banalidade sem fim da vida doméstica" provém substancialmente de Brinson, p. 111, citando os artigos de Dora na *Jungsozialistische Blätter*, 5, n. 5, maio de 1926, p. 156; e na *Kulturwille*, 3, n. 9, 1º de setembro de 1926, p. 179 (traduções minhas). Sobre Dora ser erguida no ar por um guarda da SS num comício de Hitler, ver Brinson, p. 120, n. 76, em que ela cita uma carta que recebeu de Pieter Siemsen (Berlim, 9 de janeiro de 1991).

Dora disse que as mulheres desesperadas da multidão no comício de Hitler estavam sujeitas a um "fascínio milenarista" num artigo publicado na *Sozialistische Arbeiterzeitung* em 14 de abril de 1932 (Brinson, p. 119-20 e n. 75, 76).

Sobre os "arrombamentos" do apartamento, em especial o que se seguiu às revelações de Seymour Cocks no Parlamento, ver a notícia sobre a morte de Dora e Mathilde no *Manchester Guardian* de 6 de abril de 1935 (Brinson, p. 103, n. 239). Acredita-se que Dora disse a sua amiga Ellen Wilkinson que "A maior vantagem que os agentes nazistas têm é que ninguém, nem a polícia nem os amigos de quem quer que seja, vai *acreditar* que alguém possa fazer essas coisas de que temos prova que eles fazem" (Brinson, p. 131-2, n. 150, itálico no original). Sobre o discurso de Seymour Cocks ao Parlamento, ver *Hansard*, 5th Series, Parliamentary Debates, House of Commons, vol. 285, col. 1019 e ss., Brinson, p. 130-1. Para a fala de Winston Churchill sobre o rearmamento alemão, ver, por exemplo, *Hansard*, 5th Series, Parliamentary Debates, House of Commons, v. 286, col. 2061-70. Consta que Dora disse a (Anton) Roy Ganz: "Suponho que um dia terei o mesmo tipo de fim que outros que têm trabalhado em diferentes partes do continente" (Brinson, p. 168-9, citando o *Evening Standard*, "Refugees' Death Premonition", 5 de abril de 1935, p. 1, 5).

As atas do inquérito não estão mais disponíveis no National Archives de Kew. Há um arquivo incompleto contendo apenas alguns papéis e uma fotografia de passaporte do amigo de Dora, cujo nome não pode ser divulgado por razões legais. Referências na capa do arquivo indicam que havia outros volumes, muito provavelmente destruídos. Para o depoimento da sra. Allworth, ver Brinson, p. 164, n. 54: Public Records Office Kew, MEPOL 3/871, 3G, p. 1. Sobre a "nota de suicídio" de Dora, ver Brinson, p. 160, n. 36: Public Records Office Kew, MEPOL, 3/871, 3A, p. 4. Brinson cita o juiz quando este se dirigiu ao júri, dizendo que "'se ela escreveu o bilhete, e se o bilhete foi corretamente traduzido', isso indicava que ela tinha cometido suicídio por causa de um 'amor não correspondido'" (p. 181). Tal citação do juiz também aparece em "Tragedy of German Woman's Unrequited Love", *Daily Mail*, 11 de abril de 1935, p. 21 (Brinson, p. 181, n. 151).

Brinson apresenta relatos da época sobre o funeral na p. 182-3. A epígrafe da parte III de *Tudo o que sou*, "Você, uma escritora, não estava...", foi tirada de uma carta de Rudolf Olden a G. Tergit, de 24 de maio de 1935 (Brinson, p. 183, n. 165). Fenner Brockway é citado dizendo à imprensa que Dora foi "uma das pessoas mais corajosas que já conheci" no *New Leader* de 12 de abril de 1935, p. 3 (Brinson, p. 120).

Para a vida de Toller, baseei-me principalmente nos relatos que ele mesmo fez em *I Was a German: The Autobiography of Ernst Toller* (Nova York, William Morrow, 1934) e em *Look Through the Bars: Letters from Prison, Poems, and a New Version of 'The Swallow Book'* (trad. R. Ellis Roberts, Nova York, Farrar & Rinehart, 1937), do qual tirei a dedicatória a Dora ("Eu recordo uma mulher a cujo ato de coragem..."), p. xv. Sobre a loucura do dr. Lipp em relação ao papa e aos cravos, ver o relato de Toller em *I Was a German* (p. 161-3). Baseei-me também em *He Was a German: A Biography of Ernst Toller*, de R. Dove (Londres, Libris, 1990), do qual tirei a menção ao discurso de Toller no Congresso de Escritores em Paris: "O medo é a base psicológica de uma ditadura..." (p. 245), assim como as palavras de Goebbels a respeito de Toller (p. 200), e através do qual conheci os poemas "Spy Song" (p. 227) e "In Memory of Ernst Toller" (p. 265), de Auden. *Die Göttin und ihr Sozialist: Christiane Grautoff — ihr Leben mit Ernst Toller*, organizado por Werner Fuld e Albert Ostermaier (Bonn, Weidle Verlag, 1996), foi importante para entender alguns aspectos do mundo privado de Toller.

Para a vida e obra de Berthold Jacob, baseei-me principalmente em *Der Fall Jacob-Wesemann (1935/1936): Ein Beitrag zur Geschichte der Schweiz in der Zwischenkriegszeit*, de J. N. Willi (Berna/ Frankfurt a.M., Peter Lang, 1972).

Para a vida de Hans Wesemann, ver *Nazi Refugee Turned Gestapo Spy: The Life of Hans Wesemann, 1895-1971*, de James J. Barnes e Patience P. Barnes (Greenwood Publishing Group, 2001), e mais especificamente: a visita que Hans fez a Toller (p. 6); sua "visita" a Hitler (*Die Welt am Montag*, 19 de novembro de 1928; Barnes, p. 14); o ataque de Goebbels ao "cérebro doentio" de Hans (*Der Angriff*, 10 de março de 1931, p. 1; Barnes, p. 18); sua "visita" à madrinha de Goebbels (*Die Welt am Montag*, 20 de outubro de 1930; Barnes, p. 17-8). Ver também "The Gestapo and the German Political Exiles in Britain During the 1930s: The Case of Hans Wesemann and Others", de Charmian Brinson, em *German Life and Letters*, vol. 51, n. 1, 1998, p. 43-64.

De forma mais geral, também sou muito grata a Richard J. Evans por seu *The Coming of the Third Reich* (Londres, Penguin, 2004), em especial por sua observação sobre os manifestantes que marchavam em círculos na noite em que Hitler foi nomeado (p. 310) e sobre o colapso dos intelectuais (p. 424). O ensaio "Faces of the Weimar Republic'", de Ian Buruma, no catálogo *Glitter and Doom: German Portraits from the 1920s* (do

Metropolitan Museum of Art), organizado por Sabine Rewald (Yale University Press, 2006), foi a minha fonte para as descrições das prostitutas de Berlim. O retrato *Agosta the "Winged One" and Rasha the "Black Dove"*, de Christian Schad (1929), está reproduzido nesse mesmo catálogo.

A primeira epígrafe da página 7 foi tirada de "In Memory of Ernst Toller", de W. H. Auden, Copyright © 1976, 1991, The Estate of W. H. Auden. Tanto essa citação quanto a da página 179 foram reproduzidas com a gentil autorização de The Estate of W. H. Auden. A segunda epígrafe da página 7 foi reproduzida com a gentil autorização de Nick Cave e Mute Song Ltd. A terceira epígrafe corresponde à tradução de Simon Leys de Antoine de Rivarol em *Other People's Thoughts* (Melbourne, Black Inc., 2007, p. 11), reproduzida com a gentil autorização de Simon Leys e Black Inc.

# Agradecimentos

Minha mais profunda gratidão é para com minha amiga Ruth Blatt (1906-2001), cujo humor e humildade eu admirava quase tanto quanto sua coragem. "Quem sou eu?", ela costumava perguntar. "Não sou ninguém." Certo dia, Ruth bateu à minha porta. "Olha!", disse, com uma mistura de orgulho e descrença, "eles estão escrevendo sobre mim." A professora Charmian Brinson tinha enviado a Ruth um artigo que falava de sua vida. Mais tarde, li o livro da professora Brinson, *The Strange Case of Dora Fabian and Mathilde Wurm*, no qual Ruth aparece. Sou grata à professora Brinson por sua generosidade em nossas conversas e por compartilhar grande parte dos materiais e das fontes que reunira para o seu ph.D. Também sou grata a Richard Dove, um especialista em Toller, por ter se encontrado comigo em Londres. Minha história, é claro, vai além dos fatos conhecidos; estabeleci relações e fiz suposições, criei uma trama e personagens que não podem ser justificados partindo-se apenas dos registros históricos, e nesse sentido assumo toda a responsabilidade.

Quando Ilse Herzfeld, a secretária de Toller em Nova York, já era uma mulher idosa, um homem chamado John Spalek a encontrou num apartamento com vista para o Hudson. Ele estava escrevendo uma biografia de Ernst Toller. Ela lhe contou sobre aquela primavera de 1939 que passou com o gênio de olhos escuros no Mayflower Hotel. Ao final de seus encontros, Ilse comentou que durante toda a sua longa vida seu coração sempre saltava, lembrando de Toller, cada vez que, ao virar uma maçaneta para abrir uma porta, a porta emperrava. Sou grata a John Spalek por sua generosidade em nossas conversas sobre Toller e por me falar desse detalhe, a partir do qual surgiu a personagem de Clara Bergdorf. Gostaria de agradecer também aos inquilinos do último apartamento do número 12 da Great Ormond Street por gentilmente me deixarem entrar.

De forma pessoal, sou grata ao Australia Council e à Rockefeller Foundation, à University of Technology, em Sydney, e à professora Catherine Cole, cujo apoio foi inestimável. Por me disponibilizarem lugares para trabalhar, agradeço à Varuna Writers' House, aos meus amigos Jane Johnson e Brian Murphy, Bernadette e Terry Tobin, Hilde Bune, Alex Bune e John Chalmers. Hilary McPhee, Diana Leach e Craig Allchin leram o manuscrito e deram sugestões gentis e valiosas, assim como Meredith Rose, da Penguin Austrália. O livro beneficiou-se grandemente da atenção dedicada e gentil de seus editores Venetia Butterfield, da Penguin UK, Terry Karten, da HarperCollins USA, e, em especial, de Ben Ball, da Penguin Austrália. Minha agente, Sarah Chalfant, tem sido uma fonte maravilhosa de ânimo há muitos anos. Nossos filhos Imogen, Polly e Maximilian têm sido mais pacientes e inspiradores do que fazem ideia no momento. Mas meu maior agradecimento vai para o meu marido, Craig Allchin, cuja sabedoria e percepção são essenciais para a minha vida e para o meu trabalho.

ESTA OBRA FOI COMPOSTA POR OSMANE GARCIA FILHO EM ELECTRA E
IMPRESSA PELA RR DONNELLEY EM OFSETE SOBRE PAPEL PÓLEN SOFT
DA SUZANO PAPEL E CELULOSE PARA A EDITORA SCHWARCZ
EM JANEIRO DE 2014